AF401210

L'ALLÉE DES VEUVES

OU

LA JUSTICE EN 1773,

MÉLODRAME

EN TROIS ACTES ET SIX TABLEAUX,

PAR R.-C. GUILBERT DE PIXERÉCOURT,

MUSIQUE DE M. A. PICCINI.

Représenté pour la première fois à Paris, sur le Théâtre de la Gaîté, le 16 mars 1833.

PRIX : 2 FR.

A PARIS,

Chez { P.-J. HARDY, RUE DU TEMPLE, N° 5.
{ N. BARBA, LIBRAIRE AU PALAIS-ROYAL.

1833.

PERSONNAGES.

ACTEURS.

LE CHANCELIER.   MM. Cudot.

M. DUHAMEL, lieutenant-criminel au
    Châtelet.   Marty.

Le Marquis DE LIRAY, capitaine de vaisseau.   Joseph.

ALEXIS, sous le nom du Père Arsène.   Henry.

LE DOCTEUR.   Duménis.

L'Abbé POUPON, fils de la Présidente.   Mlle Caroline.

NOBÉ, vieux négociant.   Théodore.

FRANÇOIS, concierge chez M. Duhamel.   Raymond.

UN EXEMPT.   Sallerin.

LAFLEUR, Laquais.   Alexandre.

GUSTAVE, jeune écolier, personnage muet.

LA PRÉSIDENTE.   Mmes Wsannaz.

HONORINE, épouse d'Alexis.   Eugénie Sauvage

AGATHE, fille de M. Duhamel.   Clara.

CLÉMENTINE, fille de la Présidente.   Aurore.

Laquais.

Gens du peuple.

La scène se passe à Paris en 1773.

Impr. de Chassaignon,
rue Gît-le-Cœur, 7.

ACTE PREMIER.

PREMIER TABLEAU.*

Le Théâtre représente un salon du tems de Louis XV.

SCÈNE PREMIÈRE.

AGATHE, DEUX LAQUAIS.

Quatre heures sonnent à la pendule qui est sur la cheminée. Un laquais souffle le feu ; un autre place des siéges autour des tables de jeu.

AGATHE, *entrant vivement par la droite.*

Déjà quatre heures ! On est resté bien long-tems à table aujourd'hui. J'ai cru que je finirais par m'endormir. Vous avez laissé le feu s'éteindre, Lafleur ; il ne fait pas chaud ici. Pourquoi Gertrude n'a-t-elle pas donné ses soins à l'arrangement du salon ?

LAFLEUR.

Elle est sortie, Mamzelle.

AGATHE.

Sortie !

LAFLEUR.

Oui, Mamzelle ; Monsieur votre père lui avait permis, il y a huit jours, d'aller entendre prêcher le père Arsène. Il paraît que c'est ben amusant, ces sermons-là ; tout le monde y court.

AGATHE, *avec importance.*

Lafleur, ce que vous dites là est une impiété. Un sermon ne saurait être un amusement ; c'est au contraire une chose fort sérieuse, un cours d'instruction morale et religieuse.

LAFLEUR.

Je ne savais pas, Mamzelle.

AGATHE.

Gertrude n'aurait pas dû profiter de la permission de papa pour s'absenter un jour où nous recevons du monde.

---

* Toutes les indications de *droite* et de *gauche* sont censées prises du parterre. — Les acteurs sont placés au théâtre comme les personnages en tête de chaque scène.

LAFLEUR.

Je lui dirai, Mamzelle.

AGATHE, *à Joseph.*

Laissez, Joseph ; j'arrangerai les tables de jeu. Allez chercher le café et qu'il soit bouillant, surtout. (*A Lafleur.*) C'est bien, c'est bien, allez avec Joseph... (*Les deux laquais sortent*) Ce sont de bonnes gens ! mais d'une lenteur désespérante. Ils seraient grondés vingt fois par jour, et déjà renvoyés peut-être, si je n'étais sans cesse derrière eux pour réparer leurs bévues. (*Elle va, vient comme une petite femme de ménage. Elle prend les boîtes aux fiches et les place sur la table ainsi que les jeux de cartes.*) Voilà pour les grandes personnes. Maintenant, faisons la part de la jeunesse ; la mienne. (*Elle pose un loto sur une petite table basse placée à l'avant-scène, autour de laquelle elle met trois tabourets.*

SCÈNE II.

AGATHE, L'ABBÉ POUPON.

Pendant que la jeune fille tourne le dos à la droite, l'Abbé entre en tapinois, sur la pointe du pied, et vient l'embrasser sur le cou.

AGATHE, *poussant un cri.*

Ah ! (*Elle se retourne.*) C'est vous, Monsieur ! je vous trouve bien hardi.

L'ABBÉ, *se frottant les mains avec fatuité.*

Bah ! laissez donc. (*à part.*) C'est toujours autant de pris.

AGATHE.

Vous êtes d'une familiarité...

L'ABBÉ.

Toute naturelle en présence d'une jolie femme.

AGATHE.

Quel langage ! A vous entendre, on vous prendrait pour un sous-lieutenant de dragons.

L'ABBÉ.

C'est bien malgré moi, si je ne le suis pas. Ah ! je troquerais avec délices ce petit collet contre un uniforme ! Je le sens, j'ai tout ce qu'il faut pour faire un mauvais sujet.

AGATHE.

N'avez-vous pas de honte ?

L'ABBÉ.

Moi! Laissez-moi faire et vous verrez.

> Il s'avance vers Agathe comme pour l'embrasser encore. Elle recule.

AGATHE.

Si vous faites un pas de plus, j'appelle, je dis tout à votre maman et la porte vous sera fermée. Allez lire votre bréviaire, Monsieur.

L'ABBÉ, *riant aux éclats.*

Mon bréviaire! c'est le roman à la mode, *Manon Lescaut, la Nouvelle Héloise,* et j'en change tous les jours.

AGATHE.

Fi! quelle impiété!.. Vous ne serez jamais qu'un mauvais prêtre.

L'ABBÉ.

Eh! bien, c'est ce que je me tue de leur dire; ça leur est égal. Parce que l'on veut que mon aîné devienne un grand seigneur et qu'il fasse un brillant mariage, on me sacrifie, on me donne un état pour lequel je n'ai pas la moindre vocation, au risque de tout ce qui peut en arriver. C'est-il juste?

AGATHE.

Nous devons obéissance à nos parens.

L'ABBÉ.

Je voudrais bien voir que l'on vous fit religieuse pour augmenter la part de votre frère.

AGATHE.

Je ne demanderais pas mieux. Si papa n'avait pas exigé que je vinsse me mettre à la tête de sa maison, je serais restée au couvent avec le plus grand plaisir.

L'ABBÉ.

Je vous en fais mon compliment; moi, c'est autre chose. Mais ils verront! on me contrarie! on m'immole! je me révolterai… je ferai des sottises… et pour commencer…

> Il fait mine de vouloir la saisir.

AGATHE, *se sauvant à gauche et avançant les bras d'une façon comique.*

Monsieur Poupon! n'avancez pas, je vous le défends.

L'ABBÉ.

Oh! la belle attitude! vrai, vous êtes adorable! il faut absolument que je vous embrasse.

Mauvais sujet!.. On sort de table, vous serez bien forcé d'être sage.

> On entend venir de la salle à manger. L'Abbé se sauve vers la droite, compose son maintien, et tire un petit livre de sa poche, après avoir brossé sa veste avec une petite vergette à miroir.

SCÈNE III.

AGATHE, M. DUHAMEL, LA PRÉSIDENTE, M. DE LIRAY, CLÉMENTINE, L'ABBÉ, Trois Dames, Un Officier, Trois Personnages en habit brodé.

Entrent d'abord M. Duhamel, donnant la main à la Présidente ; puis M. de Liray et une dame, ensuite, les autres messieurs conduisant des dames. Les femmes portent des demi paniers et des coiffures à chignon poudrées. On procède avec gravité selon les us et coutumes du tems.

M. DUHAMEL, *en entrant.*

Agathe, le café. (*à Poupon qu'il aperçoit.*) Pourquoi donc êtes-vous sorti de table avant nous ?

> Il conduit la Présidente à un siége.

L'ABBÉ.

Monsieur... (*à part.*) Les drôles de figures ! Oh ! le petit cousin ! parfait ! quel aplomb pour un écolier de rhétorique !

> A mesure que les convives rentrent au salon, ils saluent les dames qui s'asseyent.

AGATHE, *court au-devant des laquais et les dirige.*

LA PRÉSIDENTE.

Merci, mon cœur. En vérité, mon cher Duhamel, votre Agathe est charmante. On voit bien qu'elle a été élevée au couvent ! c'est là seulement que se font les bonnes éducations. C'est là que l'on apprend aux jeunes personnes à pratiquer toutes vertus.

L'ABBÉ, *à part.*

Et surtout l'amour du prochain.

> On verse le café et la liqueur.

M. DE LIRAY, *s'asseyant et remuant le sucre de sa tasse.*

Le café assis ! c'est la consigne des gourmets.

LA PRÉSIDENTE.

M. de Liray est toujours dans les bons principes.

M. DUHAMEL.

Ma fille, tu n'as pas offert de café à mademoiselle Clémentine.

CLÉMENTINE.

Je vous remercie, Monsieur; je suis encore au canard.

LA PRÉSIDENTE.

Tenez, ma fille.

> Elle donne à sa fille un morceau de sucre légère-
> ment imbibé de café.

L'ABBÉ.

Mais j'en prends, moi. Mademoiselle Agathe m'a oublié. (*à
part.*) Il faudra qu'elle vienne auprès de moi et je lui baiserai
les mains.

AGATHE.

Lafleur, un quart de tasse à l'abbé Poupon.

L'ABBÉ, *à part.*

Petite maligne! elle m'a deviné, mais je la rattraperai.

M. DE LIRAY, *savourant sa tasse de café.*

Quel arôme! je n'en ai pas pris de meilleur dans l'Inde.

M. DUHAMEL.

Je le crois sans peine, mon ami; celui-là en vient, vous me
l'avez donné pour du Moka première qualité.

M. DE LIRAY.

Eh quoi! c'est encore de cette petite balle que je vous rap-
portai il y a cinq ans?.. Vous êtes trop économe.

M. DUHAMEL.

Je n'en offre qu'aux vrais amis et les occasions sont rares.

M. DE LIRAY.

Ne vous en gênez pas. Ma frégate met à la voile la semaine
prochaine pour l'île de France, et je me charge de renouveller
votre provision. Parbleu! cela me fait penser que mon domestique n'est pas de retour.

AGATHE.

Pourquoi donc n'est-il pas venu vous servir comme de coutume, ce bon Germain?

M. DE LIRAY.

Il m'a demandé la permission d'aller faire ses adieux à son
vieux père qui habite Versailles, et je n'ai pu m'opposer à ce
pieux désir, bien naturel à la veille d'un grand voyage. Toutefois, je l'ai vu partir avec peine. Depuis quelques jours, il
souffre beaucoup de son athsme, il éprouve de fréquentes suffocations! ce tems nébuleux lui est tout-à-fait contraire... La

voiture lui fait mal, et je serais désespéré que sa santé le mît dans l'impossibilité de m'accompagner. Depuis trente ans, il m'a suivi partout. S'il me fallait faire sans lui cette longue traversée, j'en serais inconsolable.

LA PRÉSIDENTE.

Ah! je le conçois; un bon domestique est un vrai trésor. Ma femme de chambre m'a vu naître...

CLÉMENTINE.

Aussi est-elle la maîtresse de la maison.

L'ABBÉ, à part.

Oh! miracle! elle a parlé.

> Pendant toute cette causerie, on a pris le café, la liqueur et rendu les tasses que les laquais emportent.

AGATHE, à son père.

Papa, va-t-on jouer?

LA PRÉSIDENTE, à M. Duhamel.

Volontiers...

M. DUHAMEL.

Oui, arrange d'abord le reversis de madame la présidente, M. de Liray, M. de Lostange, et M. de Saint-Rémy, ses habitués, tu sais.

AGATHE.

Oui, papa.

> Elle présente des fiches aux personnes désignées.

LA PRÉSIDENTE,

Merci, ma belle enfant. Voyez, Clémentine, prenez exemple sur Mademoiselle Duhamel... Il y a deux mois à peine qu'elle a quitté le couvent, et déjà elle fait les honneurs à merveille.

L'ABBÉ, à part.

Je vais prendre d'avance ma place au loto.

> Il traverse la scène et vient occuper un des tabourets placés à l'avant-scène de gauche, pendant que l'on s'assied dans le fond à la table de reversis. Clémentine s'assied près de sa mère.

LA PRÉSIDENTE.

Et votre trictrac, M. Duhamel?

M. DUHAMEL.

J'attends le Docteur, il me doit une revanche.

> Les personnes qui ne jouent pas sont assises au fond et causent.

AGATHE.

Madame la Présidente veut-elle permettre à Clémentine de jouer au loto avec M. Gustave et moi?

LA PRÉSIDENTE.

Certainement. Allez , Clémentine, et tenez-vous droite.

CLÉMENTINE.

Oui, maman.

> Elle fait une révérence profonde. Gustave lui offre la main pour la conduire en cérémonie à la table de loto.

AGATHE, *à l'Abbé.*

Mille pardons, Monsieur l'Abbé , nous n'aurons pas l'honneur de faire votre partie ; M. Gustave est le seul homme que nous admettions.

L'ABBÉ.

Vous appelez cela un homme ?.. Pourquoi donc cette exception? c'est très-malhonnête.

AGATHE , *avec malignité.*

Vous êtes trop fort et trop adroit pour nous.

> Agathe et Clémentine lui font une révérence moqueuse, il est obligé de se lever et de quitter le tabouret.

L'ABBÉ, *à M Duhamel.*

Défendez-moi donc, Monsieur.

M. DUHAMEL.

Ah! vous le voyez, mon ami, l'opposition est en minorité.

> Les demoiselles, enchantées de leur petite espièglerie, se placent. Gustave est au milieu. On passe le sac à Clémentine , elle tire les numéros , et le loto va son train.

L'ABBÉ, *à M. Duhamel.*

C'est une horreur ! cela crie vengeance. Souffrez que je vous le dise, il est scandaleux que chez vous, l'un des chefs de la magistrature, lieutenant-criminel au Châtelet, on offense le clergé dans ma personne.

> Rire général.

LA PRÉSIDENTE.

Chut! chut!.. la petite table est bien bruyante.

AGATHE.

C'est M. Gustave, Madame.

CLÉMENTINE.

Oui, maman.

M. DUHAMEL, *à Poupon.*

Savez-vous ce que je ferais à votre place, pour punir les ingrates qui vous repoussent ?

L'ABBÉ.

Non. Qu'est-ce que vous feriez ?

M. DUHAMEL.

J'irais aux Célestins entendre le sermon du père Arsène.

L'ABBÉ, *à part.*

Jolie compensation que vous m'offrez là !

LA PRÉSIDENTE.

M. Duhamel vous donne un excellent conseil, mon fils.

L'ABBÉ, *à part.*

Beau plaisir, vraiment !

LA PRÉSIDENTE.

Allez, mon ami, vous nous rapporterez des nouvelles de notre cher prédicateur, et vous reviendrez plus sage de moitié.

AGATHE, *malicieusement.*

Pourquoi pas tout-à-fait, Madame ?

L'ABBÉ.

Merci, il est trop tard, je ne trouverais point de place.

SCÈNE IV.

AGATHE, GUSTAVE, CLÉMENTINE, L'ABBÉ, DUHA-MEL, LA PRÉSIDENTE, M. DE LIRAY, Personnages Muets, LE DOCTEUR.

LAFLEUR, *entrant.*

M. le Docteur.

LE DOCTEUR, *à M. Duhamel.*

Vous m'attendez, n'est-ce pas mon ami ?

M. DUHAMEL.

C'est vrai.

LE DOCTEUR, *il salue les dames.*

Hommage bien humble à toutes ces dames... (*A la Présidente.*) Ah ! Madame la Présidente..... (*Il lui baise la main.*) Ces chères santés sont excellentes, à ce que je vois ?

LA PRÉSIDENTE.

Excepté la mienne, Docteur, plaignez-moi ; je me meurs ! je vais gorger quinola.

Elle abat son jeu.

LE DOCTEUR.

A cela je ne vois qu'un remède.... c'est de ne pas jouer au reversis. (*On rit.*) Qu'avez-vous donc, l'Abbé ? vous faites la moue.

AGATHE.

On veut l'envoyer au sermon du Père Arsène pour le rendre meilleur.

LE DOCTEUR.

Je ne garantirais pas l'effet du sermon.

L'ABBÉ.

Vous aussi, Docteur! Si la Faculté s'en mêle, je n'en releverai pas. Tout le monde aujourd'hui m'accable.

LE DOCTEUR.

Les jeunes caractères ont besoin d'être formés. Mais soyez tranquille, j'arrive à propos pour vous empêcher d'aller aux Célestins ce soir. J'en viens, moi qui vous parle, car, en ma qualité de médecin du couvent, je suis un admirateur zélé du père Arsène.

M. DUHAMEL.

Eh bien?

LE DOCTEUR.

L'église était comble... Toutes les jolies femmes de Paris semblaient s'être donné rendez-vous. Selon toute apparence même elles s'étaient abstenues de dîner pour conquérir les meilleures places afin de voir de plus près le beau Célestin, car, soit dit sans trop de malice, il se mêle bien quelques pensées mondaines au vif empressement de nos jeunes dévotes.

LA PRÉSIDENTE, *avec sévérité.*

Passez, Docteur, abrégez les commentaires, et pour cause.

LE DOCTEUR, *regardant du côté des Demoiselles.*

Vous avez raison. Or, jugez du désappointement de ces grandes dames, quand, au lieu du Père Arsène, on a vu monter en chaire un vieux religieux, le sacristain je crois, qui a marmoté d'une voix nazillarde les prières du soir et a pris congé de cette noble assemblée en lui donnant sa bénédiction. Il fallait entendre les murmures et regarder les mines décomposées. J'en ai ri comme un fou...

LA PRÉSIDENTE.

Comment, Docteur?

LE DOCTEUR.

Dehors, s'entend.

LA PRÉSIDENTE.

A la bonne heure!

LE DOCTEUR, *bas et gaîment à M. Duhamel.*

Je ne dirai pas ceci tout haut, de peur de scandaliser Madame la Présidente, et aussi par égard pour ces oreilles chastes. (*Il montre les Demoiselles. L'Abbé s'est approché du Docteur par derrière et écoute.*) Mais je me suis cru dans une salle de spectacle au moment où l'on vient annoncer que la pièce en vogue est remplacée par une vieillerie, ou que la première chanteuse est indisposée; c'était absolument la même chose, sans égard pour le saint lieu.

LA PRÉSIDENTE.

Et sait-on pourquoi les fidèles ont été privés d'entendre ce prédicateur si justement admiré de toutes les ames pieuses?

LE DOCTEUR.

Des personnes qui se prétendaient bien informées m'ont dit que le Père Arsène avait consacré cette journée tout entière à visiter les maisons opulentes du Marais pour faire une quête au profit de malheureux incendiés réduits à la dernière misère.

LA PRÉSIDENTE.

C'est très-bien. Il a pensé avec raison que les cœurs qui s'attendrissent aux accens de sa voix éloquente, ne refuseraient pas de contribuer à cette bonne œuvre.

LE DOCTEUR, *à M. Duhamel*

Vous ne l'avez pas encore vu, mon ami?

M. DUHAMEL.

Non.

LE DOCTEUR.

Il est probable qu'il vous viendra dans la soirée.

LA PRÉSIDENTE.

Tant mieux. Je serai ravie de voir de près cette phisionomie si expressive, si noble, si... Attendez donc, Docteur, conseillez-moi. Cœur! carreau! pique! reversis. Soixante fiches chacun, Messieurs. Il a été bien joué celui-là, convenez-en.

AGATHE.

Docteur! est-ce que vous dédaignez la petite partie? Vous ne nous dites rien, ce soir. Cependant j'aime beaucoup les nouvelles, vous le savez. Que dit-on dans Paris? quel est le bruit du jour!

LE DOCTEUR.

On s'entretient partout des lettres de Jérusalem,

AGATHE.

Des lettres de Jérusalem! qu'est-ce que cela?

LE DOCTEUR.

On appelle ainsi des lettres anonymes qui circulent depuis quelque tems dans la Capitale, et par lesquelles on enjoint aux personnes qui les reçoivent de déposer à telle heure de la nuit, dans tel endroit, une somme d'argent plus ou moins considérable, selon les facultés présumées de l'individu.

AGATHE *et* CLÉMENTINE.

Oh !

LE DOCTEUR.

On menace de les assassiner si elles n'obéissent pas ponctuellement, et le même sort attend tôt ou tard ceux qui oseraient dénoncer ces manœuvres coupables à l'autorité ou en parler seulement à qui que ce soit.

AGATHE *et* CLÉMENTINE.

Assassiner ! bon Dieu ! on ne l'oserait pas.

LE DOCTEUR.

Malheureusement on l'a osé. Un nommé Dudoyer qui avait reçu une de ces lettres il y a quelques mois, et qui l'avait portée à la connaissance du Lieutenant-Général de Police, a été trouvé mort devant sa maison et percé de plusieurs coups de poignard.

AGATHE *et* CLÉMENTINE.

C'est affreux.

M. DUHAMEL.

Cette aventure a fait grand bruit. Elle a donné lieu à beaucoup de conjectures et de recherches.

AGATHE.

J'étais au couvent alors, et les bruits du monde ne franchissent guères l'enceinte des cloîtres.

LE DOCTEUR.

Il m'a toujours paru fort étonnant que l'on n'ait pu découvrir les assassins de ce malheureux Dudoyer. Cependant M. le Chancelier est fort sévère, il n'a rien négligé.

M. DUHAMEL.

On accuse légèrement les magistrats. Leurs fonctions sont bien difficiles et par fois bien pénibles.

LE DOCTEUR.

Changeons de conversation. Allons, mon ami, au trictrac.

SCÈNE V.

LES MÊMES, LAFLEUR.

LAFLEUR.

Le révérend Père Arsène est en bas.

TOUT LE MONDE.

Le Père Arsène !

LAFLEUR.

Il demande si Monsieur veut le recevoir.

M. DUHAMEL.

Sans doute. L'Abbé, allez au-devant du Père Arsène.

L'ABBÉ.

Oui, Monsieur.

Il sort en courant.

LA PRÉSIDENTE, *avec enthousiasme.*

Le Père Arsène!.. Vîte, quittons le jeu, (*Elle se lève.*) de peur de scandaliser ce saint homme. N'est-ce pas, M. Duhamel? Otez ce loto, Mesdemoiselles... (*A Clémentine.*) Tenez-vous là, ma fille, les yeux baissés et les mains jointes. Cette maison est à jamais bénie.

On se range sur deux lignes, les femmes à gauche, les hommes à droite. Tous les regards sont fixés sur la porte.

SCÈNE VI.

AGATHE, CLÉMENTINE, L'ABBÉ, LE DOCTEUR, DU-HAMEL, M. DE LIRAY, LA PRÉSIDENTE, etc., *puis* LE PÈRE ARSÈNE *accompagné d'un autre religieux de son Ordre.*

LE PÈRE ARSÈNE.

Il marche avec gravité et salue profondément l'assemblée qui s'incline avec respect.

Que la paix du Seigneur soit avec vous. (*A M. Duhamel qui s'est avancé.*) C'est M. Duhamel que j'ai l'honneur de saluer?

M. DUHAMEL.

Oui, mon Père.

Tous les personnages contemplent avec avidité le religieux.

LE PÈRE ARSÈNE.

Un motif pieux m'amène vers vous.

M. DUHAMEL.

Je le sais.

LE PÈRE ARSÈNE.

Un de nos religieux, revenant d'une mission évangélique, a été témoin d'un affreux malheur. Le village de Saint-Vallier dans les Vosges vient d'être entièrement détruit par le feu. L'église seule a été préservée. C'est là que le lendemain de ce grand désastre l'apôtre du Seigneur a versé le baume de notre sainte religion dans l'âme de ces infortunés demeurés sans bien et n'ayant plus d'autre asile que la voûte du ciel et la maison de Dieu.

Un cri général et lamentable s'élève.

TOUT LE MONDE.

Pauvres gens !

LE PÈRE ARSÈNE.

Fort de la compassion des âmes charitables qui peuplent la Capitale, il a osé promettre à ces malheureux incendiés que leurs chaumières seraient toutes relevées avant un mois. Sans doute il n'a pas trop présumé de la généreuse pitié qui anime tant de nobles cœurs, et vos secours viendront à l'appui de sa prédiction.

Murmure approbateur à travers lequel on distingue ces mots :

TOUT LE MONDE.

Certainement !.. Pauvres malheureux !.. C'est un devoir.

LE PÈRE ARSÈNE.

De quelque nature que soient vos offrandes, elles seront accueillies avec reconnaissance par ces infortunés. Effets, meubles, argent, objets de construction, tout leur sera utile. (*On fait un mouvement général pour offrir de l'argent.*) Le Père Prieur, en nous confiant l'honorable mission d'émouvoir votre pitié en leur faveur, nous a défendu d'accepter vos dons. Ils devront être adressés à M. de Sauvigny Intendant de Paris, qui les fera parvenir à M. l'Intendant de Lorraine.

M. DUHAMEL.

Dès demain, mon Père, nous nous empresserons de répondre à ce pieux appel.

LE PÈRE ARSÈNE.

Que Dieu vous le rende. Nos prières appelleront sur vous et sur vos familles la bénédiction du ciel.

Il salue et se retire. Les femmes sont enchantées. M.
Duhamel le reconduit jusqu'en dehors de l'appartement.

SCÈNE VII.

Les Mêmes, *excepté* DUHAMEL *et* LE PÈRE ARSÈNE.

LA PRÉSIDENTE.

Quel noble maintien ! quel heureux choix d'expressions ! comme sa voix est touchante ! (*Elle présente sa bourse à l'un des messieurs.*) Tenez, Monsieur, voilà ma bourse tout entière. Chargez-vous de la remettre à M. de Sauvigny, vous le voyez tous les jours. Allons, Mesdames, imitez mon exemple.

Tout le monde imite la Présidente.

L'ABBÉ, *à part*

Je n'ai que 24 sols, c'est juste pour un billet de parterre. (*Haut, à celui qui fait la collecte.*) Désolé, Monsieur. .

M. DE LIRAY.

Madame la Présidente, puisque votre partie est dérangée, consentez, je vous prie, à en remettre la fin à un autre jour. Mademoiselle Agathe voudra bien prendre note de l'état de nos paniers.

AGATHE.

Avec grand plaisir.

M. DE LIRAY.

Il faut que je rentre chez moi. Je suis inquiet; il me tarde de savoir si mon vieux Germain est revenu de Versailles.

LA PRÉSIDENTE.

Vous m'avez prévenue. Nous aussi nous sommes obligées de rentrer de bonne heure. Clémentine doit accomplir bientôt un des saints devoirs de la religion, et nous procédons chaque soir à son instruction.

L'ABBÉ, *à part.*

Moi, je vais prendre bien vite mon costume de ville, et j'aurai le temps de voir encore la pièce de l'abbé de Voisenon, à la Comédie Italienne. Cela m'amuse beaucoup plus que les sermons du père Arsène.

AGATHE, *à Clémentine.*

Déjà se dire bonsoir! c'est bien dommage; mais je prierai papa de me conduire chez vous demain. Adieu, ma chère amie.

CLÉMENTINE.

Adieu, ma chère amie.

> Elles s'embrassent. Pendant cette dernière partie de la scène, tout le monde a pris sa canne, son chapeau, son manchon, sa pelisse. On n'attend plus, pour partir, que le retour de M. Duhamel.

SCÈNE VIII.

LES MÊMES, M. DUHAMEL.

M. DUHAMEL, *rentrant.*

Quoi! vous partez déjà? il est à peine six heures.

LA PRÉSIDENTE.

Indépendamment des autres motifs, il n'est pas prudent de s'attarder. Bonsoir, mon ami.

M. DUHAMEL.

Je vous présente mon hommage.

CLÉMENTINE.

Monsieur, vous seriez bien bon de m'amener Agathe demain.

M. DUHAMEL.

Je n'y manquerai pas, ma belle demoiselle.

> L'abbé profite du moment où tout le monde est tourné vers la porte du fond, pour venir, en se baissant, prendre la main d'Agathe, et la baiser à plusieurs fois. Puis il se sauve, et se présente à M. Duhamel.

L'ABBÉ, à M. Duhamel.

Bonne nuit, Monsieur. (D'un air composé.) Bonsoir, Mademoiselle Agathe.

AGATHE, à part.

Hypocrite !

Tout le monde sort.

CLÉMENTINE.

Est-ce que tu ne viens pas nous reconduire, Agathe?

AGATHE.

Pardon, me voilà.

Elle sort.

SCÈNE IX.

DUHAMEL, assis à gauche, devant la cheminée.

Les paroles du docteur ont porté le trouble dans mon âme. Le crime est si ingénieux, si hardi !.. il parvient trop souvent à mettre en défaut la surveillance de l'autorité, et la perspicacité des magistrats. Ces lettres mystérieuses vont encore donner lieu à des ordres sévères que je n'exécute jamais sans éprouver un sentiment pénible.

SCÈNE X.

DUHAMEL, AGATHE.

AGATHE.

Papa, il y a là un homme d'un certain âge et d'un extérieur honnête, qui demande à vous parler à l'instant même, et en

3

particulier. C'est, dit-il, pour une affaire très-grave, et qui intéresse votre ministère.

M. DUHAMEL.

Qu'il entre.

AGATHE.

Entrez, Monsieur.

M. DUHAMEL.

Laisse-nous, ma fille.

AGATHE, *à part*.

Pendant que papa est occupé, je vais faire une visite à la
petite dame du quatrième.

SCÈNE XI.

DUHAMEL, NOBÉ.

NOBÉ.

Je vous demande pardon, Monsieur le lieutenant-criminel,
si j'ai insisté pour avoir l'honneur d'être admis auprès de
vous; mais déjà deux fois je me suis présenté aujourd'hui.
A midi, vous n'étiez pas revenu du Châtelet; plus tard, vous
étiez à table, et le motif qui m'amène est urgent.

M. DUHAMEL.

De quoi s'agit-il, Monsieur?

NOBÉ.

Avant de vous le dire, Monsieur, permettez que je vous
supplie, au nom de tout ce qui vous est cher, de ne désigner
à personne l'auteur de la révélation que je vais vous faire. Il y
va de ma vie.

M. DUHAMEL.

Comptez sur ma discrétion, et parlez en toute confiance.

NOBÉ.

J'ai reçu ce matin la lettre que voici. (*Il la présente.*) Elle
m'enjoint de déposer, aujourd'hui avant huit heures du soir,
cent louis en or, au pied du cinquième arbre de l'allée des
Veuves, du côté de la rivière. Vous voyez; on menace de
m'assassiner comme Dudoyer et de la même main, si je
n'obéis point à cet ordre, et si j'en donne avis à la justice.

Il donne la lettre à Duhamel, qui la lit.

M. DUHAMEL.

Avez-vous parlé de cette lettre à quelqu'un?

NOBÉ.

A personne, Monsieur. J'ai même pris les plus grandes

précautions pour venir chez vous. J'ai changé deux fois de
voiture, et fait plusieurs détours. Je ne crains donc pas que
l'on me soupçonne de vous avoir fait un rapport.

M. DUHAMEL, *regardant la suscription de la lettre.*

M. Nobé, ancien marchand de draps, rue des Bourdonnais.
C'est bien là votre adresse ?

NOBÉ.

Oui, Monsieur.

M, DUHAMEL.

Je connais cette maison ! (*après avoir réfléchi.*) Monsieur
Nobé, avez-vous cent louis en or chez vous ?

NOBÉ.

Oui, Monsieur.

M. DUHAMEL.

Et l'avez-vous dit à quelqu'un ?

NOBÉ.

A une seule personne.... Je l'ai dit à un camarade d'enfance, fils d'un fermier du village où je suis né. Entré à dix-
huit ans dans la marine, il a été distingué par M. de Liray,
maintenant capitaine de vaisseau, qui se l'est attaché, lui a
donné toute sa confiance, et le regarde pour ainsi dire comme
son ami.

M. DUHAMEL.

Il se nomme Germain.

NOBÉ.

Oui, Monsieur, Germain Pitou. Comment savez-vous
cela ?

M. DUHAMEL.

M. de Liray est aussi mon ancien camarade, mon condisci-
ple. Il sort à l'instant de chez moi. Continuez.

NOBÉ.

Ayant rencontré Germain, il y a quelques jours, je le con-
sultai sur l'emploi de cette somme, que je voulais convertir en
rentes sur l'Hôtel-de-Ville. Il m'en détourna, en me disant
qu'il me trouverait un placement plus avantageux, auprès
de quelque jeune seigneur de la cour, et me promit d'en
parler à son père, qui habite Versailles. Il me pria, en tout
cas, de ne point prendre de parti définitif avant le départ de
M. de Liray, qui consentirait peut-être à se charger de ma
petite somme, pour la faire valoir dans l'Inde. Nous nous
quittâmes, et je ne l'ai point revu.

M. DUHAMEL.

Vous ne soupçonnez pas qu'il soit l'auteur de cette lettre
anonyme ?

NOBÉ.

Oh non ! c'est un brave et digne homme, que je connais depuis cinquante ans, et sur lequel on n'a jamais dit un mot. Pourtant, il est bien vrai que je n'ai parlé qu'à lui seul de cet argent, qui provient d'un remboursement inattendu. Je ne l'ai pas même dit à ma femme.

M. DUHAMEL, *regardant la pendule.*

C'est bien. Allez, sans perdre un moment, déposer vos cent louis à l'endroit indiqué.

NOBÉ.

Non pas, Monsieur. D'abord, je ne me soucie pas de perdre mon argent, sans compter les autres risques.

M. DUHAMEL.

Je vous réponds de tout, n'ayez pas la moindre crainte. (*Il sonne. Un domestique paraît.*) Ma voiture. (*A Nobé.*) Je suis à vous.

Il entre à gauche.

NOBÉ, *seul.*

Joli conseil qu'on me donne là.... Porter mes cent louis! je m'en garderai bien ; ce serait autant de perdu.

M. DUHAMEL, *sortant de son cabinet.*

Tenez, M. Nobé, voici la somme que l'on vous demande. Vous vous engagez d'honneur à la porter sans le moindre retard ?

NOBÉ.

Je m'y engage d'honneur, moyennant que vous me garantissez...

M. DUHAMEL.

De tout danger, croyez-en ma parole. Rendez-vous bien vite à l'allée des Veuves. Moi, je vais chez Monseigneur le lieutenant-général de police, pour concerter avec lui les mesures nécessaires à votre sûreté.

Ils sortent.

DEUXIÈME TABLEAU.

Le théâtre représente une chambre à moitié démeublée dans une mansarde. Sur une chaise, à gauche, est un habit complet de moine célestin. Au fond, dans une alcôve, un lit, au pied duquel est une bercelonnette. Près de l'alcôve, à gauche, une porte

*secrète perdue dans la tapisserie. A droite, la porte qui donne
sur l'escalier. — Il est neuf heures du soir. Une faible lampe
éclaire la scène.*

SCÈNE PREMIÈRE.

HONORINE, *devant le berceau de son enfant, et dans une
attitude désespérée.*

Pitié, mon Dieu, pitié pour mon fils !.. Le chagrin, la
misère, la faim ont tari, pour cette innocente créature, les
sources de la vie !.. Pauvre mère ! ton enfant t'a repoussée...
c'est par des cris qu'il répond à tes larmes... on dirait que sa
faible intelligence a compris mon malheur... (*Elle regarde son
enfant.*) Mais il se meurt ! mon Dieu ! il se meurt ! une fièvre
brûlante le consume ; elle aura bientôt dévoré sa frêle existence, et Alexis ne revient pas ! Dans un moment, m'a-t-il
dit, il devait nous apporter des alimens... et trois heures se
sont écoulées depuis son départ. Trois heures d'agonie ! oh !
que les minutes sont lentes à une mère qui tremble de sentir
la vie de son enfant s'exhaler dans chaque baiser qu'elle lui
donne !.. Tout ce que nous possédions a été vendu... cette
croix qui vient de ma mère, est le seul objet précieux que
j'aie conservé... je n'ai pu me résoudre encore à m'en séparer... Cependant, si mon Alexis ne revient pas cette nuit,
demain j'en ferai le douloureux sacrifice, et ce ne sera pas
sans répandre bien des larmes. (*On frappe doucement.*) J'entends du bruit ; c'est lui, sans doute. (*Elle se retourne vivement, et monte du côté de la porte secrète. — On frappe plus
fort à droite.*) Hélas ! non, pas encore. Jamais il ne vient de ce
côté.

SCÈNE II.

HONORINE, AGATHE.

HONORINE, *près la porte d droite.*

Qui est là ?

AGATHE, *en dehors.*

Ouvrez, s'il vous plaît. (*Honorine ouvre.*) Pardon, Madame.

HONORINE.

Qui êtes-vous, ma belle demoiselle ? je n'ai pas l'honneur
de vous connaître.

AGATHE.

On me nomme Agathe. Je suis la fille de M. Duhamel, lieutenant-criminel au Châtelet, et qui occupe le premier étage de cette maison. J'ai appris ce matin qu'une jeune femme, doublement intéressante par son malheur et sa bonne conduite, était menacée de perdre son enfant. Mon cœur s'en est ému, et j'ai osé croire que vous seriez assez bonne pour ne pas refuser les secours que je viens vous offrir. Je serai bien heureuse, si je puis apporter quelque soulagement à vos peines.

HONORINE, *avec âme.*

Merci! merci!..

AGATHE.

Je ne fais que remplir un devoir prescrit par la Religion ; mais ce cher enfant, ne puis-je...

HONORINE, *la conduisant vers le lit.*

Le voilà, Mademoiselle.

AGATHE.

Pauvre petit! il paraît bien souffrant.

HONORINE, *sanglottant.*

Il se meurt.

AGATHE.

N'avez-vous donc pas de médecin?

HONORINE.

Hélas! je ne puis m'absenter pour en aller chercher un. Ce matin, la portière est montée, et je l'avais priée de me rendre ce service ; mais je n'ai vu personne encore.

AGATHE.

Attendez, Madame. Le médecin de la maison demeure près d'ici, je vais prier papa de l'envoyer chercher.

HONORINE.

Ah! je vous devrai plus que la vie !

AGATHE.

Courage, ne vous affligez pas.

HONORINE *la laisse aller, puis la rappelle. Elle baisse les yeux en parlant.*

Pardon, Mademoiselle... vous êtes si bonne! un peu de lait pour mon enfant.

AGATHE.

Oui, oui, tout de suite... Que ne l'avez-vous dit d'abord ?

HONORINE, *lui baisant les mains.*

Dieu, je l'espère, se chargera de vous récompenser.

Agathe sort en courant.

SCÈNE III.

HONORINE, *seule*.

Le Ciel ne m'a point abandonnée, puisqu'il m'en voye cet ange! Mais Alexis!.. qui peut occasionner ce retard?.. Il était à peine sept heures quand il est venu échanger ce vêtement religieux contre ses habits de ville. Jamais je ne l'avais vu agité à ce point! A peine s'est-il informé de l'état de son fils... du mien... il avait l'œil hagard... la parole tremblante. Il m'a fait peur, et je n'ai pas osé l'interroger... Serais-je encore menacée de quelque nouveau malheur?.. Je croyais cependant avoir épuisé la coupe de l'adversité. Ni alimens... ni travail!.. pas la moindre ressource... et mon fils expirant... Ah! c'est trop de douleurs à-la-fois.

On frappe.

SCÈNE IV.

HONORINE, FRANÇOIS.

FRANÇOIS, *présentant à Honorine un pot-au-lait élégant.*
Voilà ce que mamzelle Agathe envoie à madame.

HONORINE.
Dites-lui bien que je la remercie de toute mon âme.

FRANÇOIS.
Je n'y manquerai pas. (*Fausse sortie.*) Ah! mamzelle m'a encore chargé de vous dire que monsieur son Père se ferait l'honneur de vous visiter.

HONORINE.
C'est trop de bonté!

FRANÇOIS.
Ça suffit. Je n'y manquerai pas.　　　　　　(*Il sort,*)

SCÈNE V.

HONORINE, *puis* ALEXIS.

HONORINE.
Elle prend une cuiller, et vole au berceau. On la voit soulever son enfant, et lui présenter du lait.

Cher enfant! puisse ce lait ranimer ta vie! (*La musique*

*exprime un bruit lointain d'abord, et qui augmente en s'appro-
chant. — Le placard qui est à gauche de l'alcôve s'ouvre avec
violence. — Alexis, effaré, entre brusquement, ferme au verrou
la cloison en briques pratiquée dans le mur de la chambre voisine,
et replace le placard. — Au bruit que fait Alexis, Honorine s'est
écriée avec joie)* : Enfin, le voilà!..

ALEXIS *jette un rouleau sur la table, en disant d'une voix altérée:*

Tiens, Honorine, voilà de l'or... Ni toi, ni ton fils, vous
ne connaîtrez plus les angoisses de la faim.

Il ôte son manteau, son chapeau, et tombe
accablé sur une chaise à l'avant-scène.

HONORINE.

Honorine, qui est accourue à la rencontre
d'Alexis, s'arrête interdite à ces derniers mots.

Quelle voix sinistre!.. quel air sombre!.. Alexis! mon
ami, que t'est-il arrivé?

ALEXIS.

Rien.

HONORINE.

Tu me trompes.

ALEXIS, *s'efforçant de se remettre.*

Rien... rien qui te doive effrayer.

HONORINE.

Tu voudrais vainement abuser ma tendresse... ta pâleur...
ces traits décomposés... tes yeux qui se détournent de moi...
tu as fait quelque rencontre fâcheuse... tu as vu quelqu'un
de ta famille, de la mienne... Nous allons éprouver de nouvelles persécutions.

ALEXIS.

Je l'ai craint un moment; mais je suis tout-à-fait rassuré à
cet égard.

HONORINE.

La sueur couvre ton front...

Elle l'essuie avec son mouchoir.

ALEXIS.

C'est la suite d'une course longue et précipitée.

HONORINE.

D'où viens-tu donc?..

ALEXIS.

Du faubourg Saint-Honoré.

HONORINE.

Pourquoi si loin?

ALEXIS.

M. Duvivier, sur lequel je comptais pour obtenir un secours momentané, était absent, et il m'a fallu courir chez un autre ami, qui m'a prêté cet or.

HONORINE.

Il fallait au moins prendre une voiture.

ALEXIS.

La prudence me le défendait.

HONORINE.

Mais pourquoi te fatiguer à ce point ?

ALEXIS, tendrement.

Je pensais à toi... à notre fils... Vous m'attendiez tous deux... pouvais-je arriver trop tôt ? Pour mieux me dérober aux regards, j'avais pris par les Champs-Élysées, et je revenais en courant, quand j'ai entendu deux hommes s'écrier en me voyant passer : C'est lui ! le voilà ! alerte ! alerte ! Et en effet, ils se sont mis à ma poursuite.

HONORINÉ.

Tu me fais frémir...

ALEXIS.

J'ai doublé ma course ; ton souvenir m'a donné des aîles... et après mille détours. je suis arrivé à l'entrée de notre logement, qui donne dans la rue voisine. Mais pour ne pas attirer ces hommes par un bruit qui leur aurait indiqué ma retraite, je n'ai fait que pousser la porte. Inutile précaution ! ils m'avaient vu disparaître de loin : et j'étais à peine au quatrième étage, que déjà je les ai entendus se précipiter dans l'allée.

HONORINE.

Nous sommes perdus !

ALEXIS, se levant.

Non. Ils vont entrer dans ma chambre, mais ils ne trouveront point d'issue. Tu le sais, le briquetage qui dérobe la communication entre nos deux logemens, est caché par ma petite bibliothèque et de vieilles gravures. Cent fois, nous avons frappé de l'autre côté, pour nous assurer qu'aucun retentissement ne pouvait trahir notre secret asile. Ils croiront que je suis monté plus haut pour m'échapper par les greniers, sur les toîts, peut-être.

HONORINE.

Puisses-tu dire vrai !

Elle va ouvrir doucement le placard. Elle prête l'oreille
auprès de la cloison en briques, et dit à voix basse :

Je les entends. Ils sont furieux, disent-ils, de t'avoir manqué. Il reviendra, si c'est ici sa demeure ; nous l'attendrons jusqu'au jour.

4.

ALEXIS.

Jusqu'au jour! *(à part.)* Comment rentrer au couvent?

HONORINE.

Tu veux en vain me dérober tes craintes… Alexis… tu ne m'as pas tout dit… je tremble.

ALEXIS.

Rassure-toi, ce n'est pas moi qu'ils cherchent; mais pour rien au monde, je ne voudrais tomber dans leurs mains, on aurait bientôt deviné notre secret tout entier. Pauvre Honorine! *(Il la presse sur son cœur.)* Que le ciel m'épargne ce malheur!

On frappe.

AGATHE, *en dehors.*

C'est moi, Madame. Je vous amène le docteur.

ALEXIS.

Qu'est-ce que cela?

HONORINE.

Silence, ne te montre pas.

Elle le pousse dans l'épaisseur du mur, ferme doucement
le placard sur lui, et va ouvrir la porte.

SCÈNE VI.

HONORINE, AGATHE, LE DOCTEUR.

HONORINE.

Hé quoi! vous avez la bonté?..

AGATHE.

Venez vite, docteur… et dissipez, s'il se peut, les inquiétudes de cette pauvre mère.

Le docteur va près du berceau; il examine
l'enfant attentivement et en silence; puis
il baisse le rideau.

LE DOCTEUR.

Rassurez-vous, Madame; aucun danger réel ne menace les jours de votre enfant.

HONORINE, *avec le délire d'une mère.*

Ah! Monsieur, vous me rendez l'existence.

Elle lui prend les mains, et les baise en pleurant.

AGATHE.

Je suis bien contente... embrassez-moi.

Honorine se retourne, Agathe s'élance vivement à son cou.

LE DOCTEUR.

Il va s'asseoir.

Plus tard, Madame, vous me ferez connaître, sans doute, les motifs qui ont altéré votre santé ; mais je ne puis vous le cacher, la nourriture que cet enfant reçoit de vous, est peu favorable à son rétablissement. (*Il écrit.*) Vous lui donnerez cette potion calmante. Quand la fièvre sera passée, je vous prescrirai le régime qu'il conviendra de suivre.

HONORINE, *à Agathe.*

Comment vous témoigner ma reconnaissance ?

AGATHE.

En m'aimant un peu, et en me permettant de vous voir quelquefois : car vous me semblez aussi aimable que jolie.

HONORINE, *comme suffoquée.*

Ah ! les expressions me manquent...

LE DOCTEUR.

Bonsoir, Madame, je vous reverrai demain.

AGATHE, *sur le seuil de la porte.*

Bonne nuit... à demain.

Honorine rentre, et ferme la porte.

SCÈNE VII.

ALEXIS, HONORINE.

HONORINE, *allant ouvrir le placard.*

Viens, Alexis... Tu ne peux sortir, maintenant ?

ALEXIS.

Non. Les exempts de police sont installés, je viens de les entendre. Ils se perdent en conjectures sur la profession que j'exerce.

HONORINE.

Eh bien ! mon ami, pendant que tu vas garder notre cher enfant, moi, je vais chercher la potion dont le médecin de M. Duhamel vient de me donner l'ordonnance. La pharmacie est à deux pas dans la rue de Bretagne, je ne serai pas long-tems absente. Veux-tu me donner de l'argent ?

ALEXIS, *lui montrant le rouleau qu'il a posé sur la table.*

Prends.

HONORINE, *ouvrant le rouleau.*

De l'or! tout cela?

ALEXIS, *avec embarras et émotion.*

Oui. J'ai pris une somme un peu forte, afin de n'y pas revenir de sitôt.

HONORINE.

Elle serre le rouleau dans le tiroir de la table.

Tu as bien fait. Avant peu, je l'espère, nous serons en état de nous acquitter.

Elle l'embrasse, et sort en laissant la porte entr'ouverte.

SCÈNE VIII.

ALEXIS, *seul, et assis à gauche.*

Infortunée créature qu'un sort fatal unit à mes misères! Si tu savais de quel crime il vient de souiller sa vie, ce mortel privilégié que tu as daigné choisir entre tous, pour l'associer à tes vertus, pour l'enrichir des trésors de ton amour! tu frémirais! tu le rejeterais avec horreur, tu maudirais le jour qui éclaira cette union funeste... Ah! pardonne, chère Honorine! pardonne! je n'ai pu supporter le tableau déchirant qui s'offrait à mes regards... ton humiliation, ta détresse!.. L'unique héritière d'une famille illustre et opulente, réduite à mourir de faim! cet ange, que bientôt la tombe allait dévorer. (*Il se lève.*) Oh! ma raison s'est révoltée contre les décrets du ciel, contre la justice des hommes. J'ai foulé aux pieds ces lois que la société a instituées presque toujours au profit des heureux, et j'ai osé prendre violemment ce que la haine me refusait. L'échafaud, les tortures auraient été là, devant moi... je n'aurais point hésité. Il fallait vous sauver avant tout, à tout prix! c'était le premier devoir d'un époux et d'un père.

SCÈNE IX.

ALEXIS, M. DUHAMEL.

M. DUHAMEL.

Si je suis bien informé, c'est ici que demeure madame Alexis...

A ce mot, Alexis tourne la tête, se lève, et s'écrie avec
une douloureuse surprise :

ALEXIS.

M. Duhamel !

M. DUHAMEL, *avec le plus grand étonnement.*

Père Arsène !

ALEXIS, *à part.*

Je suis perdu !

M. DUHAMEL.

Vous ici... mon père... au milieu de la nuit... et sous
ce déguisement ?

ALEXIS, *à part.*

Que répondre ?

M. DUHAMEL.

Que dois-je penser de votre conduite , Monsieur ? Quelle
opinion puis-je avoir d'une jeune personne qui vous reçoit à
pareille heure, dans une maison respectable ?

ALEXIS.

*Il court fermer la porte, et revient vivement à la droite
de M. Duhamel.*

Ah ! Monsieur, gardez-vous de concevoir le moindre doute
sur la pureté de cet ange, digne de tous les hommages,
de tous les respects. Tout mon sang versé ne suffirait point
pour punir la plus légère atteinte portée à son honneur.

M. DUHAMEL.

Comme vous la défendez !

ALEXIS.

C'est ma femme que je défends.

M. DUHAMEL.

Votre femme ! votre femme !

ALEXIS.

Oui, Monsieur. Cet aveu auquel j'ai été entraîné par vos
injurieux soupçons, nécessite maintenant une confidence que
je dépose volontiers dans le sein d'un magistrat dont l'inté-
grité est généralement connue. Je vous supplie de l'entendre
avec indulgence, et de m'aider de vos sages conseils.

M. DUHAMEL.

Je vous écoute, Monsieur.

ALEXIS.

Il y a dans ma vie deux périodes bien distinctes : la première, marquée par un bonheur immense; la seconde, par
une infortune sans exemple. Arsène est le nom qui m'a été

donné en prononçant mes vœux… Je m'appelle Alexis. Je suis fils de M. d'Ambreville, ancien manufacturier, riche de plusieurs millions… Par je ne sais quelle bizarrerie que je n'ai jamais pu m'expliquer, mon père avait réuni toutes ses affections sur ma sœur, et j'étais l'objet continuel de ses mauvais traitemens et de son aversion. J'avais sept ans lorsque ma marraine, madame Damerval, prit pitié de moi, et me fit venir chez elle, au château de Mery. J'y trouvai sa petite-fille, Honorine de Montarmé, riche héritière que l'on destinait au marquis d'Aubeterre, son cousin. Honorine était à-peu-près du même âge que moi. Il existait, et il se manifesta bientôt dans nos caractères, dans nos goûts, une vive sympathie, qui devint d'abord une amitié profonde, et plus tard l'amour le plus tendre. Vous dire nos plans, nos projets, ce serait vous raconter les songes de chaque nuit qu'un rayon de soleil efface, ou les rêveries d'une fièvre délirante. Le temps, hélas! nous apprit bientôt que l'orgueil du rang et de la naissance élevait entre nous des barrières insurmontables. Aussitôt que le marquis d'Aubeterre eut atteint sa majorité, les deux familles voulurent réaliser un projet de mariage arrêté dès long-temps; mais on trouva dans Honorine une opposition des plus énergiques. Elle jura que jamais elle n'épouserait un homme dépourvu de véritable noblesse, livré à la débauche, et qui ne pouvait réellement lui inspirer que du dégoût.

M. DUHAMEL.

De tels sentimens ne peuvent que l'honorer.

ALEXIS.

Tant que madame Damerval vécut, elle soutint Honorine dans ses refus; mais la mort nous ayant privé de notre unique appui, il fallut nous séparer. Jugez de mon désespoir! On mit Honorine au couvent, avec menace de l'y laisser jusqu'à ce qu'elle consentît à épouser son cousin. Elle jura d'y mourir. Ma marraine, en mourant, m'avait laissé vingt mille livres. Avec ce capital, qui nous semblait inépuisable, nous crûmes pouvoir tout braver pour nous réunir; et moi, je vins à Paris, pour y préparer notre établissement. Mais le Ciel, pour nous punir sans doute, permit que cette somme, sur laquelle nous fondions dix années d'existence, nous fût dérobée. Au bout de quelques mois, Honorine s'échappa du couvent, et vint me rejoindre chez un vieux prêtre, qui nous maria en présence de témoins. Oui, Monsieur, elle était mon épouse, quand elle entra pour la première fois dans cette retraite, que j'avais embellie de tous les objets qui pouvaient la lui rendre agréable. Entrée sous cet humble toît, Honorine oublia le reste du monde. Dans sa vie toute d'amour et de dévouement, pas une pensée qui ne fût à son époux. Si parfois elle a jeté en arrière un regard de regret sur cette opulence, ces grandeurs, ce haut rang, d'où mon malheureux amour l'a fait décheoir, jamais du moins une seule parole échappée de ses lèvres n'a déchiré mon cœur. Pendant deux ans, le bonheur seul habita cette retraite, qui était devenue notre univers.

M. DUHAMEL.

Je vous ai bien écouté, Monsieur, et dans tout ce que vous venez de me dire, je ne vois rien qui justifie votre existence dans la société sous deux formes si différentes.

ALEXIS.

Je vous ai dit que j'avais une sœur, objet de la prédilection de mon père. Il fit savoir dans la province que mademoiselle d'Ambreville aurait un million en dot. Aussitôt, comme vous le pouvez croire, les prétendans accoururent en foule. Le marquis d'Auteuil eut la préférence. Ambitieux, puissant, écrasé de dettes, et possédé du démon de l'avarice, cet homme méprisable conçut la pensée de s'assurer seul l'immense succession de mon père. Pour atteindre ce but, il imagina de me faire embrasser l'état monastique.

M. DUHAMEL.

Malgré vous ?

ALEXIS.

Oui, Monsieur, malgré moi. La violence et la ruse se sont réunies pour m'imposer ce joug que je repoussais avec horreur.

M. DUHAMEL.

La violence ?

ALEXIS.

Oui, Monsieur. A la requête de mon père, je fus enlevé en plein jour, et renfermé dans une étroite prison avec des insensés et des malfaiteurs.

M. DUHAMEL.

Et sur quel motif se fondait cet acte arbitraire ?

ALEXIS.

Pour m'effrayer, sans doute, on me dit que la famille de Montarmé voulait intenter contre moi une action criminelle, comme coupable de l'enlèvement d'Honorine. On exigeait que je révélasse le secret de son asile ! Juste ciel !.. trahir cet ange, auquel je devais deux ans d'amour et de bonheur !.. plutôt la mort !.. Cependant l'infortunée, prête à devenir mère, était privée de son unique appui.... Je me figurais ses inquiétudes cruelles, et mon désespoir s'en augmentait : il était devenu de la frénésie, de la rage! et nul moyen de la rassurer, de lui faire savoir que son époux existait encore!.. Il fallait céder ou devenir le meurtrier d'Honorine... Je consentis à entrer dans un couvent.

M. DUHAMEL.

Pourquoi dans un couvent?

ALEXIS.

On voulait ma part de l'héritage paternel, Monsieur; et pour l'obtenir, je devais faire vœu de pauvreté.

M DUHAMEL.

Quelle infamie! Du moins, on vous rendit la liberté pendant l'année du noviciat?

ALEXIS.

La liberté!.. point! au cachot toujours... Un an de noviciat, dites-vous? il n'a duré qu'une semaine.

M. DUHAMEL.

Cette circonstance est très-grave. Le défaut de noviciat pendant une année tout entière, autorise une réclamation légale contre la validité de vos vœux.

ALEXIS.

Je l'ai faite et adressée, dans la forme voulue, à mes supérieurs et à l'Archevêque; mais je n'ai obtenu aucune réponse.

M. DUHAMEL.

Pauvre jeune homme!

ALEXIS.

Toutefois, avant de prononcer mes vœux, j'y mis une condition. J'avais fait d'excellentes études, et j'annonçais des talens oratoires. Sous le prétexte de compléter mon instruction, l'Archevêque, sur ma demande, me dispensa des offices, et m'accorda la liberté de sortir du couvent à toute heure, sans en rendre compte à mes supérieurs. Mes sermons ne tardèrent point à acquérir de la célébrité; pour étouffer mes plaintes, le marquis d'Auteuil me fit savoir que, grâce à lui et à des protecteurs puissans, je parviendrais bientôt aux premières dignités ecclésiastiques. Ah! vivre en paix auprès d'Honorine, loin du monde et des grands de la terre, voilà l'unique désir, la seule ambition du malheureux Alexis.

M. DUHAMEL.

M. d'Ambreville, vous m'inspirez un vif intérêt. Il est évident que les violences exercées contre vous, ont eu pour but de vous ravir vos droits à l'immense héritage de votre père. Quelles que soient les erreurs de votre jeunesse et vos torts envers la famille de votre épouse, vous les avez trop cruellement expiés, pour que je ne vous aide pas à rentrer dans la

société. Nous attaquerons la légitimité de vos vœux, et je
vous promets qu'ils seront annulés.

ALEXIS, tombant aux pieds de Duhamel.

Ah! Monsieur, vous serez un père pour Honorine et pour
moi.

SCÈNE X.

M. DUHAMEL, ALEXIS, HONORINE.

On frappe violemment à la porte de droite.

HONORINE, en dehors.

Ouvrez, mon ami, ouvrez vite, vite.

Alexis, troublé, va ouvrir. Honorine, effrayée,
ouvre la bouche pour prévenir Alexis qui, d'un
geste, lui montre M. Duhamel. Elle s'arrête.

ALEXIS.

D'où vient ton effroi?

HONORINE, à demi-voix.

M. Duhamel chez nous?

ALEXIS.

Prudence!

HONORINE, continuant bas et vivement.

Cache-toi. Un exempt de police est sur mes pas. C'est le
concierge de M. Duhamel qui le guide et l'éclaire.

M. DUHAMEL.

Vous paraissez troublés.

ALEXIS.

Du tout, Monsieur. (à part.) C'est fait de moi, les miséra-
bles ont deviné le secret de notre retraite.

On entend plusieurs voix dans l'escalier.

SCÈNE XI.

ALEXIS, DUHAMEL, UN EXEMPT, HONORINE,
FRANÇOIS, tenant une lumière.

FRANÇOIS, éclairant l'Exempt, qu'on ne voit pas encore.

Prenez garde, Monsieur l'Exempt, il y a une petite marche... Là, vous y êtes. Voilà notre monsieur.

Il montre M. Duhamel.

L'EXEMPT.

J'ai l'honneur de présenter mes respects à Monsieur e
lieutenant-criminel.

M. DUHAMEL.

Bonsoir, Monsieur. Qui vous amène si tard près de moi ?

L'EXEMPT.

Un ordre de Son Excellence Monseigneur le lieutenant-
général de police, au sujet de la lettre anonyme dont vous
êtes venu lui parler ce soir.

ALEXIS, *tout-à-fait décomposé, et à part.*

La mienne, sans doute.

M. DUHAMEL.

Ah ! ah ! l'affaire des Champs-Élysées ?

L'EXEMPT.

Précisément.

M. DUHAMEL.

Hé bien ! qu'y a-t-il de nouveau ? A-t-on réussi ?

L'EXEMPT.

Complètement. Le voleur est arrêté.

ALEXIS, *dans un état convulsif, à part.*

Arrêté !

L'EXEMPT.

Je me flatte d'avoir bien conduit cette expédition.

M. DUHAMEL.

Qu'avez-vous fait de ce misérable ?

ALEXIS, *de même.*

Je me sens mourir.

L'EXEMPT.

Je l'ai mis au dépôt. Il y passera la nuit.

ALEXIS, *à part, autre expression de physionomie.*

Au dépôt !

L'EXEMPT.

Demain matin, il subira son premier interrogatoire.

ALEXIS, *à part.*

L'erreur sera bientôt reconnue.

L'EXEMPT.

Son Excellence me charge de vous demander s'il vous conviendrait d'y assister.

M. DUHAMEL.

Peut être, selon mes occupations.

ALEXIS, *tombant sur une chaise, à part.*

C'est fait de moi.

HONORINE, *courant auprès d'Alexis.*

Qu'as-tu donc, mon ami ?

ALEXIS, *se levant, et à voix basse.*

Silence ! tu sauras tout.

M. DUHAMEL.

Bonsoir, M. Alexis, nous nous reverrons. Bonsoir, Madame.

> Alexis et Honorine reconduisent M. Duhamel, qui sort, précédé de l'exempt et de François.

Fin du premier acte.

ACTE DEUXIÈME.

PREMIER TABLEAU.

Un jardin dépendant de la maison de monsieur Duhamel.

SCÈNE PREMIÈRE.

FRANÇOIS, *avec un arrosoir à la main.*

Faut que je fasse une surprise à c'te bonne mamzelle Agathe.
Elle sera ben étonnée à ce matin, quand elle descendra, de
trouver son petit jardin arrosé. Elle est si aimable, si avenante
pour nous autres! C'est bien la fille de son père; oh! les
braves gens que ça fait! moi, déjà, je les servirais pour
rien, tant que je les aime!

Il vide deux arrosoirs

SCÈNE II.

HONORINE, FRANÇOIS.

HONORINE, *avec timidité.*

Monsieur François!

FRANÇOIS, *arrosant sans se retourner.*

Qui qui m'appelle? je ne connais pas c'te voix-la.

HONORINE, *plus près de lui.*

Monsieur François!

FRANÇOIS, *se retournant, à part.*

Si je ne me trompe c'est la petite dame du quatrième.
(*haut*). Qui qu'y a pour vot service, Madame?

HONORINE.

Je viens de me présenter au premier et l'on m'a dit que
monsieur Duhamel était sorti.

FRANÇOIS.

C'est vrai, Madame. Voyez-vous, notre monsieur il a de la
religion tout plein et il croirait qu'il n'est pas en état de be

juger si, tous les matins, il n'allait pas à l'église avant de per-
sider au Châtelet.

HONORINE.

Pensez-vous qu'il rentre bientôt ?

FRANÇOIS.

C'est sûr et certain ; il déjeûne tous les jours à neuf heures.
Si vous avez queuque chose à l'y dire en particulier, je vous
conseille de l'attendre ici. Les solliciteurs montent tout droit
là haut, vous ne seriez pas tranquille, au lieur qu'en le
prenant là, au passage, vous pourrez causer à votre aise dans
ce petit pavillon que v'là (*Il montre un pavillon à gauche*). et
l'y conter votre affaire en long et en large sans être dérangée.

HONORINE.

Je vous remercie, monsieur François.

FRANÇOIS.

De rien, Madame. Notre demoiselle vous aime, et comme
nous l'aimons tout plein aussi ça fait que nous aimons tous
ceux qu'elle aime. Asseyez-vous, ou ben promenez-vous,
comme vous voudrez. Je vas dire a la portière qu'elle prévienne
notre monsieur qu'une jolie petite dame l'attend au jardin. ça
ne l'y fera pas de peine... parceque... Enfin... C'est toujours plus agréable. Votre serviteur, Madame.

HONORINE.

Bonjour, monsieur François. Ah ! pardon. Un mot encore.

FRANÇOIS, *revenant*.

Tout à votre service.

HONORINE, *d'une voix altérée*.

Je voulais vous prier d'aller jusque chez le bijoutier de la
rue d'Anjou pour lui vendre cette croix. Elle vaut plus d'un
louis, vous lui demanderez de vous payer en or.

FRANÇOIS.

Un louis d'or, en or ?.. Oui, Madame, tout de suite. (*Il sort*)

Avant de donner la croix à François, Honorine l'a
baisée à plusieurs reprises et en pleurant.

SCÈNE III.

HONORINE.

Ainsi je remplacerai celui qui manque au rouleau que m'a
apporté Alexis. Il le faut absolument. Cet or me pèse, il me
brûle ; il me semble, je ne sais pourquoi, devoir être pour

nous une cause de calamités. La source en est pure, je n'en saurais douter... Mais pourquoi mon Alexis a-t-il éprouvé cet embarras, ce trouble, quand on est entré chez nous de la part du Lieutenant de police ?.. Cependant je connais sa vie comme la mienne. Je ne crois pas, oh ! non... je ne le crois pas, qu'il existe une âme plus généreuse, un cœur plus noble, une probité plus sévère. Mais pourquoi ce tremblement, ces terreurs qui l'ont poursuivi toute la nuit jusque dans ses rêves ?.. Je n'ai pu céder au sommeil et jai été témoin de son effrayante agitation. Sa poitrine était gonflée, haletante...; son cœur battait violemment, quelques mots échappés m'ont glacée d'effroi... D'une voix menacante il a nommé son oncle, ce misérable Nobé, être vil qui pour de l'argent a vendu sa conscience, notre avenir, et s'est fait l'artisan de notre ruine en servant les projets infâmes du marquis d'Auteuil et du père d'Alexis... L'aurait-il rencontré ? en aurait-il, par quelque violence, obtenu cet argent ? ce matin, quand Alexis m'a quittée pour retourner à son couvent, je lui ai exprimé ma vive inquiétude, je lui ai peint les tourments que j'avais éprouvés pendant cette longue nuit de souffrances. Pressé de questions, il a fini par m'avouer qu'il avait trouvé cet or. Trouvé !.. cela se peut ; mais pourquoi ne me l'a-t-il pas dit d'abord ? c'est la première fois qu'il a trahi la vérité... et pourquoi ? ce ne peut-être sans un puissant motif. Je m'y perds... Mon esprit s'égare en conjectures de plus en plus douloureuses. (*Elle s'assied à gauche*). Le seul remède offert par ma raison et qui semble devoir me calmer, c'est de confier cette somme à monsieur Duhamel en le priant de la restituer... à qui ? je l'ignore ; mais du moins elle ne pèsera plus sûr mon cœur ; je serai soulagée d'un fardeau qui m'étouffe. (*Avec âme*). Alexis, mon bien, ma vie, toi pour qui tous les sacrifices m'ont paru faciles et doux, tu n'as pas manqué à l'honneur n'est-ce pas ? tu n'as pas commis une méchante action ? oh ! non. (*Elle tombe à genoux*). Mon Dieu, s'il en était autrement, retire-moi de ce monde, que la terre recouvre à l'heure même la triste Honorine, et toi aussi, mon cher enfant, plutôt que de voir l'ombre du deshonneur obscurcir le nom de ton père ! alors je serais sans excuse... Et comment supporter la vie ?.. (*Avec beaucoup d'énergie*). Ah ! la mort, la mort, avant ce nouveau malheur le plus cruel de tous. On vient !

Elle se relève et se replace sur le banc.

SCENE IV.

HONORINE, AGATHE.

AGATHE.

Bonjour, méchante. Je viens vous gronder.

HONORINE.

Moi ?

AGATHE.

Oui, je suis fachée contre vous.

HONORINE.

Je ne me pardonnerais pas de l'avoir mérité.

AGATHE.

Un peu d'argent vous est nécessaire et vous ne me l'avez pas dit !

HONORINE.

Devais-je abuser de vos bontés ?

AGATHE.

Quoi! pour une faible somme, vous vous privez d'un objet cher à votre cœur, je dois le croire, car François m'a dit qu'en le lui donnant vous sembliez bien émue ?

HONORINE.

Il est vrai, Mademoiselle. Cette croix vient de ma mère ; j'espérais la conserver toute ma vie, mais il est des sacrifices souvent commandés par la nécessité.

AGATHE.

Vous m'avez vivement intéressée. Je vous aime comme si nous nous connaissions depuis long-tems, comme si nous étions sœurs. Ayez donc aussi un peu d'amitié pour moi, je vous en prie.

HONORINE.

Comment ne pas vous aimer ? vous êtes si bonne!

AGATHE.

D'abord, reprenez votre croix; mais ce n'est pas tout. Entre amies tout doit être commun. Maintenant j'ai le bonheur d'être un peu plus riche que vous. Partageons. Qui sait? un jour peut-être j'aurai recours à vous.

HONORINE.

Permettez que je reprenne seulement ce précieux souvenir de ma mère.

AGATHÉ.

Mais non. Ce n'est pas assez. Puisque vous étiez résolue à vous en défaire, apparemment le produit vous était indispensable. Je veux que vous puisiez dans ma bourse. N'ayez aucun scrupule. Cet argent est bien à moi. J'en puis disposer comme je le veux. C'est la petite pension que papa me donne pour mes menus-plaisirs.

HONORINE.

Puisque vous avez la bonté de le permettre.

AGATHE.

Comment! le permettre? je le veux.

HONORINE.

Je vous serai redevable d'une pièce d'or.

AGATHE.

Ce n'est pas assez.

HONORINE.

Je n'accepterai pas davantage. *(A part)*. Grâce à cet ange le rouleau est au complet.

AGATHE, *montrant sa bourse.*

N'oubliez pas qu'elle est toujours à votre disposition. Vous me le promettez?

HONORINE.

Je vous le promets.

AGÀTHE.

Merci! vous êtes bien aimable. *(Elle l'embrasse. Se tournant vers son petit parterre)*. Ah! qui donc a arrosé mes fleurs?

HONORINE.

Monsieur François.

AGATHE.

Il a bien fait. Je me suis levée tard aujourd'hui; je n'ai pas fermé l'œil de la nuit. Ce vol des Champs-Élysées m'avait toute bouleversée.

HONORINE, *troublée.*

Un vol!.. Aux Champs-Élysées!.. *(A part)*. Mon dieu!.. Alexis y a passé.

AGATHE.

Oh! un vol accompagné de circonstances tout à fait extraordinaires. Cent louis déposés au pied d'un arbre.

HONORINE, *à part.*

Cent louis!.. *(Haut)*. Et sait-on?..

AGATHE.

Oui, on sait tout. On a pris le voleur. C'est cela qui a causé tant de bruit hier au soir dans l'hôtel. Papa était chez vous quand on est venu le prévenir de la part du lieutenant de police.

HONORINE, troublée.

C'est vrai ; mais je n'ai pas fait attention à ce qui se passait autour de moi. Entièrement occupée de mon fils...

AGATHE.

Comment va-t-il ce cher enfant?

HONORINE.

Beaucoup mieux.

AGATHE.

J'en suis ravie.

HONORINE, à part.

L'identité de cette somme me fait frissonner malgré moi. Cependant il ne saurait y avoir le moindre rapport... N'importe je n'aurai pas de repos qu'elle ne soit sortie de mes mains. Je ne sais comment m'y prendre pour la remettre au lieutenant-criminel (Haut). Dites-moi, Mademoiselle, vous entendez souvent parler jurisprudence, législation ?..

AGATHE.

Oh ! mon dieu ! toute la journée et cela n'est pas amusant du tout, je vous assure. Pourquoi me faites-vous cette question?

HONORINE.

A propos de ce vol. Je me demandais ce qui arriverait si, par exemple, l'homme qui aurait dérobé une somme d'argent venait, saisi d'un remord subit, la restituer.

AGATHE, d'un air capable.

Il me semble qu'alors tout serait dit, du moins, c'est ainsi que je jugerais. Au surplus j'entends papa nous allons lui demander ce qu'il en pense.

<center>~~~~~~</center>

SCÈNE V.

HONORINE, DUHAMEL, AGATHE.

AGATHE, allant au-devant de son père qui l'embrasse.

Bonjour, papa.

DUHAMEL.

Bonjour, ma fille. (A Honorine.) Eh bien ? Madame êtes-vous plus tranquille, aujourd'hui?

6.

HONORINE.

Pas trop, Monsieur. J'étais venue...

AGATHE.

Papa, j'ai une question de droit à vous soumettre.

DUHAMEL.

Une question de droit, mon enfant? voilà qui est bien grave
pour une petite pensionnaire.

AGATHE.

Pas si petite, j'aurai quatorze ans le jour de la Sainte-
Adélaïde.

DUHAMEL.

Voyons la question de droit.

AGATHE.

La voici. Je suppose un homme qui a dérobé un objet
quelconque, argent, bijoux, n'importe. Saisi de remords,
aussitôt après cette mauvaise action, il court restituer l'objet
volé; que lui fera-t-on? rien, n'est-ce pas? c'est ainsi que j'ai
jugé.

DUHAMEL.

Eh bien! mon enfant, tu as mal jugé.

AGATHE.

Mal jugé? oh! par exemple!

DUHAMEL.

Sans doute. Il faut savoir si le crime est encore secret ou
s'il a été dénoncé à l'autorité. Dans le premier cas, il dépend
de la personne lésée de se contenter de la restitution, et de
faire grâce au voleur. (*Honorine écoute. Sa figure reprend de la
sérénité. Elle tire le rouleau de la poche de son tablier. Elle est
prête à le présenter au lieutenant-criminel*). mais du moment que
la justice est saisie de la plainte, ou du fait, rien ne peut
empêcher que l'affaire n'ait son cours; la vindicte publique
qu'il y ait jugement et même condamnation.

> Frappée de terreur à ces paroles, Honorine
> remet le rouleau dans sa poche et s'éloigne.
> Son effroi est visible, sa physionomie est
> contractée

AGATHE.

J'en suis bien fâchée; mais cela ne me semble pas juste
du tout.

DUHAMEL, *souriant*.

Je voudrais bien savoir au surplus de quoi tu te mêles.

AGATHE.

Comment, papa, de quoi je me mêle? On dit que je suis

jolie, cela peut être, je n'en sais rien. Vous êtes riche, je suis fille unique, il est donc probable que vous m'établirez un jour.

DUHAMEL.

Eh bien ?

AGATHE.

Eh bien, il faut que mon esprit s'exerce de bonne heure à distinguer ce qui est juste ou injuste, parcequ'une mère de famille ne doit jamais avoir tort.

DUHAMEL.

Allons, tais-toi, enfant! nous n'en sommes pas là. *(Se tournant vers Honorine).* Vous disiez, Madame...

FRANÇOIS, *en dehors.*

Oui, Monsieur le Marquis. Vous le trouverez dans le jardin.

M. DE LIRAY.

Merci, François.

AGATHE.

Voici monsieur de Liray.

HONORINE, *voulant se retirer.*

Je me présenterai dans un autre moment.

DUHAMEL.

Non. Restez là.... dans mon cabinet; je vous y rejoins tout-à-l'heure.

Honorine monte au pavillon.

SCENE IV.

HONORINE, *près la croisée du pavillon,* AGATHE, M. DE LIRAY, DUHAMEL.

DUHAMEL.

Bonjour, mon ami. Vous venez déjeuner avec moi, avant de partir pour votre grand voyage. Je vous en remercie.

M. DE LIRAY.

Ah! bien oui, partir! il est bien question de cela. Je ne pars plus, du moins quant à présent.

DUHAMEL.

Tant mieux. Nous nous verrons plus long-tems.

M. DE LIRAY.

Tant pis, de par tous les diables. Ce retard est la suite d'un événement fort désagréable.

DUHAMEL.

Pour vous, mon ami ?

M. DE LIRAY.

Oui. Il vient d'arriver à mon pauvre Germain la chose la plus extraordinaire. Vous l'avez vu hier au soir, j'étais préocupé, soucieux.

AGATHE.

C'est vrai ; vous n'étiez pas gai comme à l'ordinaire.

M. DE LIRAY.

Il semblait que j'eusse le pressentiment de ce malheur.

AGATHE.

Un malheur !

DUHAMEL.

Vous m'inquiétez. Qu'est-ce donc ?

M. DE LIRAY.

Je vous ai dit que le pauvre diable souffrait beaucoup de son athsme. Hier, vers neuf heures du soir, en revenant de Versailles dans un méchant coucou, il a été saisi de suffocations tellement vives qu'il lui a été impossible de continuer sa route. Il s'est fait descendre au coin de l'allée des Veuves et s'est assis au pied d'un arbre.

AGATHE.

Ce pauvre Germain !

M. DE LIRAY.

A peine il y était qu'il a été assailli par des gens de la police, qui l'ont arrêté comme voleur et l'ont traîné au dépôt.

AGATHE.

Ah ! mon Dieu.

DUHAMEL.

Sous quel prétexte ?

M. DE LIRAY.

Parcequ'on lui a trouvé entre les mains un rouleau de cent louis.

HONORINE, *à part. Se levant et prêtant une oreille attentive.*

Cent louis !

M. DE LIRAY.

Et l'on a prétendu qu'il l'avait volé au pied de ce même arbre, où, par une inconcevable fatalité, une somme pareille avait été enterrée quelques minutes auparavant en présence de ces mêmes agens.

DUHAMEL.

Et d'après mes ordres...

M. DE LIRAY.

Bah ?

DUHAMEL.

Oui. Je connais cette affaire. Je vous la raconterai.

M. DE LIRAY.

Ces cent louis proviennent à mon brave Germain d'un don qui venait de lui être fait par son père, âgé de quatre-vingt-neuf ans et qui, au moment des adieux, lui remit cette somme en pleurant, et lui dit : « Selon toute apparence, mon fils, je » ne te verrai plus ; tu pars pour un long voyage, et moi, » sans doute, je ne tarderai pas à en faire un plus long encore, » et d'où l'on ne revient jamais. Prends ceci, c'est ton héritage, » c'est le fruit de mes économies, il est à toi, je te le donne, » puisse-t-il te profiter ! » Et là-dessus, il se séparèrent les larmes aux yeux.

AGATHE.

Ah ! vous voyez bien, papa, j'avais raison de vous dire tout-à-l'heure...

DUHAMEL.

Taisez-vous, Agathe. *(A Liray).* Rien de plus simple, mon ami. Il y a évidemment là une méprise. Il faut faire venir sur-le-champ ce vieux père. D'après sa déclaration, Germain sera relâché, sans la moindre difficulté.

M. DE LIRAY.

C'est ce que j'ai pensé. Tout cela serait déjà fait, si ce digne garçon n'avait pas craint de troubler mon sommeil. Pour ménager mon repos, il ne m'a informé que ce matin de sa mésaventure. J'ai couru bien vite chez monsieur de Sartines ; il a fait venir Germain qui nous a tout raconté, et, d'après sa déclaration, on a dépêché à Versailles un Exempt chargé d'interroger le vieillard et de le ramener avec lui.

DUHAMEL.

C'est très-bien. A quelle heure est-on parti pour Versailles ?

M. DE LIRAY.

A cinq heures du matin.

DUHAMEL.

On ne tardera point à revenir. Tranquillisez-vous ; Germain vous sera bientôt rendu.

M. DE LIRAY.

D'autant que j'ai promis dix louis à l'Exempt pour sa prompte expédition.

DUHAMEL.

Nous allons déjeûner en attendant. Montez le premier, mon ami, avec Agathe. Moi, j'ai deux mots à dire à quelqu'un qui m'attend.

M. DE LIRAY.

C'est bien.

AGATHE.

Venez, Monsieur de Liray.

SCÈNE VII.

HONORINE, *dans le pavillon*, AGATHE, M. DE LIRAY, DUHAMEL, FRANCOIS.

FRANÇOIS, *à monsieur de Liray.*

Il y a là un Exempt de police qui demande à parler tout incontinent à Monsieur le Marquis de Liray.

M. DE LIRAY.

Fais-le venir.

DUHAMEL.

C'est notre homme.

SCÈNE VIII.

HONORINE, AGATHE, DE LIRAY, L'EXEMPT, DUHAMEL.

L'EXEMPT.

Monsieur le Marquis, mon voyage n'a pas été heureux. Je vous apporte une bien mauvaise nouvelle.

TOUS ENSEMBLE.

Qu'est-ce? parlez.

L'EXEMPT.

Le père de Germain a été frappé d'apoplexie une heure environ après le départ de son fils.

TOUS.

Ah! mon Dieu!

L'EXEMPT.

Il est mort à minuit, entre les bras de ses voisins.

DUHAMEL.

C'est un grand malheur ! comment prouver maintenant l'innocence de Germain ?

M. DE LIRAY.

Eh parbleu ! en représentant les cent louis déposés au pied de l'arbre. Comme je réponds sur ma tête que Germain ne les a point dérobés, ils y sont encore si vous les y avez mis.

L'EXEMPT.

Son Excellence a dû affirmer à Monsieur le Marquis qu'avant d'arrêter son domestique, nous avons remué la terre et n'avons plus rien trouvé. Donc les cent louis étaient volés.

HONORINE, *à part avec un cri déchirant.*

Volés ! Ah ! je meurs.

Elle tombe à la renverse.

AGATHE, *accourt près de la croisée et s'écrie.*

Papa ! papa !

Duhamel vient au cri de sa fille, et paraît
consterné ainsi que Monsieur de Liray,
l'Exempt et François participent à ce mou-
vement de scène.

DEUXIÈME TABLEAU.

Le théâtre représente un salon chez la Présidente.

SCÈNE PREMIÈRE.

L'ABBÉ, LA PRÉSIDENTE, AGATHE, CLÉMENTINE.

La Présidente entre par le fond, entourée de ses enfans.

CLÉMENTINE.

Oh maman ! pourquoi nous quitter déjà ?

LA PRÉSIDENTE.

Mes enfans, je ne puis me dispenser de recevoir Monsieur le Marquis de Liray que je n'ai pas vu depuis trois semaines. Il demande à m'entretenir d'une chose importante et attend dans sa voiture. J'ai dû le faire prier de monter.

L'ABBÉ.

Juste au plus beau moment! c'est bien désagréable. J'allais chanter mon grand morceau ; puis après, Mademoiselle Agathe et moi, nous allions essayer le duo d'Armide. Il faut convenir que monsieur de Liray ne pouvait arriver plus mal à propos.

AGATHE.

C'est vrai, Madame.

LA PRÉSIDENTE.

Eh mon dieu, mes enfans, je sais votre musique par cœur. Je n'ai entendu que cela tous les jours, depuis un mois.

L'ABBÉ.

Mais pas devant tout le monde. C'est bien différent.

LA PRÉSIDENTE.

Ce que vous demandez est impossible. Retournez au salon. Après le concert, je vous permets de danser, mais je vous recommande la modération. Clémentine, pas plus de trois contredanses. *(A Agathe)*. Vous entendez, mon cœur ? je m'en rapporte à vous.

AGATHE.

Oui, Madame, je ferai la petite maman.

L'ABBÉ.

Et moi, Maman, ne me permettrez-vous pas de danser un menuet ? j'en meurs d'envie.

LA PRÉSIDENTE.

Mon ami ! ce serait du scandale.

L'ABBÉ.

Pourquoi ? nous sommes en famille.

LA PRÉSIDENTE.

Faites donc comme il vous plaira.

L'ABBÉ *et* CLÉMENTNE.

Oh! merci, maman !

Ils sortent satisfaits.

SCÈNE II.

LA PRÉSIDENTE, M. DE LIRAY.

M. DE LIRAY, *très-empressé.*

Mille pardons, Madame la Présidente. C'est à regret que je viens troubler une réunion de famille, mais ma démarche a pour but une bonne action qui n'admet aucun retard. Vous me remercierez, je n'en doute pas, de vous avoir donné la préférence.

LA PRÉSIDENTE.

Très-bien, mon ami. Vous m'avez parfaitement jugée, et je vous en remercie.

M. DE LIRAY, *d'une voix altérée.*

Eh bien! Madame; ils viennent de condamner mon pauvre Germain à être rompu vif!

LA PRÉSIDENTE.

Ah! mon dieu!

M. DE LIRAY.

Oui, Madame. Il a été condamné, malgré les efforts de mon brave Duhamel.

LA PRÉSIDENTE.

Pauvre malheureux!

M. DE LIRAY, *avec indignation.*

Et ce sont des magistrats renommés pour leur instruction et leur équité qui ont prononcé la peine capitale contre un innocent! Et l'arrêt de ces hommes est définitif, irrévocable, sans appel!.. La roue à un vieillard, parcequ'il n'a pas eu la force de supporter les tortures!.. S'il eût été jeune et vigoureux, il aurait vu sans pâlir broyer ses membres palpitans; mais la violence des douleurs a brisé son âme et il s'est avoué coupable!.. J'ai visité les nations les plus sauvages du globe, et n'ai rien vu de plus barbare que la législation criminelle du peuple qui se prétend le plus poli, le plus civilisé de l'univers.

LA PRÉSIDENTE.

Calmez-vous, mon ami.

M. DE LIRAY.

Mon Germain coupable!.. Non, il ne l'est pas... Quelques circonstances difficiles à expliquer, quelques rapprochemens bisarres pourraient le faire supposer à des juges prévenus; mais à ces rapprochemens de dates et de circonstances fort étranges, sans doute, j'oppose, moi, en faveur de cet honnête garçon, trente années d'une vie sans reproches, passées en entier sous mes yeux, et presque sous les vôtres, Madame; car il y a trente ans que nous nous connaissons... et vous m'avez entendu tenir toujours le même langage sur lui.

LA PRÉSIDENTE.

C'est la vérité.

M. DE LIRAY, *avec une chaleur entraînante.*

Simple, doux, intègre, fidèle, et surtout désinterressé, Germain serait devenu tout d'un coup criminel pour de l'argent f.. lui! Mais tous mes amis savent que ma bourse était la sienne, qu'il y puisait sans compter, non pas pour lui, mais pour donner aux pauvres; car vivant chez moi dans l'abondance de tout, il n'avait aucun besoin personnel. C'est lui qui, depuis trente ans, reçoit mes appointemens, mes rentes, mes fermages. C'est lui qui fait mes placemens. Mon or est sous sa garde comme tout ce que je possède. Son avenir lui est largement assuré par mon testament et il le sait. Comment donc supposer qu'il ait changé si subitement ? Comment croire avec quelque raison, que l'homme honnête et consciencieux, soit en un jour devenu un voleur de grand chemin. Cela ne se peut pas. Mais non... un million de fois, non. Mon pauvre Germain! mon digne serviteur! mon ami! non, non. Tu ne subiras pas une mort infâme... Ou ils me tueront aussi, moi, qui depuis quarante ans, n'ai vécu que pour la gloire de mon pays.

LA PRÉSIDENTE.

Que pouvons-nous faire en sa faveur ?

M. DE LIRAY.

En présence de la mort qui doit le frapper demain, cet honnête homme, victime de la férocité de nos lois, a fait un un appel à votre pitié, à votre cœur miséricordieux: il ose vous supplier d'intercéder pour lui auprès de Monsieur le Chancelier.

Il lui présente un placet.

LA PRÉSIDENTE.

Il m'avait promis d'assister au bal de mes enfans, je l'attends. Donnez, mon ami ; je vous promets de lui parler, avec toute la chaleur de l'amitié.

M. DE LIRAY, avec une grande énergie.

J'en suis sûr. Vous m'avez prouvé souvent que vous avez l'âme généreuse et belle. Moi, je vais me jeter aux pieds du Roi. Il chasse aujourd'hui à Marly et doit diner à Luciennnes. Madame Dubarry en me donnant ces détails, m'a promis de me ménager une audience. J'y cours. « Sire, lui dirai-je en découvrant
» ma poitrine, voyez ces nobles cicatrices. Ces blessures, je les
» ai reçues en combattant les ennemis de Votre Majesté. Pour
» la première fois j'ose en demander le prix. Accordez-moi la
» grace de mon fidèle serviteur, de mon ami, qu'une erreur funeste va traîner à l'échafaud. Je reconnaîtrai ce
» bienfait, Sire, en montant le premier à l'abordage dans le
» prochain combat, et en me faisant tuer pour l'honneur de vos
» armes. »

LA PRÉSIDENTE.

Il ne pourra vous résister.

M. DE LIRAY.

J'y compte. Au revoir, Madame.

Il sort vivement.

SCÈNE III.

LA PRÉSIDENTE.

Celui qui, dans une condition obscure, inspire, par sa bonne conduite et ses longs services, un attachement aussi vif, aussi profond, ne peut être un malhonnête homme, encore moins un criminel. Non, Germain n'est pas coupable. Voyons sa lettre : « Madame la Présidente, vous me connaissez depuis « longtems. J'ai été élevé dans la crainte de Dieu , j'ai marché « toute ma vie dans le sentier de l'honneur et de la probité. « Accusé d'un crime dont la seule pensée me fait horreur, j'ai « nié d'abord; mais il m'ont mis à la question, je me sentais « mourir et j'ai dit oui, à tout ce qu'ils m'ont demandé, j'ai « menti pour la première fois de ma vie, Madame, et l'on m'a « condamné. Demain je monterai sur un échafaud, on m'atta- « chera à la roue, on brisera mes membres avec une barre de « fer, mais ce qui met le comble à mon désespoir, chaque « coup frappé par le bourreau ira retentir au cœur de mon « vieux père, et nous mourrons ensemble, moi, déchiré en « lambeaux, lui, du désespoir d'avoir mis au monde un fils « infâme!.. Car il devra me croire coupable, Madame; la « justice ne saurait se tromper... On le dit au moins. Par « pitié ne permettez pas ce double assassinat commis au nom « de la loi. Monsieur votre frère est le chef suprême de la ma- « gistrature. Il vous aime, vous pouvez tout obtenir de lui. « Sollicitez un sursis, un délai pendant que mon digne maître « se pourvoira auprès du roi. Exaucez ma prière, Madame, « Dieu vous récompensera dans vos enfans. » *La Présidente a lu d'une voix très-émue et elle a pleuré.* Oui bon Germain... Je l'exaucerai... Il ne dépendra pas de moi... voici mon frère.

SCÈNE IV.

LE CHANCELIER, LA PRÉSIDENTE.

LA PRÉSIDENTE, *lui présentant la lettre de Germain.*

Lisez, mon frère.

LE CHANCELIER.

Quest-ce que cela ?

LA PRÉSIDENTE.

La supplique d'un malheureux, qui n'a plus que quelques heures à vivre, si vous ne lui êtes favorable.

LE CHANCELIER, *a ouvert le placet.*

Germain! hélas! ma sœur! je prends une part bien sincère à la douleur que cet événement cause à vos amis et à vous, mais je ne puis rien dans cette affaire.

LA PRÉSIDENTE.

Ah! que me dites-vous ?

LE CHANCELIER.

Immédiatement après le prononcé de la sentence rendue par le Châtelet, le lieutenant-criminel, m'a envoyé le dossier en me priant d'y porter un regard attentif et scrupuleux. J'ai procédé sur-le-champ à l'examen des pièces et j'ai reconnu avec chagrin que tout est en règle dans cette procédure. Je n'y ai trouvé aucun moyen de nullité.

LA PRÉSIDENTE.

Mais s'il n'avait cédé qu'à la violence des tortures ?

LE CHANCELIER.

Je n'ai tiré nulle conséquence de ses aveux. Ma conviction, se fonde sur des rapports authentiques que nous devons croire fidèles, des circonstances accablantes qui attestent un fait positif, irrécusable. La vérité a frappé mes yeux comme ceux des hommes éclairés dont j'ai lu les noms au bas de cet arrêt, sévère sans doute, mais juste et nécessaire.

LA PRÉSIDENTE.

Nécessaire!

LE CHANCELIER.

Oui. La société réclame de nous, non pas vengeance, mais sécurité. C'est là l'esprit de la loi que nous avons juré d'observer religieusement.

LA PRÉSIDENTE.

Mais ce malheureux proteste qu'il est innocent.

LE CHANCELIER.

Les plus grands scélérats le protestent aussi jusqu'à la fin et voilà pourquoi le prêtre qui les assiste a toujours soin, dans la vue de leur salut, de provoquer une dernière confession, au pied de l'échafaud, à ce moment suprême où le condamné sans espoir, et n'ayant plus aucun intérêt à déguiser la vérité, la laisse échapper de son sein par effroi des peines éternelles.

Un domestique annonce monsieur Duhamel.

SCÈNE V.

LE CHANCELIER, DUHAMEL, LA PRÉSIDENTE.

LA PRÉSIDENTE, *allant au-devant du lieutenant-criminel.*

Ah! venez mon digne ami! venez plaider vous-même une cause que je tremble de voir perdue.

DUHAMEL, *très-ému et dont l'énergie ira toujours croissant jusqu'à la fin de cette scène.*

Monsieur le Chancelier, je me suis présenté plusieurs fois à votre hôtel, mais sans doute un ordre sévère m'en avait personnellement interdit l'entrée, puisque je n'ai pu parvenir jusqu'à vous.

LE CHANCELIER.

Dans une affaire aussi grave que celle-ci, Monsieur, et d'après le vif désir que vous m'avez exprimé, un profond recueillement était indispensable. Je devais rester seul avec ma conscience.

DUHAMEL.

Je ne puis qu'approuver ce noble scrupule.

LE CHANCELIER.

J'ai tout lu, tout examiné.

DUHAMEL, *avec un espoir visible.*

Eh bien?

LE CHANCELIER.

L'arrêt doit être maintenu.

DUHAMEL, *atterré.*

Ah!

Moment de silence,

LE CHANCELIER.

Vous avez bien jugé.

DUHAMEL.

Moi! oui, car seul je l'ai absous.

LE CHANCELIER.

Seul?

DUHAMEL.

Oui, Monsieur. La condamnation a été unanime de la part des autres juges. Convaincu de son innocence je me suis abstenu.

LE CHANCELIER.

Je ne puis vous blâmer.

DUHAMEL.

Mais je n'en ai pas moins signé la sentence, et je ne puis
vous peindre l'horreur du supplice que j'éprouve depuis que
j'ai disposé de la vie de mon semblable. Le sang va couler,
c'est moi qui l'aurai répandu,

LE CHANCELIER.

Non, car il n'a pas dépendu de vous de soumettre la conscience des autres juges à la vôtre, et vous devez croire qu'en
matière de législation, l'opinion qui réunit le plus grand
nombre de suffrages, est la plus juste et la mieux fondée.

DUHAMEL.

Et si le véritable auteur du crime que vous punissez aujour-
d'hui est enfin découvert, ma vie tout entière sera donc chargée
du poids affreux d'un meurtre? Le jour, la nuit, je serai in-
cessamment dévoré du remords d'avoir fait périr un innocent?..
et de quelle mort! grand Dieu! sur la roue! oh! m'en préserve
le Ciel!

LE CHANCELIER.

Ces erreurs...

DUHAMEL.

Ne sont que trop communes. Hélas! les annales de tous les
pays nous offrent, malheureusement, de nombreux exemples de
cette affligeante vérité. Ah! Madame! (*Il se tourne vers la Présidente qui s'est assise*). Qu'il est affreux le sort d'un homme
prevenu d'un crime capital. Après des semaines, des mois, des
siècles d'angoisses, on le tire de son cachot, on l'entoure, on
l'emmène, et tout-à-coup comme un spectre échappé à la tombe,
il entre dans le sanctuaire de la justice, précédé par le bruit de
ses chaînes et par une funeste prévention qui va dénaturer ses
paroles et jusqu'à sa pensée; car c'est seulement pour la forme
qu'on daigne l'entendre; il est condamné d'avance, le jour du
supplice est fixé et déjà les fenêtres sont louées sur son passage.
Cependant on le fait asseoir sur la sellette, puis on l'accable
coup sur coup d'une multitude de questions qui se croisent, se
heurtent et se contredisent; le cœur de cet infortuné se serre,
sa raison se trouble, sa mémoire l'abandonne, il balbutie, il
cherche ses réponses, mais en levant ses yeux vers ses juges,
il aperçoit sur leurs fronts l'impatience et l'ennui, et ces
juges sont les siens!... Ils vont prononcer sur sa destinée!..
saisi d'effroi, il tremble, il se coupe, il nie, il se tait. Alors on
l'entraîne... Les instruments de torture sont là... Tout près...
Le bourreau saisit sa proie... Le malheureux avoue! et il est
condamné!.. Et l'arrêt doit être exécuté dans les vingt-quatre
heures! et ce condamné est souvent la victime d'une erreur!..
Ah! cette pensée est horrible. Je vous en supplie, Monsieur,

pour l'honneur de la magistrature, invoquez une loi qui retarde et mûrisse les jugemens criminels; il est toujours trop tôt pour envoyer un homme à l'échafaud.

La Présidente s'est attendrie à ce récit, elle pleure.

LE CHANCELIER.

Je suis loin de blâmer la pitié; mais gardons-nous surtout de mettre des émotions de femmes à la place des devoirs de citoyen et de magistrat. Vous n'avez pas oublié sans doute l'assassinat de Dudoyer et la terreur répandue dans Paris, il y a six mois par suite d'un attentat semblable à celui-ci. Germain est évidemment coupable. On a trouvé sur lui les pièces d'or déposées par le négociant Nobé.

DUHAMEL.

D'Anglade aussi a été condamné sur l'indentité apparente de pièces d'or trouvées sur lui avec celles que réclamaient ses accusateurs, et D'Anglade est mort innocent.

LE CHANCELIER.

L'accusation contre Germain est appuyée de nombreux témoignages rendus par ceux qui l'ont arrêté.

DUHAMEL.

Mais, Monsieur, ces hommes sont vos agens, ils ont intérêt à trouver des coupables; ce sont des témoins suspects.

LE CHANCELIER.

L'intérêt de la société à empêcher la multiplicité des crimes exige que par une salutaire interprétation des lois, la justice admette quelquefois comme preuves, les probabilités, les présomptions et même des témoignages intéressés.

DUHAMEL.

Quoi! je serai condamné, non parceque je suis convaincu, terrassé par des preuves irrécusables, mais parcequ'il est dans l'intérêt de la société d'effrayer les malfaiteurs par des exemples?

LE CHANCELIER.

Mais si, dans certains cas, la justice s'abstient de condamner sur de fortes présomptions, nous serons égorgés dans nos maisons.

DUHAMEL.

Mais si la justice condamne sur des présomptions, moi, je serai égorgé sur l'échafaud! lequel est le plus juste?

LE CHANCELIER.

La compassion vous aveugle et vous entraîne au-delà des bornes. Ici le condamné a avoué son crime.

DUHAMEL.

Oui, sur le chevalet, au milieu des tortures ! Faire de la douleur une règle de vérité est une pensée féroce, échappée au
règne de Tibère et aux tribunaux sanglans de l'Inquisition ! en
effet, combien de coupables ont évité le supplice en suppor-
tant courageusement la question ! combien d'innocens ont péri
par la main du bourreau parce qu'ils n'ont pu soutenir ces
épreuves cruelles ! combien d'autres enfin, sans avoir fait l'aveu
du crime qu'il n'avaient pas commis, sont morts à la suite des
tourmens qui avaient brisé leurs membres et détruit en eux le
principes de la vie ! ah ! faisons des vœux pour qu'un roi de
France abolisse cet usage barbare ! son peuple lui érigera une
statue. Il aura bien mérité de l'humanité tout entière.

LE CHANCELIER.

C'est une autre législation que vous demandez, c'est la
révision de notre code pénal.

DUHAMEL.

Oui, sans nul doute. Je veux la mort à qui la donne, mais
je veux que l'on mette un terme aux assassinats juridiques.

LE CHANCELIER.

Monsieur !..

DUHAMEL.

Je ne puis nommer autrement des condamnations sans
preuves. Juste ciel ! on peut condamner sans preuves et avec
des témoins suspects. Oh ! périsse dans un siècle de lumière
cette maxime née dans un siècle de barbarie. Si vous voulez
qu'elle subsiste encore dans les tribunaux du royaume, cet e
funeste maxime, faites-la tracer en gros caractères, attachez- a
sur les gibets et les roues que vous couvrez de victimes inno-
centes, faites-la publier partout. Faites-la graver sur le bronze
et l'airain pour qu'aucun citoyen n'en puisse prétendre ignorance. Alors tous les fronts pâliront d'effroi, mais du moins
ceux qui voudront encore de la vie, iront l'ensevelir dans les
forêts, dans les déserts, au milieu des animaux féroces , moins
à craindre cent fois que les vautours humains.

LE CHANCELIER.

Monsieur, comme chef de la magistrature, je ne puis tolérer
plus long-tems un pareil langage. Sans l'estime particulière
que vous porte ma sœur, je vous aurais imposé silence. Je
me bornerai seulement à vous témoigner ma surprise de vous
voir remplir les fonctions de lieutenant-criminel du Châtelet ,
lorsque vous professez un si profond mépris pour notre législation pénale.

DUHAMEL.

Attaché pendant trente ans à la magistrature civile, c'est

depuis six mois seulement que le Roi m'a daigné revêtir de ces fonctions importantes. Jusqu'ici aucune cause ne m'avait révélé les abus que je signale. Si je faisais exécuter aujourd'hui une sentence que ma conscience juge contraire à la loi naturelle, je cesserais de me regarder comme un homme de bien. Permettez donc que je dépose entre vos mains ma démission.

LE CHANCELIER, avec sévérité.

Je ne la reçois point, Monsieur. C'est au roi qu'il faudra l'adresser et je dois vous dire que le moment ne lui semblera pas opportun, ni le prétexte bien choisi.

Il sort très animé.

SCÈNE VI.

DUHAMEL, LA PRÉSIDENTE.

LA PRÉSIDENTE

Qu'avez-vous fait, mon ami?

DUHAMEL.

Mon devoir.

LA PRÉSIDENTE.

Exige-t-il donc un aussi grand sacrifice?

DUHAMEL.

L'honneur, Madame, l'honneur avant tout. je veux que tout le monde en France sache que j'ai blâmé cette condamnation plus infâme encore pour les juges que pour le malheureux qu'elle a frappé.

SCÈNE VII.

DUHAMEL, AGATHE, LA PRÉSIDENTE, CLÉMENTINE.

AGATHE, accourant.

Mon Dieu! que s'est-il donc passé? quand Monsieur le Chancelier est sorti du salon, il paraissait bien en colère.

CLÉMENTINE.

Apeine nous a-t-il regardés.

AGATHE.

Il a traversé rapidement la chambre où nous dansions.

CLÉMENTINE.

Et il est parti sans nous dire un seul mot.

8.

AGATHE.

Vos éclats de voix nous ont effrayées.

CLÉMENTINE.

Agathe et moi nous sommes accourues près de la porte, mais nous n'avons pas osé entrer.

LA PRÉSIDENTE.

Vous avez bien fait.

AGATHE.

Quel est donc le motif de cette querelle ? ne puis-je le connaître ?

DUHAMEL.

Non, ma fille. Ces détails sont au dessus de votre âge.

SCÈNE VIII.

AGATHE, DUHAMEL, M. DE LIRAY, LA PRÉSIDENTE, CLÉMENTINE.

Monsieur de Liray entre vivement et en s'essuyant le front.

LA PRÉSIDENTE, *avec empressement.*

Hé bien! qu'avez-vous obtenu ?

M. DE LIRAY.

Rien.

DUHAMEL.

Comment! le Roi...

M. DE LIRAY.

M'a refusé et assez durement même. Il avait été prévenu par le Chancelier, car il ma paru fort au-courant de l'affaire. Ce sont tous des aveugles qui repoussent la lumière.

DUHAMEL.

Oh! mon Dieu!

LA PRÉSIDENTE

Faudra-t-il que ce pauvre Germain périsse! et de la mort des malfaiteurs!

> Tous s'asseoient et sont accablés. Agathe pleure auprès de son père, Clémentine auprès de sa mère. Moment de silence interrompu seulement par des pleurs.

DUHAMEL, *se frappant les mains.*

N'est-il donc aucun moyen de le sauver ?

M. DE LIRAY.

Non, c'est un homme perdu.

LA PRÉSIDENTE, *se levant.*

Attendez. Mon frère vient de m'en ofirir un peut être. *(Tout le monde se lève et se rapproche. La Présidente est au milieu du groupe).* Les malheureux que l'on mène au supplice, sont accompagnés par un prêtre qui reçoit leur confession dernière. Je n'en connais point dont l'éloquence soit plus persuasive plus entraînante que le père Arsène. Courez, Monsieur de Liray; courez auprès du rapporteur. Demandez et obtenez la préférence pour ce religieux si distingué. Que ce soit lui qui exhorte la malheureuse victime.

M DE LIRAY.

J'y cours. Nous ne devons rien négliger.

DUHAMEL.

Moi aussi, je cours... Ah! C'est du Ciel que vous est venue cette heureuse inspiration. Adieu.

M. Duhamel et M. de Liray sortent

vivement.

LA PRÉSIDENTE.

Mes vœux vous accompagneront!

Elle les suit jusqu'à l'entrée du salon, avec Agathe et Clémentine.

Fin du deuxième acte.

ACTE TROISIÈME.

PREMIER TABLEAU.*

*Le théâtre représente le parloir du couvent des Célestins. A gau-
che, la porte d'entrée. A droite, la porte de l'infirmerie. Au
fond, à gauche, une croisée donnant sur le jardin. A droite,
un vieil escalier en bois, qui mène à un étage supérieur. Il y a
une croisée sur le palier qui est en face du public, à la hauteur
de six à sept marches.*

SCÈNE PREMIÈRE.

HONORINE, *seule.*

*Déguisée en savoyard, Honorine a grimpé après le treillage appliqué ex-
térieurement au mur du fond. Parvenue à la hauteur de la croisée, elle
passe la tête, et regarde dans l'intérieur du parloir.*

Personne! heureusement. (*Elle entre par la fenêtre ouverte.*)
M'y voilà. Maintenant que je touche au but tant désiré, je
comprends toute la témérité de ma démarche, et ses conséquences m'épouvantent. N'importe, je les brave. Ma douleur
était devenue intolérable. Un mois! tout un mois sans le revoir, sans lui parler! sans connaître son état autrement que
par les rapports mensongers, sans doute, des religieux chargés de tromper la foule qui assiège l'entrée du couvent. Mêlée parmi ces dévotes inconsolables, et tenant dans mes bras
mon cher enfant, depuis un mois, chaque aurore m'a vue
arriver la première auprès de la porte fatale qui me séparait
du bien-aimé, et y rester jusqu'à la nuit, sur une pierre que
j'arrosais de mes larmes. Mais vivre ainsi m'était devenu impossible, je me sentais mourir. Mourir! et le puis-je? n'ai-je
pas un enfant? et comment quitter la vie sans avoir revu,
embrassé mon Alexis une dernière fois!.. Oh! non... cette
punition serait trop cruelle, je ne l'ai pas méritée. Et puis cet
or, qu'il m'a fallu garder malgré moi, que dois-je en faire?
je n'en puis disposer sans le conseil d'Alexis... Cependant un
homme est condamné pour un vol de pareille somme, et il
se prétend innocent!.. Tous ces événemens qui se compli-
quent, sont-ils l'œuvre du hasard? Mon âme s'en épouvante.
Je suis en proie aux plus sombres terreurs... Cette angoisse
de tous les instans a épuisé mes forces. J'ai dû tout braver

pour revoir Alexis. Avec le secours de la bonne Agathe, je
me suis procuré ce vêtement. Accompagnée d'un petit ramo-
neur, j'ai offert mes services ; on les a acceptés, et nous avons
franchi le seuil redoutable. En me glissant le long du cloître,
j'ai osé pénétrer jusqu'ici. L'infirmerie est tout près : c'est là,
sans doute, que souffre mon Alexis... c'est là qu'il gémit,
quand son cœur lui rappelle Honorine et notre fils... Mon
Dieu ! donne-moi du courage... inspire-moi les réponses
que je dois faire pour ne me point trahir, et arriver jusqu'à
lui !.. Personne ne m'a vue...

SCÈNE II.

AMBROISE, HONORINE.

Ambroise, monté sur une échelle, paraît à la croisée en dehors.

AMBROISE, *à part.*

Personne ? hé ben, v'là ce qui te trompe.

HONORINE, *s'avançant vers la porte de l'infirmerie.*

Peut-être il sera seul.... Allons.

AMBROISE, *entrant.*

Attends ! attends ! petit filou !

HONORINE, *se retournant.*

Quelqu'un ! (*à part.*) Je suis perdue.

AMBROISE.

Où donc qu' tu vas comme ça, voleur ? j' t'y prends.

HONORINE.

Je ne suis pas un voleur.

AMBROISE.

A-t-il du front, c' vaurien-là ?

HONORINE.

Je n'ai que de bonnes intentions.

AMBROISE.

Oui-dà ? Quand on a des bonnes intentions, on frappe tout
bellement à la porte du parloir, et on n'entre point par la fenêtre, au risque de casser mon trillage ; mais j' t'avais vu de
loin, par bonheur.

HONORINE.

Oh ! mon Dieu !

AMBROISE.

Hé ben ! quoi que t'y veux, au bon Dieu ? Y n'aime ni

les fainians, ni les voleurs : par ainsi donc, y n' te répondra pas. Viens-t-en par ici. J' vas te mener au révérend Père Prieur.

HONORINE.

Oh ! non. Ayez pitié de moi. Vous avez l'air sensible et bon.

AMBROISE.

Du tout.

HONORINE.

Permettez que j'entre un moment là.

AMBROISE.

Là ? c'est l'infirmerie.

HONORINE.

Je le sais.

AMBROISE.

Pourquoi faire ? il n'y a pas de cheminée...

HONORINE.

Je voudrais voir les malades.

AMBROISE.

Les malades ? justement gn'y en a qu'un, le père Arsène, et personne ne le voit. Il a la fièvre chaude. Il est fou.

HONORINE.

Fou ! le malheureux !

AMBROISE.

J' crois ben qu' c'est malheureux !.. La providence du couvent !

HONORINE, *douloureusement.*

La mienne aussi !

AMBROISE.

Tiens, la tienne ! en v'là d'une autre, à présent ! Comment donc ça ?

HONORINE.

Chaque fois qu'il prêche, je vais l'entendre : cela me donne du courage. Si vous saviez comme j'en ai besoin !

AMBROISE.

Ta, ta, ta, petit fripon ! tu n'as pas besoin d' chercher des pertexes, j' t'ai deviné. C'est pas à l'infirmerie, c'était au réfectoire ou ben à la sacristie que tu voulais te glisser pour faire un bon coup, pas vrai ? Mais bernique ! Ambroise était là. Gn'y a pas mèche.

HONORINE, *à genoux.*

Je le jure devant Dieu, M. Ambroise, vous vous trompez. Je n'avais aucun mauvais dessein.

AMBROISE.

Alors, pour queu raison que tu t'as déguisé?

HONORINE.

Je ne suis pas déguisé.

AMBROISE.

Petit menteur! t'as la figure trop blanche et les mains trop propres pour un ramoneux. A d'autres! c' n'est pas moi qu'on attrape. Au surplus, v'là monsieur le docteux. J' vas y demander ce qu'il en pense. Nous voirons d' quoi qu'y retourne.

SCÈNE III.

HONORINE, AMBROISE, LE DOCTEUR.

AMBROISE, entraînant Honorine vers le docteur.

Qu'en dites-vous, Monsieur le docteux? voulez-vous bailler à c' petit ramoneux la permission de voir le père Arsène?

LE DOCTEUR, avant d'avoir vu Honorine.

Personne... (*avec surprise, et en la reconnaissant.*) C'est vous, Madame?

AMBROISE, à part.

Madame!.. Ah! bonne sainte Vierge! une femme dans c'te maison! J' vas ben vite le dire au père Prieur, d' peur qu'on me chasse.

Il lâche Honorine comme s'il avait touché une pestiférée,
et sort par la gauche.

SCÈNE IV.

HONORINE, LE DOCTEUR.

HONORINE.

Au nom du ciel, Monsieur, ne me trahissez pas.

LE DOCTEUR.

Qui vous amène ici?

HONORINE, baissant les yeux.

Vous devez le savoir.

LE DOCTEUR.

Non, Madame.

HONORINE.

Cependant, M. Duhamel...

LE DOCTEUR.

Ne m'a rien dit.

HONORINE, à part.

Excellent homme ! il a respecté notre secret.

LE DOCTEUR.

Pourquoi ce déguisement ?

HONORINE.

Je sais que l'entrée du couvent est sévèrement interdite aux femmes, et je veux parler au père Arsène.

LE DOCTEUR.

C'est impossible.

HONORINE,

Il le faut, Monsieur, il le faut absolument.

LE DOCTEUR.

Il est hors d'état de recevoir qui que ce soit.

HONORINE.

Peut-être ma présence amènera-t-elle une crise favorable.

LE DOCTEUR.

Il est plus probable qu'elle lui serait funeste.

HONORINE, avec un accent pathétique.

Oh ! mon Dieu, dans la position désespérée où je me trouve... il s'agit d'un secret qui peut compromettre sa vie, la mienne, celle d'un autre... Je ne puis tout vous dire, Monsieur, mais je meurs à vos pieds si vous me repoussez.

LE DOCTEUR.

Honoré de la confiance de cette sainte maison , je puis oins qu'un autre enfreindre ses réglemens. Consentez à me suivre, Madame. Je vous conduirai chez le père Prieur : peut-être il cédera à nos sollicitations réunies. C'est tout ce que je peux faire.

SCÈNE V.

AMBROISE, DEUX DOMESTIQUES, HONORINE, LE DOCTEUR.

AMBROISE, montrant Honorine.

La v'là ! mettez-la dehors.

HONORINE, *s'attachant au bras du docteur.*

Défendez-moi, Monsieur.

LE DOCTEUR.

Un moment, Messieurs, je vais la conduire moi-même.

AMBROISE.

C'est de l'ordre du père Prieur. Obéissez, vous autres.

LE DOCTEUR.

Pas de violence, au moins.

HONORINE, *résistant.*

Je ne m'en irai pas. Alexis ! Alexis !

LE DOCTEUR.

Je vous suis.

> On entraîne Honorine. Tout le monde sort.
> Ambroise ferme la porte du parloir.

SCÈNE VI.

Alexis, en désordre, sort brusquement de l'infirmerie.

ALEXIS, *avec égarement.*

Me voilà ! me voilà ! Tais-toi, ma femme, M. Duhamel est ici... Oui, il est monté pendant ton absence... Il t'a accusée, je t'ai défendue ; c'était mon devoir, n'est-ce pas ? Vois-tu, chère Honorine, à présent il sait tous nos secrets... tous... excepté celui que je ne peux confier à personne, pas même à toi. Un secret horrible ! épouvantable ! qui me conduirait à l'échafaud si l'on savait que j'en suis l'auteur... Mais tu ne le diras pas, toi ! notre fils serait déshonoré, et tu l'aimes, notre fils ! tu l'aimes autant que moi... Paix !... entends-tu les Exempts ? ils ne se sont pas trompé, cette fois. C'est bien moi qu'ils cherchent... oui... ils sont toujours dans ma chambre... Dès qu'ils seront partis, je retournerai au couvent... Il me tarde d'y rentrer... Oh ! si j'avais pu le trouver à la place de son or, ce méchant oncle ! Il lui fallait une récompense pour l'appui qu'il avait prêté à mes persécuteurs ; on lui abandonna la pension de cent louis que mon père me faisait annuellement : il eut la lâcheté de l'accepter. Parent dénaturé ! m'ensevelir dans un cloître, se faire mon héritier avant ma mort !.. réduire une demoiselle noble, une riche orpheline, mon épouse enfin, à mourir de faim et de misère... assassiner mon pauvre enfant ! Quelques heures encore, et ces deux infortunés périssaient... Oh ! j'en deviendrai fou !

Il tombe sur un banc à droite, et paraît ne plus
voir et ne plus entendre ce qui se passe autour
de lui.

SCÈNE VII.

AMBROISE, ALEXIS.

AMBROISE, *ouvrant la porte du parloir.*

J'ai oublié de fermer c'te fenêtre et celle de l'escalier à côté.
Il ne faut pas négliger ça. S'il prenait fantaisie à notre fou...
Le v'là... Tiens! pourquoi donc qu'il a sorti de l'infirmerie?
quoi qu'il fait là? il n' bouge pas... il ne dit rien... m'est
avis qu'il dort... tant mieux. (*Il ferme la porte du parloir, et
va doucement placer un cadenas à la croisée du fond à gauche.*) Là!
v'là qu'est bien. A présent, l'autre qui donne sur la rue. Elle
est encore plus insentielle. Dans un accès, il pourrait décam-
per par là.

ALEXIS.

Hein? il m'a semblé qu'on ouvrait.

AMBROISE, *à part.*

Au contraire, on a fermé.

ALEXIS, *d'une voix forte.*

Qui est là?

AMBROISE, *à part.*

Oh! la! la! v'là la peur qui m' galoppe.

Il reste en place, et n'ose franchir l'escalier.

ALEXIS.

Entends-tu, Honorine? ce sont les exempts qui veulent
entrer. Malheur à eux! (*Il se lève furieux, et s'avance vers Ambroise.*) Que veux-tu?

AMBROISE, *tremblant.*

Je ne veux rien, absolument rien.

ALEXIS.

Tu disais?..

AMBROISE, *de même*

J'ai rien dit.

ALEXIS.

Tu ne sais donc pas que je suis décidé à tout?

AMBROISE, *de même.*

Je le vois ben.

ALEXIS, *le prenant au collet.*

Misérable! et je n'ai point d'armes!

AMBROISE, *de même.*

Il ne l'y manquerait plus que ça.

ALEXIS.

Sors d'ici, malheureux.

AMBROISE.

Je ne demande pas mieux, mon père.

ALEXIS, *encore plus furieux et le resaisissant.*

Mon père ! Tu me connais donc ?

AMBROISE, *à part.*

Tiens ! si je le connais !

ALEXIS.

Je ne veux pas que tu me connaisses.

AMBROISE, *à part.*

Par exemple !

ALEXIS.

Non, je ne le veux pas. Tu irais publier mon secret.

AMBROISE-

Gn'y a pas de danger, je le sais pas.

ALEXIS.

Tu ne sortiras d'ici que mort.

AMBROISE.

Il lutte avec Alexis, qui le terrasse.

Oh! la, là ! à moi ! au secours ! à l'assassin !

~~~~~~

SCÈNE VIII.

M. DE LIRAY, AMBROISE, LE DOCTEUR, ALEXIS.

LE DOCTEUR.

Qu'est-ce ? pourquoi ce bruit ? ces violences ?.. Mon père, ce n'est pas là ce que vous m'aviez promis.

ALEXIS, *qui est revenu sur son banc.*

C'est lui qui m'a provoqué. Chassez-le d'ici.

LE DOCTEUR.

Sortez, Ambroise. Laissez-nous.

AMBROISE.

Ben volontiers. Gn'y a rien d' bon à attraper auprès de ce damné fou.
~~~~~~

SCÈNE IX.

LE DOCTEUR, M. DE LIRAY, ALEXIS.

LE DOCTEUR.

Approchez, Monsieur le Marquis, et puissiez-vous réussir. Voilà le père Arsène. Quand je l'ai quitté tout-à-l'heure, il était bien. Ses idées étaient lucides; mais il vient d'éprouver une vive contrariété, et il est à craindre que maintenant...

M. DE LIRAY, *d Alexis, qui est appuyé sur son bras gauche , le dos tourné à ses interlocuteurs ; il parait retombé dans son abattement.*

Mon père...

ALEXIS, *relevant la tête , et tout près de rentrer en fureur.*

Encore!..

LE DOCTEUR.

Calmez-vous, et écoutez Monsieur le Marquis de Liray : il est de vos amis.

M. DE LIRAY.

Laissez-moi seul avec lui, Docteur.

LE DOCTEUR.

Vous ne craignez pas?..

M. DE LIRAY.

Que puis-je craindre?.. Cependant, ne vous éloignez pas trop. Si votre assistance lui est nécessaire, je la réclamerai.

LE DOCTEUR.

J'y consens.

Le docteur entre dans l'infirmerie.

SCÈNE X.

M. DE LIRAY, ALEXIS.

M. DE LIRAY.

Mon père, je me suis chargé près de vous d'une mission délicate et difficile, je le sais; mais comme elle se rattache a votre haute renommée, vous ne refuserez pas de m'entendre, et peut-être même d'exaucer ma prière. C'est un grand acte de piété que je sollicite de vous: (*Alexis écoute sans tourner la tête. — C'est au mouvement de sa physionomie que l'on juge de l'attention qu'il prête à ce qu'on lui dit, et de l'impression qu'il en reçoit.*) Un vol accompagné de circonstances fort extraordinaires a été commis, il y a un mois, dans l'allée des Veuves, aux Champs-Elysées.

ALEXIS, *revenant peu à peu à la raison, à part.*

L'allée des Veuves?

M. DE LIRAY.

Un ancien négociant bien connu, M. Nobé...

ALEXIS, *de même.*

L'infâme!

M. DE LIRAY.

Avait reçu l'ordre d'enterrer cent louis aux pieds d'un arbre.

ALEXIS, *de même.*

Cent louis!.. c'est cela.

M. DE LIRAY.

On les a pris en effet au pied de cet arbre, et avec une audace inouie, presque sous les yeux des exempts.

ALEXIS, *de même.*

Oui.

M. DE LIRAY.

Et par une inconcevable fatalité, on a attribué ce vol à mon domestique, homme d'une probité reconnue, et duquel je réponds comme de moi-même. Cédant à la violence des tortures, il s'est avoué l'auteur du crime; et malgré les sollicitations les plus pressantes et les protestations énergiques de M. Duhamel...

ALEXIS, *de même.*

Duhamel!.. brave homme!

M. DE LIRAY.

Mon pauvre Germain a été condamné... (*Alexis paraît en proie à une violente agitation : toutefois il se contient, et ne quitte pas sa place.*) Condamné à périr sur la roue.

ALEXIS, *se levant brusquement, et avec le sentiment de l'horreur.*

Sur la roue!.. Oh! c'est affreux!

Il retombe.

M. DE LIRAY.

Depuis deux ans, il n'a pas manqué un seul de vos sermons. Il professe pour vous une admiration profonde. Vous lui semblez un Dieu. Il demande, pour unique faveur, d'être assisté et conduit par vous au lieu de l'exécution, et nous avons tous accueilli sa prière avec transport, non pas que nous ayons la coupable pensée que vous obtiendrez de lui l'aveu d'un crime qu'il n'a pas commis; son âme est pure comme celle d'un ange; mais quand vous aurez reçu sa confession dernière, mon ami et moi, nous comptons sur votre éloquence entraînante pour proclamer à haute voix l'innocence de ce malheureux, et réclamer en sa faveur l'assistance du peuple. Ses mille voix se joindront à la vôtre pour obtenir la révocation d'une sentence inique, à jamais infâme pour les magistrats français.

> Alexis a recouvré toutes ses facultés intellectuelles. Il se lève. Dans ce moment, son parti est pris.

ALEXIS, *d'un ton solennel.*

Je comprends, Monsieur, tout ce que cette mission a d'honorable pour moi, et je suis prêt à la remplir quand vous le jugerez à propos.

M. DE LIRAY.

C'est aujourd'hui même.

ALEXIS, *à part.*

Aujourd'hui!

M. DE LIRAY.

Dans une heure.

ALEXIS, *à part.*

Dans une heure!

M. DE LIRAY.

Le supplice s'apprête.

ALEXIS, *à part.*

On ne me laissera pas sortir. (*Haut.*) Accordez-moi quelques instans, Monsieur. J'ai besoin de me recueillir.

M. DE LIRAY.

Je vais retrouver le docteur, nous reviendrons ensemble.

> M. de Liray entre dans l'infirmerie.

SCÈNE XI.

ALEXIS, *seul, après avoir tiré un verrou derrière* M. de Liray.

Un autre va périr à ma place, et cet autre est innocent!.. et je ne l'ai pas su plus tôt!.. Oh! comble de misère... Attends-moi, malheureux... j'accours te sauver.... Mais Honorine! mon fils!... Adieu...L'honneur l'exige.... avant tout la conscience et l'honneur.... Attends-moi, Germain, me voilà.

> Il court au fond, franchit l'escalier, et s'élance par la fenêtre.

DEUXIÈME TABLEAU.

Le théâtre représente une chambre de l'Hôtel-de-Ville, au premier étage Le fond est garni par de larges croisées qui permettent de voir tout ce qui se passe au dehors, quand les rideaux sont tirés. La place est éclairée par de nombr ux flambeaux. La cloche de Saint-Gervais fait retentir le glas funèbre. On entend au loin, dans des directions opposées, la voix glapissante des colporteurs, mais sans distinguer leurs paroles. On entend le bruissement de la foule. Des patrouilles du guet traversent la place. La foule s'agite en ondoyant. C'est en un mot un tableau vivant de la nature populaire prise sur le fait.

SCÈNE PREMIÈRE.

M. DUHAMEL, UN HUISSIER.

M. DUHAMEL, *se promenant avec agitation.*

La Présidente ne vient point! cependant sa longue amitié m'assure de son zèle. Peut-être elle rencontre des obstacles... Peut-être on refuse d'appuyer ma supplique au Roi. Mais non, je ne puis le croire. Mon langage doit être compris par tous les cœurs généreux. Ah! Sire, au milieu de ce concert de louanges, qui publie partout votre sagesse et votre gloire, entendez la voix de tant d'innocens morts sur les gibets et sur la roue. Calas, Montbailly, d'Anglade, Cahusac, Desbarreaux, Sirven, vous crient : Prince ami des hommes ! ne passez pas sur le trône sans nous écouter; que notre supplice soit sans cesse présent à votre cœur. Abolissez la question. Brisez les instrumens de torture, ordonnez la révision des lois pénales, la France entière vous bénira, Sire. Dépositaire de la vie des hommes qui peuplent vos états, vous en devez compte à celui qui juge les rois, et pèse toutes leurs actions dans la redoutable balance de l'éternité.

On entend du bruit à la porte. L'huissier ouvre.

SCÈNE II.

DUHAMEL, LA PRÉSIDENTE.

LA PRÉSIDENTE, *avec empressement.*

Mon cher Duhamel, voilà les signatures de tous ceux de mes

amis qui donnent leur adhésion à votre mémoire. Le Roi ne sera pas moins frappé de leur nombre que de la qualité et du mérite des personnes. Toutes sont entourées de la considération et de l'estime publiques.

M. DUHAMEL, *parcourant les signatures.*

Le prince de Beauvau ! duc de Nivernois ! duc de Penthièvre ! d'Aguesseau ! de Buffon ! l'élite de la cour et de la magistrature !

LA PRÉSIDENTE.

Sa Majesté résistera difficilement, je le crois, à tant de sollicitations réunies.

M. DUHAMEL.

Puissiez-vous dire vrai ! Malheureusement, votre frère nous est opposé.

LA PRÉSIDENTE.

Non, pas autant que vous le pensez. Je l'ai revu. Votre éloquent plaidoyer d'hier l'a vivement frappé, et il est revenu à des sentimens moins sévères. Il m'a promis d'appuyer auprès du Roi la demande en grâce.

M. DUHAMEL.

Une grâce ! Germain la refuserait. C'est justice qu'il lui faut.

LA PRÉSIDENTE.

Si Louis est disposé à faire grâce, à plus forte raison accordera-t-il un sursis et les délais nécessaires pour la révision de ce malheureux procès.

M. DUHAMEL.

Ah ! quel bien vous me faites !

LA PRÉSIDENTE.

Et le père Arsène, lui avez-vous parlé ?

M. DUHAMEL.

Non, impossible. Je me suis présenté hier à son couvent, et malgré mon caractère, on m'a refusé l'entrée. Depuis cette semaine seulement, l'état du malade s'est amélioré. Son égarement diminue, il commence à connaître les religieux qui le soignent ; mais on a sévèrement interdit toute communication à l'extérieur ou avec des personnes étrangères.

LA PRÉSIDENTE.

Ainsi, vous ignorez quel sera le confesseur de ce pauvre Germain ?

M. DUHAMEL.

On m'a promis qu'à défaut du père Arsène, le Prieur se chargerait de ce pieux ministère.

Bruit à la porte. L'huissier ouvre.

SCÈNE III.

M. DUHAMEL, M. DE LIRAY, LA PRÉSIDENTE.

M. DE LIRAY, *entrant brusquament, et repoussant l'huissier.*

Hé parbleu! mon nom! ne le savez-vous pas? On n'a vu que moi, depuis trois semaines, au Châtelet, au Parlement, à la Cour, à Paris, à Versailles, partout enfin.

Il est en nage, et essuie son front.

M. DUHAMEL *et* LA PRÉSIDENTE.

Eh bien! mon ami.

M. DE LIRAY.

J'arrive du couvent. Nous n'avons rien à espérer de ce côté : je vous dirai cela plus tard. Du reste, j'ai couru toute la nuit. J'ai crevé mes chevaux depuis hier. Aussi ai-je fait une ample moisson. Non-seulement je viens fortifier votre supplique de quarante noms des plus recommandables, mais voilà une lettre très-pressante du marquis de Marigny.

M. DUHAMEL.

Bien.

M. DE LIRAY.

Un billet de la Favorite.

LA PRÉSIDENTE.

Excellent!

M. DE LIRAY.

Et une note du Lieutenant-général de police.

M. DUHAMEL.

Est-il possible?

LA PRÉSIDENTE.

Comment! M. de Sartines aussi?

M. DE LIRAY.

Madame Dubarry l'a exigé, et je dois dire qu'il y a mis une grâce infinie. (*à Duhamel.*) Donnez-moi vite votre mémoire. (*Duhamel le donne.*) Je vole au château. Je m'installe à la grille, et dût le carrosse du Roi me passer sur le corps, je serai la première personne qui lui parlera quand il mettra pied à terre, et nous verrons... Ne bougez pas d'ici. Courage, mon bon, mon digne ami. Excusez-moi, Madame, ma tête n'est plus à moi.

Il se jette au cou de Duhamel, et sort brusquement.

10

SCÈNE IV.

DUHAMEL, LA PRÉSIDENTE.

Un grand bruit se fait entendre au dehors. Cris confus.

M. DUHAMEL.

Que se passe-t-il sur la place? d'où vient ce tumulte? (*Il s'approche du fond, et regarde à travers les vitres.*) Un équipage traverse la foule. Voyez, Madame. Ne le reconnaissez-vous pas?

LA PRÉSIDENTE, *avec étonnement.*

C'est celui de mon frère.

M. DUHAMEL.

Le Chancelier! en un pareil moment! Que vient-il faire à l'Hôtel-de-Ville? presser l'exécution, peut-être?..

LA PRÉSIDENTE.

La voiture s'arrête ici.

M. DUHAMEL.

Quelle peut être son intention?

LA PRÉSIDENTE.

Je vais le savoir; mais n'en concevez nulle inquiétude... Au contraire... peut-être il a obtenu un sursis; et, certain de vous trouver en ce lieu, il vient vous l'apporter lui-même.

M. DUHAMEL.

Ah! daignez vous informer bien vite. Vous comprenez ma douloureuse situation.

LA PRÉSIDENTE.

J'y cours, mon ami.

Elle sort.

SCÈNE V.

Un tumulte toujours croissant s'élève sur la place. La foule se ramasse. On entend de tous côtés ces mots :

Le voici! le voici! voilà les cavaliers de la maréchaussée.

Les flambeaux qui étaient épars se rapprochent et se réunissent sur un seul point à gauche dans la direction de l'échafaud, que l'on ne voit pas.

SCÈNE VI.

DUHAMEL, *terrifié.*

Il tombe sur un siège auprès de la croisée.

Le fatal cortège approche!.. déjà! il me semble que l'on a devancé l'heure!... Mon Dieu! faudrait-il renoncer à l'espoir de sauver cet infortuné?.. (*Il se lève, et parcourt la scène avec la plus grande agitation.*) Mortelles angoisses! Peut-être en ce moment, le Roi, touché de nos prières.... Mais s'il les repoussait!.. quel parti prendre?.. affreuse anxiété!... malheureux Germain!

Tout-à-coup une clameur sourde, et qui grossit à mesure qu'elle s'approche, s'élève sur la place. On entend distinctement ces mots:

Rangez-vous, rangez-vous, laissez passer!

ALEXIS, *en dehors, avec l'accent du désespoir.*

Le Lieutenant-criminel! où est-il, le Lieutenant-criminel?

M. DUHAMEL, *à l'huissier.*

C'est moi qu'on appelle... sachez vite... courez...

L'huissier sort.

L'HUISSIER, *au dehors.*

Par ici... par ici, mon père!

LE PEUPLE.

Laissez donc passer... pauvre homme!.. il va mourir.

SCÈNE VII.

DUHAMEL, ALEXIS, L'HUISSIER.

Alexis éperdu, égaré, épuisé de fatigue, vient tomber aux pieds de M. Duhamel.

ALEXIS.

Ah! suspendez! suspendez!.. je meurs!

Il tombe sans connaissance sur le plancher.

M. DUHAMEL.

Du secours! vite! (*Il écrit.*) Et vous... (*à l'huissier.*) Portez cet ordre à Monsieur le Conseiller-Rapporteur.

L'huissier sort. On s'empresse autour d'Alexis. Des gens officieux qui l'ont suivi, accourent, le relèvent et lui donnent des soins. — Le peuple, au dehors, grimpe jusqu'à la hauteur des fenêtres, pour voir, dans l'intérieur. — Tableau animé et d'un effet pittoresque.

ALEXIS, *revenant peu-à-peu.*

Dès qu'il a repris connaissance, il porte des regards inquiets sur les objets qui l'entourent, et se lève comme poussé par un mouvement de terreur.

(*En délire.*) Suspendez! suspendez!

M. DUHAMEL.

Calmez vos esprits, mon père. Les ordres sont donnés, Remettez-vous.

ALEXIS, *à demi-voix.*

Par grâce, éloignez tout le monde.

Il essuie son front couvert de sueur. Son teint pâle, sa figure amaigrie, attestent ses longues souffrances physiques et l'état de son âme. Pendant que les curieux s'éloignent en silence et en jetant un regard de compassion sur le religieux, celui-ci a les yeux fixés vers la terre, dont il semble mesurer la profondeur, comme pour s'y ensevelir. L'huissier a fait disparaître les gens qui étaient aux fenêtres. M. Duhamel fait signe à l'huissier de sortir.

M. DUHAMEL.

Nous voilà seuls.

SCÈNE VIII.

M. DUHAMEL, ALEXIS.

Cette péripétie a pour un moment suspendu la fermentation populaire. Frappée de stupeur, la foule attend, regarde et se tait. Cette scène aura lieu dans un silence profond. On n'entend plus d'autre bruit que le tintement régulier du beffroi de Saint-Gervais. Alexis, en proie à toutes les tortures, balance, hésite : il se livre en lui un combat terrible. Tout-à-coup il se lève, et s'élance aux pieds de M. Duhamel; puis, retenu par l'idée d'une mort ignominieuse, il recule avec terreur, retombe sur son siége, et se cache la figure avec ses mains.

ALEXIS, *à part.*

Oh! non, la force me manque.

M. DUHAMEL.

Mon père, un religieux de votre maison, le respectable Prieur, a été mandé pour entendre la confession d'un malheureux que l'on va exécuter. C'est vous que j'avais désigné, mais...

ALEXIS.

On m'a tout appris, il y a une heure.... A l'instant

même, j'ai recouvré la raison... J'ai tout bravé pour...
(*avec une contrainte visible.*) répondre à ce que vous attendez de
moi.

M. DUHAMEL.

Mon but, en vous chargeant de ce ministère pénible, était
de vous demander un important service.

ALEXIS.

Ordonnez, Monsieur.

M. DUHAMEL.

Déjà penché vers l'Éternité, le condamné dépose en ce
moment la vérité tout entière dans le sein du prêtre qui l'assiste. Je vendrais la connaître et je comptais sur vous pour m'en
offrir le moyen.

ALEXIS.

Comment?

M. DUHAMEL.

En me révélant ses dernières paroles.

ALEXIS.

C'est un crime.

M. DUHAMEL.

Aux yeux de l'Église, peut-être, qui plus d'une fois, cependant, a cru pouvoir l'absoudre; mais c'est un acte méritoire devant l'Éternel. En effet, je ne croirai jamais qu'un
ministre du Dieu de miséricorde doive laisser périr une créature humaine, quand, d'un mot, il peut l'arracher à la mort,
et quelle mort!.. vous frémissez!..

ALEXIS, *retombant dans l'égarement.*

Oui... cet échafaud... cette roue...

M. DUHAMEL.

Comme vous, j'ai horreur du sang et des supplices... Aussi
ai-je abjuré la qualité de juge. Je ne veux plus l'être que pour
proclamer l'innocence de Germain, et le rendre à la liberté.
Mais pour cela, il faut connaître et nommer le véritable criminel.

ALEXIS, *de même.*

Le connaître! le nommer!.. et les tortures!.. et les bour-
reaux!.. (*Revenant à lui, après un silence, et avec un accent solennel.*) Ordonnez que Germain soit libre, car il est innocent.

M. DUHAMEL.

J'en ai la conviction intime, mais cela ne suffit point. Où
s'est commis un crime, la justice veut un coupable. Le con-
naissez-vous?

ALEXIS.

Oui.

M. DUHAMEL.

Nommez-le.

ALEXIS, *retombant dans son délire.*

Ah ! je ne le puis !.. L'échafaud ! la roue !.. tout est là. Et vous, Monsieur, n'êtes-vous pas un juge ?

M. DUHAMEL.

Voyez-le donc, et à genoux, ce juge, implorant le pardon du Ciel et de la Terre, pour avoir été une seule fois l'exécuteur de ces lois écrites avec du sang ; lois exécrables contre lesquelles se soulève sa conscience épouvantée. C'est à l'horreur qu'elles m'inspirent que je sacrifie mon état, mon avenir et celui de mes enfans ! et vous m'accuseriez d'avoir un cœur cruel, impitoyable !.. Oh ! par pitié, son nom ! son nom ! Je le tairai, j'en fais serment. Ce sera un infortuné sous la sauvegarde d'un honnête homme. Versez ce terrible secret dans le sein d'un ami. Nommez, nommez-moi le coupable.

ALEXIS, *vaincu, mais après une vive et pénible résistance.*

Le coupable !..

M. DUHAMEL.

Eh bien ?

ALEXIS.

Eh bien, c'est moi.

M. DUHAMEL, *se relevant stupéfait.*

Vous !..

~~~~~~

SCÈNE IX.

HONORINE, DUHAMEL, ALEXIS.

HONORINE *pousse un cri perçant, et vient tomber aux pieds du Lieutenant-criminel.*

Ah ! malheureux ! qu'as-tu dit !.. Le secret, Monsieur, le secret, je vous en supplie. Ne nous livrez pas à l'infamie.

Elle a dit ces dernières paroles au milieu des sanglots qui l'étouffent.

ALEXIS.

Imprudente ! qu'as-tu fait toi-même ?

M. DUHAMEL.

Relevez-vous, Madame. Calmez ce désespoir...

Il veut la faire asseoir.

HONORINE, *retombant à genoux.*

Non, Monsieur. Voilà la seule attitude qui me convienne en présence de notre juge.
~~~~~~

ALEXIS.

Encore un peu de courage, ma chère Honorine, je t'en conjure. Nous touchons au terme. (*Honorine demeure à genoux et les mains jointes devant M. Duhamel. La mort est sur ses traits.* — *A M. Duhamel.*) Je vous ai dit mes malheurs, Monsieur ; vous savez tout ce que je dois de souffrances à l'avarice d'un oncle inhumain. Pour obtenir ce qu'il eût refusé à mes prières, je lui tendis un piége!..un piége infâme, j'en conviens... ce fut un crime. (*avec énergie.*) Mais c'est mon bien que je reprenais. (*aux genoux de M. Duhamel.*) Ah ! Monsieur, vous l'avez promis, j'ai votre serment. Vous sauverez de l'infamie un couple infortuné ; vous ne voudrez pas que ma chère Honorine soit déshonorée... que mon fils au berceau n'ait d'autre héritage que la honte.

M. DUHAMEL.

Je tiendrai toutes mes promesses. Ne craignez rien de la justice des hommes. C'est à Dieu seul que vous aurez à répondre de vos fautes, et sa bonté vous tiendra compte d'un aveu qui sauve un innocent du supplice.

(*Le cri :* Grâce ! grâce ! vive le Roi ! *se fait entendre de tous côtés, en dehors.*)

M. DE LIRAY, *en dehors.*

Oui, mes enfans ! vive le Roi !

M. DUHAMEL,

C'est la voix du Marquis.

SCÈNE XI.

M. DUHAMEL, M. DE LIRAY, ALEXIS, HONORINE, LA PRÉSIDENTE.

M. DE LIRAY.

Oui, mes amis ! la voilà ! la voilà ! Mais, corbleu ! ce n'a pas été sans peine.

M. DUHAMEL.

M. d'Ambreville, vous partirez cette nuit pour Bruxelles. Pendant votre absence, nous ferons annuler des vœux illégaux, et nous vous rendrons les droits que votre mérite vous assigne dans la société.

LA PRÉSIDENTE.

Je prendrai soin de votre jeune épouse.

ALEXIS, *se prosternant devant M. Duhamel.*

Monsieur ! je n'ai pas d'expressions...

HONORINE.

Ah ! Madame...

M. DE LIRAY, *à M. Duhamel.*

Venez, mon ami ; allons embrasser mon pauvre Germain.

LA FOULE, *qui est aux croisées.*

Vive M. de Liray ! vive notre bon Président !

FIN.

9 782329 045184

MINISTÈRE
DE L'INSTRUCTION PUBLIQUE ET DES BEAUX-ARTS.

ENSEIGNEMENT SECONDAIRE.

INSTRUCTIONS

PROGRAMMES ET RÈGLEMENTS.

PARIS.

IMPRIMERIE NATIONALE.

M DCCC XC.

INSTRUCTIONS
PROGRAMMES ET RÈGLEMENTS.

A

ENSEIGNEMENT SECONDAIRE.

INSTRUCTIONS

PROGRAMMES ET RÈGLEMENTS.

PARIS.

IMPRIMERIE NATIONALE.

M DCCC XC.

LETTRE

AUX MEMBRES DU PERSONNEL ADMINISTRATIF ET ENSEIGNANT
DES LYCÉES ET COLLÈGES.

Paris, le 15 juillet 1890.

Monsieur,

Dans sa session de décembre dernier, le Conseil supérieur a adopté, après la Commission des réformes instituée en 1888, une série de mesures qui modifient assez profondément le régime des établissements publics d'enseignement secondaire. Les propositions du Conseil, sanctionnées par le Ministre de l'Instruction publique, ont formé la matière de nouveaux règlements concernant l'emploi du temps, la discipline et l'enseignement, que je rends exécutoires pour la rentrée des classes d'octobre 1890.

Mais en matière de règlements, l'esprit importe encore plus que la lettre. C'est pourquoi je n'ai pas cru suffisant de porter simplement à votre connaissance, par les voies administratives ordinaires, le texte des décisions qui ont donné suite aux propositions du Conseil. J'ai voulu vous faire part des intentions mêmes qui les ont inspirées. Tel est l'objet des instructions que vous trouverez ci-jointes. Pour que la réforme entreprise réussisse, il faut que chacun s'y associe avec conviction et de toute sa volonté. C'est cette franche adhésion et ce loyal concours que je sollicite de votre part. J'y fais appel en toute confiance : lorsque vous connaîtrez la tâche qui vous est proposée, vous la jugerez digne, j'en ai la certitude, de tenter tous les gens de cœur.

I.

CARACTÈRE GÉNÉRAL DE LA RÉFORME.

La réforme qu'il s'agit de mettre à exécution touche à l'éducation tout entière sous ses trois aspects : éducation de l'intelligence, éducation du corps, éducation de la volonté.

Avant tout, on s'est préoccupé d'établir entre ces trois parties de l'éducation un juste équilibre. Notre régime scolaire tendait à rompre cet équilibre nécessaire au profit trop exclusif de la culture intellectuelle. Non seulement l'instruction y était considérée, ce qui est de droit, comme une partie essentielle et le principal moyen de l'éducation générale, mais, à force de réclamer des soins, elle y devenait en fait l'unique moyen et le tout de l'éducation.

Nous serions inexcusables d'en rester là. Après des revers qui ont imposé à tous les devoirs du soldat, après l'avènement du régime démocratique, qui ne permet pas davantage de se dérober à ceux du citoyen, chacun a senti, et l'Université n'a pas été la dernière à comprendre, que nos enfants auront besoin d'autre chose encore que d'une instruction de choix pour faire honneur à leur tâche tout entière. L'idée de l'éducation, qui s'était rétrécie et abaissée dans une période où l'éducation semblait avoir moins à faire, s'est reformée et relevée dans l'esprit de tous quand l'éducation, comme il arrive toujours aux périodes décisives de la vie des peuples, a dû reprendre toutes ses charges.

C'est précisément cette restauration intégrale de l'idée et du devoir de l'éducation que la réforme actuelle, préparée depuis bientôt vingt ans, a pour objet de consacrer définitivement dans l'enseignement secondaire.

Si l'éducation donnée dans nos collèges et dans nos lycées a pour objet, aujourd'hui plus que jamais, de faire des hommes, rien de ce qui est de l'homme ne doit lui être étranger.

En conséquence, le Conseil supérieur a jugé que l'on pouvait enlever aux études, sans en rien retrancher d'essentiel, quelques-unes des heures dont elles disposaient, pour les réserver aux exercices physiques injustement dédaignés; il a voulu par-dessus tout que les questions de discipline morale, trop négligées, reprissent, dans les préoccupations des maîtres à tous les degrés, la place qui leur est due, c'est-à-dire la première; il a pensé enfin que l'Université aura rempli toute sa tâche quand les jeunes gens sortiront de ses mains avec un corps robuste et assoupli, une instruction solide et un jugement sain, une volonté droite et maîtresse d'elle-même. Heureuse, si, par surcroît, elle a pu, dans toute cette jeunesse, reconnaître et préparer quelques talents d'élite. — Cette idée d'une éducation intégrale et harmonieuse de l'homme a présidé aux délibérations du Conseil supérieur. Il l'a traduite en un programme positif qui répond aux besoins du pays et exprime le devoir actuel de l'Université. Quelque surcroît d'effort et de dévouement qu'il exige, aucun de ses maîtres n'hésitera à en faire sa règle.

II

EMPLOI DU TEMPS. — ÉDUCATION PHYSIQUE.

La réforme acquiert... l'éducation tout entière sous ses trois aspects: éducation de l'intelligence, édu-

Pour assurer, sans nuire aux études, le développement normal des forces physiques de l'élève, depuis l'enfance jusqu'à l'adolescence, il a d'abord fallu déterminer avec précision, et pour chaque âge, le nombre d'heures qu'une hygiène bien entendue commande de donner au travail, au sommeil, aux repas, aux récréations. Il est déraisonnable d'imposer à des enfants de dix ou douze ans la même somme de travail sédentaire qu'à des jeunes gens de seize ou dix-huit ans et de soumettre à un régime uniforme tous les élèves d'un même lycée, en exigeant que tous, quel que soit leur âge, se lèvent, aillent en étude ou en classe, mangent, travaillent, jouent et se couchent en même temps. Le Conseil supérieur a introduit dans le règlement la diversité nécessaire; il a fixé, pour chaque catégorie d'élèves et d'exercices, des limites qui devront être rigoureusement respectées. La nature ne doit pas se plier aux commodités du régime intérieur; c'est ce régime qui doit être établi d'après les indications et les exigences de la nature. D'autre part, la distribution uniforme de ces divers exercices dans tous les établissements secondaires n'est pas davantage une nécessité. Cette distribution peut varier, jusqu'à un certain point, suivant les climats et les régions, les habitudes locales, les besoins et les ressources des divers établissements.

Dans les propositions qu'ils auront à soumettre à MM. les Recteurs au sujet de l'emploi du temps, MM. les Proviseurs et Principaux sont donc invités, d'une part, à se conformer rigoureusement aux prescriptions limitatives du règlement et, d'autre part, à user au mieux des intérêts de tous de la latitude nouvelle qu'il leur laisse. Nulle difficulté d'ailleurs pour les heures de sommeil et de repas. Il n'en sera peut-être pas de même pour les heures de classe et de récréation. Mais on cherchera, on s'ingéniera : la nécessité fera trouver les moyens de résoudre le problème.

Il serait inutile, il serait même funeste d'avoir augmenté le nombre et la durée des récréations, si l'inertie et l'oisiveté n'en étaient bannies avec la même rigueur que des études et des classes.

Les jeux et les exercices de force ou d'adresse sont, pour le jeune âge, une condition absolue de santé morale non moins que de vigueur physique. A ce double titre, nous devons les encourager par tous les moyens. J'ai lieu de croire qu'aujourd'hui tous les chefs d'établissement et tous les maîtres sont convaincus de cette nécessité. Il ne leur est pas permis de professer ni d'entretenir en eux, à l'égard des exercices physiques, cette espèce d'indifférence que nous reprochons à leurs élèves. En dédaignant les jeux de leur âge, nos élèves ne savent pas quel tort ils se font à eux-mêmes. Mais nous devons le savoir pour eux. Nous n'avons pas le droit d'oublier que des jeunes gens dont le corps, l'esprit et la volonté se forment ne peuvent pas plus se passer de libre et heureuse activité que d'air et de soleil pour compenser l'effort précoce qu'on leur demande. Nous devons nous rendre compte que dans tout établissement où les récréations actives ont cessé, la tristesse et l'ennui s'établissent bientôt à demeure et qu'un pareil milieu, intolérable même pour un homme fait, est réellement accablant et pernicieux pour la jeunesse.

Il y a quelque chose de malade ou qui va l'être dans une jeunesse qui ne joue pas. Qu'on sache, à cet égard, voir par delà les apparences et se tenir en garde contre une trompeuse sécurité. Les manquements à la discipline, graves ou même véniels, ne risquent guère, par leur nature même, d'échapper à la vigilance des maîtres. Mais qu'on se défie du mal qui va son chemin d'autant plus sûrement qu'il s'opère insensiblement et sous le couvert même de la discipline et du bon ordre. Dans une cour où le temps des récréations se passe régulièrement en promenades à pas comptés et en causeries monotones, un surveillant même très attentif ne trouve peut-être rien à reprendre. Ce calme même a cependant tout sujet de nous inquiéter et il est par lui-même un grave symptôme, si l'on songe que dans ce désœuvrement prolongé le corps peu à peu s'anémie et s'étiole et que, dans l'ennui qui en est la suite, les caractères finissent par s'aigrir et s'énerver. En pédagogie, non moins qu'en économie politique, « ce qu'on ne voit pas » a souvent des effets aussi graves que « ce qu'on voit ».

Défions-nous aussi des préoccupations utilitaires prématurées ou trop exclusives. Dans l'antiquité, l'éducation tout entière n'était qu'un jeu. Les temps sont plus durs aujourd'hui pour la jeunesse. De bonne heure le souci légitime de son avenir, l'inquiétude du succès doublent pour elle le poids du travail. Aidons-la à secouer de temps en temps ce lourd fardeau. Prolongeons pour elle la période heureuse et féconde du désintéressement. Prenons garde qu'en dédaignant les exercices du corps comme inutiles elle ne s'achemine bientôt à dédaigner tout ce qui ne lui apparaît pas comme positivement utile dans les exercices de l'esprit.

Ce n'est donc pas seulement un caprice d'opinion et une mode, c'est une pédagogie mieux informée et plus attentive à tous les besoins de la jeunesse qui impose à l'Université ce souci des exercices physiques. Aussi les chefs d'établissement ne croiront pas avoir fait tout leur devoir, si après quelques essais malheureux d'entraînement ils s'arrêtent et se découragent. Je sais la difficulté de la tâche. C'est pourquoi je suis tout disposé à faire crédit à nos proviseurs et à nos principaux sur le temps et sur les moyens, à tenir compte de tous leurs efforts, à leur savoir gré des moindres succès. Mais le mal à combattre et le bien à faire sont à mes yeux trop grands et trop bien démontrés pour que, en aucun cas, je puisse admettre l'inaction indifférente ou le découragement résigné.

Comme je demande aux chefs d'établissements d'encourager les jeux par tous les moyens, je verrais aussi avec satisfaction nos jeunes maîtres se mêler aux divertissements des élèves, les diriger même discrètement au besoin. Je veux qu'ils sachent qu'il y a autant de mérite à organiser une récréation qu'à assurer la discipline dans une étude. Qu'ils ne craignent pas, d'ailleurs, de voir ainsi leur autorité diminuée : les enfants leur sauront gré de s'intéresser à leurs plaisirs comme à leurs travaux.

Les promenades ne sont pas moins importantes que les récréations. Après une demi-semaine de reclusion au lycée, les élèves ont besoin d'espace et de grand air. Les proviseurs veilleront à ce que le temps de la promenade soit employé en grande partie à des marches assez longues pour élargir les poitrines, fortifier les muscles et former à l'avance le futur soldat. L'armée victorieuse est presque toujours celle qui marche le mieux. Cette seule pensée devrait assurer le succès des longues promenades. Pour que ces marches soient une fatigue sans être une corvée, on y intéressera les élèves en variant l'itinéraire, en les appelant parfois à le tracer eux-mêmes, en leur signalant un but à atteindre, en excitant leur amour-propre, en ranimant par d'adroites innovations l'ardeur qui menacerait de s'éteindre. De loin en loin il sera bon de permettre une excursion en chemin de fer, la visite d'une usine, d'un monument, d'une ville voisine; on se rappellera que tout ce qui renouvelle l'imagination, tout ce qui entretient la confiance et la bonne humeur, profite à la santé morale autant qu'à celle du corps. Le profit serait plus grand encore si les professeurs consentaient parfois à accompagner leurs élèves : ce qu'ils auraient dépensé de temps et de peine leur serait rendu en affection et en reconnaissance. Je sais que bon nombre ont devancé cette invitation. Je les en remercie et les propose comme exemple à leurs collègues.

En dehors de tous ces exercices qui auront pour résultat certain d'endurcir les corps et d'assainir les âmes, qu'on ne dédaigne pas d'accorder une attention particulière à tout ce qui concerne la bonne tenue et la propreté. La propreté est déjà une vertu; elle implique le respect de soi-même et des autres. Celui qui, dès l'enfance, aura appris par une longue habitude cette propreté régulière et simple qui exige une continuelle surveillance de soi-même sera en voie de progrès moral. Le souci d'une correction extérieure obtenue par de nombreux efforts passera insensiblement de la tenue au langage et du langage à la pensée et aux mœurs elles-mêmes. Dans les jeux, les exercices gymnastiques, les soins réguliers du corps et de la tenue, il y a ainsi pour la pensée, la volonté et le sentiment comme une discipline naturelle dont les effets vont plus loin qu'on ne croit et qui permet de faire bien des économies sur la discipline répressive des règlements et des punitions. L'éducation physique, soigneusement entretenue parmi la jeunesse, est la meilleure alliée de l'éducation morale.

III.

LES PROGRAMMES ET L'ENSEIGNEMENT.

En ce qui concerne l'enseignement, il n'y a que l'enseignement classique d'intéressé dans les instructions ci-jointes. L'enseignement spécial aura son tour.

J'ai indiqué récemment, devant le Sénat, les grandes lignes de la réforme que semble appeler cet enseignement dont l'orientation, les méthodes, le nom même ne sont pas encore fixés. Les détails et les moyens d'exécution de cette réforme sont à l'étude.

Quant à l'enseignement classique, sa voie est tracée depuis longtemps. Il n'était besoin que de la dégager et de la rectifier par endroits.

C'est à cette tâche, ainsi limitée à dessein, que le Conseil supérieur a donné tous ses soins.

La simplification des programmes, exigée d'abord par les nécessités de l'éducation du corps, ne l'était pas moins par l'éducation même de l'esprit, mise en péril par la surcharge du savoir. Pendant une certaine période, il n'a pas été exagéré de dire que dans les programmes de l'enseignement secondaire, le savoir et l'intelligence, l'instruction et l'éducation se trouvaient pour ainsi dire en conflit. Il semblait que pour constituer ces programmes on se fût posé cette unique question : Quel est le savoir le plus utile? Et sans doute parce qu'on n'avait pas pu se décider à choisir entre tant de savoirs utiles, tous également patronnés par ceux qui en ont fait leur spécialité scientifique, on avait entassé dans les programmes toute espèce de savoirs.

L'expérience faite nous a prouvé que la question de l'enseignement secondaire, posée en ces termes, était mal posée, que le meilleur fruit de cet enseignement n'est pas tant la somme de savoir acquis que l'aptitude à en acquérir davantage, c'est-à-dire le goût de l'étude, la méthode de travail, la faculté de comprendre, de s'assimiler ou même de découvrir, et que pour mesurer le progrès de l'élève à la sortie du lycée, il y a moins à considérer l'espace parcouru que le mouvement qu'il a pour aller plus loin. L'expérience a démontré ce que la théorie enseignait déjà, que la chose utile par excellence, c'est d'intelligence elle-même, puisque seule elle applique le savoir avec discernement et à propos et seule supplée, à l'occasion, aux insuffisances inévitables de tout savoir, par une réflexion et des méthodes générales dont les ressources sont infinies. Nous avons reconnu par l'effet, que si le savoir justement distribué nourrit, soutient et fortifie l'intelligence, le savoir donné précipitamment ou à dose massive déroute l'intelligence ou l'opprime. Nous nous sommes rendus à cette vérité bien simple et pourtant bien souvent méconnue que les capacités intellectuelles de l'enfant demeurent à peu près aujourd'hui ce qu'elles ont été de tout temps, tandis que la somme de science acquise s'accroît de siècle en siècle et de jour en jour. D'où l'on a tiré justement cette conséquence que désormais, pour tous ceux qui auront à faire des programmes en vue d'un enseignement qui doit être général sans doute dans ses principes, mais non pas encyclopédique dans sa matière, le commencement de la sagesse sera de permettre d'ignorer.

C'est d'après ces principes qu'on a choisi et mesuré les matières du programme, sans chercher précisément quels sont les genres de savoir les plus utiles en eux-mêmes, mais avant tout quels sont les plus utiles par leur vertu éducative et comme discipline de l'esprit.

A ce titre, les lettres et les sciences font de droit partie d'un enseignement classique quelconque. Précisément parce que leurs effets sont très différents, leur concours est indispensable pour développer harmonieusement les facultés normales d'un esprit bien fait.

Dans l'enseignement classique littéraire, le seul qui soit l'objet de la révision actuelle, les lettres, c'est-à-dire l'étude des langues et des littératures, avec l'histoire et la philosophie comme complément ou couronnement, garderont naturellement la première place. En ceci notre tradition universitaire n'a pas cessé d'être vraie. Pour exercer en tous sens l'intelligence et lui donner de la netteté, de la précision, de la logique, tout en la préservant d'une spécialisation hâtive qui risque de la stériliser ou de la rétrécir ; — pour élever et ennoblir l'individu tout entier par le commerce des grands esprits et l'exemple des œuvres les plus parfaites ; — pour transmettre aux générations nouvelles l'héritage d'idées et de traditions qui résument l'expérience des races les mieux douées et qui sont l'âme même de notre civilisation, c'est aux lettres qu'il faut s'adresser. Aujourd'hui comme toujours, plus que jamais peut-être, elles doivent demeurer les premières institutrices de la jeunesse.

A cette éducation générale de l'esprit et du cœur, les sciences d'expérience et de raisonnement viendront, à leur heure, dans l'ordre et la mesure convenables, associer leurs fortes leçons, comme un complément et un correctif indispensables. Tandis que l'élève qui fait ses humanités élargit et assouplit son jugement en parcourant le monde, toujours en évolution, des idées morales, n'est-il pas nécessaire aussi qu'il le fixe et l'affermisse, en lui donnant le lest d'un savoir prouvé, systématisé et définitif ? Faute d'initiation aux méthodes des sciences, ne se trouverait-il pas comme dépourvu d'indispensables organes ? Faute d'initiation à leurs résultats, ne resterait-il pas comme étranger à son temps et à son pays ?

Le Conseil s'est efforcé de déterminer la juste distribution et l'exacte proportion de ces divers enseignements. Et pour en rendre l'action plus certaine, il a dégagé leurs programmes de tous les développements qui n'étaient pas de première nécessité. Mais il compte surtout que le véritable allègement résultera de la manière dont ces programmes seront interprétés et appliqués par les professeurs, s'ils sont bien pénétrés de l'idée générale dont il s'est lui-même inspiré. Le programme est quelque chose, l'esprit est bien plus encore ; car c'est l'esprit qui crée la méthode et qui fixe la mesure. C'est sur la méthode à suivre et la mesure à garder que les instructions ci-après appellent toute l'attention des professeurs. — Il n'est pas inutile de les faire précéder de quelques recommandations essentielles qui s'appliquent à tous les enseignements.

Pour seconder les intentions du Conseil, les professeurs devront sans cesse se demander si, dans leur désir de bien faire et d'épuiser jusqu'au fond le programme dont ils sont chargés, ils ne dépassent pas la mesure imposée par les capacités de l'élève et les exigences légitimes des enseignements voisins.

Après s'être dans leurs réunions réparti la tâche, tous les professeurs d'une même classe devraient agir comme le ferait un professeur unique qui aurait à donner l'enseignement tout entier. Ils maintiendront ainsi entre toutes les parties du programme général la proportion et l'équilibre nécessaires.

Ils auront, d'autre part, à observer la même réserve dans leur mamière d'enseigner. Qu'importe un savoir prodigué avec largesse dans une exposition magistrale, si les élèves sont hors d'état de se l'assimiler? Le premier devoir du maître c'est d'être compris; son premier soin sera de s'assurer qu'il a été compris en effet. Un bon maître est tout autre chose qu'un livre qui parle.

C'est surtout au début d'un enseignement nouveau qu'il importe d'aller lentement et de simplifier. Dans l'enseignement du latin, du grec, de la philosophie, des mathématiques, si les éléments ne sont pas rendus pour l'élève absolument nets, faciles et familiers, la confusion s'établit à demeure dans son esprit, et parce qu'il a vu trouble aux premières leçons, il voit trouble encore à la dernière. La première condition de santé pour l'intelligence c'est de vivre dans la clarté.

Pour s'assurer qu'il ne va ni trop loin ni trop haut, ni trop vite, le professeur ne s'en rapportera pas seulement aux devoirs et aux réponses de quelques élèves d'élite. Le grand problème de la classe c'est de donner aux meilleurs tout ce qu'ils demandent et de ne rien refuser aux autres de ce qui leur est dû. L'Université a toujours été et ne cessera pas d'être sympathique au talent; elle est d'ailleurs, puisqu'elle l'aide à naître, quel le talent est en grande partie le fruit de l'effort. Mais en recevant dans ses établissements des enfants d'aptitudes inégales, elle a pris vis-à-vis de leurs parents l'engagement de n'en exclure aucun de son attention. Si une classe n'est faite expressément que pour quelques privilégiés, ce n'est pas apparemment aux yeux des familles un bénéfice suffisant de leurs sacrifices que les autres y assistent en qualité de simples témoins; le pays non plus n'y trouverait pas son compte. D'ailleurs, s'il y a plaisir à suivre la marche rapide d'une intelligence heureuse dont les progrès flattent l'amour-propre du maître, le mérite est plus rare et la satisfaction plus haute d'avoir peu à peu ouvert et assoupli une intelligence obscure et lente. Une fois en bon chemin, qui sait si ces esprits tardifs ne dépasseront pas beaucoup d'esprits plus précoces? Qui sait s'ils ne rendront pas au pays des services aussi positifs et ne rapporteront pas en définitive autant d'honneur à l'Université qui leur aura la première ouvert la voie et donné le sentiment de leurs forces?

Aussi bien, la caractéristique des études classiques c'est d'être une éducation à longue portée et dont la plus haute utilité ne peut se recueillir qu'à longue échéance. La vraie fin que le maître, tout en s'attachant avec passion à sa tâche journalière, doit avoir constamment présente à l'esprit, c'est de donner, par la vertu d'un savoir dont la majeure partie se perdra, une culture qui demeure. Par delà les objets et des exercices quotidiens de la classe, c'est à l'esprit, c'est à l'âme même de ses élèves qu'il doit viser; par delà les sanctions prochaines que fournissent à son enseignement examens et concours, sanctions si souvent hasardeuses et illusoires, c'est à la grande et décisive épreuve de la vie qu'il doit les préparer. C'est dans l'en définitive, que la valeur des leçons reçues au lycée se démontrera par l'effet. Les études classiques, en un mot, comme on l'a dit si souvent, n'ont d'autre but, que de contribuer, pour leur part, à former des hommes. C'est la tâche que leur assigne ce nom même d'humanités qu'elles revendiquent à juste titre. Qu'elles perdent de vue cette fin suprême, elles dégénéreront insensiblement en une scolastique aussi puérile que pédantesque. C'est dans la fidélité à leur idéal qu'est leur dignité, leur justification et leur sauvegarde.

IV.

DISCIPLINE.

L'éducation morale, dont l'enseignement ne peut se désintéresser, est le principal objet de la discipline.

Le Conseil a voulu que le régime disciplinaire du lycée fût une école du caractère. C'est pourquoi il a nettement manifesté sa préférence pour une discipline libérale et son éloignement d'une discipline purement répressive.

Celle-ci, reposant sur la défiance, n'usant que de la contrainte, se contente d'un ordre apparent et d'une soumission extérieure, sous lesquels se dissimulent les mauvais instincts comprimés, mais non corrigés, et les sourdes révoltes qui éclateront plus tard. Cette discipline est mauvaise; elle est maladroite et bornée. Elle sacrifie tout l'avenir à la sécurité du moment présent; elle se satisfait de l'ordre apparent qu'elle obtient et ne sait pas ou ne veut pas voir le désordre profond qu'elle tolère, moins encore celui qu'elle crée. La discipline purement répressive n'a pas droit de cité dans nos maisons d'éducation.

La discipline libérale cherche, au contraire, à améliorer l'enfant plutôt qu'à le contenir, à le gagner plutôt qu'à le soumettre. Elle veut toucher le fond, la conscience, et obtenir non cette tranquillité de surface qui ne dure pas, mais l'ordre intérieur, c'est-à-dire le consentement de l'enfant à une règle reconnue nécessaire : elle veut lui apprendre à se gouverner lui-même. Pour cela, elle lui accorde quelque crédit, fait appel à sa bonne volonté plutôt qu'à la peur du châtiment; elle conseille, avertit, réprimande plutôt qu'elle ne punit ; son principal moyen d'action est la bonté, non pas cette bonté aveugle et lâche qui laisse tout faire parce qu'elle est incapable de rien empêcher, mais la bonté clairvoyante et courageuse qui a d'autant plus de force pour réprimer qu'elle a tout fait pour prévenir.

Il est vrai qu'il faut compter avec la paresse et la légèreté des enfants, quelquefois avec leur perversité. La répression est donc nécessaire. Il ne peut venir, il n'est venu à l'esprit de personne qu'il fût possible généralement, dans nos établissements scolaires, de se passer de punitions. Mais on a voulu et on a eu toute raison de vouloir que, dans l'usage des punitions. on se préoccupât également de deux choses également nécessaires : le bon ordre qui, dans nos lycées et collèges, est le besoin et le droit de tous, et l'amélioration individuelle qui est notre devoir envers chacun. Pour que cette dernière fin, qui est après tout la fin véritable, ne se trouve pas sacrifiée et que le bon ordre obtenu ne soit pas seulement un trompe-l'œil dangereux, il faut que la répression soit appliquée avec mesure; il faut en outre qu'elle ait un caractère moral et réparateur.

On emploiera donc de préférence la mauvaise note, qui touche l'amour-propre de l'enfant sans l'humilier, qui permet le repentir et la réparation, qui peut être renforcée, affaiblie ou effacée. On proscrira absolument les punitions quotidiennes multipliées, piquets, pensums, privations de récréation et de repos, punitions qui ne sont qu'afflictives, nuisent au travail et à la santé de l'élève, le mettent en posture de guerre en face de ses maîtres et l'irritent sans le corriger. En dehors des mauvaises notes, les leçons à rapprendre, les devoirs à refaire, les devoirs extraordinaires, les retenues du jeudi et du dimanche, les privations de sortie, l'exclusion de la classe ou de l'étude, l'exclusion temporaire de l'établissement sont les punitions qui demeurent autorisées.

Comme on voit, il ne serait pas exact de prétendre, ainsi que l'ont fait peut-être quelques personnes mal informées, que dans les établissements universitaires, « il n'y aura plus de punitions ». Il ne le serait pas davantage de dire qu'on a porté atteinte à l'autorité des maîtres. Sans parler ici de l'institution du Conseil de discipline qui étend leurs attributions, les fait participer à la direction morale de l'établissement tout entier et fortifie chaque maître individuellement par la solidarité qu'il établit entre tous, le nouveau règlement disciplinaire doit avoir lui-même pour effet de relever et d'affermir l'autorité de tous ceux qui voudront l'appliquer avec fermeté et persévérance. Il n'ôte à personne le droit de punir, mais, dans l'intérêt bien entendu des maîtres aussi bien que des élèves, et conformément à tous les règlements antérieurs, dont on s'était peut-être à la longue trop écarté dans la pratique, il pose certaines restrictions, plus ou moins étendues suivant l'âge, l'expérience des maîtres, la nature de leurs rapports avec les élèves, à l'exercice de ce droit et, dans tous les cas, le soumet à un contrôle. Par des précautions qui ne rappellent que de bien loin celles que l'on prend à l'égard d'un juge quelconque, il vise à prévenir, autant qu'il se peut, l'erreur, l'abus, l'injustice involontaires, l'apparence même de l'injustice, toutes choses aussi dommageables pour l'enfant que pour l'homme fait. En quoi il sert l'autorité véritable. L'autorité véritable, en effet, n'est pas attachée à un appareil menaçant de punitions dont l'emploi le plus ordinaire est de masquer tant bien que mal une réelle faiblesse. Elle réside dans la personne, et rien ne tend davantage à l'établir dans l'esprit des enfants qu'une réputation justifiée de modération et d'équité. L'idéal que nous proposons à tous nos maîtres, c'est d'acquérir une autorité telle qu'elle les dispense le plus souvent de recourir à des mesures de rigueur.

Je n'ai pas d'ailleurs le dessein d'imposer partout uniformément, dès le jour de la rentrée prochaine, la stricte et entière exécution du nouveau règlement disciplinaire. Si certains établissements sont déjà en avance sur ce règlement, ce qui prouve bien qu'il ne demande rien d'impossible, je reconnais que dans certains autres, pour certaines divisions d'élèves, la prudence conseille de procéder graduellement. Je suis donc disposé à autoriser, le cas échéant, sur la proposition motivée des Recteurs, les mesures transitoires qui me seraient demandées touchant l'exécution de certains articles secondaires du règlement. Mais je compte qu'elles ne seront jamais demandées qu'avec l'intention loyale et l'engagement de s'en servir comme de moyens pour aboutir au plus vite à l'application intégrale du nouveau régime.

D'autre part, il est vrai qu'un pareil système de discipline ne serait pas suffisamment armé contre certains élèves incorrigibles. Nous n'entreprendrons pas cependant d'égaler la rigueur de nos châtiments à la force de leurs mauvais instincts. Une telle lutte est l'affaire des maisons de discipline, elle n'est pas à sa place dans une maison d'éducation. Contre les élèves obstinément paresseux, grossiers ou rebelles, il n'y a pas à notre usage d'autre remède que l'exclusion. Ainsi, même en ces cas extrêmes, l'autorité des professeurs et des maîtres répétiteurs sera sauvegardée. S'ils ont sur ce point quelques inquiétudes et craignent de rester sans protection contre des enfants pervers, qu'ils se rassurent : ils trouveront toujours dans leurs chefs des défenseurs décidés de leur dignité.

Le même souci de l'éducation morale a inspiré les règlements relatifs aux récompenses. Les récompenses, comme les punitions, doivent être rares, et, comme elles, servir au progrès moral de l'élève. Elles seront données à la bonne volonté plutôt qu'à la réussite. Sans renoncer aux heureux effets de l'émulation, surtout chez les petits enfants, on se gardera de l'exciter outre mesure, et par de mauvais moyens. En sollicitant par des récompenses l'ardeur de l'enfant, prenons garde d'éveiller sa vanité et son égoïsme. Il faut donc encourager l'effort plutôt que le savoir-faire, et l'intention plutôt que le succès. Les *satisfecit* ne doivent pas être une monnaie banale qui permette à l'élève de payer ses punitions et de régler sa conduite comme un compte courant. De telles pratiques abusent les enfants sur la nature du bien et du mal; le bien n'existe plus, à leurs yeux, que par ce qu'il rapporte, et le mal n'est tel que s'ils n'ont pas de monnaie pour se racheter. De même que les avertissements devraient suffire pour les fautes, les félicitations devraient être l'unique récompense. C'est à ce but que doit tendre la discipline tout entière. Il faut amener peu à peu l'élève à diriger sa conduite d'après les mouvements de sa conscience, dont les réprimandes et les éloges de ses maîtres ne sont que l'expression autorisée et indiscutable.

Tels sont les principes généraux de la réforme disciplinaire : quelques mots suffisent à en exprimer la pensée maîtresse. Ou bien l'éducation de l'enfant consiste dans un dressage artificiel, tyrannique et vain, ou bien elle doit être le travail d'éclosion d'une conscience et de formation d'un caractère. Le Conseil supérieur a repoussé la première hypothèse; il a invité l'Université à ouvrir plus généreusement les sources profondes où l'enfant, l'homme futur, puise la force morale. Ses résolutions sont un acte de confiance dans la conscience humaine et dans l'idée de liberté.

Chacun a le droit, cela va de soi, de faire personnellement des réserves sur tel ou tel détail de cette réforme; la pédagogie ne peut, comme les mathématiques, prétendre à un consentement absolu et universel; mais personne du moins n'en contestera le principe. Personne non plus ne méconnaîtra les raisons morales et sociales qui imposent aujourd'hui à l'Université une transformation profonde de son régime disciplinaire, si elle veut tout de bon prendre à cœur ce qui doit être son devoir par excellence, la formation de mœurs publiques à la hauteur de nos institutions. Comme elle ne saurait rendre au pays de service comparable à celui-là, et que son patriotisme égale son amour de la liberté, il lui suffira, j'en suis sûr, de savoir ce qu'on attend d'elle pour entreprendre unanimement, avec cette confiance et cette bonne humeur qui assurent le succès, la réforme la plus considérable, sans conteste, et la plus honorable qu'elle ait encore tentée. Elle le voudra d'autant plus que cette réforme, je me plais à le proclamer, est son œuvre et que l'initiative lui en revient.

Veuillez agréer, Monsieur, l'assurance de mes sentiments les plus distingués.

Le Ministre de l'Instruction publique
et des Beaux-Arts,

Léon BOURGEOIS.

I

EMPLOI DU TEMPS.

EMPLOI DU TEMPS.

PROPOSITIONS RELATIVES À L'EMPLOI DU TEMPS

ADOPTÉES PAR LE CONSEIL SUPÉRIEUR DE L'INSTRUCTION PUBLIQUE
DANS SES SÉANCES DES 28 ET 29 DÉCEMBRE 1889
ET RENDUES EXÉCUTOIRES PAR ARRÊTÉS DES 28 JANVIER ET 12 JUIN 1890.

I. — Durée du travail sédentaire.

Le maximum des heures de travail sédentaire (classes et études, y compris le dessin) est fixé à six heures, dans les classes primaires et dans la division élémentaire; à huit heures, dans la division de grammaire; à dix heures et demie en été et à dix heures en hiver, dans la division supérieure (non compris les cours préparatoires aux écoles du Gouvernement, tant que les programmes d'admission à ces écoles n'auront pas été modifiés).

II. — Durée des classes.

a. Dans les classes primaires et dans la division élémentaire, les classes dureront deux heures et seront coupées par une récréation d'un quart d'heure.

b. Dans la division de grammaire et la division supérieure, les classes consacrées à l'enseignement principal seront de deux heures; elles auront lieu autant que possible le matin. La durée des autres classes sera d'une heure et demie, sauf celle des classes de géographie qui sera d'une heure.

L'autorisation de scinder chaque classe en deux classes d'une heure ou de réduire les classes de deux heures à une heure et demie pourra être accordée, par décision particulière, sur la proposition des Recteurs, à condition que la dictée des devoirs soit remplacée dans ces classes par une distribution de textes autographiés.

Dans la classe de philosophie, la durée de toutes les classes, sauf celle de dessin, sera d'une heure et demie.

Une partie du temps enlevé aux classes par la réduction de leur durée à une heure et demie devra être restituée aux divers enseignements sous forme d'interrogations, de direction pratique du travail, etc. [1].

La nature, la durée et l'organisation de ces exercices pratiques, devant varier avec la matière de l'enseignement, le nombre et la force des élèves, seront l'objet d'une entente entre le proviseur et les professeurs, sous le contrôle du Recteur. Tout compte fait, il n'en devra résulter pour les professeurs aucune augmentation de service [2].

La même réduction de la durée des classes pourra être opérée, dans les mêmes conditions, pour les classes correspondantes de l'enseignement spécial et les classes de mathématiques préparatoires.

---

[1] *Extrait des rapports et procès-verbaux de la Commission des réformes :* Il n'y a rien de commun entre les exercices recommandés ici et les conférences autrefois en usage dans les lycées. Autant ces conférences, simple prolongation de la classe elle-même, étaient fastidieuses et stériles pour tout le monde, autant une direction vraiment pratique du travail peut devenir pour tous intéressante et féconde. La classe appartient à l'enseignement : c'est dans ces conférences d'un nouveau genre qu'un professeur trouvera parfois les meilleurs moyens d'en assurer les effets. Là, en présence de groupes d'élèves restreints et bien homogènes, il saura s'accommoder soit à leur force, soit à leur faiblesse. Avec les uns, la conférence fournira l'occasion de compléter, d'élever ou d'approfondir l'enseignement de la classe; avec les autres, elle servira de préparation, de contrôle, d'application. Fort ou faible, chacun à son tour y sera, pendant quelques moments, l'objet d'une attention directe et personnelle. Pour beaucoup d'élèves, les progrès dateront de ces moments-là.

Certaines familles s'imaginent que dans les lycées on sacrifie la masse à l'élite. Il importe au plus haut point de ne laisser ni raison ni prétexte à cette opinion, susceptible de porter à nos établissements un si grave préjudice. Il faut établir l'opinion contraire que, dans un lycée, aucun élève ne court le risque d'être ni sacrifié ni négligé.

La classe à elle seule, surtout dans les grands établissements, n'en fournirait pas toujours bien aisément les moyens. Quoi qu'on fasse, le rôle le plus actif y appartient à ceux qui savent le prendre et, si l'on n'y mettait ordre, les autres n'y assisteraient qu'en qualité de témoins. Or il n'est pas admissible qu'un élève quelconque n'ait que de loin en loin l'occasion de répondre à une question, de lire un de ses devoirs, d'expliquer un texte, etc., et, par suite, d'obtenir du maître les conseils, les corrections et les encouragements précis et particuliers qui lui conviennent. — Il est bien vrai que c'est déjà un bénéfice pour les faibles de recevoir des forts ces leçons par l'exemple qui souvent enseignent mieux et stimulent davantage que les préceptes et les exhortations du professeur. Mais il est plus vrai encore que ce bénéfice même, ils le laisseront le plus souvent échapper, s'ils ne sont pas de temps en temps mis en mesure ou, pour mieux dire, mis en demeure d'en faire la preuve. Il faut donc que leur tour vienne de payer de leur personne, de montrer ce qu'ils savent et, sous l'œil du professeur, de faire tout ce qu'ils peuvent.

Tel doit être précisément le principal objet de ces conférences. Pour l'élève médiocre, la classe est souvent comme un discours en style indirect qui a l'air de ne pas s'adresser à lui et ne réussit pas à le tirer de sa distraction ou de son indolence. Là conférence le prendra à partie personnellement et directement et ne lui permettra plus de se dérober. On peut dire que, si la conférence est bien comprise et faite avec le même zèle qu'on apporte à la classe même, on verra diminuer de plus en plus dans nos lycées le nombre des non-valeurs, parce qu'il n'y aura plus de capacité petite ou grande qui demeure méconnue ou qu'on ne s'applique à faire valoir.

[2] Il est désirable que le professeur ait, autant que possible, la faculté de remplir sa tâche supplémentaire à l'heure qui sera pour lui la plus commode et qu'une grande latitude lui soit laissée quant au choix des exercices. Il est responsable des progrès de ses élèves et doit connaître mieux que personne les besoins auxquels il aura à pourvoir. « Un jour, il fera venir dans sa classe un groupe d'élèves faibles; il leur fera répéter

III. — Répartition hebdomadaire des diverses matières de l'enseignement secondaire classique.

A. — DIVISION ÉLÉMENTAIRE.

	CLASSE PRÉPARATOIRE.	HUITIÈME.	SEPTIÈME.
Français	9^h 1/2	9^h	9^h
Langues vivantes	4	4	4
Histoire	1 1/2	1 1/2	1 1/2
Géographie	1 1/2	1 1/2	1 1/2
Sciences	2 1/2	3	3
Dessin	1	1	1

B. — DIVISION DE GRAMMAIRE.

CLASSE DE SIXIÈME.

Français et latin	6 classes et demie de $2^h = 13^h$
Langues vivantes	1 classe de 1 1/2
Zoologie; exercices de calcul	1 —— de 1 1/2
Histoire ancienne de l'Orient	1 —— de 1 1/2
Géographie générale du monde	1 —— de 1
Dessin	1 —— de 1 1/2

une explication qu'ils auront mal comprise, il corrigera leur devoir de la veille ou préparera avec eux le devoir du lendemain; un autre jour, il commencera une série d'interrogations auxquelles certains de ses élèves, tantôt parmi les forts, tantôt parmi les faibles, seront successivement appelés à répondre. Il se rendra parfois, s'il le juge à propos, dans la salle d'étude, et, suivant l'âge des écoliers ou la nature de son enseignement, apprendra aux uns à faire usage du dictionnaire pour le thème ou la version, aux autres à résoudre un problème, à tracer le plan d'une dissertation, etc.

Il n'y a pas à s'inquiéter beaucoup du dérangement occasionné par l'entrée du professeur en étude et par ces entretiens successifs avec une série d'élèves. Ce dérangement deviendra bientôt insensible par l'habitude. La même appréhension a fait interdire dans certains établissements le travail en commun de deux ou de trois élèves. Là où on l'a autorisé, pour certaines classes et certains exercices, en le surveillant du reste comme il convient, il n'en est résulté que des avantages. Si d'ailleurs ces sortes de répétitions particulières paraissent si nécessaires de la part du maître répétiteur, qu'elles lui sont imposées par son titre même, il est difficile d'admettre que, de la part des professeurs, elles n'auront que des inconvénients.

D'autre part, je ne crois pas non plus qu'on ait à appréhender des conflits et des froissements entre le professeur et le maître répétiteur. Comment supposer que la bonne entente ne sera pas facile à établir entre eux lorsqu'il s'agit de l'intérêt de leurs communs élèves? Il n'y faut que du bon vouloir et un peu de tact: l'un existe déjà, l'autre ne fera pas défaut.

L'expérience a d'ailleurs été faite. Des maîtres d'élite, dont le nom est cher à l'Université, non contents de juger en classe les résultats du travail de leurs élèves, se sont fait spontanément un devoir de venir en étude, chaque semaine, pendant des années, assister et collaborer à leur travail même. C'est de leur exemple et de leur témoignage, et non pas seulement de vues théoriques, qu'on s'autorise pour signaler et recommander, à l'occasion, cette méthode à tous les professeurs, sans l'imposer à personne.

Les treize heures consacrées à l'enseignement du français et du latin seront réparties de la manière suivante :

> Français. 3ʰ
> Latin 10

Il sera établi une conférence de langues vivantes d'une heure (sans devoirs ni leçons), soit pour la totalité, soit pour une partie des élèves, de la sixième à la seconde.

CLASSE DE CINQUIÈME.

Français, latin, et, à partir du 1ᵉʳ janvier, grec.	6 classes et demie de 2ʰ = 13ʰ
Langues vivantes.	1 classe de 1ʰ 1/2
Géologie (1ᵉʳ semestre), botanique (2ᵉ semestre) et exercices de calcul.	1 ——— de 1 1/2
Histoire grecque	1 ——— de 1 1/2
Géographie (France).	1 ——— de 1
Dessin.	1 ——— de 1 1/2

Les treize heures consacrées à l'enseignement du français, du latin et du grec seront réparties de la manière suivante.

Jusqu'au mois de janvier :

> Français. 3ʰ
> Latin. 10

A partir du 1ᵉʳ janvier :

> Français. 3ᵃ
> Latin. . . . .
> Grec. . . . .

CLASSE DE QUATRIÈME.

Français, latin et grec.	6 classes 1/2 de 2ʰ = 13ʰ
Langues vivantes.	1 classe de 1ʰ 1/2
Géométrie.	1 ——— de 1 1/2
Histoire romaine.	1 ——— de 1 1/2
Géographie générale et géographie de l'Amérique.	1 ——— de 1
Dessin.	1 ——— de 1 1/2

Les treize heures consacrées à l'enseignement du français, du latin et du grec seront réparties de la manière suivante :

> Français. 2ʰ
> Latin. 5
> Grec 6

C. — DIVISION SUPÉRIEURE.

EN TROISIÈME, SECONDE, RHÉTORIQUE ET PHILOSOPHIE.

CLASSE DE TROISIÈME.

Français, latin et grec.............	6 classes de 2^h = 12^h
Langues vivantes.................	1 classe de 1 1/2
Mathématiques	1 —— de 1 1/2
Physique.......................	1 —— de 1 1/2
Histoire du moyen âge............	1 —— de 1 1/2
Géographie (Afrique, Asie, Océanie)..	1 —— de 1
Dessin.........................	1 —— de 1 1/2

Les douze heures consacrées à l'enseignement du français, du latin
et du grec seront réparties de la manière suivante :

Français......................	2^h
Latin........................	5
Grec	5

L'enseignement de la géographie se donnera en dehors des heures
habituellement consacrées aux classes.

CLASSE DE SECONDE.

Français, latin et grec................	6 classes 1/2 de 2^h = 13^h
Langues vivantes....................	1 classe de 1^h 1/2
Mathématiques.....................	1 —— de 1 1/2
Histoire du moyen âge et des temps modernes.	1 —— de 1 1/2
Géographie (Europe).................	1 —— de 1
Dessin (facultatif)..................	1 —— de 2

Les treize heures consacrées à l'enseignement du français, du latin
et du grec seront réparties de la manière suivante :

Français......................	3^h
Latin........................	5
Grec	5

CLASSE DE RHÉTORIQUE.

Français, latin et grec................	6 classes de 2^h
Langues vivantes....................	1 classe de 1 1/2 et 1 classe de 1^h
Anatomie et physiologie animales et végétales ..	1 —— de 1 1/2
Histoire moderne...................	1 —— de 1 1/2
Géographie (France).................	1 —— de 1
Dessin (facultatif)..................	1 —— de 2

Les douze heures consacrées à l'enseignement du français, du latin et du grec seront réparties de la manière suivante :

Français . . . . 4^h
Latin . . . . '4
Grec 4

Douze conférences de 1 heure seront consacrées à l'enseignement de l'hygiène.

Une conférence de 1 heure sera réservée à l'histoire et à la géographie.

CLASSE DE PHILOSOPHIE.

Enseignement de la philosophie.	{ 4 classes de 1^h 1/2 pendant le 1er semestre. 5 classes de 1^h 1/2 pendant le 2e semestre.
Physique.	1 classe de 1^h 1/2
Chimie	1 classe de 1^h 1/2
Mathématiques.	2 classes de 1^h 1/2
Histoire contemporaine.	{ 2 classes de 1^h 1/2 pendant le 1er semestre. 1 classe de 1^h 1/2 pendant le 2e semestre.
Dessin (facultatif).	1 classe de 2^h

Une conférence facultative de 1 heure sera consacrée aux langues vivantes.

EMPLOI DE LA JOURNÉE.

DISPOSITIONS GÉNÉRALES.

Le lever aura lieu au plus tard, pour les divisions élémentaire et de grammaire, à 6 h. 1/2 ; pour la division supérieure, à 6 heures en hiver, à 5 h. 1/2 en été.

Une demi-heure sera accordée pour les soins de la toilette ; quelques minutes prises sur cette demi-heure pourront, dans la belle saison, être consacrées à une courte récréation dans la cour.

La veillée facultative est supprimée. Elle pourra être temporairement rétablie dans les hautes classes à l'approche des concours et des examens.

La durée de l'étude du soir sera de deux heures dans les classes de grammaire, de deux heures et demie en troisième et en seconde ; de trois heures en rhétorique et en philosophie.

Dans les divisions élémentaires et dans celles de sixième et de cinquième, cette étude sera coupée au milieu par quelques minutes de repos et de libre conversation.

L'entrée en classe pourra avoir lieu le matin, soit à 8 heures, soit à 8 h. 1/2.

Une demi-heure sera consacrée aux deux principaux repas.

Le dîner aura lieu soit à 11 h. 1/2 , soit à midi.

Le temps nécessaire pour les mouvements ne sera pris sur celui des classes que lorsque celles-ci auront une durée de deux heures.

Pour toutes les classes d'une heure ou d'une heure et demie, le temps des mouvements sera pris sur les récréations, sauf les récréations d'un quart d'heure. Dans ce dernier cas, il sera pris sur l'étude.

DISPOSITION PARTICULIÈRE.

La distribution des heures de classe, d'étude et de récréation dans la journée sera déterminée, dans ces limites et sous ces conditions générales, par le Recteur, sur la proposition des chefs d'établissements et après avis de l'assemblée des professeurs.

II

ENSEIGNEMENT.

ENSEIGNEMENT DES LANGUES ANCIENNES.

L'objet essentiel de l'enseignement secondaire est évidemment la formation harmonieuse de l'esprit. Entre l'enseignement primaire, qui va d'abord au plus pressé, c'est-à-dire à l'acquisition des connaissances immédiatement utiles, et l'enseignement supérieur qui vise à faire des savants, c'est-à-dire des hommes capables d'approfondir un ordre particulier d'études, l'enseignement secondaire occupe une place moyenne. Il tend à faire de bons esprits, munis d'une forte culture générale. Il leur donne assurément des connaissances exactes et par là même utiles, mais surtout il leur fait prendre de bonnes habitudes. Il n'a spécialement en vue aucune profession ; mais il permet de les aborder toutes avec un fonds de santé intellectuelle et morale qui seul permet d'exceller dans chacune d'elles.

L'étude des langues anciennes doit donc, dans l'enseignement secondaire, se subordonner à ces idées essentielles. Il ne s'agit pas de faire des latinistes ou des hellénistes de profession. On demande seulement au grec et au latin de contribuer pour leur part à l'éducation générale de l'esprit.

L'étude méthodique d'une langue comprend nécessairement trois groupes d'exercices et de travaux : 1° étude de la théorie grammaticale ; 2° exercices écrits de traduction et de composition ; 3° lecture et explication des textes. Il est clair que la lecture des textes est le point capital. L'étude de la théorie grammaticale peut sans doute, entre des mains habiles et discrètes, devenir par elle-même un utile instrument de culture intellectuelle : elle habitue l'esprit à réfléchir, à comprendre, à comparer ; mais elle est surtout un moyen pratique d'arriver à l'usage littéraire des textes. Les exercices écrits, d'autre part, sont indispensables pour donner aux connaissances grammaticales toute leur solidité, toute leur précision, toute leur finesse ; et, en outre, ils sont pour l'intelligence un puissant instrument de culture formelle ; mais ils cultivent et affinent l'esprit plutôt qu'ils ne le nourrissent. C'est surtout par la lecture des textes et par les divers exercices qui s'y rattachent que cette nourriture nécessaire est donnée aux jeunes intelligences. Le profit qui se tire des textes est double : d'abord ils sont la tradition toujours vivante de l'esprit humain, par où le présent se rattache au passé ; ils font parcourir à l'enfant le chemin que l'humanité tout entière a parcouru et, en lui faisant connaître ses aïeux, ils lui confèrent, à la lettre, ses véritables titres de noblesse intellectuelle. Ensuite ils sont, pour une large part, des modèles ; ils l'initient à la connaissance du vrai, du bien, du beau ; ils éveillent dans son âme un sentiment d'amour actif et fécond pour toutes les choses que résument ces trois mots; ils enrichissent et fortifient sa substance même, c'est-à-dire qu'ils accomplissent éminemment l'œuvre qui est l'objet essentiel de l'enseignement secondaire.

Ces principes établis, il s'agit de les faire passer dans la pratique par l'étude attentive des questions de méthode et de programme qui sont relatives à chacun de ces trois groupes d'exercices scolaires.

I.

Étude de la théorie grammaticale.

Les réformes de 1880 ont ajourné jusqu'à la sixième les débuts de l'étude du latin et jusqu'au milieu de la cinquième ceux de l'étude du grec. Sur ces deux points, rien n'est changé. Il ne faut toucher qu'avec prudence à l'économie générale de l'enseignement public. Il est d'ailleurs possible, sans briser le cadre actuel, d'arriver à de bons résultats. Mais il est indispensable, pour mener à bien cette entreprise, de voir clairement quels dangers peuvent y faire obstacle.

Le premier danger réside certainement dans le désir d'aller trop vite. Il est impossible qu'un élève qui commence le latin en sixième en sache autant, dès le début de la cinquième, que celui qui le commençait en huitième. Cette vérité si évidente, mais si facile à méconnaître dans la pratique, ne saurait pénétrer trop profondément les programmes et l'esprit même de l'enseignement. On ne sait bien que ce qu'on a plusieurs fois oublié. Il faut avoir le temps d'oublier et de rapprendre. L'étude de la grammaire, pour fournir à l'éducation littéraire proprement dite un point d'appui solide, doit être menée très lentement, très doucement, avec des pauses et des retours en arrière.

Elle doit aussi être très simple, ou du moins très soigneusement graduée suivant l'âge de l'élève, et toujours proportionnée au temps dont il dispose. L'érudition, qui est en soi une excellente chose, peut devenir un péril dans l'enseignement secondaire si elle en détruit la simplicité. Elle n'y est vraiment utile que dans la mesure exacte où elle permet au maître de substituer la vérité à l'erreur, de mieux faire comprendre un fait obscur, de piquer à l'occasion la curiosité de l'enfant. Rien ne serait plus dangereux que de vouloir le jeter trop tôt dans des problèmes au-dessus de son âge. Tandis qu'on croirait lui apprendre l'histoire et les origines de telle forme grammaticale usuelle, il oublierait de retenir cette forme elle-même, et n'aurait plus le temps d'acquérir cette familiarité avec la langue qui est indispensable à la lecture des textes.

Enfin l'étude de la grammaire ne doit pas non plus cesser trop tôt. Aujourd'hui surtout qu'elle commence plus tard qu'autrefois, il est tout à fait nécessaire qu'elle se prolonge aussi longtemps que possible, sauf à se transformer suivant le développement des esprits.

C'est en s'inspirant de ces principes que le Conseil supérieur a modifié ou complété sur quelques points le plan d'études de 1885.

En ce qui concerne la distribution de la théorie grammaticale entre les diverses classes, on a débarrassé la sixième de toute étude suivie de la syntaxe latine. L'étude des formes régulières, avec ce que l'étude des formes implique nécessairement de syntaxe latente pour ainsi dire (ne fût-ce que par les applications à de petites phrases), suffit largement à une première année de latin. La syntaxe est donc reportée en cinquième ; et cette classe, à son tour, est soulagée au profit de la quatrième de toute étude théorique et suivie sur la dérivation et la composition des mots. La quatrième reste avant tout une classe de revision, particulièrement pour les formes. En troisième, le nouveau programme maintient la revision de la grammaire latine, mais appliquée surtout à la syntaxe (qui présente déjà un vif intérêt littéraire) et pratiquée d'une manière un peu différente de celle qui convenait aux classes précédentes. Relativement à la grammaire grecque, il n'est fait aux programmes actuels que de très légères modifications, et qui s'expliquent d'elles-mêmes ; par exemple, l'introduction en cinquième de l'étude des adverbes et des prépositions, qui n'est pas une surcharge, et qui se lie si naturellement à l'étude des adjectifs et à celle des cas.

En corrélation avec ces divers changements, destinés à mieux graduer l'étude de la théorie grammaticale, certains points de méthode doivent être nettement établis. Dans les classes de grammaire, il est nécessaire que l'élève apprenne par cœur non seulement les paradigmes des formes, mais aussi les exemples-types de la syntaxe avec la règle attachée à chacun d'eux, le professeur devant toujours d'ailleurs, bien entendu, multiplier les applications parallèles et les interrogations.

En troisième, au contraire, la revision de la grammaire, sous forme de récitation textuelle, serait fastidieuse ; mais il serait excellent de donner à l'avance une partie de chapitre à étudier aux élèves et de les exercer en classe sur ce sujet par des interrogations. Avant tout, les professeurs doivent être pénétrés de cette nécessité, dont il a été question plus haut, de graduer et de simplifier, de telle sorte que les modifications proposées soient entendues et appliquées dans leur véritable esprit.

II.

Les exercices écrits.

Il y a trois formes essentielles d'exercices écrits : le thème, la version et la composition originale. Inutile de parler des exercices accessoires et purement grammaticaux, tels que phrases à retourner ou à imiter, mots à grouper et à rapporter, etc., qui ne sont que des variantes écrites de l'interrogation faite oralement en classe sur la grammaire ou sur le texte expliqué. Ce sont là des exercices fort utiles mais évidemment subordonnés. Au contraire, le thème, la version et la composition sont le fond même des exercices scolaires écrits. Tous ont le caractère commun de rendre plus précise et plus complète la connaissance des deux langues mises en parallèle, et, en même temps, d'assouplir l'intelligence, de l'habituer à voir clair dans ses propres idées aussi bien que dans celles des autres. Mais chacun de ces exercices, dans cette tâche commune, a son rôle propre, et s'adresse à des facultés différentes : le thème, surtout à la mémoire et au goût; la version, à l'esprit de finesse et de divination logique[1]; la composition, à la faculté d'analyser et d'enchaîner ses pensées. Tous ces exercices d'ailleurs peuvent prêter à des abus : il est aisé de les tourner à la subtilité, d'en faire des tours de force, de leur sacrifier d'autres parties plus essentielles de l'enseignement.

a. VERSION.

Sur la version, soit latine, soit grecque, aucune difficulté théorique ne s'élève, et nul changement de programme n'a été fait. Mais une question de méthode pratique fort importante est celle du choix des textes. Il faut que l'attention des professeurs soit appelée sur la nécessité d'éviter les textes trop difficiles. Il ne s'agit pas, bien entendu, de dispenser

---

[1] «Si grand est le nombre des élèves qui sortent des lycées et collèges sans être en état de lire un texte latin, grec, anglais ou allemand, que notre système d'études serait vraiment criminel, si ces élèves n'avaient tiré cependant quelque sérieux profit des efforts qu'ils ont faits et du temps qu'ils ont consumé pour les apprendre, sans parvenir à les savoir. En effet, de l'apprentissage même d'une langue autre que la maternelle résulte, pour la formation de l'esprit, un effet immédiat, qui n'est peut-être pas inférieur, quoique d'un autre genre, à celui qui suit l'usage de cette langue, une fois connue, pour les lectures des textes. Cet apprentissage consiste principalement en deux exercices, le thème et la version. Or, par le thème et la version, on apprend à écrire, à lire, à penser.

«On a fait souvent remarquer que nous ne voyons clair dans notre propre pensée qu'après l'avoir exprimée. Pour l'exprimer en effet, nous sommes obligés de la résoudre d'abord en ses éléments, puis de la reconstituer, en marquant les rapports de ces éléments entre eux; en deux mots, d'en faire, à la fois, l'analyse et la synthèse. Mais quand nous n'usons que de la langue maternelle, la facilité même que nous avons d'en user ne nous laisse pas le temps de faire ces opérations avec le soin voulu et une conscience expresse. Si donc nous n'avons jamais lu ou parlé que notre propre langue, il nous sera presque impossible de savoir bien nettement ce qu'elle exprime, n'ayant guère jamais été dans la nécessité d'y regarder de bien près. De même, quand nous lisons un texte français, l'esprit, emporté par le sens général, glisse sur les détails et sur les nuances. Qui lit tout d'un trait une page de Pascal ou de Bossuet ne la comprend jamais qu'en gros, c'est-à-dire qu'à demi.

«Voilà pourquoi, tant que l'enfant ne s'est pas mis à l'étude d'une langue autre que celle qu'il a apprise au jour le jour par l'usage, il y a dans son esprit quelque chose de vague et de confus et comme une sorte de bégaiement. Après qu'il a appris à articuler les mots, il faut donc lui apprendre à articuler ses idées. C'est à quoi sert merveilleusement l'exercice de la traduction.

«L'écolier a-t-il à faire un thème? Il faut nécessairement qu'il pèse chaque mot et en précise la valeur, pour en chercher ensuite l'équivalent dans le vocabulaire étranger; qu'il relève tous les rapports des mots, pour enchâsser ces rapports dans une syntaxe étrangère. Le thème, — il s'agit bien entendu du thème de précision et non

les élèves de l'effort, qui est une part essentielle de l'éducation. Mais c'est une grave erreur pédagogique de croire que la difficulté provoque toujours l'effort. Si elle est trop rude, elle le décourage. Il faudrait n'avoir jamais été élève soi-même pour ne pas savoir le peu de travail effectif que représente souvent dans une classe le plus imposant paquet de copies, et les artifices grâce auxquels des enfants peuvent remettre au professeur un devoir qui ne leur a rien coûté. C'est là un mal qui ne disparaîtra sans doute jamais radicalement tant que la paresse sera un vice naturel à l'humaine nature et surtout à l'enfance. Mais il serait certainement aisé de le restreindre. Un élève même médiocrement laborieux fait volontiers un devoir qui lui semble facile. Cette facilité l'attire et le séduit; il goûte un vrai plaisir intellectuel à comprendre son texte; il est fier d'ailleurs de se sentir au-dessus de sa tâche; il apprend ainsi, à son insu, à s'estimer davantage lui-même et à aimer le travail. La nécessité de bien choisir les textes est d'autant plus urgente que, nos élèves ne commençant le latin qu'en sixième et le grec qu'en cinquième, on ne saurait leur demander de trouver faciles, en quatrième ou même en troisième, des morceaux qui pouvaient autrefois être traduits dans ces classes sans trop de peine. Donner des devoirs difficiles est une tentation qui s'explique par le désir de susciter chez quelques élèves particulièrement ardents et avancés des facultés qui ne demandent qu'à s'éveil-

---

pas du thème d'élégances, — force donc à regarder comme à la loupe les mots et les idées; c'est un maître de clarté et d'exactitude. — Dans la version, le profit est équivalent lorsque, une fois le sens découvert, il s'agit de traduire, c'est-à-dire de trouver des mots pour l'idée, après avoir déterminé l'idée par les mots. La recherche des mots et des tournures propres à traduire une idée donnée, alors surtout que, d'une langue à l'autre, ni les mots, ni les tournures ne se correspondent et pour ainsi dire ne se superposent exactement, est un exercice incomparable pour enseigner, par la nécessité de les mettre en œuvre, toutes les ressources, toutes les finesses de sa propre langue. Or qui dit progrès dans la science de l'expression ne dit-il pas progrès parallèle dans la pensée?

«Mais, dans la version, l'opération la plus féconde est peut-être celle du premier temps, la découverte du sens. On sait assez que la connaissance du vocabulaire et de la grammaire n'y suffit pas. Faute du raisonnement qui donne le fil conducteur, faute de l'imagination qui, de même ici que dans la découverte des secrets de la nature, alors que le raisonnement est à court, fait faire encore du chemin par d'heureuses conjectures, faute, dis-je, de cette activité de l'esprit, le latiniste ou l'helléniste consommé ne serait à l'abri ni des contresens, ni, parfois, de l'impuissance à dégager aucune espèce de sens. Quant à nos élèves, moins soutenus, moins contenus aussi par la connaissance des règles grammaticales, ils n'usent que trop, à l'occasion, de l'inférence et de la conjecture. Mais, en somme, comment nier que ce travail d'esprit, souvent très intense, quelquefois animé comme une sorte de lutte, et qui trouve toujours dans l'explication faite en classe son contrôle et sa rectification, ne soit éminemment propre à fortifier, à assouplir, à aiguiser la pensée?....

«En somme, qu'il s'agisse pour l'élève d'aller des mots aux idées ou des idées aux mots, il y a toujours nécessité pour lui de mettre l'idée à nu. Durant tout ce travail, le regard de l'esprit, ordinairement arrêté ou dévié par le mot, tombe d'aplomb sur l'idée même. C'est une mise en demeure de penser expressément et nettement. Dans les pensées d'un esprit méthodiquement soumis à un tel régime, il devra donc se trouver à la fin plus de relief, de clarté et de précision.»

Extrait des rapports et procès-verbaux de la Commission des réformes.)

ler. Un petit nombre, en effet, y réussissent passablement, un ou deux même d'une manière surprenante. Mais ce sont là des succès équivoques et exceptionnels qui n'empêchent pas la classe, dans son ensemble, d'avoir tout à fait perdu son temps, et qui ne sauraient donner le change à un maître expérimenté.

Un autre souci de tous les pédagogues est cette difficulté de mauvais aloi qui vient de ce que le texte dicté en classe a été mal entendu par les élèves et mal écrit. Les textes mal écrits, et devenus, par là des énigmes indéchiffrables, sont une des plaies de notre enseignement. D'autre part, on ne saurait s'en tenir aux textes imprimés des auteurs inscrits au programme sans priver la classe d'un élément de variété fort important. En attendant qu'il soit possible de distribuer partout des textes autographiés, il est nécessaire que du moins la dictée et la revision du texte se fassent avec le plus grand soin, et qu'à la difficulté, toujours sérieuse pour l'enfant, de traduire un texte isolé et nouveau, ne s'ajoute pas celle d'avoir à le reconstituer comme pourrait le faire un philologue de profession. On appelle sur ce point, d'importance secondaire en apparence — en réalité de très grande importance, toute l'attention des professeurs.

b. THÈME.

Une partie des observations précédentes s'appliquent au thème. Celui-ci, comme la version, doit être d'une difficulté modérée, et pour les mêmes raisons. Est-il besoin d'ajouter qu'il ne doit jamais porter sur des idées tellement modernes qu'elles soient, pour ainsi dire, réfractaires à la traduction, et qu'on ne puisse les mettre en grec ou en latin que par de véritables tours de force? La matière à traduire ne manque pas dans nos écrivains classiques, à la fois si français et si près des anciens. On peut souvent aussi donner comme sujet de thème une traduction française d'un original grec ou latin. L'original est alors le plus authentique des corrigés, et pourvu que la traduction soit vraiment française, c'est-à-dire à la fois exacte pour le sens (même le plus fin) et fidèle au génie de notre langue, la comparaison des deux morceaux peut devenir l'occasion d'une étude littéraire et grammaticale infiniment intéressante. Ces idées d'ailleurs ne sont pas nouvelles, et il s'agit plutôt de les faire passer dans la pratique de chaque jour que de les proclamer théoriquement.

Mais on ne saurait s'en tenir, pour ce qui concerne le thème, à ces conseils généraux de méthode. Les programmes aussi ont dû être modifiés: le thème grec est rétabli en troisième et en seconde; le thème latin est introduit en rhétorique.

Le thème, grec ou latin, est un exercice de première nécessité. Si l'on veut que nos élèves sachent les langues anciennes, il faut leur faire faire des thèmes presque autant que des versions. Quand il s'agit des langues vivantes, tout le monde sent bien que le thème est indispensable. Et ce n'est pas seulement parce qu'on se propose de les parler: voulût-on seulement les lire, mais les lire de manière à les bien entendre, il serait absolument nécessaire de les avoir beaucoup pratiquées par le thème. Les langues anciennes ne diffèrent pas à cet égard des langues vivantes : il est impossible de les bien savoir sans les écrire. Quelques personnes s'étonnent que nos élèves sortent du collège sachant si mal le grec, et elles en concluraient volontiers que le grec doit disparaître. Mais ni cet étonnement ni cette condamnation ne sont justifiés. On saura le grec au lycée quand on y fera pour le grec ce qu'on fait pour toute langue qu'on veut apprendre. Commencer à épeler l'alphabet en cinquième et abandonner le thème après la quatrième est un procédé contraire à toute méthode

Une objection qu'on peut faire au thème, c'est que la répétition prolongée de cet exercice à travers toute la série des classes finira par rebuter les élèves. L'objection, si elle était juste, s'appliquerait avec la même force à la version, que personne n'attaque cependant. Mais elle n'a qu'une apparence de vérité, ou du moins il dépend de l'application de faire qu'elle n'en ait qu'une apparence. En réalité, le thème de sixième et le thème de rhétorique doivent être et seront nécessairement deux choses fort différentes, absolument comme le passage de Cicéron qu'on donne à traduire à des rhétoriciens ressemble peu aux petites phrases détachées d'un *Epitome* quelconque. Dans les petites classes, le thème est surtout un excellent moyen de fixer dans le souvenir des élèves les mots et les formes, ainsi que les règles essentielles. Il enseigne, en outre, à mieux comprendre le français. Dans les classes plus élevées, il peut devenir un instrument d'éducation littéraire tout à fait délicat et précis. Il ne s'agit pas de retomber dans certaines puérilités des cahiers d'expressions; mais rien ne fait pénétrer plus avant que le thème bien pratiqué dans le génie même des langues que l'on rapproche, et par conséquent dans l'état d'esprit et de civilisation d'où ces langues sont sorties. Ce n'est pas là un exercice pédantesque ou puéril; c'est de l'histoire et de la psychologie expérimentale. mais pratiquée avec un instrument d'une sensibilité incomparable.

Une autre objection consisterait à dire que ce nouvel exercice sera une nouvelle cause de surcharge. Mais il est aisé d'y répondre. On ne fera pas plus de devoirs: en en fera d'autres. Au lieu de faire deux versions par quinzaine, par exemple, on fera une version et un thème. Rien n'empêche d'ailleurs de donner des devoirs courts. La brièveté des devoirs est même, avec leur facilité relative, une des choses à recommander aux professeurs. Six lignes de thème ou de version faites avec réflexion valent mieux que douze bâclées. Or l'élève, même paresseux, fait toujours avec plus de soin un devoir court qu'un devoir long. Quant au bon élève, s'il a du temps de reste, il saura bien l'employer utilement par des lectures.

c. COMPOSITION.

La composition latine, vivement attaquée par quelques personnes. reste inscrite au programme de la rhétorique.

2.

On ne peut proscrire un exercice qui, pratiqué avec mesure, est bien vu des bons élèves. Un élève qui sait assez de latin pour écrire en cette langue sans trop de peine est bien aise de s'y exercer parfois. Cela rompt l'uniformité des autres devoirs; c'est du nouveau. Cela le provoque, d'ailleurs, à lire du latin, et, bien que la lecture ainsi faite ne soit pas toujours pratiquée dans l'esprit le plus louable, elle a pourtant ses bons effets. L'imitation des écrivains latins est d'ailleurs excellente pour donner au style français lui-même certaines qualités de tenue et de fermeté qui sont le support nécessaire des autres qualités plus personnelles et plus brillantes. Pour toutes ces raisons, l'exercice de la composition latine ne saurait être condamné d'une manière générale. Il faut seulement qu'il soit pratiqué avec discrétion, selon les circonstances, selon les aptitudes des élèves.

Il ne s'agit pas de jeter brusquement des élèves inexpérimentés dans l'exercice de la composition latine, auquel rien ne les a préparés. On peut les y conduire peu à peu, et par degrés. Qui empêche le professeur de dicter aux élèves un texte susceptible d'être étendu et développé? Tandis que les plus faibles le traduisent exactement, le mieux qu'ils peuvent, les plus forts s'exercent ou à exprimer l'idée de différentes manières, ou à y ajouter d'autres idées qui la complètent. Les développements seront tous les jours plus abondants, plus faciles et l'on arrivera ainsi, presque sans s'en douter, à de petites compositions latines, qui auront l'avantage de forcer l'élève à faire usage de tout ce qu'il sait de latin et d'être un exercice utile pour son intelligence. Le professeur, qui surveille ce progrès et l'encourage, est toujours libre d'arrêter le travail au point où il voit que la force des élèves ne permet pas de le pousser plus loin.

Il a donc paru sage de conserver dans ces limites la composition latine en rhétorique. Il est bien entendu qu'on ne l'imposera pas aux élèves qui sont incapables d'en tirer quelque profit. Ceux-là se contenteront de faire un thème; mais il ne leur sera pas inutile d'entendre corriger des devoirs auxquels ils sont demeurés eux-mêmes étrangers. Cette correction, tout en leur apprenant de nouvelles formes latines, les initiera de loin à des travaux dont ils n'avaient aucune idée. Dans nos anciennes rhétoriques, un bon discours qu'on lisait en classe causait une excitation salutaire à tout le monde et servait même au plus médiocre.

III

Les textes.

On pourrait concevoir à la rigueur une éducation littéraire sans thèmes, sans versions, sans exercices écrits. Ce serait un enseignement médiocre et incomplet, mais non pas inintelligible *a priori*. Au lieu qu'on ne saurait imaginer un enseignement secondaire d'où la lecture des textes serait exclue. Fréquenter les grands écrivains de tous les temps, apprendre d'eux, par ce commerce familier, d'abord ce que l'esprit humain a pensé, senti, voulu aux siècles passés, ensuite l'art de penser, de sentir, de vouloir soi-même, à leur exemple, avec toute la raison, toute la délicatesse et toute la vertu dont on est capable, voilà le fond même de l'éducation. La première chose est d'expliquer et de lire les textes; d'autres études doivent ensuite compléter ce premier travail; par exemple, on peut les apprendre par cœur, en étudier l'histoire, etc.

a. EXPLICATION ET LECTURE DES TEXTES.

On a beaucoup discuté depuis vingt-cinq ou trente ans sur la manière d'expliquer les textes, sur les explications cursives ou approfondies, sur le choix à faire entre les deux méthodes. Il semble pourtant que, si l'on remonte aux principes, la question n'est pas très difficile à résoudre.

Le principe essentiel, c'est qu'on explique des textes grecs et latins non pour apprendre le grec et le latin, mais pour lire ces textes eux-mêmes, pour s'assimiler la nourriture intellectuelle qu'ils renferment, c'est-à-dire pour en comprendre l'intérêt historique et psychologique, la beauté littéraire. C'est seulement au début, dans les petites classes qu'on peut admettre que l'explication soit subordonnée à l'étude grammaticale, parce qu'il s'agit alors, avant tout, d'acquérir la clef dont on se servira plus tard. Mais aussitôt que l'élève se trouve en présence de textes vraiment classiques, il est clair que c'est le fond même des choses qui l'emporte, et que la grammaire ne doit plus être qu'un moyen, un moyen nécessaire, il est vrai. D'où cette règle générale : pas d'à peu près, car, en matière d'art, l'à peu près supprime la beauté, qui est justement l'essentiel. Mais pas de minuties purement grammaticales non plus, car le commentaire alors effacera le fond. Il faut être très précis, mais pour arriver à mieux saisir les choses elles-mêmes dans leur réalité. Pour trouver la mesure exacte, il suffit d'avoir toujours devant les yeux le but, qui est l'intelligence complète du texte dans sa vérité et dans sa beauté. Si l'on ne perd pas de vue cet objet, on ne risque pas de s'égarer dans les préliminaires grammaticaux; mais on ne sera pas davantage induit à les supprimer, car on supprimerait du même coup une partie de l'intelligence même du texte, et justement la plus délicate, c'est-à-dire la plus nécessaire. Il faut en dire autant des explications historiques, si utiles pour éclairer l'explication, mais qui ne doivent pas non plus dégénérer en digressions capables de faire perdre de vue le principal, c'est-à-dire le texte.[1]

---

[1] «On a parlé, au cours de la discussion, de culture purement formelle. Cette expression est aussi malheureuse que possible. Il ne s'agit pas de développer les facultés de l'esprit, au sens le plus étroit du mot; de créer une certaine habileté à discuter, à composer, à tourner agréablement des vers et de la prose; ou du moins il ne s'agit de tout cela que très secondairement. Si c'était là toute l'éducation, ce serait l'éducation

Cela posé, les règles pratiques sont aisées à établir. Il faut commencer par une interprétation très littérale; ce qui ne veut d'ailleurs pas dire qu'on doive toujours séparer les mots un par un; mais la valeur exacte de chaque mot et de chaque forme doit être, d'une manière ou d'une autre, exactement indiquée. Il faut ensuite faire ce qu'on appelle « le français », opération indispensable pour s'assurer que l'élève a compris, et surtout pour fixer ses idées, pour l'habituer à ne pas se contenter d'une approximation grossière, et pour lui donner, avec une intelligence plus fine des différences qui séparent un ancien d'un moderne, le respect de sa propre langue. Le « français » bien fait tiendra souvent lieu d'un commentaire. Celui-ci à son tour sera d'autant meilleur qu'il sera plus sobre et plus attaché à l'essentiel. Ce sont là, dans l'Université, de vieilles pratiques; mais un peu d'indécision paraît s'être produite çà et là sur la convenance d'adopter l'une ou l'autre. Il est donc nécessaire de les recommander très catégoriquement.

Un autre point très important, c'est de savoir le temps qu'il faut donner à l'explication. On ne saurait évidemment tracer à ce sujet une règle inflexible et absolue. Il peut arriver que la correction d'un devoir réclame un jour, par hasard, un peu plus de place que d'habi-

---

du rhéteur et du sophiste. Il s'agit beaucoup plutôt de culture morale, dans le sens le plus large de ce mot. L'enseignement secondaire, tel que je le définis, n'a pas affaire aux choses matérielles: mais il a essentiellement affaire aux choses morales. Son véritable objet est la nature et la vie morale de l'homme, interprétée et idéalisée — et idéaliser est ici la vraie manière d'interpréter — par l'art des grands écrivains. En un sens, celui qui n'aurait reçu que cet enseignement ne saurait rien: en un autre, il saurait tout ce qu'il importe à un homme de savoir. Savoir littérairement trois ou quatre langues, c'est évidemment posséder le nombre immense de notions morales, infiniment variées et nuancées, que ces langues expriment. Il est impossible, d'autre part, de lire avec suite les grands écrivains de l'antiquité et des temps modernes sans apprendre un nombre immense de faits, presque tout ce que les hommes ont fait, pensé, senti aux principales époques de l'histoire. Ce n'est donc pas là une école d'ignorance. Le centre de gravité des études secondaires doit être dans l'explication: il faut beaucoup expliquer en classe et, par là, mettre les élèves en état et en goût de lire beaucoup en leur particulier. Tout le reste, apprentissage des formes et des règles de la grammaire, analyse grammaticale et logique, version, thème (et tout cela est excellent et l'on n'en saurait trop faire, surtout au début des études classiques) doit avoir pour fin unique l'explication. Il ne s'agit plus de former des hommes capables de parler, ni peut-être même d'écrire en latin, et l'on peut gagner bien du temps sur l'étude minutieuse des règles, le thème d'élégance, etc. Mais l'explication doit être faite non pour les mots, mais pour les choses. Il faut, sans doute, parfaitement expliquer les mots, et ce n'est pas une petite besogne: mais il faut que ce soit pour arriver à l'intelligence et surtout au sentiment des choses. Il faut même que le professeur ait passé par l'enseignement supérieur, qu'il ait le sens historique et critique, qu'il sache, en quelques mots, placer ses élèves au véritable point de vue: mais il faut avant tout qu'il ne disserte pas, qu'il leur laisse le contact et le sentiment vif des textes. Il s'agit, en un mot, d'apprendre la grammaire pour pouvoir lire Virgile et Tacite, de lire Virgile pour apprendre à aimer la campagne, et Tacite pour prendre les sentiments de Thraséas et d'Helvidius Priscus.

« La mise en pratique de ces idées, sans exiger une profonde modification des programmes, ne va peut-être à rien moins qu'à en renouveler l'esprit. L'idéal qui vient d'être décrit, bien loin d'être toujours atteint, n'est pas même toujours celui que l'on poursuit. Dans les classes, en général, l'explication vient tard et dure peu. Dans beau-

tude. Mais ce serait aller de la façon la plus directe contre tous les principes qui doivent inspirer l'enseignement, que de restreindre habituellement, au profit de la correction des devoirs, la durée de l'explication. Celle-ci doit avoir la place d'honneur. En lui consacrant, autant que possible, la moitié du temps de la classe, un bon maître est assuré de rendre à ses élèves le plus utile service.

Même ainsi, l'étendue des textes qu'on peut traduire en un an reste encore assez limitée. Presque toujours il sera impossible d'expliquer en entier ceux qui figurent au programme de la classe. L'essayer serait souvent dangereux : on risquerait de passer trop vite sur le tout et de ne laisser aux élèves que des impressions superficielles, c'est-à-dire presque inutiles. D'ailleurs, dans un livre de Tite-Live ou dans un discours de Cicéron, toutes les pages ne sont pas de nature à exiger une étude également approfondie. L'usage des « Extraits » et des « Morceaux choisis » s'explique par cette double considération. On s'en servait beaucoup autrefois. Aujourd'hui, nous sommes plus sensibles au danger de présenter à l'esprit des enfants des fragments qui, détachés de leur place naturelle, perdent une partie de leur intérêt historique, de leur vérité et de leur beauté. On pourrait, ce semble, concilier assez facilement les avantages des deux systèmes et faciliter, en outre, aux élèves la connaissance plus

---

coup de classes de grammaire, au lieu d'enseigner le latin et le grec par la méthode la plus simple et la plus courte, à savoir la méthode empirique, qui court aux textes dès qu'elle peut s'éclairer d'une ferme connaissance des paradigmes et des règles essentielles de la syntaxe, on procède par la méthode rationnelle qui est lente et demande un stage prolongé dans l'analyse des formes verbales et le détail de la grammaire. Plus tard, dans les classes de lettres, l'histoire littéraire tend de même à usurper sur l'explication. Aussi, comme on lit très peu, on n'apprend pas à lire ; et réciproquement, parce qu'on ne sait pas lire, on lit très peu.

«Les auteurs français ne sont pas toujours pour cela pratiqués davantage. L'étude des textes français se réduit assez souvent au commentaire des bribes minuscules qui servent de leçons à apprendre par cœur. Si bien que, en fin de compte, si toutes les pages de grec, de latin, de français qui ont été lues et expliquées dans un cours d'études étaient rassemblées, on n'en ferait pas toujours un volume de l'épaisseur d'un doigt. Est-ce là une alimentation suffisante? — Encore est-il qu'on ne tire pas toujours de ces textes si courts toute la substance qu'ils renferment. C'est que la critique purement littéraire prend trop d'importance relative dans l'étude qu'on en fait. On s'attache trop au bien dire, pas assez à ce qui est dit de vrai et de bien. On lit parfois les grands maîtres de la pensée, comme on écouterait un diseur ou un chanteur, pour admirer la perfection de leur art et savourer les délicatesses de leur style. C'est ainsi que les Athéniens écoutaient Démosthène; comme lui, les grands écrivains s'indigneraient d'être lus de cette façon. L'attention trop exclusive accordée à la forme aux dépens du fond tend, de la sorte, à rapetisser l'enseignement secondaire et ramène au formalisme pur, duquel on voulait sortir. — Si l'on s'inspire, au contraire, des vues indiquées plus haut, l'enseignement des lettres sera moins littéraire, mais plus philosophique et plus humain; il deviendra à sa manière une véritable leçon de choses morales professée par des écrivains de génie; il sera, suivant un mot de Descartes, comme une conversation avec les plus honnêtes gens des siècles passés, où se formeront tout à la fois le jugement, le sentiment et le caractère.

«Ainsi, dans l'étude des langues, à l'éducation de forme succède l'éducation de fond : l'esprit y apprend à penser par lui-même, et, simultanément, il s'y enrichit des pensées excellentes dont ces langues ont le dépôt. » (*Extrait des rapports et procès-verbaux de la Commission des réformes.*)

complète des œuvres anciennes. Il suffirait d'expliquer, dans une œuvre étendue, les morceaux les plus importants, en ayant soin de relier entre elles ces explications par la lecture d'une bonne traduction. Un emploi judicieux des traductions peut rendre de très grands services; non pas, bien entendu, que les traductions puissent, en toutes circonstances, dispenser des originaux, ni que l'explication proprement dite doive être sacrifiée à ce genre de lectures. Il n'est pas besoin de démontrer qu'une page de Tacite ou de Démosthène lue dans l'original est tout autre chose, soit pour la connaissance de l'antiquité, soit pour la formation esthétique de l'esprit, que la même page lue dans une traduction. Et que dire des poètes, de Virgile, par exemple, ou de Sophocle? Mais, si l'étude directe des originaux doit rester sans conteste au premier rang, les traductions n'en ont pas moins aussi leur rôle à jouer, et un rôle plus considérable sans aucun doute que celui qui leur est souvent attribué dans la tradition de nos lycées. Pour fixer tout de suite les idées par un exemple, qui doutera de l'immense profit qu'il y aurait pour des élèves, après avoir expliqué sur le texte grec trois ou quatre chants de l'Iliade, à lire le reste du poème en français? L'étude ainsi faite sera moins pénétrante, à coup sûr, et moins achevée, mais combien plus abondante, plus facile, plus agréable! De cette façon, les jeunes esprits seront vraiment jetés en pleine antiquité; ils s'abreuveront largement à la source; ils en goûteront toute la fraîcheur; et, si ces lectures s'appuient sur de solides explications préalables, elles seront pour eux une incitation plus forte qu'aucune autre à revenir quelque jour au texte même, à vouloir retrouver, dans la pureté de l'original, des impressions dont ils auront senti une première fois, sans aucune peine, la douceur et le charme.

Reste la question du choix des auteurs les plus convenables à chaque classe. Les programmes ont subi à cet égard quelques modifications, inspirées, comme celles qui concernent l'étude de la théorie grammaticale, par le désir de graduer et de simplifier, et en outre par la ferme volonté de n'offrir aux jeunes intelligences que les œuvres les plus significatives et les plus belles.

b. RÉCITATION.

Il a toujours été de tradition dans nos lycées qu'il ne suffisait pas d'expliquer les grands textes classiques, mais qu'il fallait en apprendre par cœur au moins les principaux passages. Sur ce point, il suffit de rappeler en peu de mots les règles principales qui ont toujours gouverné cette pratique dans les classes bien faites. Ces règles, évidentes par elles-mêmes, peuvent s'énoncer ainsi : faire apprendre par cœur surtout des vers et, parmi les œuvres en prose, celles que la structure serrée ou le rythme de la phrase grave le plus aisément dans la mémoire; éviter de donner plusieurs leçons à chaque classe et des leçons trop longues; ne jamais faire apprendre un texte qui n'ait été expliqué avec le plus grand soin; faire de la récitation un exercice de diction qui prouve que l'élève a l'intelligence du morceau; revenir de temps en temps sur les leçons antérieurement étudiées afin de les fixer définitivement dans la mémoire et de rendre aux morceaux appris leur suite et leur ampleur [1]. Il n'y a d'ailleurs aucune raison pour exclure de la récitation les textes grecs. Quelques vers d'Homère bien compris s'apprennent très aisément et rien ne peut remplacer cet exercice pour donner aux élèves la connaissance familière du vocabulaire, si indispensable en toute étude de langues.

c. HISTOIRE LITTÉRAIRE.

Depuis quelques années, l'histoire littéraire est entrée officiellement dans les programmes et dans la pratique de l'enseignement secondaire. Cet exercice, bien pratiqué, est excellent.

Le danger de l'histoire littéraire est d'usurper dans la classe une place excessive et de reléguer au second plan les exercices essentiels. Si quelque jeune maître peu expérimenté se laissait aller au plaisir de faire devant des élèves de seconde ou de rhétorique de véritables leçons de Faculté au détriment des explications et des corrections des devoirs, il se tromperait. Il ne s'agit pas de présenter aux enfants des considérations littéraires prématurées sur des textes qu'ils ne connaissent pas encore. L'objet de l'histoire littéraire au lycée est plus modeste et plus utile. C'est de coordonner historiquement et logiquement les notions qui leur sont présentées d'une manière fragmentaire à l'occasion des explications et des lectures. Celles-ci, à cause de la nécessité de graduer les difficultés, ne peuvent suivre un ordre chronologique. De là un certain décousu qui pourrait laisser de la confusion dans les esprits si l'histoire littéraire ne venait corriger ce mal inévitable en remettant chaque chose à sa place. Cette sorte d'histoire n'a pas besoin d'être fort développée; elle doit surtout offrir aux élèves un cadre où viennent se replacer comme d'elles-mêmes les idées et les impressions suggérées par les lectures antérieures. Quelques dates, quelques faits précis et les principales idées générales qui sont comme le fil conducteur de l'intelligence à travers la diversité des œuvres et des genres, voilà tout ce qu'exigent les besoins du lycée. Aller plus loin serait faire fausse route et compromettre peut-être, pour un avantage incertain, les résultats solides que doivent donner les exercices véritablement propres à l'enseignement secondaire.

---

[1] «Il ne faut pas que la récitation des leçons se prolonge d'habitude aux dépens des exercices vraiment actifs de la classe. On doit faire en sorte que les morceaux choisis pour leçons ne soient pas, comme il arrive, dénués de tout intérêt; il faut qu'il y ait plaisir et profit à les savoir. Les versions grecques et latines peuvent fournir pour les leçons des textes excellents : car d'ordinaire ils ne manquent pas d'intérêt; après la correction, ils se trouvent bien éclaircis, et, si les versions ont été travaillées, ils sont déjà plus qu'à moitié dans la mémoire.

«La poésie aura, dans les leçons, une part au moins égale à celle de la prose.» (*Extrait des rapports et procès-verbaux de la Commission des réformes.*)

[illegible] [illegible] [illegible] [illegible] [illegible] [illegible]
[illegible] [illegible] [illegible] [illegible] [illegible] [illegible] [illegible]
[illegible] [illegible] [illegible]

[illegible] [illegible] [illegible] [illegible] [illegible] [illegible] [illegible]
[illegible] [illegible] [illegible] [illegible] [illegible] [illegible] [illegible]
[illegible] [illegible] [illegible] [illegible] [illegible] [illegible] [illegible]
[illegible] [illegible] [illegible] [illegible] [illegible] [illegible]
[illegible] [illegible] [illegible] [illegible] [illegible]

[illegible] [illegible] [illegible] [illegible] [illegible] [illegible] [illegible]
[illegible] [illegible] [illegible] [illegible] [illegible] [illegible] [illegible]
[illegible] [illegible] [illegible] [illegible] [illegible] [illegible] [illegible]
[illegible] [illegible] [illegible] [illegible] [illegible] [illegible] [illegible]
[illegible] [illegible] [illegible] [illegible] [illegible] [illegible] [illegible]
[illegible] [illegible] [illegible] [illegible] [illegible] [illegible] [illegible]
[illegible] [illegible] [illegible] [illegible] [illegible] [illegible] [illegible]
[illegible] [illegible] [illegible] [illegible] [illegible] [illegible]

[illegible] [illegible] [illegible]

[illegible] [illegible] [illegible]
[illegible] [illegible] [illegible] [illegible] [illegible] [illegible] [illegible]
[illegible] [illegible] [illegible] [illegible] [illegible] [illegible] [illegible]
[illegible] [illegible] [illegible] [illegible] [illegible] [illegible]
[illegible] [illegible] [illegible] [illegible] [illegible]

ENSEIGNEMENT DU FRANÇAIS.

L'enseignement du français garde la place qui lui a été reconnue par les programmes de 1880 et de 1885. Personne ne songe plus à en contester la vertu éducative ni à soutenir que l'étude de notre langue et de notre littérature nationales soit moins propre que celle des langues anciennes à étendre et à fortifier, chez de jeunes Français, la culture intellectuelle et morale. Peut-être même, après avoir si longtemps négligé les auteurs français, leur a-t-on tout d'abord demandé trop de services à la fois ? A-t-on voulu en lire trop, et trop vite, de tous les siècles et de toutes les écoles ? Peut-être est-on allé, avec la grammaire, jusqu'aux subtilités, avec l'histoire littéraire, jusqu'aux curiosités de l'érudition ? Dès 1885, on s'est préoccupé de revenir à la juste mesure. C'est encore à éclaircir, à graduer, à simplifier que s'applique la revision actuelle : les légères retouches subies par le programme ne visent point d'autre résultat.

Enseignement grammatical.

Ainsi, pour l'enseignement grammatical, rien n'est changé dans la méthode ni même dans la distribution des matières, seulement quelques prescriptions nouvelles invitent encore les maîtres à ne pas oublier que plus leurs leçons seront modestes, appropriées à l'instruction acquise par les enfants, plus elles porteront de fruits. On ajoute, pour la classe préparatoire : « *Étude élémentaire* des différentes espèces de mots »; pour la huitième : « Verbes irréguliers *les plus usuels* »; pour la septième : « Étude *des règles les plus importantes* de la syntaxe ».

C'est donc bien à l'essentiel qu'est réduite la théorie grammaticale dans les classes élémentaires, mais on n'en sera que plus exigeant pour que ces connaissances indispensables deviennent familières aux enfants.

C'est parce que l'on compte sur ce progrès qu'après avoir allégé le programme jusqu'en sixième, on le fortifie dans la division de grammaire. On ajoute pour la sixième : « *Étude plus développée de la syntaxe* », pour la cinquième : « *Étude plus approfondie des principales difficultés de la grammaire. Étude plus complète des formes* », pour la quatrième : « *Revision complète de la grammaire* ».

Les élèves qui étudient depuis la sixième la grammaire latine, depuis la cinquième la grammaire grecque, sont de plus en plus capables de comprendre une syntaxe, et les comparaisons naturellement amenées entre la forme et les règles des trois langues classiques les aideront à mieux saisir chacune d'elles.

Il reste entendu que les règles seront surtout enseignées par l'usage, qu'elles seront constamment expliquées grâce aux exemples fournis par le langage parlé ou écrit. Une grammaire n'en sera pas moins mise entre les mains des élèves, mais on ne fera apprendre par cœur que les définitions les plus simples, les conjugaisons, les règles les plus importantes. On s'assurera toujours, par des interrogations, que les élèves ont compris ce qu'ils récitent et qu'ils sont capables de fournir à leur tour des exemples.

On continuera à éviter l'abus des analyses grammaticales, de ces longs et fastidieux devoirs qui n'imposent aucun travail réel à l'esprit ; on réduira toujours l'analyse logique à ses formes les plus simples. Autant il est profitable de distinguer une phrase bien faite en ses principaux éléments, autant il est inutile, sinon nuisible, de s'attacher à démêler un enchevêtrement compliqué de propositions. Les enfants, dont la mémoire retient tout, débitent aisément les termes abstraits qu'on leur a appris, mais ils ne voient plus la subordination des idées. L'exercice les fatigue sans utilité et pour peu qu'il se prolonge les ennuie. Or l'ennui est ce que les enfants pardonnent le moins — avec raison, — car c'est le plus mortel ennemi de toute bonne discipline.

Histoire de la langue française.

L'enseignement historique de la langue française avait donné lieu aussi à quelques malentendus. On s'était parfois mépris sur l'importance qu'il convient de lui attribuer dans nos classes ; on avait fait de longues et érudites leçons au lieu de se contenter de *notions élémentaires sur la formation des mots français*. Avec la rédaction actuelle du programme, cette erreur ne serait plus guère excusable.

Ce que l'on doit se proposer, c'est simplement d'expliquer aux élèves que notre langue n'est point sortie du latin sous sa forme actuelle, qu'elle a traversé une période de transition, que pendant cette période elle était cependant soumise à des règles, que ces règles, à ne prendre que les principales, sont fort claires et peu nombreuses. Est-il besoin d'un cours suivi pour le faire comprendre ?

Personne ne le pensera, d'autant plus que c'est en quatrième que seront d'abord enseignées ces *notions élémentaires*. Un maître serait bien inexpérimenté s'il consacrait plus de quelques heures à un enseignement qui, réduit à ces proportions, éveille très vivement la curiosité des élèves.

En troisième, on reviendra sur ces notions, qui sans cette précaution seraient trop vite oubliées, on les complètera par des *exemples* et une *étude grammaticale et littéraire*, en seconde enfin on continuera ces études à l'occasion *des textes lus et expliqués*. En rhétorique on a effacé, comme obscure ou inutile, la formule de 1885 : « *Complément de l'étude de la langue française au point de vue de la composition et du style.* » On espère néanmoins que le professeur ne manquera pas, chemin faisant, de s'assurer que les élèves n'ont pas oublié ces utiles notions, mais on avait, avant tout, le souci de ne plus laisser supposer que l'on demandait sur l'histoire de la langue française un cours suivi et développé de la quatrième à la rhétorique, Il n'en est rien. Sur ce point comme sur tant d'autres, faisons un modeste emprunt à l'enseignement supérieur, n'essayons pas de rivaliser avec lui. Nous n'avons pas les mêmes auditeurs et nous ne poursuivons pas le même but.

Lecture et explication des textes.

Ce qui nous appartient en propre c'est la lecture et l'explication des textes : là est le fond et la vie même de l'enseignement secondaire. Tout ce que dit la présente instruction des avantages à tirer de l'étude des œuvres grecques et latines s'applique avec la même force à l'étude des chefs-d'œuvre de la littérature française. Le service capital rendu par la réforme de 1880 c'est d'avoir replacé sous ce rapport les grands écrivains français à leur véritable rang, à côté des poètes, des orateurs, des historiens, des philosophes d'Athènes et de Rome.

Aussi est-ce sur cette partie des programmes que l'attention se porte avec le plus de sollicitude toutes les fois que l'on songe à les remanier. Aujourd'hui, comme en 1885, il ne s'agit pas d'introduire des modifications essentielles, mais seulement de préciser ou de compléter certaines indications. La méthode reste, bien entendu, la même.

Dans les classes élémentaires, on introduit, dès la préparatoire, un *Recueil de morceaux choisis.* On s'était contenté jusqu'ici du livre de lecture courante : ce n'était pas assez pour la vivacité, pour la curiosité de ces jeunes esprits dont Montaigne disait « qu'il n'est rien si gentil que les petits enfants en France ». On a enfin suivi ses conseils pour ne les point « abrutir »; on aura encore son suffrage, si l'on met entre leurs mains des anthologies bien faites, pour nourrir leurs esprits d'idées claires et justes, leurs cœurs de sentiments purs et généreux.

La lecture dans les classes élémentaires a la même importance que l'explication dans les autres, elle doit occuper, sans conteste, le premier rang. On n'y tient pas toujours assez la main. Le maître, pourtant, ne doit avoir de cesse qu'il n'ait formé ses élèves à bien lire. Presque partout les enfants lisent trop vite, sans poser leur voix, ici, en serrant les dents, là, en bredouillant sans allonger les lèvres. On s'accoutume à ce train et le mauvais pli est pris pour longtemps, sinon pour toujours. Au sortir de la septième un élève devrait toujours *savoir bien lire,* d'une voix claire, avec une articulation nette.

Il en sera heureux lui-même, il fera plaisir aux camarades qui l'entendront, la classe sera animée, intéressante, tous seront plus aptes à bien comprendre les mots qui auront été bien prononcés, les phrases qui auront été franchement articulées.

Le maître les y aidera par quelques explications, toujours sobres, exactes et précises. Avec les enfants surtout il faut redouter les phrases vagues : leur donner des notions imparfaites ce serait déjà fâcheux en soi, mais la faute bien autrement grave par ses conséquences serait de les accoutumer à se contenter d'à peu près.

Pendant la fameuse querelle, aujourd'hui éteinte, du *latin en septième*, un des arguments invoqués par les maîtres, à qui il semblait trop tardif d'aborder le latin en sixième, c'est-à-dire à onze ans, c'était que la septième ne serait pas une classe assez occupée. Assurément cette objection tomberait devant le programme actuel.

Pour le français seulement, rappelons ce qu'il indique :

Recueil élémentaire de morceaux choisis.

Lecture, récitation française : explication du sens précis des mots et des phrases.

Écriture.

Grammaire française : étude des règles les plus importantes de la syntaxe.

Analyse logique réduite à ses formes les plus simples.

Exercices de langue française et d'orthographe.

Petit exercice de composition : courte reproduction d'une description ou d'un récit préparé en classe.

Et pour tant d'études et de si grande importance on aurait trop de neuf heures par semaine! Ajoutez l'histoire sommaire de la France depuis Charles VIII jusqu'à 1870 et les langues vivantes et les premières notions des sciences.

Est-ce trop d'une année pour acquérir ces connaissances indispensables? d'une année pour mûrir un peu l'esprit d'enfants de dix ans, pour les mettre en état de commencer avec plaisir, partant avec profit, l'étude des langues anciennes?

Dans les classes de grammaire, le programme, en ce qui concerne les auteurs français, est à peine modifié. Les morceaux choisis sont partout maintenus; un écrivain du XVIIIe siècle est ajouté (Voltaire, *Charles XII*), un autre est écarté (Buffon, *Morceaux choisis*); quelques ouvrages sont transportés d'une année à l'autre : Boileau (*Épisodes du Lutrin*) va de la cinquième à la quatrième; dans la même classe, Bossuet (*Discours sur l'histoire universelle*) remplace Montesquieu (*Considérations*) et Fénelon (*Dialogues des Morts*), Madame de Sévigné. L'expérience a conseillé ces légères modifications, désirées par la plupart des maîtres.

L'expérience a démontré aussi que certains professeurs, fort consciencieux d'ailleurs, semblaient croire que dans les classes de grammaire il était interdit de sortir des rudiments et de la syntaxe, de donner d'un texte une explication vraiment littéraire, comme s'il était raisonnable d'oublier les idées et les sentiments pour ne plus voir que les mots et les constructions! Ce serait une bien regrettable erreur de méthode. Vient-on de lire en classe quelques beaux vers, les élèves, les plus jeunes souvent, séduits par l'harmonie des mots, l'éclat des images, éprouvent une vague émotion, la croient partagée par leur professeur, comptent sur lui pour leur faire mieux apparaître ces beautés confusément entrevues. Il parle : c'est pour réclamer l'analyse grammaticale ou logique. La déception est très vive. Ce n'est donc plus une strophe de Corneille, de Lamartine ou de Victor Hugo qu'ils viennent de lire, ce n'est plus de la poésie, c'est un fragment de *grammaire française*, un recueil de sujets, d'attributs, de régimes directs ou indirects, de propositions indépendantes, subordonnées ou coordonnées ?

Sans doute ces remarques sur les mots peuvent être faites, doivent être faites, mais plus tard, quand les élèves auront eu « l'intelligence et surtout le sentiment des choses » et pour les y aider le professeur se gardera bien d'un long commentaire ; le plus souvent quelques mots précis, parfois une intonation juste lui suffiront.

Devoirs écrits.

C'est dans les classes de lettres surtout qu'il convient de multiplier les lectures et de prolonger les explications. Pour en mieux marquer encore la nécessité, le programme contient cette nouvelle formule : « *Lecture et explication de textes suivis et de morceaux choisis* ». Elle ne fait que consacrer le progrès réalisé depuis plusieurs années, depuis qu'on ne se contente plus, comme autrefois, de lire et de commenter quelques pages de français apprises par cœur, mais que l'on veut connaître de nombreux morceaux et des ouvrages complets. Il est désormais entendu que l'explication française aura dans la classe autant d'importance que l'explication grecque ou latine.

Aussi n'a-t-on pas hésité à augmenter plutôt qu'à diminuer la liste des grands écrivains portés au programme, non pas pour obliger les professeurs à expliquer chaque année tous leurs auteurs, mais pour laisser à leur choix plus de latitude et plus de liberté. Suivant les aptitudes, les goûts, les connaissances de leurs élèves, ils peuvent tourner leurs études tantôt vers une œuvre, tantôt vers l'autre, puisque pas un des classiques ne leur est interdit depuis le xvie siècle jusqu'à nos jours. Il leur appartient de mettre dans ces études un ordre méthodique et de ne pas remplacer la monotonie par la diffusion. De plus en plus les programmes font appel à leur esprit d'initiative et les convient à prendre des responsabilités.

Ainsi à propos des écrivains du xixe siècle nous supprimons la formule de 1885 : « *Toutefois les professeurs ne devront les admettre qu'avec la plus grande prudence.* »

La recommandation a été jugée superflue. Les maîtres en effet non seulement devront s'inspirer dans leur choix des règles éternelles du bon sens et du bon goût, mais dans l'enseignement littéraire comme dans l'enseignement historique ils voudront orienter leurs élèves vers le monde moderne et tenir compte des nécessités du temps présent. Or jamais il ne fut plus urgent de former des générations saines, vigoureuses, toujours prêtes à l'action et même au sacrifice. Ils banniront donc sévèrement de leur classe tout ce qui dans les œuvres contemporaines sent la recherche, le sophisme, la prétention impuissante et maladive; ils proscriront surtout, quel que soit le nom de leurs auteurs, les livres capables d'incliner les jeunes gens vers l'ironie ou le scepticisme. Si l'on pouvait excuser ces vices de l'esprit, ce serait chez des vieillards désabusés qui demandent quelquefois à l'ironie une vengeance et au scepticisme du repos, mais il serait désolant de les trouver, aujourd'hui, dans notre pays, chez des jeunes gens pour qui la vie va s'ouvrir. Le maître qui, par légèreté ou par un dilettantisme plus que ridicule, conseillerait à ses élèves la lecture d'une seule page capable d'affaiblir leur vigueur morale et de les détourner de l'action, trahirait son devoir et son devoir le plus impérieux.

Ce danger n'est heureusement pas à craindre pour nos classes et nous en serons toujours sauvés par la vertu même des grands écrivains classiques dont l'étude domine tout l'enseignement du français. A une condition toutefois, c'est que les élèves les connaissent autrement que par ouï-dire et les aiment pour leur propre compte. Faire devant eux le perpétuel éloge de Corneille, de Racine, de Bossuet, ce n'est rien, c'est quelquefois même les mettre en défiance. Tout est gagné au contraire si l'on arrive à leur faire éprouver une émotion vive et sincère, sincère surtout, à la lecture d'une scène du *Cid* ou d'*Andromaque*, d'une page de l'*Oraison funèbre d'Henriette d'Angleterre*. Tous les maîtres d'ailleurs sont d'accord sur ce point et il serait bien inutile d'insister.

A tant de raisons de cultiver avec plus de foi et d'ardeur que jamais l'étude des classiques peut-être s'en ajoute-t-il aujourd'hui une nouvelle. Les grands écrivains français figurent à présent sur tous les programmes : dans l'enseignement spécial ils tiennent la première place, par les écoles supérieures de Saint-Cloud et de Fontenay-aux-Roses ils pénètrent dans l'enseignement primaire pour l'élever et le vivifier. N'offrent-ils pas ainsi le lien que l'on cherchait pour unir entre eux, sur quelques points du moins, des enseignements si dispersés ? Du lycée à la plus modeste école de village ne peut-il ainsi s'établir une sorte de concert entre tous les enfants de la même patrie ?

Il est quelques grands noms que tous connaîtront, quelques belles pages que tous auront lues, admirées, apprises par cœur : n'est-ce pas une richesse de plus ajoutée au patrimoine commun ? N'est-ce pas un précieux secours pour maintenir, par ce qu'il a de plus intime et de plus durable, l'unité de l'esprit national ?

Des élèves ainsi formés par la lecture et l'explication des meilleurs ouvrages sont en bon chemin pour arriver à penser juste et à s'exprimer clairement : les devoirs écrits ne se proposent pas d'autre fin. Il ne s'agit nullement en effet pour nous de former des écrivains de profession ; nous risquerions trop en ce cas d'augmenter le nombre des rhéteurs, des futiles et vaniteux artisans de phrases. Laisser croire même aux meilleurs élèves, dès qu'ils montrent quelque vivacité, qu'ils sont déjà des littérateurs, c'est leur faire perdre la réelle notion des choses, c'est produire des esprits artificiels et susciter de fausses vocations. Défions-nous aussi des maturités trop précoces : un élève de dix-sept ans paraît-il raisonner et s'exprimer déjà comme un homme de quarante ? Craignons qu'à cinquante ans il ne parle et n'écrive encore comme le rhétoricien de dix-sept. Habituons plutôt nos élèves à être bien eux-mêmes et bien de leur âge, à parler en leur nom, à exprimer sincèrement ce qu'ils pensent et ce qu'ils sentent[1]. S'il en est ainsi, les devoirs français ne laisseront personne indifférent dans la classe. Si le sujet est bien choisi (et sur ce point encore le programme laisse toute liberté au professeur), s'il a été bien préparé, s'il est approprié à la force de chacun, il n'est pas un élève qui ne pourra s'y appliquer et en profiter. N'allons pas ensuite reprocher aux premiers de ne point écrire comme Pascal, ni aux derniers d'être moins intelligents que leurs camarades : il faut, en leur signalant leurs défauts, féliciter tous ceux dont l'effort a été consciencieux. A ce compte les devoirs des élèves les plus faibles sont quelquefois les plus intéressants.

Depuis la classe préparatoire jusqu'à la rhétorique les compositions françaises tendent au même résultat : fortifier et développer en chacun ses facultés naturelles, donner à chaque esprit la pleine connaissance et la pleine possession de soi-même.

Tel est le véritable but de l'enseignement du français ; c'est par là qu'il se rattache à toutes nos autres études et qu'il les achève.

---

[1] Il y a lieu d'engager les professeurs à éviter soigneusement les sujets de composition trop difficiles, et particulièrement les sujets de critique littéraire où l'élève serait invité à dire ce qu'il pense d'auteurs ou d'ouvrages qu'il n'a pas lus. Mieux vaut pour lui s'exercer sur le plus banal lieu commun que sur un chef-d'œuvre qui lui est inconnu. Règle générale, il sera plus profitable à l'élève, même à celui des classes supérieures, d'élever par son effort personnel un sujet très humble, que de rester au-dessous d'un grand sujet, sans même chercher à y atteindre. » (*Extrait des rapports et procès-verbaux de la Commission des réformes.*)

qu'ils sont déjà des littérateurs, c'est leur faire perdre le style et le goût
des choses, c'est produire des esprits artificiels et quelque de flasques
vocations. Défions-nous aussi des maturités trop précoces : un élève
de dix-sept ans parait-il raisonner et s'exprimer déjà comme un
homme de quarante? Craignons qu'à cinquante ans il ne pense et
n'écrive encore comme le rhétoricien de dix-sept. Habituons plutôt
nos élèves à être bien ce qu'ils sont et bien de leur âge, à parler en
leur nom, à exprimer sincèrement ce qu'ils pensent et ce qu'ils
sentent. S'il en est ainsi, les devoirs français ne laisseront pas ...
indifférent dans la classe. Si le sujet est bien choisi (et sur ce point
encore le programme laisse toute liberté au professeur), s'il est bien
propre, s'il est approprié à la force de chacun... il n'y a ... élève
qui ne pourra s'y appliquer et en profiter. Vous ne ... pas exiger
chez vos premiers de ... classe écrire comme Pascal, ni vos derniers
d'être moins intelligents que leurs camarades : il faut, en leur signalant leurs défauts, éclairer tous ceux dont l'effort a été consciencieux. À ce compte les devoirs des élèves les plus faibles sont quelquefois les plus intéressants.

Depuis la classe préparatoire jusqu'à la rhétorique les ...
françaises tendent au même résultat : fortifier et développer en ...
... ses facultés naturelles, donner à chaque esprit la pleine connaissance et la pleine possession de soi-même.

Tel est le véritable but de l'enseignement du français, c'est par la
qu'il se rattache à toutes vos autres ... études et qu'il le ...dépasse.

Il y a là un fâcheux préjugé qu'on se dessine à s'inscrire ... et ... le règle de composition trop difficiles, en ... les sujets de rhétorique littéraire... ... l'élève soit
invité à dire ce qu'il pense. Tranchons nos convictions qu'il ... pas ... à ... pour
lui s'exercer sur le plus ... lieu commun, ... un ... qui lui est
inconnu. Mais, ... il sera plus profitable à l'élève, ... relui des choses
simplement ... par son ... personnel et ... ... intimité, que de ...
un discours sur ... grand sujet, ... à ... ...
et ... ... de la ... ...)

ENSEIGNEMENT DES LANGUES VIVANTES.

I

L'étude de la langue doit précéder l'étude littéraire. — Chaque enseignement a sa méthode conforme à sa nature ; mais certains principes sont communs à toutes les méthodes. Dans tous les ordres d'études, il faut aller du simple au composé, du facile au difficile, et approprier les matières à l'âge de l'élève et au degré de développement de ses facultés. En français, nous n'introduisons nos élèves dans le commerce des grands écrivains qu'après leur avoir appris à s'exprimer eux-mêmes avec une certaine correction. En latin, nous avons soin de les mettre au courant des formes grammaticales, de leur apprendre même à s'en servir et à les appliquer dans des devoirs élémentaires, avant de leur présenter un texte de Virgile ou de Tacite. Dans les langues vivantes, le besoin d'une sage lenteur et d'une gradation habile est d'autant plus grand que ces langues sont plus différentes de la nôtre et que les littératures dont elles sont les organes ont un caractère plus original. A lire trop tôt Shakespeare et Gœthe, on risque de ne jamais les comprendre. Vouloir unir prématurément l'étude littéraire à l'étude de la langue, c'est tout compromettre à la fois, c'est s'exposer à ne jamais lire couramment la langue, à ne jamais la parler surtout, et à ne jamais goûter la littérature dans ce qu'elle a de réellement original, c'est-à-dire dans ce qui en fait le véritable intérêt. S'il fallait sacrifier l'une des deux études à l'autre, il serait encore préférable de s'en tenir modestement à la langue et de réserver la littérature pour un âge où l'esprit a conquis, avec la maturité, sa liberté d'allure, sa souplesse et son indépendance.

II

Il faut commencer par la langue usuelle. — La langue doit être commencée dès le début, c'est-à-dire dans la classe de neuvième ; c'est sur la langue, comme simple assemblage de mots, comme organe primitif de la pensée, que doit se porter, du moins dans les premières années, toute l'attention du maître et tout l'effort de l'élève.

Mais la langue elle-même est multiple dans ses applications ; chaque art, chaque science, chaque profession a la sienne. Toutes, cependant, supposent cette langue qui convient aux usages les plus communs de la vie et que pour cela on appelle la langue usuelle.

C'est par celle-là qu'il faut commencer. Pourquoi ? Par cette raison même que toutes les autres la supposent et dépendent d'elle. Elle est la plus simple, étant la plus ordinaire. Elle est la mieux faite, étant l'œuvre de tous. C'est elle qui contient le plus d'idiotismes, le plus de métaphores ; elle est la plus frappante, la plus parlante, pour ainsi dire, par conséquent la plus intéressante. Elle est en même temps la plus utile : elle est la clef de toutes les autres. En partant d'elle, on passe facilement à une langue spéciale quelconque, à celle d'une industrie, d'une science, d'un art, ou à la langue littéraire proprement dite : ce n'est plus qu'un vocabulaire à élargir, ou peut-être un peu plus d'ampleur à donner à la phrase. Celui qui ne connaît que l'allemand commercial, ou scientifique, ou même littéraire, ne peut pas encore dire qu'il ait réellement pénétré dans le génie du peuple allemand ; ce n'est que le parler populaire, à la fois simple et riche, libre et mesuré, qui ouvre tous les trésors de la pensée intime d'une nation.

III

La méthode. — Défaut d'une tradition dans l'enseignement des langues vivantes. — Cette langue usuelle, ce fonds primitif et inaliénable d'une langue nationale, par quel procédé faut-il l'enseigner à de jeunes élèves ?

Le commencement de la méthode, c'est de comprendre la nécessité d'une méthode, c'est de se demander d'abord où l'on veut aller et par quel chemin on peut y arriver. L'incertitude du but et des moyens a été jusqu'ici — sans parler d'autres causes dans le détail desquelles nous ne pouvons entrer ici — la cause principale de la faiblesse de l'enseignement des langues. En littérature, en histoire, en sciences, il existe une tradition fondée sur une longue expérience, une tradition qui se modifie d'âge en âge selon les besoins nouveaux, mais qui reste ferme dans ses principes, qui a fait partie de l'éducation du maître et qui lui sert de guide dans toute sa carrière. Dans les langues vivantes, cette tradition n'existe pas. Lorsque cet enseignement fut créé, dans les conditions modestes que l'on sait, il fallut chercher un personnel à qui l'on pût le confier. A qui s'adresser ? Aux professeurs de l'enseignement classique ? Ils ne savaient, à peu d'exceptions près, aucune langue moderne. On prit donc, en dehors des cadres ordinaires, des maîtres parlant l'anglais ou l'allemand, généralement pleins de zèle, mais pour la plupart dépourvus de toute expérience pédagogique. Loin de nous la pensée de les accuser : ils furent les premiers, et c'est déjà un titre ; ils ont fondé une chose qui leur a survécu et qui a grandi après eux. D'ailleurs, furent-ils seuls responsables de leurs tâtonnements et de leurs erreurs ? Savaient-ils toujours au juste ce que l'on attendait d'eux ? Tantôt on étalait devant leurs yeux une liste d'auteurs à expliquer, où tous les genres étaient représentés depuis le conte enfantin jusqu'au poème philosophique. D'autres fois on leur demandait seulement de faire converser leurs élèves comme pouvaient le

faire de simples bourgeois de Munich : cela semblait plus facile. In-
certains de leur tâche et se défiant d'eux-mêmes, ils regardèrent ce
que faisaient leurs collègues des classes latines, ou ils se souvinrent
de ce qu'ils avaient fait eux-mêmes lorsqu'ils étaient sur les bancs de
l'école. Ils firent faire à leurs élèves de la grammaire, des versions,
des thèmes. La lecture des auteurs fut elle-même une sorte de version
orale, commençant par le mot-à-mot et finissant par le *bon français*.
Bref, les langues vivantes devinrent des langues mortes.

IV

Inconvénients qui en résultent: 1° Défaut d'unité dans la méthode. —
Cette situation s'est améliorée depuis. Il importe cependant de
signaler deux inconvénients qui n'ont pas encore entièrement disparu. Le premier, c'est le défaut d'unité et de cohésion dans l'enseignement. Dans les établissements où plusieurs professeurs sont chargés
d'une même langue (et c'est aujourd'hui le cas de presque tous nos
lycées), les élèves, en passant d'une classe à l'autre, reçoivent des directions différentes et parfois contradictoires. Tel professeur insiste
sur la grammaire, tel autre sur l'explication des textes ; l'un s'applique
aux exercices oraux, l'autre juge inutile ou même impossible d'obtenir
une bonne prononciation. Ainsi l'élève est dérouté, faute d'entente
entre les professeurs, et les professeurs ne s'entendent pas parce qu'ils
ne se rendent pas assez compte du but qu'ils poursuivent. On a institué, il y a quelques années, des réunions où les professeurs d'un
même établissement discutent, sous la présidence de leur proviseur ou de leur principal, les questions pédagogiques ou discipli-
naires d'un intérêt commun. Des réunions semblables, plus restreintes,
pourraient avoir lieu entre les professeurs appartenant à un même
ordre d'études, et les langues vivantes, sur lesquelles l'entente est le
moins faite, ne pourraient qu'y gagner. On éviterait les redites et les
contradictions ; on chercherait dans quelle proportion il faut combi-
ner les exercices indispensables : ce serait une économie de temps et
de travail ; maîtres et élèves en profiteraient.

2° Assimilation des langues vivantes aux langues mortes. — Un autre
inconvénient qui dure encore, c'est la fausse assimilation des langues
vivantes aux langues mortes. Il est à peu près admis aujourd'hui qu'on
apprend surtout le latin pour mieux savoir le français : c'est déjà un
point de vue un peu étroit et fort discutable. S'il fallait appliquer la
même règle aux langues vivantes, mieux vaudrait peut-être les rayer
du programme. Eh quoi ! se frayer laborieusement un chemin à travers
la conjugaison et la déclinaison des langues germaniques, s'orienter
dans les détours de la construction, dans la forêt touffue du vocabulaire, pour ne trouver au bout qu'un nouveau terme de comparaison
avec la langue maternelle ! Ce serait le cas de dire, avec le poète anglais :
much ado about nothing, beaucoup de peine pour rien, ou du moins
pour peu de chose. Qu'une langue qu'on a apprise offre, une fois qu'elle

est apprise, des points de comparaison intéressants avec celle que l'on sait, qui voudrait le nier? Il n'y a pas de plus grand charme pour l'esprit que de suivre une idée à travers les nuances dont chaque langue l'a revêtue. C'est le rayon de lumière tombant sur un prisme; chaque peuple y met sa couleur, c'est-à-dire son originalité, sa poésie. Mais pour apprendre une langue, il faut commencer par l'isoler; il faut n'avoir affaire qu'à elle. Si, sachant le français, vous voulez apprendre l'allemand, oubliez pour un moment le français. Si, sachant le français et l'allemand, vous voulez encore apprendre l'anglais, oubliez pour un moment le français et l'allemand. Une langue s'apprend par elle-même et pour elle-même, et c'est dans la langue, prise en elle-même, qu'il faut chercher les règles de la méthode.

V

La prononciation et l'accentuation. — En tête de toute méthode pour apprendre une langue vivante, il faut écrire le mot: prononciation. Les détails de la méthode peuvent varier, selon le caractère et l'âge de l'élève, même selon le goût du maître; mais cette première règle est immuable.

Apprendre une langue, c'est d'abord se mettre en état de produire les sons dont elle se compose, selon qu'on veut éveiller dans l'esprit des autres les idées auxquelles ces sons correspondent. A mesure que les sons se répètent, la voix s'habitue à les produire; la parole, d'abord hésitante et pénible, devient coulante, facile, naturelle. C'est l'expérience que fait l'enfant, lorsqu'il apprend sa langue maternelle, et que l'élève doit répéter, lorsqu'il commence l'étude d'une langue étrangère: il faut d'abord qu'il change les habitudes de sa voix. C'est une sorte de gymnastique à laquelle il doit se livrer, la gymnastique des organes, ayant pour but de les assouplir, de les rompre au service nouveau qu'on leur demande.

Gymnastique nécessaire. Les langues mortes s'en passent. Pourquoi? Parce qu'elles sont mortes. Le latin que nous étudions, ce n'est pas le parler des anciens Romains, ce sont des caractères inscrits sur un parchemin. Nous recueillons ces signes muets, et nous leur rendons une vie artificielle, en leur associant les sons de notre propre langue. Il est admis que le latin se prononce comme on veut: ce n'est pas un avantage. Nous le prononçons à la française: c'est notre droit, et les élèves y sont tellement habitués que cela ne les étonne plus. Mais essayez de leur faire prononcer de même l'anglais ou l'allemand: ils le feront peut-être encore, par paresse, quoique ce ne soit pas toujours facile, mais, en tout cas, ils ne le feront plus avec la même confiance. Ils sentiront que quelque chose leur échappe, que c'est un demi-savoir qu'on leur donne. Entrez dans une classe où l'on prononce mal, et faites lire par un élève un passage anglais ou allemand. Au bout d'un instant, vous aurez pitié de lui et vous finirez sa torture, car vous surprendrez chez lui un double sentiment: d'abord le sentiment de mal faire, ensuite cet autre sentiment plus pénible que, dans les conditions où il est placé, il lui est impossible de faire mieux. Le grand stimulant de l'étude, l'intérêt direct et personnel n'est plus là.

Quelquefois on augmente à plaisir les difficultés de la prononciation par le retard qu'on met à les vaincre. Tout le monde sait qu'il est plus malaisé de corriger une mauvaise prononciation que de donner d'abord une prononciation correcte, et c'est un point sur lequel il est inutile d'insister. Mais il y a une manière moins apparente et tout aussi réelle de perdre du temps. Le professeur n'est vraiment en possession de tous ses avantages qu'au début, c'est-à-dire au moment où aucun texte écrit n'a encore passé sous les yeux de l'élève. Le premier mot marqué par des lettres qu'on aura fait voir à l'élève, avant de le lui avoir fait prononcer, sera une difficulté de plus qu'on se sera créée, car, involontairement, il épellera ces lettres à la française, et ce sera un souvenir fâcheux qu'il faudra ensuite chasser de son esprit. Que le mot parlé, du moins au commencement, précède toujours le mot écrit! Que le professeur le dise d'abord devant la classe! Qu'il le fasse dire ensuite par plusieurs élèves successivement, ou même par tous les élèves ensemble! Lorsque enfin le mot écrit apparaîtra au tableau, la surprise qu'ils éprouveront en voyant le rapport entre la prononciation et l'écriture sera pour eux une première leçon d'orthographe en même temps qu'un incident qui reposera leur attention. Dans les mots de plusieurs syllabes, qu'on se rende d'abord maître de la syllabe accentuée, lors même qu'elle n'est pas la première du mot! Cette syllabe une fois bien établie, les autres suivront d'elles-mêmes. L'accentuation est la clef de la prononciation. L'accent, a-t-on dit avec raison, est l'âme du mot; la syllabe accentuée est la seule que les étrangers prononcent avec force; c'est quelquefois la seule qu'on entend. Il est bon de familiariser tout de suite les élèves avec ces traits caractéristiques de la langue qu'on veut leur enseigner. Il en est de l'accentuation comme de la prononciation elle-même: négligée, elle se venge des dédains qu'on a eus pour elle, et elle devient une difficulté insurmontable; apprise de bonne heure, elle est un secours, un moyen de piquer la curiosité et de stimuler l'intérêt.

Comme le mot parlé doit, surtout au début, précéder le mot écrit, le professeur ne pensera pas à figurer la prononciation étrangère avec des lettres françaises. C'est déjà en vertu d'une convention que les sons qui frappent l'oreille sont représentés par des signes visibles qui ne sont faits que pour les yeux. Mais la convention serait tout à fait arbitraire, elle pourrait devenir un danger et une source d'erreur, si l'on voulait traduire les sons d'une langue au moyen des signes orthographiques d'une autre langue; les nuances de la prononciation, c'est-à-dire les parties les plus fines, les plus délicates, les plus caractéristiques, se perdraient. En même temps, la leçon d'orthographe se compliquerait inutilement. L'élève à qui vous présentez un mot écrit, et à côté le même mot en prononciation figurée, ne voit bientôt plus

que ce dernier, et il a désormais trois choses à apprendre : l'orthographe, la figuration et la prononciation. C'est sur la bouche du
maître que l'élève doit lire le mot; c'est de la bouche du maître qu'il
doit recevoir les sons de la langue étrangère, laquelle, peu à peu et
par ce seul moyen, cessera d'être étrangère pour lui.

Il y a dans chaque langue certaines lettres ou certains assemblages
de lettres difficiles, et l'on sait que l'anglais en offre surtout un grand
nombre. On devra les attaquer méthodiquement, les ramener plusieurs fois dans des mots qu'on aura groupés à dessein. Il sera même
bon de rattacher chaque prononciation difficile à un mot que l'on
conservera comme type et qu'on rappellera toutes les fois que la
même difficulté se présentera. Au reste, l'exercice de prononciation doit se fondre peu à peu dans les autres exercices, et, s'il a été
énergiquement mené au début, il prendra de moins en moins de
temps. La pire méthode serait de le considérer toujours comme un
exercice à part, de tenir à une bonne prononciation pendant une
partie de la leçon et, ce court moment passé, de laisser les mots
tomber au hasard en les redressant tout au plus par une correction
sommaire. Il n'est pas rare d'entendre dire à des professeurs, laissant
mal lire un texte : « Tout cela sera corrigé à la leçon de prononciation. » Ils ne s'aperçoivent pas qu'ils perdent d'un côté le terrain qu'ils
gagnent de l'autre. Chaque leçon à apprendre, chaque texte de version, avant d'être donné, doit être lu à haute voix. Toute phrase
allemande ou anglaise, italienne ou espagnole qui passe sous les
yeux de l'élève doit sonner à ses oreilles et doit être mise sur sa
langue.

Il est un avantage des exercices de prononciation que l'on ne considère pas assez : c'est le secours qu'ils offrent à la mémoire. Apprendre une langue, c'est, surtout pour des jeunes gens, une
opération de la mémoire. Or un mot qu'on a répété plusieurs fois
pour en saisir la vraie prononciation est tout appris. Un mot mal
prononcé se retient malaisément. On ne sait pas le dire tout haut,
et l'on n'aime pas à se le redire tout bas. Il passe, fuit, s'échappe, et
on ne le regrette pas. C'est un hôte gênant, qu'on a reçu un instant
chez soi, mais avec lequel on ne s'entendait pas, un véritable étranger dont on se défait au plus vite et qu'on oublie l'instant d'après.
Au contraire, un mot bien prononcé vous appartient; on le garde
volontiers, parce qu'on peut compter sur lui. Il se loge dans l'esprit;
il y reste. Et ce qu'il y a de plus heureux, c'est qu'il n'est pas seul;
il a derrière lui tout un cortège de mots pareils qui ne demandent
qu'à le suivre parce qu'ils sonnent comme lui. Ainsi toute la langue
entre peu à peu, non plus comme un assemblage de signes muets,
mais comme l'âme parlante d'un peuple.

VI

Les exercices. — La leçon de mots. — Du moment que l'on commence par la méthode orale et qu'on se propose d'y rester fidèle, l'ordre dans lequel les matières de l'enseignement doivent se succéder est tout indiqué. On a dit que l'élève doit apprendre la langue étrangère de la bouche du maître comme l'enfant apprend la langue maternelle de la bouche de sa mère ou de sa nourrice. Oui, à condition que le maître fasse avec méthode ce que la mère et la nourrice font sans méthode. La mère est toujours là pour réparer les oublis ou pour corriger les fautes qu'elle a pu commettre ; l'enfant, de son côté, n'est pas pressé de s'instruire. Le maître est moins heureux ; les heures lui sont comptées ; il ne lui est pas permis de se tromper ni de perdre du temps. Il faut qu'il sache à l'avance ce qu'il doit dire et dans quel ordre il le dira.

La première chose à donner à l'élève, ce sont les éléments de la langue, c'est-à-dire des mots. Mais ces mots ne doivent pas être pris au hasard. On commencera, naturellement, par quelques substantifs, en les groupant d'après l'analogie du sens, pour qu'ils se classent facilement dans la mémoire. Quels groupes de substantifs faut-il faire apprendre dans une classe élémentaire ? Le maître intelligent n'a pas besoin qu'on lui donne à ce sujet des indications détaillées. La seule règle à observer, c'est de ne prendre que des mots concrets, répondant à des objets que l'élève a sous les yeux, ou du moins qu'il ait vus et qu'il puisse aisément replacer devant son imagination. Si l'école possède des tableaux servant aux leçons de choses, on ne manquera pas d'en profiter.

Aux substantifs on joindra aussitôt quelques adjectifs exprimant eux-mêmes des qualités tout extérieures, telles que la forme, la dimension, la couleur. Que manque-t-il pour former de petites propositions ? La troisième personne de l'indicatif présent du verbe *être*, et, avec deux questions fort simples : « Qu'est ceci ? Comment est ceci ? » on fera le tour de la salle d'école, de la cour, de la maison paternelle, de la ville et de la campagne.

Thème oral et écrit. Version. — Ce sera déjà un thème oral que fera l'élève, avec cette différence qu'au lieu de traduire un texte français il traduira les objets mêmes, ce qui vaut mieux. Les premiers thèmes écrits ne seront que la répétition ou la continuation des mêmes exercices. La version, dans l'ordre logique, arrive un peu plus tard. Là, ce n'est plus l'allemand ou l'anglais, c'est le français qui paraît être le but. Dans un enseignement qui vise avant tout à l'acquisition d'une langue nouvelle, la version n'a toute sa raison d'être que si on la tourne aussitôt en thème oral, le maître disant le français, et l'élève retrouvant le texte qu'il vient de traduire. Le thème écrit devra toujours être repris de vive voix ; on ne devra pas le quitter avant que l'élève ait logé dans sa mémoire et sur sa langue toutes les phrases qu'il a mises dans son cahier. Thèmes et versions devront être faits, surtout au début, avec des mots connus. L'usage prématuré du vocabulaire alphabétique, outre la perte de temps qu'il occasionne, habitue l'élève à se défier de sa mémoire.

Grammaire. — La grammaire accompagne tous ces exercices, comme un guide nécessaire, comme une garantie d'exactitude et de précision. Vouloir s'en passer tout à fait, même du début, serait une illusion dangereuse; tout rapporter à elle, ce serait dessécher l'enseignement. Elle est le régulateur qui empêche la machine d'aller trop vite ou trop lentement; mais elle ne doit pas gêner les ressorts actifs. Elle n'est là, dans les classes élémentaires et même encore dans les classes de grammaire, que pour les exemples qu'elle amène et qu'elle confirme, et l'ordre dans lequel ses différentes parties doivent se succéder dépend de l'emploi qu'on en veut faire dans les exercices oraux et écrits.

La grammaire allemande élémentaire. — Dans l'enseignement élémentaire de la grammaire, c'est surtout au professeur d'allemand qu'il faut recommander la prudence. On peut dire que toute grammaire offre des difficultés à peu près égales à qui veut pénétrer dans les finesses d'une langue. Mais, en allemand, les éléments mêmes sont difficiles à simplifier, et peuvent rebuter un commençant, si l'on exige de lui un effort trop continu. Il faut avancer avec précaution, éviter les formules trop abstraites et tâcher que les exemples du moins soient toujours intéressants. Généralement l'élève retient plus facilement l'exemple que la règle; il faut profiter de cette disposition de son esprit et incorporer, pour ainsi dire, la règle dans un exemple bien choisi qu'on rappellera toutes les fois qu'un cas pareil se présentera. Parfois il faut donner à l'élève la satisfaction de formuler lui-même la règle, d'après les exemples qu'il a déjà vus. Les ouvrages sur la grammaire commencent d'ordinaire par le substantif et finissent par les mots invariables; il n'est pas nécessaire de s'astreindre à cet ordre. Il est plus naturel de prendre d'abord les premières formes grammaticales dont on a besoin pour former des phrases, c'est-à-dire les temps simples du verbe *être* et du verbe régulier actif. Il ne serait pas sage, d'ailleurs, de jeter d'abord l'élève dans les broussailles de la déclinaison allemande. Dans la théorie du substantif, deux points surtout doivent fixer l'attention du maître: le genre et le nombre. Les genres ne correspondent pas toujours en français et en allemand: c'est pour l'élève une cause de trouble et de surprise. Il faut l'habituer, dès le début, à ne jamais énoncer un substantif sans l'accompagner de l'article défini qui en marque le genre. Il sera même facile, à mesure qu'il connaîtra plus de mots, de lui apprendre à les grouper selon leur genre, en se guidant soit d'après le sens, soit d'après la terminaison. Un moyen de simplifier la théorie de la déclinaison dans un cours élémentaire, c'est de séparer le singulier du pluriel. On peut grouper les pluriels à terminaison semblable ; on peut même les encadrer dans des textes suivis, qu'on fait redire de vive voix : l'élève retient mieux ce qui lui est présenté sous une forme concrète.

Éviter les devoirs longs et les devoirs difficiles. — Il faut éviter, jusqu'à la fin des classes de grammaire, les devoirs longs et les devoirs difficiles. Rien, évidemment, ne s'acquiert sans effort ; mais un devoir trop difficile, outre qu'il décourage l'élève, ne laisse rien dans sa mémoire. Un devoir long nécessite une correction rapide ; il ne laisse point de place à l'exercice oral qui doit s'y rattacher et qui en confirme les résultats.

La lecture. Les Morceaux choisis. — De même, les lectures doivent être soigneusement appropriées à la force de chaque classe. C'est pour donner à ce sujet plus de latitude aux professeurs qu'un recueil de *Morceaux choisis* a été mis en tête de chaque liste d'auteurs. Les Morceaux choisis ne sont pas pris nécessairement dans les auteurs du programme. L'Angleterre et l'Allemagne possèdent une riche littérature de contes et de récits, en partie signés de noms peu connus. L'élève d'une classe élémentaire et même d'une classe de grammaire n'apprécie guère encore ce qu'on appelle le style, surtout dans une langue étrangère. Ce qui l'intéresse, c'est le contenu. Il ne faut même pas craindre d'approprier un récit, par quelques changements discrets, au goût de nos petits lecteurs français, ou de composer des morceaux spécialement pour eux. Il ne leur déplaira point, par exemple, d'entendre raconter ou de raconter eux-mêmes en anglais ou en allemand un fait ou une anecdote empruntés à notre histoire nationale. Au reste, une lecture en langue étrangère doit avoir les mêmes qualités qu'une lecture française. Après que la prononciation de chaque mot aura été bien établie, on partagera la phrase en ses compartiments naturels, et on lui donnera son rythme. En d'autres termes, à l'accent du mot on ajoutera l'accent de la phrase. Il va sans dire que préalablement le sens des mots aura été expliqué : on ne lit bien que ce que l'on comprend. S'agit-il d'une poésie, on scandera le vers, on en marquera les accents. Le professeur ne se croira jamais tenu, même dans la division supérieure, de faire un cours complet de prosodie, mais il donnera toujours, à propos des textes en vers, toutes les indications nécessaires pour qu'ils soient bien lus. Parmi les exercices prescrits pour la classe préparatoire figurent la lecture rythmée et le chant. La première est un exercice d'ensemble que tout professeur peut pratiquer et qui demande seulement une extrême précision. Quant au chant, il est recommandé au professeur, sans lui être imposé ; c'est un excellent moyen d'habituer une classe à une bonne prononciation.

La conversation. — Tous les exercices précédents peuvent se compléter par un exercice de conversation. Certains professeurs se servent

qui lui est faite aujourd'hui dans le plan de notre enseignement secondaire. On a dit que notre tradition littéraire était un peu trop en ligne droite; elle va directement d'Athènes à Rome, et de Rome à Paris. Si l'étude des langues et des littératures étrangères n'est pas vaine, elle aura pour effet d'infléchir un peu cette ligne, sans la faire dévier tout à fait. L'Angleterre et l'Allemagne ont hérité, comme la France, de la civilisation antique; mais, comme la France, elles y ont mêlé quelque chose de leur propre génie. C'est ce quelque chose que nous recueillons, et ce sont les langues qui nous ouvrent les chemins.

VIII

Emploi du temps; la classe et la conférence. — Le temps consacré aux langues vivantes a été réparti entre les différentes classes de manière à favoriser l'application de la méthode qui vient d'être définie. Le plus grand nombre d'heures a été attribué à la division élémentaire. Ici, en effet, l'étude de la langue vivante doit se faire presque entièrement dans la classe; les exercices oraux doivent être très développés. Les devoirs écrits peuvent être très courts; ils servent surtout, au début, à fixer et à graver les explications qui ont été données de vive voix. Dans la division de grammaire et dans les classes de troisième et de seconde, le programme attribue aux langues vivantes une leçon d'une heure et demie et une conférence d'une heure. Cette conférence, pour laquelle on ne donnera pas de devoirs, n'en a pas moins son importance, et le professeur ne devra jamais la considérer comme accessoire. Elle devra servir, au contraire, à prolonger jusque dans la division supérieure la suite des exercices oraux inaugurés dans la division élémentaire. La leçon, proprement dite, ou la classe, sera faite pour les devoirs écrits, sans que, pour cela les exercices oraux en soient exclus. La conférence sera consacrée spécialement à ce dernier genre d'exercices. On reprendra de vive voix ou l'on tournera en conversation un thème ou une version qui auront été expliqués dans la classe précédente; on s'exercera, selon la force des élèves, aux applications du vocabulaire, à la lecture courante, à la conversation libre.

La conférence est destinée, selon le programme, soit à la totalité, soit à une partie des élèves. Il vaudra toujours mieux y réunir tous les élèves. Les forts serviront à entraîner les faibles; une phrase dite par l'un sera reprise par un autre. Les exercices d'ensemble, qu'on pratiquera surtout à la conférence, contribueront à mettre de l'unité dans la classe. En un mot, la conférence, par son caractère libre et spontané, sera la vraie pierre de touche du professeur; celui qui en saura tirer parti y trouvera un grand secours pour tout l'ensemble de son enseignement.

ENSEIGNEMENT DE L'HISTOIRE.

DU RÔLE DE L'ENSEIGNEMENT HISTORIQUE
DANS L'ÉDUCATION.

L'office principal de l'enseignement de l'histoire est de contribuer à l'éducation intellectuelle et morale des écoliers.

L'enseignement de l'histoire contribue à l'éducation intellectuelle :

En exerçant la mémoire;

En cultivant l'imagination à laquelle il donne des objets réels, mais variés et pittoresques;

En habituant l'esprit à discerner, à apprécier et juger des faits, des personnes, des idées, des époques, des pays;

En plaçant les faits intellectuels, les lettres et les arts dans leurs milieux, c'est-à-dire à leur place dans la vie politique et sociale.

L'enseignement de l'histoire contribue à l'éducation morale, mais il importe de dire de quelle façon et dans quelle mesure, pour que la vertu éducatrice de l'histoire ne se perde pas dans des lieux communs.

Il n'est pas vrai que les justes soient toujours récompensés, ni les méchants toujours punis. Malheureusement, le mensonge et la violence procurent quelquefois des succès dont la valeur pratique n'est pas diminuée par l'immoralité des moyens. Il n'est pas vrai, non plus, que les destinées des peuples soient expliquées et justifiées uniquement par leurs vertus et par leurs vices : il entre dans la force et la fortune d'une nation d'autres éléments.

L'intention de faire servir l'histoire à une sorte de prédication morale est louable, mais un éducateur doit être avant tout et toujours sincère. Il ne peut transformer en une école de moralité l'histoire, où l'on voit trop souvent que «les fautes sont plus que des crimes», et qu'elles ne sont expiées ni par les hommes ni par les générations qui les ont commises.

Cela dit, il n'est pas douteux que l'enseignement de l'histoire peut et doit servir à fortifier le sentiment moral.

Tout d'abord, il est une recherche de la vérité; il fait effort pour la prouver; il la dit sans réticences. Le professeur est un juge impartial des faits et des doctrines; ses croyances personnelles et son patriotisme ne prévalent point sur son équité, qui doit être absolue. Tout l'enseignement de l'histoire ainsi pratiqué est une leçon de morale. D'autre part, s'il arrive aux historiens de juger d'une manière différente le même individu, il n'y a point de panégyristes pour des coquins avérés, ni pour des actes de lâcheté. Toute belle action, au contraire, ou toute belle vie a ses louanges. Il existe pour le jugement sur la valeur morale des hommes et des actions un consentement universel, dont le prix est considérable, en un temps où les bases métaphysiques de la morale sont discutées.

Le professeur d'histoire a donc le droit d'être un moraliste : il en a le devoir. Il évitera de dogmatiser, de déclamer, de prêcher, mais il s'arrêtera devant les honnêtes gens, quand il en rencontrera. Il s'étendra sur la charité d'un saint Vincent de Paul. Il économisera sur les détails des campagnes de Louis XIV le temps nécessaire pour faire aimer les personnes de Corneille, de Molière, de Turenne et de Vauban. Il louera les actions vertueuses comme les hommes de bien.

L'éducation civique est une partie de l'éducation morale; la charge principale en revient au professeur d'histoire. L'enseignement des lettres et des sciences forme l'honnête homme cultivé : l'enseignement de l'histoire prépare l'écolier à la vie pour une date précise et des conditions déterminées.

La science de l'éducation a des principes immuables, applicables aux hommes de tous temps et de tous pays; mais les générations qui se succèdent dans les écoles ne se ressemblent pas. Elles perdent certaines qualités et en acquièrent d'autres; elles échangent un défaut contre un autre tout opposé. Toutes les générations ont de communs devoirs; chacune d'elles en a de particuliers. Il faut que l'éducateur étudie la génération qu'il doit élever et se fasse une théorie des devoirs de cette génération, afin que, connaissant bien le but à atteindre, il y conduise l'écolier par les moyens le mieux appropriés. Aucun maître ne peut se dispenser de suivre cette méthode, mais le professeur d'histoire y est plus strictement obligé que tout autre.

Les jeunes générations françaises ont de la bonne volonté, de la générosité, de la docilité, et l'esprit ouvert. Elles ont besoin d'être prémunies contre l'esprit d'indifférence, contre le scepticisme, la défiance d'elles-mêmes et la redoutable opinion que l'individu est peu de chose et l'effort d'une personne de nul effet. Il faut donc éveiller en elles le goût de l'action. Le pays, qui leur appartiendra demain, est affaibli par des divisions politiques et religieuses : il faut leur inspirer l'esprit de tolérance; il est menacé par les périls extérieurs : il faut cultiver en elles le sentiment national.

Le professeur démontrera l'efficacité de l'action, en faisant voir qu'à telle date, tel homme, ou tel groupe d'hommes, a, par sa volonté, modifié l'histoire. S'il est juste envers tous les peuples, toutes les civilisations, toutes les doctrines sincèrement proposées et crues sincèrement, il inspirera la tolérance. Il la fera aimer comme une vertu nécessaire par le spectacle même des dangers extrêmes qui naissent des divisions religieuses ou politiques, et qu'un seul remède peut conjurer : la liberté.

La culture du sentiment national est délicate. Il faut avant tout fortifier le naturel amour du pays natal, raisonner cet instinct et l'éclairer, mais, en France, sous peine d'une déchéance de notre esprit, nous ne devons ni oublier l'homme dans le citoyen, ni rétrécir, au profit apparent de notre pays, la place de l'humanité.

Si notre histoire doit être particulièrement étudiée, l'histoire universelle doit donc être enseignée. Celle-là sera toujours encadrée dans celle-ci. La méthode qui prescrit de mettre partout notre pays au premier plan et le monde en prolongement expose l'écolier à des préjugés trop forts. Elle va directement contre le but qu'elle se propose. Nul pays n'a subi plus que la France l'action du dehors, puisqu'elle est un mélange de races et qu'à son origine elle a reçu de Rome et de la Germanie des éducations diverses. Par contre, nul pays n'a, plus que le nôtre, agi sur le monde. Nous n'avons jamais été, nous ne serons jamais des particularistes. Il fait partie de notre profession de Français d'aimer l'humanité et de la servir. La connaissance de l'histoire générale nous est indispensable.

Donner à l'écolier l'idée exacte des civilisations successives et du progrès accompli au cours des siècles, et la connaissance précise de la formation et du développement de la France ; lui montrer l'action du monde sur notre pays et de notre pays sur le monde ; se servir de la comparaison avec l'étranger pour éclairer son jugement sur nous-mêmes ; lui enseigner à rendre à tous les peuples la justice qui leur est due, élargir l'horizon de son esprit, et, à la fin, lui laisser avec la connaissance de l'état de son pays et de l'état du monde la notion claire de ses devoirs de Français et de ses devoirs d'homme, telle est la part de l'enseignement historique dans l'éducation.

II.

THÉORIE DE L'ENSEIGNEMENT HISTORIQUE.

Il est possible d'enseigner à des écoliers, sans les en accabler, l'histoire générale, mais à de certaines conditions.

1. L'enseignement doit être réparti sur un nombre suffisant d'années et adapté à la force intellectuelle de l'écolier.

2. Le professeur ne se perdra point dans la quantité des faits et des détails qui sont le fléau de l'enseignement historique. Il procédera par sélection. Il reconnaîtra et choisira les personnages dont les actes ont duré, et les faits qui ont eu de longues conséquences.

3. L'enseignement de l'histoire doit être une démonstration. Le professeur composera son cours, donnera aux élèves à l'avance une idée de l'ensemble et des diverses parties, et les conduira du point de départ à la conclusion, en marquant bien chacun de ses pas, de façon que la route entière soit visible. Il ne se contentera pas de faire tout son cours : il fera de son cours un tout.

4. En même temps que démonstratif, l'enseignement doit être pittoresque, c'est-à-dire peindre les personnages et décrire les faits, de façon que les personnages et les faits d'une même période se distinguent les uns des autres et que cette période, dans son ensemble, se distingue de celle qui précède et de celle qui suit.

I. DE LA RÉPARTITION ET DE L'ADAPTATION DE L'ENSEIGNEMENT. — L'enseignement de l'histoire est actuellement réparti sur neuf années, divisées en trois groupes : classes élémentaires, classes de grammaire, classes supérieures.

Tout au début, dans la classe préparatoire, le maître raconte des biographies d'hommes célèbres ou des actions fameuses. En huitième et en septième, il raconte l'histoire de France. Ce n'est là qu'une première initiation, très simple et familière, aux études historiques.

L'enseignement méthodique de l'histoire universelle commence avec les classes de grammaire, entre lesquelles est partagée l'antiquité : antiquité orientale en sixième, grecque en cinquième, latine en quatrième.

Les quatre années des classes supérieures sont réservées au moyen âge, aux temps modernes et contemporains.

Cette répartition n'est pas parfaite. Elle provoque une objection grave : l'histoire de l'antiquité hellénique et romaine ne peut être enseignée, comme il faudrait, à de si jeunes enfants, et elle risque d'être oubliée vite et pour toujours. Ne conviendrait-il pas de placer à la fin des études une revision générale où revivraient, en se précisant, les souvenirs d'Athènes et de Rome ? Ne serait-ce pas le couronnement naturel de l'enseignement classique ?

L'idée est séduisante, mais ne paraît pas applicable. Une philosophie de l'histoire est extrêmement difficile à enseigner, même dans la classe de philosophie. L'immensité du sujet est un grand danger, car on n'admettra pas sans doute que la revision se borne à l'histoire ancienne, il n'est pas bon que le professeur quitte l'écolier sur des notions nécessairement très générales et très vagues. Pour faire place à cette revision, il faudrait, d'ailleurs, bouleverser l'ordre général des programmes actuels, qui n'est point chose indifférente. Il y a aujourd'hui pour chacune des classes, entre l'âge des élèves, le caractère de l'enseignement littéraire et la matière de l'enseignement historique une harmonie, que tous les plans d'études ont respectée et qu'il serait fâcheux de rompre. Il est indispensable que l'enfant arrive en troisième avec les notions sur l'antiquité classique, que l'enseignement historique lui donne en cinquième et en quatrième. L'histoire du moyen âge, qu'il trouve en troisième, lui apprend à connaître un monde nouveau, qui l'intéresse, mais qu'il a quelque peine à comprendre : il serait absolument inutile de l'y faire pénétrer plus tôt. Le programme de seconde offre à l'imagination et à la raison, toutes deux éveillées, la formation de la patrie française, les inventions et les découvertes de la fin du moyen âge, la Renaissance, la Réforme. L'histoire des XVIIe et XVIIIe siècles, enseignée en rhétorique, est en parfait accord avec l'étude des chefs-d'œuvre de notre littérature classique. Celle de l'histoire du XIXe siècle est le complément indispensable des études philosophiques. Si c'est aux dépens de ce dernier programme qu'on voudrait instituer une courte et insuffisante revision, nous répéterons que l'histoire, payant la rançon du désintéressement des études littéraires, doit mettre l'écolier en communication avec le monde moderne et le mener au seuil de la vie. L'histoire contemporaine est la fin nécessaire de l'enseignement historique au collège.

Remarquons, d'ailleurs, que si l'histoire de l'antiquité est bien enseignée par un maître expérimenté, en cinquième et en quatrième, l'écolier aura, du moins, un sentiment de la façon d'être hellénique et romaine, qu'il développera ensuite par l'étude des lettres anciennes. L'esprit historique pénètre aujourd'hui partout. Nos professeurs de lettres ne sont plus de purs esthéticiens; ils aiment les informations exactes sur les œuvres, les écrivains, les milieux. Il leur est aisé de compléter, à propos de Démosthène, d'Aristophane, de Cicéron et de Tacite, l'éducation historique de leurs élèves. Leur attention peut être appelée sur ce point. Peut-être ne savons-nous pas assez coordonner les efforts ni organiser la collaboration des maîtres.

Tout ne finit pas, d'ailleurs, avec le lycée. Les jeunes gens qui ont besoin d'une connaissance approfondie de l'antiquité, par exemple les futurs professeurs et les étudiants en droit, la pourront acquérir dans les Facultés des lettres. C'est un de nos torts les plus graves que de vouloir tout demander au collège.

L'adaptation de l'enseignement à la force intellectuelle de l'écolier est le devoir essentiel du maître. Un professeur d'histoire peut n'être pas compris du tout par ses élèves, s'il ne calcule pas exactement le degré d'intelligence où ils sont parvenus, s'il ne suit pas, pour ainsi dire, sa parole et son enseignement dans l'esprit de ceux qui l'écoutent.

Il s'adressera surtout à la mémoire et à l'imagination des plus jeunes écoliers, évitant avec eux toute abstraction et la phraséologie banale où abondent les mots inintelligibles. Il suivra le progrès de l'intelligence chez l'adolescent, sans négliger jamais l'imagination; à la fin seulement, en rhétorique et en philosophie, il pourra en toute liberté parler raison.

Le professeur, pour se mettre à la portée de l'élève, s'appliquera toujours à lui faire comprendre la différence des temps et des lieux. L'enfant n'en a pas la moindre idée; il croit naturellement que le monde a toujours été comme il le voit être. Il est dans la situation d'esprit de ces peintres d'autrefois, qui, pour représenter le siège de Carthage, dessinaient au premier plan deux armées de chevaliers lances croisées, et au fond, dans la fumée des canons, une ville flanquée de tours et dominée par des clochers d'église. Pour faire chez l'écolier l'éducation du discernement historique, il est bon de lui montrer des représentations authentiques des hommes et des choses d'autrefois, mais cet enseignement par l'aspect, que nous négligeons d'ailleurs beaucoup trop, ne suffit pas. Peu d'écoliers sont capables d'interpréter des images. Il n'y a qu'une façon efficace de rendre sensibles les différences : c'est de prendre dans le présent des points de comparaison pour le passé. Des élèves de troisième comprendront mieux la féodalité, qui est difficile à expliquer, si le maître, faisant appel à la connaissance générale qu'ils ont des rapports actuels de fermier à propriétaire, et de préfet à gouvernement central, compare ces rapports à ceux de serf à seigneur et de vassal à suzerain. Il ne faut pas craindre d'aller parfois jusqu'à la naïveté dans l'emploi de ce procédé. Il n'est pas si ridicule qu'on pourrait le croire d'avertir l'élève que les chemins de fer n'existaient pas avant notre siècle. Précisément la comparaison de la facilité et de la rapidité des moyens de communication d'aujourd'hui avec l'ancienne lenteur et l'ancienne difficulté est une des meilleures façons de faire saisir la différence des moyens d'action.

Il est de première nécessité de rendre visible la succession des plans historiques. L'histoire, quand elle n'a pas ce souci, manque son objet : elle est une banalité encombrante.

II. Du choix des faits et des personnages. — Sur aucune question d'histoire, un professeur ne doit tout dire au collège. Tout dire, ou, du moins, dire tout ce qu'on sait, est d'ailleurs ce qu'il y a de plus aisé au monde. La difficulté, c'est de choisir. Le maître, avons-nous dit, doit s'en tenir aux faits et aux personnes dont les conséquences ou dont les actes ont duré. Appliquons cette maxime, par exemple, à la période mérovingienne.

La suite de l'histoire universelle et de notre histoire nationale échapperait à l'écolier qui ne saurait pas que les Francs ont conquis la Gaule et une partie de la Germanie, après s'être convertis au christianisme ; qu'ils ont mêlé en Gaule des institutions et des coutumes germaniques aux institutions et aux mœurs romaines ; qu'une société a commencé alors, procédant de celle qui a précédé, mais différente en beaucoup de points, et préparant le régime féodal ; que les rois francs, par la coutume des partages, ont aidé au morcellement de la France en régions. Voilà ce qui a duré de l'histoire mérovingienne. Il faut donc exposer à l'écolier, très brièvement, la conquête de la Gaule et de la Germanie occidentale, lui donner l'idée d'un roi mérovingien, de la façon dont il vit et règne ; lui présenter un grand, un évêque (non pas personnage abstrait, mais personnage qui a vécu), l'éclairer sur la condition de ceux qui n'étaient ni grands ni évêques ; lui faire comprendre ce qu'était cette coutume des partages entre fils de rois; lui montrer le sol de la future France divisé en régions historiques : Neustrie, Austrasie, Aquitaine, Bourgogne. L'écolier a-t-il besoin de savoir les noms de tous ces rois, la série des partages et toutes les querelles qui en sont nées? Lui enseigner ces inutilités, c'est au contraire l'empêcher de percevoir nettement l'utile, le nécessaire.

La diplomatie et la guerre comptent parmi les principales occupations des hommes. Elles sont très visibles et bruyantes. Il est clair qu'il faut leur donner dans l'enseignement une grande place, mais nulle part le détail ne doit être évité plus soigneusement qu'ici. L'écolier a besoin de savoir les modes généraux de la diplomatie de Louis XIII et de Louis XIV : il n'a que faire d'une longue énumération de conventions et de traités. Il vaut mieux évidemment lui expliquer l'état de civilisation qui permettait à un souverain, comme le roi d'Espagne, de disposer en propriétaire de ses états et de ses peuples, que de lui donner par le menu les actes diplomatiques relatifs à la succession d'Espagne, ou la discussion des droits des divers prétendants.

La guerre surtout est périlleuse au professeur d'histoire : elle l'expose à sacrifier l'essentiel à l'accessoire, voire même à l'inutile. Ce qu'il est essentiel de savoir dans la guerre de Trente ans, par exemple, c'est la liste des belligérants et les raisons qui ont fait prendre les armes à chacun d'eux; c'est la façon d'être des armées, qui est une des manifestations de la vie intime des nations; c'est le caractère général de la stratégie et la manière de se battre; c'est encore la personne des grands hommes de guerre. Tout cela est nécessaire pour l'intelligence de ce grand événement, dont les suites ont été si considérables, mais l'exposé méthodique des faits, de tous les faits, ne l'est pas le moins du monde. Un professeur qui raconte la guerre de Trente ans doit dominer tout son sujet et procéder très librement. Il dira : Cette guerre a duré trente ans, de 1618 à 1648, de manière à en toucher tout de suite le terme. Il introduira les belligérants, dans l'ordre où ils sont intervenus, expliquera ce qu'ils venaient faire. Il ajoutera qu'on s'est battu en Allemagne, aux Pays-Bas, en Italie, en Espagne, dans la Méditerranée, marquant ainsi l'étendue du théâtre. Quelques exemples lui permettront de décrire les armées et les bandes. Il choisira quelques actions, très peu nombreuses, les plus décisives. S'il procède, au contraire, par divisions en périodes, par sous-divisions en théâtres, il fatiguera l'écolier et lui imposera le redoutable ennui des noms, des dates et de la stratégie en classe. Il ne lui apprendra point, par contre, la différence qui existe entre les bandes de Wallenstein et l'armée nationale de Gustave-Adolphe. Il lui laissera ignorer que les rois de Suède ont, avant les rois de Prusse, donné le modèle d'un état militaire, et qu'à cause de cela leur petit pays a été, pendant un temps, une grande puissance.

III. — La méthode démonstrative. — Le professeur, par cela même qu'il choisit entre les faits, les groupe en vue d'une démonstration. Cette méthode doit être appliquée à chaque leçon et à l'ensemble de chaque cours.

Le cours de troisième, par exemple, comprend la période qui s'étend entre les invasions des Barbares et la mort de saint Louis. Au commencement, il y a un grand empire romain partagé en deux, l'empire d'Occident et l'empire d'Orient; en dehors habitent des étrangers et des barbares. Ceux-ci entrent par toutes les frontières sur le territoire romain. En Occident, des royaumes barbares s'établissent et se fondent dans le royaume des Francs. Cependant, le vieil empire dure toujours à Constantinople, mais une puissance nouvelle, la papauté, s'élève et s'allie aux Francs avec lesquels elle refait l'empire en Occident. A cette date, le monde semble être retourné au point de départ du IVe siècle; il est divisé encore une fois en deux empires romains. Mais des acteurs nouveaux sont en scène : les Arabes fondent une troisième domination, très différente des deux autres. Puis l'empire d'Occident se divise en royaumes, qui se subdivisent en seigneuries. A la place de l'ancienne unité romaine, il y a la diversité et le désordre. Cependant, au-dessus de ce chaos, persistent des institutions générales : le Saint-Empire et l'Église; et une civilisation chrétienne qui produit les croisades, la chevalerie, la communauté de la vie intellectuelle. A la fin, commencent à paraître les états modernes : l'Occident lassé des pouvoirs universels et des actions universelles fait les nations.

Le passage de l'universel à l'individualisme national : voilà ce qu'il faut démontrer dans ce cours. Bien entendu, le maître n'emploiera pas les termes abstraits qui viennent d'être dits. Pour avoir mis un ordre réfléchi dans son enseignement, il ne cessera point d'exposer son cours simplement et avec toutes les précautions requises. Tous les écoliers ne comprendront pas cet ordre, mais tous les écoliers ne comprennent jamais tout un enseignement. Les plus faibles ne perdront rien à ce que leur maître soit quelque peu philosophe : les autres y gagneront beaucoup. Enfin, le professeur, qui aura considéré à l'avance l'ensemble d'un cours, ne s'attardera nulle part. Il ne se perdra pas dans le chaos des invasions; il se débarrassera d'un mot des rois fainéants; il ne nommera ni tous les papes ni tous les empereurs. Ayant marqué le but et dessiné la route, il ira jusqu'au but.

Le cours de seconde commence en 1270 et finit en 1610. C'est, d'abord, pour ainsi dire, la liquidation du moyen âge, par la décadence définitive des pouvoirs généraux : l'empire a été déjà ruiné par la papauté; la papauté est amoindrie par le schisme, et limitée par les rois. Il n'y a plus d'action commune; les Croisades ont cessé; l'Infidèle s'établit à Constantinople. La France et l'Angleterre achèvent de prendre conscience d'elles-mêmes dans leur duel, qui a duré cent ans; l'Espagne s'unifie. Par contre, l'Allemagne et l'Italie sont en pleine anarchie et destinées à être, l'Italie d'abord, et l'Allemagne ensuite, des champs de bataille pour les états organisés. La décadence de l'Allemagne et de l'Italie, c'est encore la liquidation du moyen âge, où elles ont tenu, par l'empire et la papauté, la première place. Au même moment, apparaissent les phénomènes de l'esprit nouveau : les essais de réforme de l'Église, les commencements de la Renaissance, les inventions et les découvertes. De cet état procèdent, au xve et au xvie siècle, les guerres d'Italie et la rivalité des maisons de France et d'Espagne-Autriche ; d'autre part, des idées et des sentiments nouveaux, la Renaissance et la Réforme, qui produisent le despotisme des rois et les guerres politico-religieuses de la fin du xvie et du commencement du xviie siècle.

Le cours de troisième était plus compliqué que les précédents ; celui de seconde se prête moins encore à une synthèse. Cette complexité est un des caractères de la vie moderne. La marche générale des choses est claire cependant. Elle peut être montrée à l'écolier. Il est évident que le maître qui voudra la bien expliquer ne tombera pas dans l'impardonnable travers de donner le détail de la guerre des Deux-Roses, des guerres d'Italie, ou des guerres de François Ier et de Charles-Quint.

Le cours d'histoire en rhétorique (de 1610 à 1789) se divise en deux périodes très distinctes. Celle de 1610 à 1715 contient la fin des guerres politiques et religieuses, qui se terminent par les traités de Westphalie ; l'abaissement de la maison d'Autriche ; l'apparition de puissances nouvelles, Provinces-Unies et Suède ; la Révolution d'Angleterre ; la suprématie sur l'Europe acquise à la France par Richelieu et par Mazarin ; l'exercice de cette suprématie par Louis XIV ; l'éclat et la grandeur de la monarchie française et de l'esprit français ; la résistance de l'Europe qui s'organise dans la coalition d'Augsbourg ; les guerres soutenues par la France contre le continent presque entier, la fin de la prépondérance française de Louis XIV. La seconde période, 1715 à 1789, présente le règlement d'affaires relevant de la succession d'Espagne, puis de très grands faits de tout ordre : l'entrée en scène de la Russie, l'avènement de la Prusse, qui sort victorieuse de son duel avec l'Autriche ; la décadence des puissances qui ont fait longtemps le jeu de la France : Suède, Turquie, Pologne ; les luttes pour l'empire des mers et le triomphe de l'Angleterre ; le développement du parlementarisme anglais ; la diffusion des idées nouvelles sur la politique et la société ; les réformes du despotisme éclairé ; la naissance des États-Unis d'Amérique, enfin les préludes de la Révolution française.

Ce cours est réputé facile, mais cette facilité n'est qu'apparente. Le péril, ici, c'est de laisser l'histoire de l'Europe dans l'ombre de la nôtre. Volontiers nous nous représentons, par exemple, la guerre de Trente ans comme un épisode de notre histoire, alors qu'elle résulte de faits antérieurs nombreux, variés, où nous n'avons pas eu part. Supprimez la France, cette guerre existera tout de même. Il est certain que l'intervention de notre politique et de nos armes a modifié les résultats, mais nous nous représentons trop comme subordon-

nés des acteurs indépendants, tels que les Provinces-Unies et le roi de
Suède. Nous ne donnons point sa valeur à chacun des êtres de la famille européenne. Nous les prenons et les emportons dans le cours
de notre histoire, lorsqu'elle les rencontre. Ce n'est pas une bonne
façon d'apprendre à les connaître. Il ne faut pas que la Hollande
arrive incidemment à propos de la guerre de 1672 : l'élève ne comprendra jamais comment et pourquoi ce petit pays a été une si
grande puissance. Cette erreur de méthode a d'autres effets : en em-
pêchant le maître de décrire les diverses physionomies d'États (il
n'en est pas de plus curieuse, de plus originale que celle de la Hollande et qui soit en plus complet contraste avec la France), elle
étend une monotonie perpétuelle sur toute la surface de l'histoire.

Dans les classes supérieures, le professeur doit, autant que possible, orienter son enseignement vers le présent. Il marquera les
origines des faits les plus considérables d'aujourd'hui. Tel fait a pu
paraître pendant longtemps le plus considérable d'une époque ; mais
le temps a marché ; on découvre alors que tel autre, plus petit en
apparence, était gros de conséquences. Dès que ces conséquences
ont apparu, l'enseignement doit en tenir compte. Il serait aisé de
donner ici nombre d'exemples. Dans l'histoire de l'établissement des
Barbares sur la terre romaine, nous n'avons plus le droit de négliger
les peuples et races balkaniques, depuis que leurs affaires sont deve-
nues européennes. Dans l'histoire des croisades, nous n'avons plus
le droit de passer sous silence la conquête de la Prusse par les Teuto-
niques, ni celle de la Livonie par les Porte-Glaives, depuis qu'il existe
une question des provinces baltiques. Plus nous approchons des
temps modernes, plus nécessaire est cette sollicitude envers les
nouveautés. De 1715 à 1740, la diplomatie européenne se donne
beaucoup de mouvement : ce ne sont que ligues et contre-ligues,
négociations et congrès. Mais qu'est donc tout cela ? Qu'est-ce que
l'établissement des infants d'Espagne en Italie à côté de l'ordre de
cabinet par lequel Frédéric-Guillaume I⁰ʳ organise le recrutement de
l'armée prussienne ?

C'est par la réflexion personnelle que le professeur arrive à déterminer ainsi son choix entre les événements, et à se soustraire à la
tyrannie des habitudes prises et des préjugés en faveur de tel ou tel
ordre de faits.

Le cours d'histoire en philosophie, c'est l'histoire de notre siècle,
celle que nous faisons.

Le professeur est plus libre ici que dans les classes précédentes :
la brièveté de la période l'affranchit d'une obéissance exacte à la
chronologie et lui permet une méthode logique ; l'âge de l'écolier
l'autorise d'ailleurs, comme nous avons dit, à parler raison. Il peut
donc suivre d'abord le développement général des faits groupés en
leurs périodes : de 1789 à 1815 ; de 1815 à 1848 ; de 1848 à nos
jours ; puis, à la fin du cours, se réserver le temps nécessaire pour
traiter théoriquement, mais avec l'appui des faits, les questions

de notre siècle : abolition de la traite, de l'esclavage et du servage ;
— liberté religieuse et liberté des cultes, — suppression des religions
d'État ; — liberté politique : principales formes de gouvernement
dans le monde actuel ; — questions démocratiques et sociales : le droit
de suffrage, l'instruction populaire, le service militaire universel, le
socialisme, l'organisation du travail, le nihilisme ; — mouvement
intellectuel : lettres, arts, sciences, érudition ; — industrie et commerce : vapeur et électricité, voies et moyens de communication,
protection et libre échange, traités de commerce et conventions
internationales ; — enfin expansion de la civilisation européenne : les
voyages d'exploration, la distribution des races et des langues européennes à la surface du globe. Tout cela, c'est sans doute de la politique ; mais le moyen n'a pas encore été trouvé de distinguer entre
l'histoire et la politique. Puis nous ne pouvons pas faire que l'élève
de philosophie ne soit pas électeur trois ans ou plus souvent deux
ans, voire même un an après s'être levé des bancs du collège.

Le programme d'histoire contemporaine est certainement le plus
difficile de tous. Nulle part la netteté de l'intention et l'ordre ne sont
plus nécessaires qu'ici. Le maître doit soigneusement comparer et
apprécier les valeurs respectives des divers sujets. Il n'a pas une
minute à perdre. S'il s'attarde, au début, dans les détails de la revision de l'ancien régime, ou dans la stratégie des guerres de la Révolution et de l'Empire, ou, plus loin, dans les complications de l'histoire constitutionnelle, dans les querelles de parlement et les crises
ministérielles, il encourt une grave responsabilité. Il n'aura plus le
temps de traiter les questions importantes de notre temps, ni de
donner, pour finir, un résumé du rôle de la France dans l'histoire
politique, sociale et intellectuelle du xixe siècle : chapitre essentiel
où sera montrée, entre autres choses, la collaboration de la France à
la naissance de la Grèce, de la Belgique, de l'Italie, et exposée la
doctrine que nul ne peut disposer d'un peuple ni d'un fragment de
peuple sans le consentement des intéressés.

6° La méthode pittoresque. — Raisonner l'enseignement historique, le régler d'après certains principes, le conduire à des fins
déterminées, ce n'est point le rendre abstrait, difficilement intelligible, inaccessible à l'écolier. La méthode démonstrative s'allie avec
la méthode pittoresque, qui peut seule être employée avec des enfants.

Il va sans dire que le pittoresque et le démonstratif doivent
être répartis par portions inégales sur les diverses périodes des
neuf années d'enseignement. Le premier doit dominer, et de beaucoup, dans les classes élémentaires et de grammaire. Dans la classe
préparatoire, tout l'enseignement consiste à raconter des histoires,
comme disent les enfants. Le maître les choisit où il lui plaît, dans
tous les pays et dans tous les temps, en faisant pourtant la plus
belle part aux temps modernes. En huitième et en septième, même
méthode, mais les histoires à raconter sont prises dans l'histoire
de France ; le maître les relie les unes aux autres par une trame

discrète où il fixe quelques dates. Il dessine une première ébauche, mais, déjà, il donne, dans leur ordre, les grands noms et les grands faits; il éveille la notion de la succession des choses, de la continuité de l'histoire, mais en s'appliquant toujours à se rendre intelligible par une extrême simplicité.

Le pittoresque seul peut donner aux élèves de sixième l'intelligence de l'antiquité orientale où il abonde : description de pays, de villes, de monuments, de cours des rois, d'armées.

L'histoire de la Grèce et celle de Rome, c'est déjà notre histoire, puisque les origines de l'intelligence et de la politique moderne y sont en partie contenues. Il faut montrer à l'écolier ces origines et les lui expliquer, mais à peu près sans qu'il s'en doute, ne pas lui proposer de considérations philosophiques, ni l'embarrasser dans aucun détail d'institutions. La vie hellénique est à la fois simple, brillante et gaie. Elle a, dans la paix et dans la guerre, des scènes lumineuses. Elle a des fêtes régulières auxquelles l'histoire intellectuelle et même l'histoire politique peuvent être en partie rattachées. De l'ensemble, enfin, se détachent quelques beaux personnages. Faire connaître ces personnages, montrer la politique et l'éloquence en action dans l'agora, les poètes et la poésie dramatique en action au théâtre, le commerce d'Athènes en action au Pirée; décrire quelques grandes batailles; en un mot, présenter sous une forme concrète les divers aspects de la vie hellénique, les localiser, pour ainsi dire, et les dramatiser, en évitant les abstractions esthétiques et politiques, c'est la façon d'apprendre à des enfants l'histoire de la Grèce.

L'histoire romaine est plus étendue dans l'espace et dans le temps. Elle se prolonge, par ses effets, très loin dans les temps modernes. Elle a un caractère remarquable d'unité et se présente sous la forme d'un développement logique. Par là même est diminuée la difficulté de l'enseignement, mais elle reste grande. Il est impossible de ne pas expliquer les institutions, les magistratures, la société. Le recours au pittoresque est ici très nécessaire; heureusement, s'il n'abonde pas comme dans l'histoire grecque, il ne fait pas défaut : nous pouvons reconstituer telle assemblée du Forum et telle séance du Sénat, et montrer ainsi les lois et les mœurs en action. La guerre nous offre de très belles scènes; les grands Romains nous sont connus aussi bien que des contemporains; Rome enfin nous offre des exemples de toutes les vertus viriles. La description, le portrait, l'anecdote aideront le maître à retenir l'attention de l'écolier, et le conduiront des obscures origines de Rome jusqu'au moment où l'univers sera entré dans la cité.

L'emploi judicieux du pittoresque éclairera, simplifiera l'histoire du moyen âge et des temps modernes.

Il y a des scènes et des personnages que l'on peut appeler symboliques, parce qu'ils contiennent les traits principaux d'une catégorie de personnes ou d'une suite de faits. Attila et Clovis, l'un destructeur et l'autre fondateur, expriment les deux façons de l'invasion : le portrait anecdotique de ces deux hommes donnera une idée générale

juste de cet événement. Justinien représente à merveille le βασιλεύς,
et Grégoire le Grand, le pape d'une certaine époque. Une civilisation
tout entière se reflète dans l'esprit de Charlemagne. Otton Ier, res-
taurateur de l'empire, Otton III, le théoricien mystique de ses idées et
de ses chimères, Frédéric Ier, suzerain de princes et de rois, juriste naïf
et fleur de la chevalerie chrétienne, donnent les caractères principaux de l'institution du Saint Empire. Les biographies comparées de
trois rois de France et d'Angleterre, Philippe Ier et Guillaume Ier,
Philippe Auguste et Jean sans Terre, saint Louis et Henri III, feront
comprendre les différences primordiales du développement national
de la France et de l'Angleterre. Pendant toute la durée de l'histoire,
jusqu'à nos jours, des personnes peuvent servir ainsi à caractériser
les choses : il ne serait pas difficile de trouver dans notre siècle les
types principaux du soldat, du diplomate, du parlementaire, de
l'homme de lettres et du savant.

La description de scènes et de milieux bien choisis, faite avec les
mêmes intentions, aura les mêmes effets. Les écoliers se représentent
assez bien le règne de Charlemagne, parce que la description de sa
vie privée et publique, empruntée aux documents contemporains,
est entrée dans les habitudes de l'enseignement, mais les documents
peuvent rendre les mêmes services, pour presque toutes les époques
et presque toutes les questions, même celles qui ont le plus mauvais
renom. L'histoire de la décadence carolingienne est intéressante et
dramatique dans les procès-verbaux des colloques fraternels, où les
frères et cousins carolingiens se confessent les affronts qu'ils endurent
et les douleurs qu'ils souffrent, et dans les capitulaires où Charles le
Chauve se plaint littéralement de mourir de faim.

Le Saint Empire est négligé d'ordinaire dans nos classes, et c'est
dommage, car il est un des deux grands pouvoirs du moyen âge et
il a pesé sur l'Allemagne et sur l'Italie jusqu'à nos jours. Demandons
aux documents la scène de l'élection d'un roi, un *iter romanum,* un
couronnement, une diète solennelle, une guerre privée, une guerre
contre les peuples de l'Est, et nous ferons comprendre le Saint Empire. La querelle du sacerdoce et de l'empire est bien plus intelligible si nous décrivons d'abord l'investiture d'un évêque, et si nous
présentons à l'écolier la crosse, l'anneau, l'épée, l'étendard, ces
symboles, les uns d'autorité spirituelle, les autres d'autorité tem-
porelle, que les deux pouvoirs ont voulu tour à tour accaparer, et
qu'ils se sont à la fin partagés. Les descriptions de cette sorte sont
indispensables pour l'histoire du moyen âge, qui, sans elles, demeure incompréhensible, mais c'est à tort qu'elles paraîtraient
inutiles pour les temps modernes. Il est vrai que, si nous sommes distingués des hommes du moyen âge par la différence marquée des
couleurs, des nuances seules nous différencient de nos ancêtres des
deux derniers siècles, mais ces nuances sont fortes.

C'est dans l'art difficile de ces descriptions que s'achève la perfection de l'enseignement historique. Aucun professeur n'y pourrait atteindre, s'il n'y était aidé par des instruments de travail. Actuelle-

ment, quelques-uns de ces instruments existent, mais d'autres sont à créer ou à perfectionner. Quelques indications seront données sur ce point dans le chapitre suivant. Nous répéterons, en terminant celui-ci, que la méthode pittoresque et la méthode démonstrative combinées laisseront dans l'imagination et dans l'esprit de l'élève l'idée, éclairée par des images, des transformations successives. Cette idée, c'est précisément toute l'histoire.

III.

DE LA PRATIQUE DE L'ENSEIGNEMENT HISTORIQUE.

L'enseignement historique est celui où le maître est le plus exposé à s'égarer par le désir de bien faire et par le zèle à payer de sa personne. La classe d'histoire est, avec la philosophie, celle où le professeur parle le plus et, par conséquent, où il court le plus grand risque de trop parler. S'il veut faire un cours complet, si, par excès de conscience, il ne se fie qu'à lui-même, ou bien s'il aime l'exercice de la parole devant un auditoire docile, il parlera pendant la moitié, voire même les deux tiers de la classe. Pas un seul élève peut-être ne le suivra jusqu'au bout avec une attention soutenue. Admettons qu'une attention suffisante soit obtenue de quelques-uns : il n'en restera pas moins vrai que les classes où le maître parle le plus sont celles où se rencontre le plus grand nombre d'élèves passifs.

Dans l'enseignement historique, le péril c'est l'inertie de l'élève ; si nos habitudes ont besoin d'être amendées, le principal objet de la réforme doit être de stimuler l'enfant à l'activité. Il n'y a pas lieu de prescrire des règles applicables à toutes les classes, depuis la sixième jusqu'à la philosophie, ni à tous les maîtres : chacun de ceux-ci a son tour d'esprit particulier, qui le rend plus ou moins apte à employer tel ou tel procédé d'enseignement. Le maître doit demeurer libre de régler comme il l'entend la pratique de sa classe, mais il n'est peut être pas inutile de proposer ici, sans prétendre l'imposer, une méthode qui diffère de celle qui est aujourd'hui à peu près uniformément suivie.

Cette méthode qui est, à proprement parler, celle de la collaboration du maître et de l'élève, suppose l'existence d'un nouvel instrument de travail, d'un livre à faire pour chaque classe, et qui prendra place, à côté du manuel, dans la petite bibliothèque de l'écolier.

Ce livre ne présenterait pas, comme le manuel, la suite complète des faits ; il ne serait pas un abrégé d'histoire universelle ; il donnerait, en les décrivant, les grands événements, les usages, les institutions, avec les biographies ou portraits des très grands personnages. Chacun des chapitres correspondrait à une des leçons du programme. Il serait lu par les élèves avant la classe. Le professeur s'assurerait qu'ils ont fait cette lecture et résumerait à grands traits le chapitre, puis il présenterait familièrement, mais en bon ordre, des remarques et des jugements.

Le livre, par exemple, a décrit, pour l'histoire d'Assyrie, la vie du roi, le costume, le cérémonial, l'armement et l'organisation des guerriers; il a raconté une expédition militaire, en choisissant les traits propres à faire comprendre les caractères de ces guerres de dévastation. Au chapitre des guerres médiques, il a décrit les armées perse et grecque, raconté les batailles, avec les détails donnés par Hérodote. Au chapitre de la fondation de la royauté anglaise, il a décrit (il faut toujours répéter ce mot) les guerriers saxons et les aventuriers normands, raconté les grands épisodes de la conquête, et montré par des anecdotes bien choisies les procédés du gouvernement des agents royaux et des cours royales. Le maître montrera en quoi les expéditions assyriennes et les guerres médiques diffèrent des guerres modernes, et l'administration d'un roi au moyen âge de nos gouvernements d'aujourd'hui. Il expliquera comment le roi de Perse a été amené à faire la guerre aux Grecs, les rois d'Angleterre à établir un régime despotique; comment les guerres médiques ont fondé la puissance d'Athènes; comment la tyrannie des rois d'Angleterre a provoqué et organisé des résistances, et préparé le *self government*.

Le livre, ainsi conçu, est difficile à faire. Il suppose la connaissance directe des documents de l'histoire, où il faut aller chercher la vie dans sa vérité et sa familiarité pittoresque. Un même auteur ne pourrait vraisemblablement accomplir ce travail pour toutes les périodes, mais nous sommes au temps des spécialités et des collaborations : une collection de ce genre peut être assez rapidement mise sur pied. Plusieurs tentatives en ce sens ont été faites déjà : il faudrait procéder à de nouvelles. Les auteurs futurs feront bien de ne pas se contenter de transcrire les documents, car le nombre des écrivains directement accessibles à l'intelligence de l'écolier est très petit. Des hommes cultivés sentiront le pittoresque d'une page d'un chroniqueur du moyen âge, parce qu'ils se reportent dans son milieu, et, à mesure qu'ils lisent, font la transposition en langue et en sentiments modernes : l'enfant est moins capable de ce travail. Il faut mettre pour lui le document au point, lui parler sa langue de tous les jours, ne pas l'embarrasser par des difficultés philologiques et par la diffusion de la phrase et de la composition.

Des objections peuvent être présentées contre cette méthode : l'élève ne perdra-t-il pas dans un encombrement de récits et de portraits la suite des choses, et, avec ce système, saura-t-il, comme on dit, son histoire? Définissons ce terme : savoir son histoire. Lequel sait son histoire de deux écoliers, dont l'un voit comment vivait et gouvernait un roi d'Angleterre à telle date, et l'autre récite par cœur le tableau généalogique des descendants de Guillaume Ier? De sincères et vives images des temps passés resteront dans la mémoire, comme des commencements d'idées sur lesquelles l'esprit travaillera plus tard; des noms et des faits accompagnés de notions abstraites s'effaceront à coup sûr. D'ailleurs, pour montrer la suite des faits, le maître est là. Il peut toujours s'aider du précis, et il ne renoncera pas à l'excellent usage du sommaire dicté de chacun des chapitres du cours. En quelques paragraphes bien articulés, ce résumé marquera le plan, c'est-à-dire l'ordre des événements, avec les dates importantes et la conclusion.

Cette méthode a, du moins, l'avantage de régler, dans le commun travail, la part de l'élève et celle du maître. Il semble qu'elle puisse être appliquée surtout dans la division de grammaire, mais sans être exclue pour cela des classes supérieures. Ici encore, elle conviendrait à de certains chapitres d'histoire. Il n'est absolument pas nécessaire que les maîtres emploient tous la même méthode, ni que le même maître applique toujours les mêmes procédés. Mettre de la variété, même des surprises dans l'enseignement, c'est en raviver l'intérêt.

Quelque méthode qu'il choisisse, dans la liberté de son jugement, le professeur devra toujours s'assurer que la classe le suit, le comprend et qu'elle travaille. Il ne donnera pas à la leçon une telle place qu'il néglige les autres exercices : devoirs, exposés oraux faits par les élèves, interrogations.

Les exercices écrits sont actuellement de deux espèces : la rédaction et le devoir sur un point particulier. La rédaction n'est que la copie de notes prise en classe ou la reproduction d'un livre. Le mauvais élève n'apprendra pas l'histoire par cette besogne machinale ; il possède le secret d'écrire sans lire ce qu'il écrit. Quant au bon élève, la rédaction, toujours un peu longue, lui gâte la main. Il y a un mauvais style propre à la rédaction d'histoire. Cet exercice, qui est déjà du reste, en partie abandonné, doit donc être absolument proscrit.

Au contraire, le devoir est un travail très recommandable, que le sujet en soit un récit, le développement d'un point indiqué par le maître, l'essai d'un jugement sur un personnage ou sur une série de faits, l'expression des opinions et impressions éveillées par une lecture. La matière variera naturellement avec l'âge de l'écolier, mais il sera, pour les grands comme pour les petits, très court. L'amour-propre qui met l'élève fort en histoire à écrire le plus grand nombre possible de pages est très mal placé. Le devoir doit être soigné comme une narration ou un discours, ce qui exclut les longs développements. Il ne faut pas, d'ailleurs, que le professeur donne un devoir à chaque classe, ni qu'il impose le même à tous. Proposer plusieurs sujets, c'est provoquer les élèves à la réflexion qui détermine le choix ; c'est aussi rendre plus intéressante et plus instructive la correction.

L'usage de l'exposé oral doit être réglé avec prudence. L'écolier doit avoir appris longtemps à parler en réponse à des questions, avant de parler de lui-même et de suite. Dans la division de grammaire, et même en troisième, cet exercice est prématuré. Un enfant qui fait une leçon sur les Gracques est parfaitement ridicule. A partir de la seconde, quand l'écolier a l'esprit plus mûr, et quand l'histoire moderne lui offre des sujets dont la préparation par la lecture est plus facile, l'exposé oral pourra être très utile, si le sujet en est bien délimité et si les lectures à faire sont indiquées avec précision. Il serait très fâcheux que l'élève s'habituât à discourir sans préparation suffisante et qu'il jouât à l'orateur; mais il est bon qu'il apprenne à exprimer quelques idées ou à développer un récit simplement, modestement, avec cette sorte de petit courage qu'il faut pour entendre sa parole dans le silence de la classe, sans en être troublé.

L'interrogation est le meilleur moyen de s'introduire dans l'esprit de l'élève. Elle ne doit pas avoir uniquement le caractère d'un interrogatoire de juge, avec sanction pénale. Elle ne doit être ni hâtive ni désordonnée. S'assurer que le sommaire est su, ajouter quelques questions, demander au hasard quelques dates, c'est faire la partie matérielle de l'œuvre. L'interrogation pédagogique doit être préparée et avoir des intentions. Le maître qui la pratique ainsi s'assure qu'il a été bien compris, il laisse l'élève le lui prouver. Il trouve le moyen de reprendre tel point important, de combler une lacune, quelquefois de refaire, d'une façon plus substantielle, la leçon précédente. Il peut interroger aussi, au cours ou à la fin d'une leçon, en dictant quelques questions et en demandant à la classe une courte réponse écrite à trouver en quatre ou cinq minutes. L'attention de l'auditoire est, par ce moyen, tenue en éveil et l'esprit de l'élève exercé à la promptitude. Le temps ainsi employé sera prélevé sur les moments d'inertie.

IV.
LES PROGRAMMES.

Les principes de méthode plus haut exposés étant admis, il était utile d'introduire quelques modifications dans les programmes. Voici, pour chacune des classes, l'ancien programme et le programme modifié, avec les principales raisons des propositions de changements.

DIVISION ÉLÉMENTAIRE.

Classe préparatoire.

ANCIEN PROGRAMME.	NOUVEAU PROGRAMME.
Biographies d'hommes illustres des temps anciens et modernes. Petits récits faits par le maître et répétés de vive voix par l'élève.	(1 h. 1/2.) Biographies d'hommes illustres des temps anciens et modernes. — Scènes historiques célèbres. Petits récits faits par le maître et répétés de vive voix par l'élève.
PROGRAMME. *Biographies d'hommes illustres des temps anciens et modernes.* Grands voyageurs. — Grands patriotes. — Grands inventeurs. Récits et entretiens familiers sur les principaux personnages et les grands faits de l'histoire nationale, des origines à 1789.	

Le programme est simplifié. Les récits et entretiens familiers sur l'histoire nationale, qui se retrouveront en huitième et en septième, disparaissent ici. Ils faisaient double emploi à la fois avec le programme de la neuvième et avec ceux de la huitième et de la septième, et ils pouvaient entraîner le professeur à se contenter d'une espèce de nomenclature historique. Le maître sera libre de choisir, comme il l'entendra, ses biographies. Il est seulement invité à les prendre surtout dans la période moderne. Aux biographies sont ajoutées les scènes historiques célèbres, qui seront peut-être encore plus aisément comprises par les enfants.

Classe de huitième.

ANCIEN PROGRAMME.

Histoire sommaire de la France jusqu'à l'avènement de Louis XI.

Récits simples; courts exposés faits par le maître et répétés de vive voix par l'élève.

PROGRAMME D'HISTOIRE.

Histoire de la France jusqu'à l'avènement de Louis XI.

Les anciens Gaulois. Conquête de la Gaule par les Romains. Jules César. Vercingétorix. Les grandes villes de la Gaule romaine. Le christianisme en Gaule.

Invasion des Barbares. — Les Francs en Gaule. Clovis.

Charles-Martel. Pépin le Bref.

Charlemagne. Ses guerres. Son couronnement à Rome.

Louis le Pieux. Le traité de Verdun. Charles le Chauve. Les Normands.

Démembrement de la France en grands fiefs. — Les premiers Capétiens. Les Croisades.

Affranchissement des communes.

Philippe Auguste. Bataille de Bouvines.

NOUVEAU PROGRAMME.

(1 h. 1/2.)

Histoire sommaire de la France jusqu'à la mort de Louis XI.

Courts sommaires dictés par le maître et récités par l'élève. Courts exposés, récits simples répétés de vive voix par l'élève [1].

PROGRAMME.

La Gaule et les Gaulois. La Conquête romaine. Le Christianisme. — Aspect de la Gaule. Les Gaulois à Rome. Jules César et Vercingétorix. — Le pont du Gard. — Sainte Blandine à Lyon.

Invasion des Barbares. Les Mérovingiens. — Clovis baptisé à Reims. La mort de Brunehaut. Charles Martel à Poitiers.

Les Carlovingiens. — Charlemagne recevant la soumission de Witikind. Charlemagne couronné empereur par le pape. Charlemagne visitant les écoles. Les Normands devant Paris.

Les premiers Capétiens et les Croisades. — Le seigneur dans son château fort. Un suzerain recevant l'hommage. Hugues Capet sacré roi. Robert et les pauvres. Robert excommunié. La trêve de Dieu. — Un chevalier. — Urbain II et Pierre l'Ermite prêchant la première Croisade. Godefroy de Bouillon à Jérusalem.

[1] Cette liste de scènes historiques, pour la classe de huitième et pour la classe de septième, n'est ni exclusive ni obligatoire. Les professeurs restent libres de choisir les sujets qui leur paraîtront les plus propres à éveiller l'intérêt et à développer l'imagination des enfants.

ANCIEN PROGRAMME.

NOUVEAU PROGRAMME.

Règne de saint Louis. — Les monuments religieux et militaires

Philippe le Bel.

Les Valois. — La guerre de Cent ans.

Charles V et Duguesclin. — Charles VI.

Charles VII. Jeanne d'Arc. Fin de la guerre de Cent ans. Avènement de Louis XI.

Louis VI et Louis VII. — Louis VI devant le château du Puiset. Saint Bernard prêchant la seconde Croisade. — Les bourgeois de Laon révoltés contre leur seigneur. Un seigneur accordant une charte de commune. Le trouvère au château du seigneur. — La construction de la cathédrale de Chartres. Le portail d'une église gothique.

Philippe Auguste et saint Louis. — Philippe Auguste à Bouvines. Les Halles de Paris. Les écoliers de l'Université de Paris. Saint Louis élevé par Blanche de Castille. Saint Louis et les pauvres. Saint Louis rendant la justice. Saint Louis prisonnier en Égypte. Mort de saint Louis.

Philippe le Bel. — Les premiers états généraux dans l'église Notre-Dame. Supplice de Jacques de Molay.

Les Valois et la guerre de Cent ans. — Philippe VI vaincu à Crécy. — Les bourgeois de Calais. Le Grand Ferré. — Jean II prisonnier à Poitiers. L'enfance de Duguesclin. Charles V dans l'hôtel Saint-Pol. — La folie de Charles VI. L'assassinat de Louis d'Orléans. Perrinet Leclerc et les Bourguignons. — Jeanne d'Arc.

Louis XI. — Louis XI à Péronne. Charles le Téméraire à Granson et à Nancy. Louis XI au Plessis-les-Tours. — Les premiers imprimeurs et les premiers livres.

Le cours s'arrêtait à l'avènement de Louis XI; il sera conduit jusqu'à la mort de ce roi. — Le nouveau programme prescrit de courts sommaires, qui seront dictés et que l'élève apprendra par cœur. Dans ces sommaires, qui ne devront jamais dépasser une dizaine de lignes, et dont il pourra trouver le cadre dans les en-têtes de chapitres marqués ici en italique, le professeur se bornera à indiquer les faits principaux et les dates les plus importantes. Car si le moment est venu de donner à l'écolier la connaisssance précise des grands événements mis à leur place chronologique, il importe de faire un choix rigoureux et d'éviter le détail : c'est à ce prix seulement que la mémoire de l'élève fera aisément l'effort nécessaire, et que cet effort sera fructueux. Ces sommaires bien sus, le maître sera libre, dès lors, de suivre les indications du nouveau programme, qui substitue à la mention trop sèche des noms et des faits une série de très grandes scènes, dont chacune est caractéristique de la période à laquelle elle appartient. Ces scènes, brièvement et vivement racontées, seront autant d'images; les dates du sommaire mettront de l'ordre dans cette galerie.

Classe de septième.

ANCIEN PROGRAMME.

—

HISTOIRE.

Histoire de France depuis l'avènement de Louis XI jusqu'à 1815.

Exposés faits par le maître et reproduits par l'élève, de vive voix ou par écrit.

PROGRAMME D'HISTOIRE.

Histoire de France depuis l'avènement de Louis XI jusqu'à 1815.

Louis XI et Charles le Téméraire.

Charles VIII et Louis XII. — Guerres d'Italie.

François Ier. — Lutte de François Ier et de Charles-Quint. La Renaissance.

La Réforme et les guerres de religion. — Henri II. Charles IX. La Saint-Barthélemy.

Fin des guerres de religion. — Henri III et la Ligue. Avènement de Henri IV. L'édit de Nantes.

Henri IV et Sully. — Minorité de Louis XIII.

Richelieu. — Lutte contre les protestants. Guerre de Trente ans.

Louis XIV. — Mazarin. Traités de Westphalie et des Pyrénées.

Colbert et Louvois. — Guerres de Louis XIV. Traités d'Aix-la-Chapelle et de Nimègue.

Fin du règne de Louis XIV. — Révocation de l'édit de Nantes. Guerres de la ligue d'Augsbourg et de la succession d'Espagne. — Les écrivains, les savants et les artistes du siècle de Louis XIV.

NOUVEAU PROGRAMME.

(1 h. 1/2.)

Histoire sommaire de la France jusqu'en 1815.

Courts sommaires dictés. Récits simples. Courts exposés.

PROGRAMME.

Charles VIII et Louis XII. Guerres d'Italie. — Charles VIII à Naples. Bayard au pont du Garigliano. Gaston de Foix à Ravenne. François Ier à Marignan.

Lutte de François Ier et de Charles-Quint. — François Ier vaincu à Pavie, prisonnier à Madrid. Le connétable de Bourbon et Bayard. Charles-Quint à Paris. — Siège de Metz sous Henri II.

La *Réforme et les guerres de religion.* — Mort de Henri II. — La Saint-Barthélemy. — La journée des Barricades. Assassinats de Henri de Guise, de Henri III.

Henri IV. — Enfance de Henri IV. Henri IV à Ivry. Entrée de Henri IV dans Paris. — Henri IV et Sully. Assassinat de Henri IV.

La guerre de Trente ans. Louis XIII et Richelieu. — La digue devant la Rochelle. Exécution de Cinq-Mars. — Condé à Rocroy, à Fribourg.

Mazarin. La Fronde. — Anne d'Autriche à la journée des Barricades. Courage civil de Mathieu Molé. — Charité de saint Vincent de Paul. — Turenne et Condé au combat du faubourg Saint-Antoine.

Louis XIV. — Captivité de Fouquet. — Colbert, les artisans et les paysans. Le canal du Midi. — Passage du Rhin par Louis XIV. Turenne en Alsace. Sa mort. — Louis XIV et Vauban devant Valenciennes. —

—

Règne de Louis XV. — Le duc d'Orléans et le cardinal de Fleury. Guerres de la succession de Pologne, de la succession d'Autriche, et guerre de Sept ans. Les grands écrivains du xviii° siècle.

Louis XVI. — Turgot et Malesherbes.

La Révolution française. — Assemblées constituante et législative.

La Convention. — La République. Guerres de la République. Paix de Bâle.

Le Directoire. — Campagne d'Italie. Expédition d'Égypte. 18 brumaire.

Le Consulat. — Paix de Lunéville et d'Amiens.

L'Empire. — Austerlitz, Iéna, Friedland.

Guerres d'Espagne, de Russie, d'Allemagne et de France.

Chute de l'Empire.

—

Tourville à la Hogue. Exploits de Jean Bart. — Louis XIV à Versailles. Boileau et la pension de Corneille. — Le duc d'Anjou proclamé roi d'Espagne. — Villeroi à Crémone. — Fénelon à Cambrai. Louis XIV et Villars. Villars à Denain. Vendôme à Villaviciosa. Louis XIV et Samuel Bernard. Mort de Louis XIV.

Louis XV. — Les agioteurs à la rue Quincampoix. Villeroi et l'éducation de Louis XV. — Le comte de Plélo à Dantzig. Chevert à Prague. Maurice de Saxe à Fontenoy. — Dupleix à Pondichéry. Montcalm au Canada. Exécution de Lally-Tollendall.

Louis XVI. — Le roi et Turgot. — La Fayette en Amérique. — Franklin et Voltaire. — Le combat de la *Belle-Poule.* Mort de La Pérouse.

L'Assemblée constituante. — Mirabeau et le marquis de Dreux-Brézé. La journée du 20 juin. La prise de la Bastille. La nuit du 4 août. La fête de la Fédération. La fuite du roi.

La Législative et la Convention. — Les enrôlements volontaires. Valmy. L'arrestation et le supplice des Girondins. — Hoche en Alsace. L'entrée des Français à Amsterdam.

Le Directoire. — Bonaparte à Arcole, à Rivoli. — Bonaparte aux Pyramides. — Masséna à Zurich.

Le Consulat et l'Empire. — Passage du Grand Saint-Bernard. Desaix à Marengo. — Napoléon couronné empereur. — Napoléon à Austerlitz. Davout à Auwerstaedt. Ney à Friedland. — Napoléon à Tilsitt. Lannes et Masséna à Essling. — Le général Éblé et les pontonniers à la Bérésina. Napoléon à Fontainebleau. La Garde à Waterloo. Napoléon à Sainte-Hélène. *Dans les dernières leçons, le professeur racontera les grands épisodes des guerres d'Algérie, de Crimée, d'Italie et de la guerre de 1870.*

Les modifications ont été faites dans le même esprit que pour la classe précédente.

DIVISION DE GRAMMAIRE.

Classe de sixième.

ANCIEN PROGRAMME.	NOUVEAU PROGRAMME. (1 h. 1/2.)
Histoire ancienne des peuples de l'Orient. — Géographie ancienne.	*Histoire de l'Orient.*
Monde connu des anciens. Description de l'ancienne Égypte. — Le Nil. — L'ancien empire. Le moyen empire. Invasion des pasteurs. — Le nouvel empire. — Monuments, religion, mœurs et coutumes. — Les systèmes d'écriture. — Les découvertes de Champollion et de Mariette.	*Égypte.* — Description de l'ancienne Égypte. Le Nil. — Memphis et l'ancien empire; Thèbes et les Rhamsès; l'Égypte conquise. — Religion, monuments, mœurs, industrie. — Découvertes de Champollion; les égyptologues français.
La région du Tigre et de l'Euphrate. — Chaldéens et Assyriens. — La dynastie des Sargonides. — Babylone et le nouvel empire chaldéen. — Monuments. — Religion, mœurs et coutumes.	*Chaldéens et Assyriens.* — Description de la région du Tigre et de l'Euphrate. — Ninive et Babylone. Sargon et Nabuchodonosor. — Ruine de Babylone. — Mœurs et coutumes, monuments. — Découvertes contemporaines.
Géographie de la Palestine. — Les Israélites en Égypte et dans la Terre promise. — Moïse. — Les Juges. — Le royaume de David et de Salomon. — Schisme des dix tribus. — Destruction des deux royaumes.	*Les Israélites.* — Description de la Palestine. — Les Israélites en Égypte et dans la Terre promise. — Moïse, les Juges. — Le royaume de David et de Salomon, le Temple. — Le schisme des dix tribus. — Destruction des deux royaumes.
Géographie de la Phénicie. — Sidon et Tyr. — Le commerce maritime et terrestre, l'industrie, les colonies. — Fondation de Carthage. — L'alphabet.	*Les Phéniciens.* — Description de la Phénicie. — Sidon et Tyr : le commerce, l'industrie, les colonies. — Fondation de Carthage. — L'alphabet.
L'empire mède. — Le royaume de Lydie et les premières monnaies. — L'empire perse. — Cyrus, Cambyse et Darius. — Organisation de l'empire de Darius. — Mœurs, coutumes. — Monuments des Perses.	*Les Mèdes et les Perses.* — Description de l'Iran et de l'Asie Mineure. — Les Mèdes et les Perses. Cyrus, Cambyse, Darius. Conquête de la plus grande partie de l'ancien Orient, et organisation de l'empire des Perses. — Monuments, religion, mœurs et coutumes.

Les modifications sont peu nombreuses. Elles ont pour objet d'écarter toute tentation d'érudition, du genre de celles qui sont contenues dans ces mentions de l'ancien programme : « Monde connu des anciens », « Les systèmes d'écritures », « Les premières monnaies »; de proscrire les énumérations, qui semblent imposées par un article

comme « La dynastie des Sargonides »; d'inviter le maître à décrire
les pays (le mot *description* a été substitué à dessein au mot *géographie*); à localiser, pour ainsi dire, aux endroits principaux l'attention de l'élève. Au lieu de « l'ancien empire, le moyen empire », le programme nouveau dit : « Memphis et l'ancien empire, Thèbes et les
Rhamsès ». Au chapitre des Israélites, il nomme le Temple. L'élève
qui connaîtra Memphis, Thèbes, Babylone, Ninive, Jérusalem et le
Temple, comprendra l'histoire de l'antiquité orientale, que ne lui
apprendraient pas les listes des dynasties.

Classe de cinquième.

ANCIEN PROGRAMME.

—

Géographie de la Grèce ancienne et du littoral de la Méditerranée.

La race hellénique; la religion et les légendes; les guerres de Troie et de Thèbes; les oracles: les amphictyonies; les jeux.

Invasion des Doriens; les villes grecques d'Asie. — Le commerce et les arts en Ionie.

Extension de la race grecque en Italie, en Sicile, en Afrique.

Sparte : ses institutions, les rois, le sénat, les éphores.

Athènes; l'ancienne royauté; les Eupatrides et l'Archontat; l'Aréo-page. — Solon, Pisistrate et Clis-thènes.

Les deux guerres médiques: Marathon, Salamine et Platée.

Périclès; changements dans la constitution : l'assemblée du peu-ple; le conseil des Cinq-Cents; les Héliastes.

Les arts et les lettres à Athènes, les poètes dramatiques et les ora-teurs.

Guerre du Péloponèse. — Les Quatre-Cents et les Trente. — Mort de Socrate.

Puissance de Sparte. — Expédi-tion de Cyrus et retraite des Dix mille. Agésilas. — Traité d'Antal-cidas.

Puissance de Thèbes. — Épami-nondas.

NOUVEAU PROGRAMME.

(1 h. 1/2.)

—

Histoire grecque.

Géographie de la Grèce ancienne et du littoral de la Méditerranée orientale.

La race hellénique. — Les dieux et les légendes; la guerre de Troie; les poèmes d'Homère. — Les ora-cles, les amphictyonies, les jeux; Olympie, Delphes, Délos.

Les Doriens et les Ioniens. — Les villes grecques d'Asie. Les colonies de la Grande Grèce, de la Sicile et de l'Afrique. — Premier développe-ment du commerce et des arts.

Sparte. — Ses mœurs. — Les rois, le sénat, les éphores. — Lycurgue.

Athènes. — Ses mœurs. — L'an-cienne royauté, l'Archontat, l'Aréo-page. — Solon, Pisistrate, Clisthène.

Les guerres médiques. — Batailles de Marathon, Salamine, Platée. — Miltiade, Thémistocle, Aristide, Ci-mon.

Suprématie d'Athènes. — Péri-clès, la constitution de la démocratie athénienne. — Le commerce athé-nien, le Pirée.

Les arts et les lettres à Athènes. — L'Acropole; Phidias. — Les fêtes et les représentations théâtrales, le théâtre. Les poètes dramatiques. — L'assemblée du peuple et les ora-teurs. — La vie grecque. — Les his-toriens.

Guerre du Péloponèse. — Alcibiade,

ANCIEN PROGRAMME.	NOUVEAU PROGRAMME.
Puissance de la Macédoine. — Philippe. — Démosthène et Eschine; bataille de Chéronée. — Hégémonie macédonienne.	Lysandre. — Prise d'Athènes. — Mort de Socrate.
Alexandre. — Conquête de l'Asie. Fondation d'Alexandrie. Étendue de l'empire macédonien à la mort d'Alexandre.	*Suprématie de Sparte.* — Expédition de Cyrus et retraite des Dix-Mille. — Agésilas. — Traité d'Antalcidas.
Histoire très sommaire de l'Égypte sous les Lagides et de la Syrie sous les Séleucides. Diffusion de l'esprit grec en Orient. — Le commerce, les lettres et les arts à Alexandrie et à Pergame.	*Suprématie de Thèbes.* — Épaminondas.
La ligue achéenne et la ligue étolienne; Aratus et Philopœmen. — Conquête de la Macédoine et de la Grèce par les Romains. — Diffusion de l'esprit grec en Occident.	*Suprématie de la Macédoine.* — Philippe et Démosthène. — Bataille de Chéronée.
	Alexandre le Grand. — Destruction de Tyr, fondation d'Alexandrie. — Conquête de l'Asie. — Les philosophes et les savants grecs.
	Principaux états formés du démembrement de l'empire d'Alexandre. — Les Ptolémées. — Diffusion de l'esprit grec en Orient. — Alexandrie. Pergame.
	Dernières luttes civiles en Grèce. — Les ligues achéenne et étolienne. Aratus et Philopœmen. — La conquête romaine. Diffusion de l'esprit grec en Occident.
	Révision des grands faits et résumé du cours.

Le nouveau programme, comme pour la classe précédente, prend ses précautions contre l'érudition : le mot « institutions » est remplacé par le mot « mœurs », qui est à la fois plus familier et plus compréhensif. Si le « Conseil des Cinq cents » et « les Héliastes » ont disparu, ce n'est point pour interdire aux professeurs de parler des « Cinq cents » et des « Héliastes », c'est pour le mettre en garde contre des développements trop techniques. Au lieu de « la religion et les légendes », le programme dit : les dieux et les légendes, de peur que le mot « religion » n'induise le maître à un exposé complet et philosophique de la mythologie grecque. Suivant la méthode indiquée au cours de ce rapport, la politique, les lettres et les arts ont été placés dans les cadres mêmes de la vie : les poèmes d'Homère après la guerre de Troie, le commerce au Pirée, les arts à l'Acropole, les poètes dramatiques au théâtre, les orateurs dans l'assemblée du peuple. Les plus grands personnages de l'antiquité grecque, ceux qui résument en eux-mêmes les caractères d'une période, sont nommés; avec la Grèce commencent les individus que nous connaissons, et, pour le professeur, l'obligation de faire comprendre l'action des personnages historiques en histoire. Il trouvera le moyen de grouper les événements autour des hommes qui les ont conduits,

La guerre du Péloponèse, par exemple, sera bien plus intelligible et plus intéressante, si Alcibiade et Lysandre, au lieu d'être perdus dans le détail des faits, sont mis en lumière au premier plan.

A la fin du programme se trouve une prescription, qui sera répétée à la fin de chacun des programmes suivants : Revision des grands faits et sommaire général du cours. Il n'échappera point au professeur que les dernières heures de l'année qu'il consacrera à cette revision seront les mieux employées et les plus utiles du cours

Classe de quatrième.

ANCIEN PROGRAMME.

—

Géographie de l'Italie. — Anciennes populations. — Les Étrusques. — Les colonies grecques.

Fondation de Rome. — Institutions primitives : le patriciat et la clientèle; la plèbe. — Les rois et le sénat. — Notions sommaires sur la religion romaine.

Abolition de la royauté. — Le consulat. — La dictature. — Le tribunat. — Comices par curies, par centuries et par tribus.

Législations des décemvirs. — La censure, la préture. — Efforts pour établir l'égalité politique et religieuse entre les deux ordres.

Histoire extérieure de Rome: énumération très rapide des guerres contre les Latins, les Sabins, les Étrusques, les Gaulois, les Samnites, Pyrrhus. — L'armée; les colonies et les voies militaires.

Guerres contre Carthage : Hamilcar et Annibal; les deux Scipions.

Conquêtes en Orient; Flamininus et Paul-Émile; réduction de la Macédoine et de la Grèce en provinces et acquisition du royaume de Pergame.

Conquêtes en Occident; formation des provinces de Gaule Cisalpine, d'Espagne et de Gaule Narbonnaise.

Jugurtha et les Cimbres. — Guerres contre Mithridate. — Administration des provinces.

Histoire intérieure de Rome.

NOUVEAU PROGRAMME.

(1 h. 1/2.)

—

Histoire romaine.

Géographie de l'Italie. — Anciennes populations: les Étrusques; les colonies grecques.

Fondation de Rome. — Époque royale; le Sénat; le patriciat et la clientèle; la plèbe. — Notions sommaires sur le culte.

Abolition de la royauté. — Le consulat; la dictature, le tribunat; les comices. — Une séance du Sénat; une assemblée du peuple. Le Forum.

Conquête de l'égalité civile, politique et religieuse. — Les décemvirs et la loi des douze tables. — La censure; la préture.

Les premières luttes de Rome. — Conquête de l'Italie. — L'armée; les colonies; les voies militaires.

Les guerres puniques. — Hamilcar et Annibal; les deux Scipions. — Ruine de Carthage.

Conquête du bassin de la Méditerranée. — Caractères de la politique et de la guerre en Orient et en Occident.

Conséquences des conquêtes. — L'hellénisme à Rome. Révolution religieuse, morale et littéraire. — Caton le Censeur.

Conséquences politiques et sociales. La noblesse; l'ordre équestre; la plèbe; l'esclavage. — L'administration des provinces.

ANCIEN PROGRAMME.	NOUVEAU PROGRAMME.
Conséquences des conquêtes : formation d'une nouvelle noblesse et de l'ordre équestre.	Lois agraires et projets de réforme de Tibérius et de Caïus Gracchus.
Projets de réforme de Tibérius Gracchus. — Loi agraire. — Caïus Gracchus; loi judiciaire; loi frumentaire.	*Marius et Sylla.* — Guerres contre Jugurtha, les Cimbres, Mithridate. Guerre sociale et guerre civile. Extension du droit de cité. Proscriptions. Les lois Cornéliennes.
Guerre sociale. — Extension du droit de cité à l'Italie.	*Pompée.* — Son rôle militaire et politique. Spartacus. — Cicéron; Verrès; Catilina.
Guerre civile de Marius et de Sylla; lois cornéliennes. — Sertorius. — Spartacus.	*César.* — Premier triumvirat. Conquête des Gaules; Vercingétorix.
Pompée. — Cicéron. — Catilina.	*Guerre civile.* — Pharsale. — Dictature, réformes et projets de César. — Octave et Antoine. Bataille d'Actium. — Fin du gouvernement républicain.
Premier triumvirat. Consulat de César. — Conquête de la Gaule. Vercingétorix.	*L'Empire.* — Auguste. Organisation du gouvernement nouveau. — Administration de Rome et des provinces. Lutte contre les Germains; Varus. — Limites de l'Empire.
Guerre civile. Pharsale.	*Les lettres et les arts.* — Grands écrivains depuis la mort de Sylla jusqu'à la mort d'Auguste. — Monuments. Commerce; routes.
Dictature de César; ses réformes et ses projets.	*Les empereurs de la famille d'Auguste.* — Conquête de la Bretagne. — Les Flaviens. — Ruine de Jérusalem.
Octave et Antoine; bataille de Philippes; fin du gouvernement républicain.	*Les Antonins.* — Conquêtes de Trajan. — Voyages d'Adrien. — Antonin et Marc-Aurèle. — Gouvernement des Antonins.
Auguste. — Organisation du gouvernement nouveau. — Administration des provinces. Lutte contre les Germains. — Bornes de l'Empire.	*Les arts.* — Grands monuments à Rome et dans les provinces. — Les spectacles. — La maison romaine.
Lettres et arts à Rome depuis la mort de Sylla jusqu'à la mort d'Auguste. — Monuments, commerce et routes.	*Les lettres.* — Grands écrivains depuis la mort d'Auguste jusqu'à la mort de Marc-Aurèle. — Les Stoïciens.
Empereurs de la famille d'Auguste. Conquête de la Bretagne. — Les Flaviens. — Ruine de Jérusalem.	*Le Christianisme.* — Église primitive; catacombes.
Conquêtes de Trajan. — Voyages d'Adrien. Antonin et Marc-Aurèle.	*Septime-Sévère.* — Les grands jurisconsultes; l'édit de Caracalla. —
Gouvernement des Antonins; le sénat et le conseil du prince. — Les grands jurisconsultes.	
Lettres et arts depuis la mort d'Auguste jusqu'au règne de Marc-Aurèle. — Développement du Christianisme.	
Les empereurs syriens. Septime-Sévère; l'édit de Caracalla.	
L'anarchie militaire. — Relèvement de l'empire par Aurélien. Probus et Dioclétien.	

<table>
<tr><td>

ANCIEN PROGRAMME.

Constantin. — Concile de Nicée; organisation de l'Église chrétienne. — Fondation de Constantinople. — Changements dans le gouvernement et l'administration sous Dioclétien et Constantin.

Réaction païenne de Julien. — Lutte contre les Germains et les Perses. — Règne de Théodose. — Suppression officielle du paganisme. — Séparation définitive des deux empires.

</td><td>

NOUVEAU PROGRAMME.

Anarchie. — Premières invasions. — Relèvement de l'empire par Dioclétien.

Constantin. — L'Édit de Milan. Le concile de Nicée. — Organisation de l'Église chrétienne. — Fondation de Constantinople. — Nouvelle organisation de l'empire.

Derniers temps de l'empire. — Julien. Théodose. Suppression officielle du paganisme. — Les deux empires. — Étendue du monde romain.

Revision des grands faits et résumé du cours.

</td></tr>
</table>

Très peu de changements ont été introduits dans le programme de quatrième. Quelques termes de l'histoire des institutions ont été supprimés : le professeur ne doit, en cette matière, donner que l'essentiel. Les mentions des guerres ont encore été simplifiées et écourtées, et le professeur est engagé à renoncer à la nomenclature des faits d'ordre purement militaire, lorsqu'ils ne lui fournissent pas l'occasion de faire ressortir le caractère des luttes entreprises ou le rôle des grands hommes de guerre. Il est à craindre en effet que, s'il s'arrête aux détails inutiles de la conquête romaine, il n'ait plus le temps nécessaire pour traiter l'histoire de l'empire, dont la connaissance est indispensable pour comprendre l'histoire du moyen âge. Quelques indications telles qu'une séance du sénat, une assemblée du peuple au forum, les spectacles, la maison romaine, les catacombes, invitent le professeur à décrire et à s'attacher, quand cela est possible, à l'histoire de la civilisation. Quelques modifications ont été faites dans l'ordre des chapitres, pour mieux marquer l'ordre des faits. Une plus grande place a été donnée à l'histoire de l'Église chrétienne, qui ne peut évidemment être traitée en passant.

DIVISION SUPÉRIEURE.

Classe de troisième.

<table>
<tr><td>

ANCIEN PROGRAMME.

La Gaule avant la conquête romaine et sous l'empire : administration provinciale et municipale; le colonat. — Écoles, monuments, civilisation. — Le christianisme, l'épiscopat.

</td><td>

NOUVEAU PROGRAMME.
(1 h. 1/2.)

Histoire de l'Europe et de la France jusqu'en 1270.

L'Empire romain à la fin du IVe siècle. — L'empereur, les préfets, l'impôt; la cité; les grandes propriétés; les colons.

</td></tr>
</table>

<table>
<tr><td>

ANCIEN PROGRAMME.

Les Germains, leurs invasions : énumération des États qu'ils ont fondés. — Les Huns et Attila; les Goths et Théodoric.

Les Francs.—Clovis.—Clotaire II. Dagobert. — Gouvernement et institutions de l'époque mérovingienne. — Notions sur les lois barbares; la loi salique.

L'Empire romain d'Orient.—Justinien; son œuvre législative.

Mahomet.—L'islamisme et le califat. — Éclat de la civilisation arabe.

Pépin d'Héristal. — Charles-Martel.—Pépin le Bref.—Charlemagne; ses guerres; rétablissement de l'empire.—Gouvernement et institutions de l'époque carlovingienne.—Capitulaires.

Louis le Pieux. — Traité de Verdun.

Charles le Chauve.—Les Normands.—Démembrement de l'empire en royaumes, et de la France en grands fiefs. — Avènement des Capétiens.

Le régime féodal.

L'Église : épiscopat ; papauté; conciles; ordres religieux.

L'empire.—Otton le Grand. Les Franconiens. — La querelle des investitures; Grégoire VII.

Les Croisades. — Le royaume de Jérusalem. — Les Assises.

L'empire latin de Constantinople.

Alexandre III et Frédéric Barberousse.—Innocent III.—Guerre des Albigeois. — Innocent IV et Frédéric II. — La maison d'Anjou en Italie.

Conquête de l'Angleterre par les Normands. — Henri II.

La grande Charte. — Henri III.

Progrès des populations urbaines et rurales; les communes.

Progrès du pouvoir royal en

</td><td>

NOUVEAU PROGRAMME.

Civilisation romaine : écoles, monuments, mœurs. Exemples pris en Gaule. Comparaison de la Gaule avant la conquête et de la Gaule romaine.

Le christianisme; les évêques, les conciles.

Les Barbares. — Mœurs des Germains. — Les invasions germaniques : Alaric. Simple énumération des États fondés par les Germains. — Les Huns et Attila. — Les Goths et Théodoric.

Les Francs : Clovis. Conquête de la Gaule et d'une partie de la Germanie.

Mœurs de l'époque mérovingienne : loi salique. Les rois, les grands, les évêques; Grégoire de Tours. Les régions franques : Neustrie, Austrasie, Bourgogne, Aquitaine.

Empire romain d'Orient. — Justinien. Mœurs byzantines; la cour, les lois, l'église Sainte-Sophie.

Les Arabes. — Mahomet; le Coran; l'empire arabe; la civilisation arabe.

La papauté. — Grégoire le Grand; monastères et missions en Occident.

Les ducs austrasiens. — Charles-Martel. Relations avec les papes. Avènement de Pépin le Bref.

L'empire franc. — Charlemagne; la cour, les assemblées, les Capitulaires, les écoles; l'armée et la guerre; restauration de l'empire.

Louis le Pieux. Le traité de Verdun. Démembrement de l'empire en royaumes. Les Normands en Europe.

La féodalité. — Démembrement de la France en grands fiefs. Avènement des Capétiens.

Le régime féodal : l'hommage, le fief, le château, le serf, la trève de Dieu; évêques et abbés. — La chevalerie.

L'Allemagne et l'Italie. — Les du-

</td></tr>
</table>

ANCIEN PROGRAMME.	PROGRAMME NOUVEAU.

France. Louis VI, Louis VII et Philippe Auguste.

Règne de saint Louis.

Les arts, les lettres, les écoles aux XIIe et XIIIe siècles ; le commerce et l'industrie.

Tableau des États de l'Europe en 1270.

chés allemands ; Henri Ier ; les Marches ; Otton Ier en Italie. Nouvelle restauration de l'empire.

L'empereur et le pape : la réforme de l'Église. Grégoire VII : la querelle des investitures. Alexandre III et Frédéric Barberousse. Innocent III ; Frédéric II.

Les croisades. — Fondation du royaume de Jérusalem. La prise de Constantinople. Influence de la civilisation orientale sur l'Occident. — Croisades et missions dans l'orient de l'Europe.

Les villes. — Progrès des populations urbaines et rurales en Occident. — Les communes. L'industrie, le commerce, les métiers, les foires.

La royauté française. — Les premiers rois capétiens. Le roi, sa cour, son domaine ; les grands vassaux.

Louis VI, Louis VII et Philippe Auguste. Progrès du pouvoir royal ; extension du domaine.

Le règne de saint Louis.

L'Angleterre — Guillaume le Conquérant ; Henri II. La Grande charte. Le Parlement.

Civilisation chrétienne et féodale. — L'Église ; les hérésies ; la croisade albigeoise ; les ordres mendiants ; l'Inquisition. — Les écoles ; l'Université de Paris. — La littérature : trouvères, troubadours ; Villehardouin, Joinville. Les arts : un château, une église romane, une église gothique.

Revision des grands faits et sommaire général du cours.

Le point de départ du cours est mis, non en Gaule, mais dans l'empire, pour les raisons que nous avons dites plus haut, auxquelles il convient d'ajouter celle-ci : l'idée de l'empire domine tout le moyen âge, produit la restauration carolingienne de l'an 800 et les luttes des pouvoirs spirituel et temporel. De plus, la royauté, dans presque tous les pays, se recommande du souvenir de Rome. Pour concilier avec la vérité historique les droits particuliers de la Gaule à notre attention, le programme recommande de prendre en Gaule le tableau de la civilisation romaine. Il ajoute, pour donner au maître l'occasion d'un retour sur l'histoire antérieure de notre pays, la comparaison de la Gaule avant la conquête et de la Gaule romaine.

L'ancien programme plaçait trop loin, après la dissolution de l'empire carolingien, l'Église et la papauté, et intervertissait ainsi l'ordre des grands faits.

L'ancien programme plaçait le chapitre consacré au progrès des populations urbaines et rurales après l'histoire d'Angleterre et avant l'histoire de France. On l'a placé ici avant l'une et l'autre, comme un fait de civilisation générale, dont la connaissance est nécessaire pour comprendre la formation politique des deux royaumes.

Dans l'ordre que nous avons adopté, l'écolier rencontre toutes les questions que l'on peut appeler d'histoire universelle : la féodalité, le sacerdoce et l'empire, les croisades, la transformation des populations urbaines et rurales, avant d'arriver à la fondation d'états particuliers, qui est la caractéristique de la fin du moyen âge.

Le nouveau programme place à la fin un tableau de la civilisation chrétienne et féodale, autrement conçu que celui qui est indiqué dans l'ancien. Le commerce et l'industrie, qui ont été placés avec les villes, n'y figurent plus, mais une grande place a été faite à l'Église. La croisade albigeoise, détachée du lieu où elle avait été mise, au risque d'interrompre et de troubler la difficile histoire des rapports du sacerdoce et de l'empire, avec laquelle elle n'avait rien à voir, est reportée ici.

D'autres modifications ont été inspirées par le désir d'éviter le détail, les énumérations inutiles de princes. Des noms de Mérovingiens ont été effacés. La mention des Franconiens a disparu ; l'énumération complète des empereurs allemands, par dynasties, n'est pas plus nécessaire que celle des rois francs.

Le nouveau programme invite le professeur à éviter les abstractions, en substituant à « Administration provinciale et municipale ; le colonat », *les préfets, l'impôt, la cité, les grandes propriétés, les colons*, à « gouvernement et institutions de l'époque mérovingienne ; notions sur les lois barbares, la loi salique », *mœurs de l'époque mérovingienne, loi salique, les rois, les grands, les évêques, Grégoire de Tours*, à « Justinien, son œuvre législative », *Justinien, mœurs byzantines, la cour, les lois, l'Église, Sainte-Sophie*, en ajoutant à « progrès des populations urbaines et rurales, les communes », *commerce, métiers, foires*, à « régime féodal », *hommage et fief, le château, le servage, la trève de Dieu, la chevalerie*.

Au lieu de « Les arts, les lettres, les écoles », il dit : « *Les écoles, l'Université de Paris, la littérature, trouvères, troubadours, Villehardouin, Joinville ; les arts : un château, une église romane, une église gothique* », indiquant ainsi un exemple concret à côté de chacune des notions abstraites.

Classe de seconde.

<table>
<tr><td>

—

HISTOIRE.

*Histoire de l'Europe,
et particulièrement de la France,
de 1270 à 1610.*

Philippe le Bel; caractère nouveau du gouvernement; les légistes; les premiers États généraux. — Lutte contre Boniface VIII. — Condamnation des Templiers. — Soulèvement de la noblesse en 1314. Les trois fils de Philippe le Bel.

Première partie de la guerre de Cent ans. — Les États généraux et Étienne Marcel. — La Jacquerie. — Charles V et Duguesclin; guerres et gouvernement. — Paris au XIVᵉ siècle.

Allemagne. — Avènement des Habsbourg. — Affranchissement de la Suisse. — La Bulle d'Or. — La Hanse.

Déclin du moyen âge. — Commencement de la Renaissance en Italie; Dante, Giotto, Pétrarque.

La poudre à canon; la boussole; le papier.

Les papes à Avignon; le grand schisme d'Occident. — Wiclef en Angleterre; agitations en Europe.

Deuxième partie de la guerre de Cent ans. — Charles VI; rôle de la maison de Bourgogne. — Charles VII et Jeanne d'Arc; traité d'Arras.

Institutions de Charles VII; armée permanente; Pragmatique de Bourges. — Mœurs; la chevalerie nouvelle; la cour de Bourgogne. — Guerre des Hussites. — Fin du grand schisme.

Démembrement de l'empire d'Orient. — Slaves et Hongrois; les Turcs en Europe; Mahomet II. — La Moscovie; Ivan III.

Nouveaux progrès du pouvoir mo-

</td><td>

—

*Histoire de l'Europe et de la France
de 1270 à 1610.*

L'Europe à la fin du XIIIᵉ siècle. — Empire et papauté. Principaux États.

La royauté en France. — Philippe le Bel; caractère nouveau du gouvernement; l'impôt et l'armée; le Parlement; les états généraux. Lutte contre Boniface VIII. Condamnation des Templiers. Avènement des Valois.

La guerre de Cent ans. — Les armées et les grandes compagnies. Les états généraux; Étienne Marcel. La Jacquerie. — Charles V et Duguesclin. Paris au XIVᵉ siècle. — Charles VI et la maison de Bourgogne. — Charles VII; Jeanne d'Arc. Expulsion des Anglais.

France et Angleterre à la fin de la guerre de Cent ans. — Institutions de Charles VII: armée permanente; pragmatique de Bourges. — Féodalité : Bretagne et Bourgogne. — Troubles en Angleterre : Henri VI.

L'Église. — Les papes à Avignon; le grand schisme d'Occident; Wiclef et Jean Huss; les grands conciles.

L'anarchie en Allemagne et en Italie. — Avènement des Habsbourg : affranchissement de la Suisse; la Bulle d'Or; la Hanse. Les grandes villes d'Italie : Florence et Venise.

Démembrement de l'empire grec et formation de l'empire ottoman. — Slaves et Hongrois; les Turcs : Mahomet II. — L'Europe orientale : la Moscovie, Ivan III.

Les États de l'Europe occidentale à la fin du XVᵉ siècle. — France Louis XI et Charles le Téméraire Charles VIII et Anne de Beaujeu. États de 1484.

Angleterre : les Tudors.

</td></tr>
</table>

<table>
<tr><td>ANCIEN PROGRAMME.</td><td>NOUVEAU PROGRAMME.</td></tr>
</table>

narchique. — France : Louis XI et Charles le Téméraire. — Charles VIII et Anne de Beaujeu. — États généraux de 1484.

Angleterre : avènement des Tudors ; la Constitution anglaise à la fin du xve siècle.

Formation du royaume d'Espagne ; Ferdinand et Isabelle. — Découvertes maritimes. — Christophe Colomb ; les Portugais aux Indes ; les Espagnols en Amérique.

États de l'Italie. — Les Médicis à Florence. — Guerres d'Italie ; Louis XII ; les papes Jules II et Léon X.

Rivalité de la France et de la maison d'Autriche ; François Ier, Charles-Quint, Henri VIII et Soliman. — Henri II. — Acquisition des Trois-Évêchés ; paix de Cateau-Cambrésis.

Gouvernement et institutions de la France, de Charles VIII à François II ; l'administration, l'armée, la justice, les finances ; le concordat de 1516.

La Renaissance. — Invention de l'imprimerie. — Les arts et les lettres en Italie (Brunelleschi, Machiavel, l'Arioste, le Tasse ; les écoles italiennes : Léonard de Vinci, Raphaël, Michel-Ange). — Flandre et Allemagne (les Van Eyck ; Érasme, Dürer, Copernic). — France : le cardinal d'Amboise, le Collège de France ; Rabelais, Ronsard, Montaigne ; l'école de Fontainebleau (Jean Goujon, Philibert Delorme).

La Réforme en Suisse, en Allemagne et dans les États scandinaves. — Zwingle et Luther ; paix d'Augsbourg. — Calvin à Genève.

Angleterre. — Henri VIII, Élisabeth et Marie Stuart.

Le concile de Trente ; la Société de Jésus. — Philippe II, son rôle en Europe. — Affranchissement des Provinces-Unies ; Guillaume le Taciturne.

Espagne. Formation du royaume ; Ferdinand et Isabelle.

Le déclin du moyen âge. — Commencements de la Renaissance en Italie : Dante, Giotto, Pétrarque, Brunelleschi, Donatello.

Les grandes inventions et leurs effets sur la civilisation générale. — Poudre à canon, boussole, papier, imprimerie. — Les découvertes maritimes : connaissances géographiques à la fin du xve siècle ; découvertes des Portugais et des Espagnols ; Christophe Colomb. Les voies de commerce ; les épices et l'or.

La politique européenne. — Guerres d'Italie : les États italiens à la fin du xve siècle ; les belligérants : France, Espagne, Maison d'Autriche. Jules II et Léon X.

La rivalité des maisons de France et d'Autriche. — François Ier et Charles-Quint ; Henri VIII et Soliman. Henri II. Abdication de Charles-Quint ; traité de Cateau-Cambrésis.

Le pouvoir royal en France. — La cour au temps de François Ier et de Henri II ; les principales familles nobles ; le clergé et le concordat de 1516 ; l'armée, la justice, les finances.

La Renaissance. — Les arts et les lettres en Italie : Machiavel, Arioste, le Tasse, Léonard de Vinci, Raphaël, Michel-Ange, Titien. — Renaissance aux Pays-Bas et en Allemagne : retour sur l'histoire de l'art aux Pays-Bas, les Van Eyck. — Érasme, Dürer. — Copernic. — Renaissance en France ; le cardinal d'Amboise ; le collège de France ; Rabelais, Ronsard, Montaigne ; les Italiens à Fontainebleau, Jean Goujon et Philibert Delorme. Châteaux et palais.

La Réforme. — Zwingle, Luther, Calvin. La paix d'Augsbourg. — Propagation du luthéranisme au

ANCIEN PROGRAMME.

Commencements de la Réforme en France et guerres de religion.— Charles IX; le chancelier de l'Hospital. — Les Guises; les États généraux; Henri III et la Ligue. — Henri IV et Sully. Édit de Nantes. — Administration et politique.

État de l'Europe en 1610.

NOUVEAU PROGRAMME.

nord, du calvinisme à l'ouest. — Henri VIII et l'anglicanisme.

La contre-réforme. — Le concile de Trente; l'Inquisition : la Société de Jésus.

Guerres politiques et religieuses. — Philippe II : politique religieuse en Espagne et aux Pays-Bas. Affranchissement des Provinces-Unies : Guillaume le Taciturne. Aperçu général de la politique de Philippe II en Europe. Décadence de l'Espagne.

Angleterre. Lutte d'Élisabeth contre Philippe II; Marie Stuart. — Prospérité de l'Angleterre : bourgeoisie, industrie, marine, Shakespeare.

France : catholiques et protestants : l'Hospital et le parti de la tolérance; les Guises, Coligny, la Saint-Barthélemy; Henri III et la Ligue.

Henri IV : lutte contre l'Espagne; édit de Nantes. Sully. Reconstitution du royaume.

Revision des grands faits et sommaire général du cours.

Le nouveau programme ne commence pas brusquement par « Philippe le Bel.., lutte contre Boniface VIII », cette lutte ne pouvant être expliquée que par un rappel d'histoire générale, que nous mettons à la première ligne.

L'ancien programme procède ainsi : Philippe le Bel; première partie de la guerre de Cent ans; institutions de Charles VII; Allemagne : les Habsbourg, la Bulle d'or, la Hanse; déclin du moyen âge, commencement de la renaissance en Italie; les inventions; les papes à Avignon; le schisme; seconde partie de la guerre de Cent ans; institutions de Charles VIII; fin du schisme; les Turcs; nouveaux progrès du pouvoir royal en France; Angleterre : les Tudors; le royaume d'Espagne et les grandes découvertes; l'Italie... Il nous a paru ne pas respecter l'ordre logique, il enferme dans des cadres particuliers des faits généraux comme la fin du schisme dans le règne de Charles VII, et les grandes découvertes dans l'histoire de l'Espagne. Le programme modifié nous semble présenter mieux les événements dans leur succession normale, sans s'éloigner trop de la chronologie : après l'état de l'Europe en 1270, Philippe le Bel; la guerre de Cent ans tout entière; la France et l'Angleterre à la fin de cette guerre; l'Église avec le schisme, les hérésies et les conciles; l'Allemagne et l'Italie avec leur anarchie; la fondation de l'empire ottoman; les états occidentaux à la fin du xve siècle, la France de Louis XI, l'Angleterre des Tudors, l'Espagne de Ferdinand et d'Isabelle; puis le déclin du moyen âge et la préparation des temps modernes; les grandes inventions avec leurs effets dans la civilisation; les grandes découvertes; ensuite la politique européenne. Le départ de ce qui finit et de ce qui commence est ainsi mieux indiqué, l'entrée en scène des acteurs, des faits et des idées plus nettement marquée. — La seconde partie de l'ancien programme a été remaniée dans la même intention.

Il est inutile de revenir ici sur le sens de modifications et d'additions de détails, qui appellent l'attention du professeur sur la nécessité de décrire les choses, comme les armées de la guerre de Cent ans, la cour de François Ier, etc.

Rhétorique.

ANCIEN PROGRAMME.

—

Louis XIII. — Troubles de la Régence. — États généraux de 1614.

Louis XIII et Richelieu. — Lutte contre les protestants. — Intrigues et complots dans la noblesse et la famille royale.

Accroissement de l'autorité monarchique. — Marine et colonies.

Guerre de Trente ans. — Gustave-Adolphe. — Paix de Westphalie. Traité d'Oliva.

Les Stuarts en Angleterre. — Révolution de 1648. — Olivier Cromwell. — L'acte de navigation. — Restauration des Stuarts.

Minorité de Louis XIV. — La Fronde parlementaire. La Fronde des princes. — Guerre contre l'Espagne. — Traité des Pyrénées. — Toute-puissance de Mazarin.

Gouvernement personnel de Louis XIV. — Procès de Fouquet. Les Conseils. — Les Secrétaires d'État.

Organisation financière. — Agriculture. — Commerce. — Industrie. — Marine. — Colonies. — Réformes et travaux de Colbert. — Institutions et fondations; les Ordonnances. — Organisation militaire. — Réformes

NOUVEAU PROGRAMME.

(Une classe de 1 h. 1/2. Une conférence de 1 heure pour l'histoire et la géographie.)

—

Histoire de l'Europe et de la France de 1610 à 1789.

La France, de l'avènement de Louis XIII à la mort de Mazarin. — Les états de 1614. — Richelieu : lutte contre les protestants et les grands. Accroissement de l'autorité monarchique; Marine et colonies. — Minorité de Louis XIV; Mazarin, la Fronde.

La politique européenne. — La maison d'Autriche. Les catholiques et les protestants en Allemagne. — La guerre de Trente ans: intérêts des puissances qui y sont engagées; les armées et les bandes; grands généraux, principales actions militaires.

La paix de Westphalie et la paix des Pyrénées.

L'Angleterre sous les Stuarts. — La Révolution de 1648. Cromwell. La Restauration.

État de l'Europe vers 1660. — Décadence de l'Espagne. Prospérité de la Hollande. Prépondérance de la Suède dans le nord. La paix d'Oliva.

Mouvement intellectuel. — Sciences et philosophie: Bacon, Galilée, Descartes, Spinoza. — Lettres : l'influence espagnole, Cervantès et Lope

<table>
<tr><td>

ANCIEN PROGRAMME.

</td><td>

NOUVEAU PROGRAMME.

</td></tr>
<tr><td>

de Le Tellier et de Louvois. — Vauban.

Politique extérieure.—Lyonne et Pomponne.—Guerre de dévolution. — Guerre de Hollande. — Paix de Nimègue. — Chambres de réunion (Strasbourg). — Trève de Ratisbonne.

Affaires religieuses.—Déclaration de 1682. — Révocation de l'édit de Nantes.—Port-Royal.

Révolution de 1688 en Angleterre. — Guillaume III. Déclaration des droits.

Guerre de la ligne d'Augsbourg. — Traité de Ryswyck. — Guerre de la succession d'Espagne. — Traités d'Utrecht et de Rastadt.

Fin du règne de Louis XIV.—Détresse financière. — Testament et mort du roi.

Tableau des lettres, des arts et des sciences sous Richelieu et Louis XIV.

Lutte de la Suède et de la Russie. —Charles XII et Pierre le Grand.— Etat de l'Europe orientale après les traités de Carlowitz, de Passarowitz et de Nystadt.

Louis XV.—Régence du duc d'Orléans. — Système de Law. — Ministère du cardinal Fleury.—Guerre de la succession de Pologne.

Progrès de l'État prussien. — Frédéric II. — Guerre de la succession d'Autriche; Marie-Thérèse.—Guerre de Sept ans.

Rivalité maritime et coloniale de la France et de l'Angleterre.—Perte des colonies françaises.—Traité de Paris.

Gouvernement de Louis XV; le Parlement, le Clergé.—D'Argenson, Machault. — Choiseul. —Le Triumvirat; réforme judiciaire du chancelier Maupeou.

Tableau des lettres, des arts et des sciences au xviiie siècle.—Éco-

</td><td>

de Vega. — L'Académie française. Corneille, Pascal. — Les arts : Poussin, Le Sueur.

La société française. — L'hôtel de Rambouillet. La misère au temps de la Fronde : saint Vincent de Paul.

Louis XIV, la monarchie absolue. — Théorie du roi sur le pouvoir royal. La cour, les conseils, les secrétaires d'État. Colbert, Louvois, Vauban. Les affaires religieuses : la déclaration de 1682; la révocation de l'Édit de Nantes.

La politique de Louis XIV.—Lyonne et Pomponne. — Guerre de Hollande. — Formation de la ligue d'Augsbourg.

La Révolution d'Angleterre. — Les Stuarts et le Parlement : Whigs et Tories. Déclaration des droits : avènement de Guillaume III.

Les coalitions contre Louis XIV. — La succession d'Espagne.

Dernières années de Louis XIV. — La cour; Port-Royal; détresse financière; testament et mort du roi.

Le mouvement intellectuel. — Les lettres : les grands classiques. Les arts : Le Brun, Mansart. Le Louvre, Versailles. — Les sciences.

Commencement d'opposition : Fénelon et le duc de Bourgogne. Vauban. — Bayle.

L'Europe vers 1715. — Europe occidentale après les traités d'Utrecht et de Rastadt. Europe orientale après les traités de Carlowitz, de Passarowitz et de Nystadt. Pierre le Grand.

La France, de 1715 jusqu'au milieu du xviiie siècle. — La Régence et les essais de réforme. Law. Fleury. D'Argenson. Machault.

Les affaires européennes. — Règlement de la succession d'Espagne, des successions de Pologne et de

</td></tr>
</table>

nomistes et philosophes. — Influence des idées françaises en Europe.

Mouvement de réformes en Europe. — Charles III d'Espagne. — Pombal en Portugal. — Joseph II en Autriche. — Frédéric II en Prusse. — Gustave III en Suède. — Beccaria. — Léopold de Toscane.

La Russie au XVIII° siècle. — Catherine II. — Démembrement de la Pologne. — Guerre de la Russie contre la Suède et la Turquie.

L'Angleterre au XVIII° siècle. — Gouvernement parlementaire. — Conquêtes des Anglais dans l'Inde. — Voyages et découvertes.

Progrès et soulèvement des colonies d'Amérique. — Guerre de l'indépendance des États-Unis. — Traité de Versailles. — Constitution américaine de 1787.

Louis XVI. Turgot et Malesherbes. Réformes. Necker. Politique extérieure. Vergennes. Assemblée des notables. Convocation des États généraux.

Situation politique de l'Europe en 1789.

Toscane. Les Bourbons d'Espagne en Italie. Stanislas Leczinski en Lorraine.

Autriche et Prusse pendant la première moitié du XVIII° siècle. — L'État prussien. Frédéric II et Marie-Thérèse. Guerres de la succession d'Autriche et de Sept ans : exposé général de la politique. Indication des principales actions militaires. Rôle de la France dans ces guerres.

Les affaires maritimes et coloniales. — Rivalité de la France et de l'Angleterre en Amérique et aux Indes. L'empire anglais. Voyages de découvertes.

L'Europe orientale. — La Russie. Catherine II. Conquêtes sur la Turquie. Partages de la Pologne.

La fin du règne de Louis XV. — Le Parlement. — Choiseul et Maupeou.

Le mouvement intellectuel et politique. — Les lettres et les arts, les sciences, les philosophes et les économistes en France. Les livres, la presse, les salons, les Parlements.

Le gouvernement parlementaire en Angleterre. — Rois, parlement et ministres; triomphes des whigs : les libertés politiques, la presse.

Mouvement de réformes en Europe. — Influence des idées françaises. Charles III en Espagne; Pombal en Portugal; Léopold de Toscane et Beccaria en Italie; Gustave III en Suède.

Joseph II en Autriche. — Frédéric II en Prusse. — Situation de la Prusse en Allemagne à la fin du règne de Frédéric II.

Préludes de la Révolution française. — La France à l'avènement de Louis XVI. — État des esprits à cette époque; opposition entre les idées et les institutions. — Essais de

réforme : Turgot. Malesherbes. Necker. Désordres financiers. Les États
généraux.

*La guerre d'indépendance en Amé-
rique.* — Les colonies anglaises d'A-
mérique, leur soulèvement.— Intervention de la France.—Constitution
américaine de 1787.

Vue générale sur l'Europe en 1789.
— *Conclusion du cours.*

Le nouveau programme marque plus nettement que l'ancien les
divisions en périodes. La première finit en 1660, au moment où les
grandes questions politiques, qui ont leur origine au xvie siècle, sont
réglées par les traités de Westphalie, des Pyrénées et d'Oliva. Une
période intellectuelle est close à la même date : elle diffère notable-
ment de la suivante, avec laquelle elle ne peut être confondue, comme
elle l'était dans l'ancien programme. La seconde correspond au gouvernement de Louis XIV. La troisième finit au milieu du xviiie siècle,
avant les grandes guerres continentales et maritimes qui ont modifié
l'équilibre des forces. La quatrième comprend la fin du xviiie siècle,
jusqu'aux préludes de la Révolution française, qui forment une cinquième division.

Des précautions ont été prises afin que la politique générale soit
étudiée pour elle-même, et non pas subordonnée à la politique de la
France. Un état de l'Europe en 1660 prépare à comprendre les succès
et les échecs de la politique de Louis XIV. Un autre état en 1715 expliquera pourquoi la France a cessé de mener les événements au
xviiie siècle.

Par la façon même dont les articles relatifs aux guerres sont diri-
gés, le professeur est averti qu'il ne doit pas s'attarder dans l'histoire
militaire. Il emploiera le temps qu'il gagnera ainsi à mieux faire
comprendre l'histoire intellectuelle, dont l'importance est si grande
aux xviie et xviiie siècles, et à faire connaître la cour de France et la société française, qu'admirait et imitait l'Europe presque entière. D'un
autre côté, les noms de Fénelon, de Bayle attirent l'attention sur le
mouvement des idées, dont il est important de suivre les principales
phases, aux approches du xviiie siècle et de la Révolution française.
Les mots « règlement de la succession d'Espagne, des successions de
Pologne et de Toscane » indiquent que le maître doit surtout s'attacher aux résultats de l'action militaire et diplomatique si confuse au
commencement du xviiie siècle.

6.

Classe de philosophie.

ANCIEN PROGRAMME.	NOUVEAU PROGRAMME.

État de la France avant la Révolution. — La cour et le gouvernement. — L'administration provinciale. — La justice et la législation. — Les impôts, l'armée. — Les trois ordres. — Le clergé. — Privilèges de la noblesse et droits féodaux. — La noblesse de robe. — La bourgeoisie. — Corporations industrielles. — État de la propriété.

Élection des députés aux États généraux. — Rédaction des cahiers. — Ouverture des États.

Assemblée constituante. — Prise de la Bastille (14 juillet 1789.) — Abolition des privilèges. — Déclaration des droits. — Constitution de 1791. — Assignats. — Constitution civile du clergé. — Liberté du commerce et de l'industrie.

Assemblée législative. — Déclaration de guerre à l'Autriche. — Campagne de 1792.

La Convention nationale. — Établissement de la République. — La Commune de Paris. — Girondins et Montagnards. — Procès et mort de Louis XVI. — Le Comité de Salut public. — La Terreur. — Le 9 thermidor.

Première coalition. — Campagnes de 1793 et 1794. — Guerre de Vendée. Campagne de 1795. — Traité de Bâle.

Institutions et créations de la Convention. — Grand-Livre de la dette publique. — Système métrique. — L'Institut. — Organisation de l'enseignement. — Constitution de l'an III.

Le Directoire. — Mesures financières. — La conscription militaire. — Campagne de 1796; Bonaparte en Italie. — Traité de Campo-Formio. — Congrès de Rastadt —

(Deux classes de 1 h. 1/2 pendant le 1ᵉʳ semestre. Une classe de 1 h. 1/2 pendant le 2ᵉ semestre.)

Histoire contemporaine (1789-1889).

I.

Préliminaires et causes générales de la Révolution. — L'ancien régime: l'arbitraire et le privilège; la cour, le gouvernement et l'administration; impôt, justice, armée. — Les trois ordres.

Les États généraux et la Constituante. — Les cahiers. Les orateurs de la Constituante. Suppression de l'ancien régime et constitution du nouvel état de choses.

Les monarchies européennes vers 1789. — La question d'Orient; impression produite par la Révolution. Rôle de l'émigration.

Assemblée législative et Convention. — Chute de la royauté. Girondins; Montagnards. Les clubs; les Jacobins; la commune de Paris. Le Comité du Salut public. La Terreur.

Lutte contre l'Europe et contre les soulèvements à l'intérieur. Les armées et les généraux de la République. Traités de Bâle.

Esprit des réformes de la Convention. Constitution de l'an III.

Le Directoire. — Campagnes d'Italie, d'Égypte. Nouvelle coalition. Les coups d'État. Le 18 brumaire.

Le Consulat et l'Empire. — La constitution de l'an VIII et ses transformations jusqu'en 1807. Esprit des institutions du Consulat et de l'Empire. Les Codes. Le Concordat. La Légion d'honneur; la Cour impériale; la noblesse d'empire. L'Université. Les institutions financières. Travaux publics.

<table>
<tr><td>

ANCIEN PROGRAMME.

Expédition d'Égypte. — Deuxième coalition. — Campagne de 1799.

Le 18 brumaire. — Le Consulat. — Constitution de l'an VIII. — Organisation administrative, financière et judiciaire.

Le Code civil. — Le Concordat et les articles organiques. — La Banque de France. — La Légion d'honneur.

Campagne de 1800. — Traités de Lunéville et d'Amiens. — Le Consulat à vie. — Rupture de la paix d'Amiens.

L'Empire. — Constitution impériale. — Nouvelle noblesse. — L'armée. — Politique intérieure de Napoléon. — Suppression du Tribunat. — Rôle du Sénat et du Conseil d'État. — Les Codes. — Les finances. — Grands travaux d'utilité générale. — L'Université. — Sciences, lettres, beaux-arts et industrie.

Politique extérieure de Napoléon. — Guerres de 1804 à 1807 ; Austerlitz, Iéna, Friedland. — Traités de Presbourg et de Tilsitt. — Création d'États feudataires. — Blocus continental. — Guerre d'Espagne. — Traité de Vienne.

L'Europe en 1810. — État politique et moral. — Campagnes de Russie et d'Allemagne. — Campagne de France. — Chute de l'Empire.

La Restauration. — Charte de 1814. — Traité de Paris.

Les Cent jours. — L'Acte additionnel. — Waterloo. — Le Congrès de Vienne. — Les traités de 1815. — Tableau comparé des puissances européennes et de leurs colonies en 1789 et en 1815.

Règne de Louis XVIII. — Le régime parlementaire. — Lois sur les élections, sur le recrutement militaire, sur la presse. — Mesures

</td><td>

NOUVEAU PROGRAMME.

Guerres jusqu'en 1807 : la Grande Armée, les généraux de l'empire.

Le blocus continental. Commencement des résistances nationales.

Caractères de la guerre d'Espagne et de la guerre de 1809.

État de l'empire et de l'Europe vers 1810. Caractère du pouvoir impérial. — Lutte contre le pape.

Dernières luttes : Moscou ; la bataille de Leipzig. L'invasion. Waterloo et Sainte-Hélène.

Le Congrès de Vienne ; caractère de son œuvre. L'Europe de 1815.

II.

La Sainte-Alliance et les peuples.— Le pouvoir absolu et le régime parlementaire.

La Charte de 1814 en France. Le régime parlementaire sous Louis XVIII. Principaux orateurs et hommes d'État.

Charles X. La congrégation. Le Congrès. Lutte contre l'esprit nouveau en Italie, en Espagne et en Allemagne. — Insurrections et interventions. Affranchissement de la Grèce. Politique de la France. Prise d'Alger. La révolution de 1830.

Mouvement des esprits depuis la fin du XVIIIe siècle.—Part de la France, de l'Angleterre, de l'Allemagne. Renouvellement des littératures allemande et anglaise. Caractère de la littérature française sous l'empire. Influences étrangères. Le romantisme. La critique littéraire.

Développement de l'érudition. Rénovation des connaissances sur l'Orient, l'antiquité classique, le moyen âge. L'archéologie et les grandes découvertes. L'histoire.

Renaissance de l'esprit classique dans l'art pendant la Révolution et l'empire. Le romantisme dans l'art.

</td></tr>
</table>

ANCIEN PROGRAMME.	NOUVEAU PROGRAMME.

économiques. — Système protecteur. — Agitations intérieures.

Règne de Charles X. — La Congrégation. — Chute du ministère Villèle.

Les Ordonnances. — Révolution de Juillet.

Politique extérieure de la Restauration. — Intervention en Espagne. — Navarin. — Expédition de Morée. — Prise d'Alger.

La Sainte-Alliance, les congrès et la politique d'intervention. — Les universités allemandes. — Le carbonarisme. — Insurrection en Italie, en Espagne.

Affranchissement de la Grèce. — Traité d'Andrinople.

Règne de Georges IV en Angleterre. — Politique extérieure. — Canning. — Réformes économiques. — Huskisson. — Émancipation des catholiques.

Émancipation des colonies espagnoles. — Le Brésil.

Règne de Louis-Philippe. — Charte de 1830. — Sociétés secrètes, émeutes. — Lois de septembre. — Lois sur l'instruction primaire et sur les travaux publics. — Développement de l'industrie. — Chemins de fer. — Loi d'apanage. — Loi de régence. — La campagne réformiste. — Révolution de Février.

Politique extérieure de Louis-Philippe. — Intervention en Belgique. — Occupation d'Ancône. — Quadruple alliance. — Le droit de visite. — Mariages espagnols.

Conquête et colonisation de l'Algérie.

État des lettres, des arts et des sciences depuis 1815. — Romantiques et classiques. — Influence des littératures étrangères. — Nouvelles applications de la science à l'industrie.

Mouvements en Europe après

— La musique symphonique et dramatique.

Développement des sciences exactes, physiques et naturelles. Applications : la vapeur, l'électricité. Progrès de l'industrie.

Louis-Philippe. — La nouvelle Charte. Principaux orateurs et hommes d'État. Les partis; les sociétés secrètes.

Effet produit par la révolution de 1830 en Europe : Belgique, Pologne, Espagne.

La question d'Orient; caractères de la politique extérieure de Louis-Philippe. — Conquête de l'Algérie.

III.

Révolution de 1848. — Causes de la révolution en France. La question électorale. La République de 1848. Contre-coup en Europe.

Changements survenus dans le gouvernement de la France depuis 1848. — La constitution de 1852 et le second empire. — La République. Lois constitutionnelles de 1875.

La politique extérieure. — Formation de l'unité italienne; guerre de 1859. Le royaume d'Italie.

Formation de l'unité allemande : guerre italo-prussienne contre l'Autriche. Nouvelle constitution de l'Allemagne, de l'Autriche-Hongrie.

Guerre de 1870-1871; l'invasion, le siège de Paris; la lutte en province. — L'empire allemand. Les stipulations du traité de Francfort.

La question d'Orient : guerres de Crimée et des Balkans. Le Panslavisme.

L'Angleterre et la Russie en Asie.

L'Angleterre. — Principaux hommes d'État et grandes réformes au XIXe siècle. L'Irlande.

Le Nouveau-Monde. — Formation

ANCIEN PROGRAMME.

1830. — Création du royaume de Belgique. — Insurrection de Pologne. — L'Italie de 1831 à 1848. Établissement du régime constitutionnel en Espagne et en Portugal. — Union douanière en Allemagne. — Le Sonderbund.

Angleterre. — Bill de réforme parlementaire et électorale. — Robert Peel et Richard Cobden. — Réformes coloniales. — Le libre échange. — L'*income tax*.

Question d'Orient. — Le sultan Mahmoud. — Méhémet-Ali. — Traité de Londres. — Convention des Détroits. — Progrès des Russes et des Anglais en Asie.

Changements survenus dans le gouvernement de la France depuis 1848. — Constitutions de 1848 et de 1852. — Loi constitutionnelle de 1875.

Changements territoriaux survenus en Europe depuis 1848. — Formation de l'unité italienne et de l'unité allemande. — Monarchie austro-hongroise. — Guerre de 1870 et traité de Francfort. — États danubiens.

Expansion coloniale des puissances européennes. — Principales modifications dans l'ordre économique. — Les traités de commerce. — Le canal de Suez. — L'abolition de l'esclavage.

NOUVEAU PROGRAMME.

des principaux états de l'Amérique du Sud. Extension des Etats-Unis de l'Amérique du Nord.

IV.

Développement ou transformation des principes de 1789.

Liberté politique : régime constitutionnel; principales formes de gouvernement dans le monde actuel.

Liberté religieuse : liberté des cultes, suppression des religions d'État.

Respect de la personnalité humaine : abolition de la traite, de l'esclavage, du servage.

Idées démocratiques et questions sociales : suffrage; instruction populaire, service militaire obligatoire. — Socialisme; organisation du travail.

Mouvement intellectuel. — Esprit d'observation dans la littérature et dans l'art. L'érudition. Les sciences.

Industrie et commerce : généralisation de l'emploi de la vapeur et de l'électricité. Multiplication des voies de communication à travers le monde. — Protection et libre-échange. Traités de commerce et conventions internationales. Expositions universelles.

Expansion de la civilisation européenne. — Explorations. Distribution des principales langues européennes à la surface du globe.

Résumé du rôle de la France dans l'histoire politique, sociale et intellectuelle depuis 1789.

C'est pour la classe de philosophie que l'ancien programme a été le plus profondément remanié. Il est allégé de l'étude sur l'ancien régime, qui a été placée à la fin du cours précédent. Il est divisé en quatre parties : période de la Révolution et de l'Empire; période de 1815 à 1848; période de 1848 à nos jours. La quatrième partie est l'histoire du développement et des transformations des idées politiques et sociales au XIXᵉ siècle. L'histoire de la France a été soigneusement encadrée dans l'histoire de l'Europe. L'ancien programme introduit brusquement les guerres de la Révolution ; le nouveau prescrit une description préalable de l'état du continent. La même idée a été appliquée aux années qui suivent 1815.

D'assez nombreuses mentions de faits ont été supprimées, soit dans l'histoire militaire, soit dans l'histoire politique. On a rayé des termes qui ne se rapportaient qu'à des événements secondaires et semblaient, dans un programme relativement restreint, leur donner une place prépondérante : congrès de Rastadt ; lois d'apanage et de régence ; occupation d'Ancône, etc. On a pensé que des indications de ce genre entraînaient forcément le professeur à morceler ses développements. Il suffira désormais qu'il fasse rentrer ces faits et ceux de même espèce dans l'exposé des questions générales, s'il le juge utile, au lieu de les étudier pour eux-mêmes. En comparant la première partie aux autres, on verra que ce programme suit d'abord l'ordre chronologique ; s'il s'en éloigne ensuite, c'est qu'après 1815 les faits deviennent extrêmement complexes, que bien des problèmes politiques et sociaux ont été posés à la fois, non seulement en France et dans l'Europe, mais dans le monde, et qu'il devient plus utile de suivre les choses dans leur développement logique que dans la succession des dates. A procéder ainsi, le professeur gagnera du temps et fera mieux comprendre l'histoire de notre siècle. Cependant, il est des cas où le récit des faits eux-mêmes s'imposait, et le programme met en vedette des guerres telles que celles de 1859 et de 1866. Il indique aussi, en insistant davantage sur la guerre de 1870, et en précisant quelques points, que cette guerre forme le sujet d'une étude douloureuse, mais nécessaire, et que le professeur a le devoir de s'y arrêter.

L'ancien programme ne donnait pas à l'histoire intellectuelle de notre siècle la place qui lui est due, et que le nouveau lui assure. Les idées politiques, sociales, économiques n'étaient nulle part présentées d'ensemble ; elles auront désormais leur chapitre, qui sera la conclusion naturelle du cours d'histoire contemporaine et même de tout l'enseignement historique.

ENSEIGNEMENT DE LA GÉOGRAPHIE.

I

Caractère de l'enseignement géographique ; son rôle dans l'éducation.

Personne ne conteste l'utilité des connaissances géographiques, dans un temps où l'accroissement extraordinaire des relations entre les hommes et des échanges entre les peuples a créé pour tous les pays civilisés des conditions nouvelles d'existence.

Mais, pour assurer à la géographie son rang dans l'enseignement secondaire, il ne suffit pas de reconnaître son utilité. Il est nécessaire de prouver qu'elle a, elle aussi, une valeur éducative, et qu'elle concourt, comme l'histoire, sinon au même degré, au développement des diverses facultés de l'élève. C'est à ce prix seulement qu'elle aura, dans notre plan d'études, son droit complet de cité. D'ailleurs, définir son rôle dans l'éducation est le meilleur moyen de tracer ses règles et de fixer sa méthode. De ce qu'elle doit produire, on conclura aisément à ce qu'elle doit être.

Éducation de l'imagination. — Pour l'imagination, il est à peine besoin d'indiquer de combien de façons différentes le professeur de géographie peut l'éveiller et l'enrichir, si, par l'emploi de procédés laissés à son choix, il prend soin de montrer les objets et de mettre sous les noms des images. Ce seront d'abord des images simples, qu'il évoquera facilement au moyen de comparaisons familières, et qu'il fixera en quelques traits dans l'esprit de l'enfant : l'aspect monotone d'une vaste plaine, l'étranglement d'un col, les boursouflures d'un terrain volcanique, l'assiette d'une grande ville au confluent de deux rivières, une curiosité naturelle, un monument célèbre. Il est de toute nécessité que, derrière chaque ligne du livre et chaque mention de la carte, l'élève perçoive distinctement une réalité. Ce premier résultat obtenu, le maître pourra composer des tableaux plus larges, ceux-là vivants, parce que l'homme y aura sa place. En nommant un port ou une région industrielle, il décrira les formes diverses de l'activité humaine. Les grands lacs et les fleuves de l'Afrique centrale lui fourniront l'occasion d'opposer la vie barbare à la vie civilisée. Ces sortes de peintures ne sont pas seulement un ornement pour l'enseignement géographique ; elles en constituent l'objet essentiel; elles sont sa raison d'être. On dira peut-être que c'est encore de l'histoire; mais la frontière des deux enseignements est bien difficile à marquer. Si l'imagination géographique et l'imagination historique ne s'exercent pas par les mêmes procédés, elles travaillent sur le même fonds. Les phénomènes que l'histoire constate et tâche d'expliquer à travers les différents âges sont ceux que la géographie observe sous les diverses latitudes. On retrouve dans toutes les parties du monde, à l'heure présente, l'âge de la pierre, la vie patriarcale, le régime féodal. La connaissance des sociétés humaines et des lois du progrès est l'objet commun des deux sciences; et l'on pourrait presque dire qu'en dernière analyse la géographie c'est de l'histoire développée en surface.

Éducation du raisonnement. — Après l'imagination, le raisonnement. Avec le pittoresque seul, la géographie risquerait de n'être qu'une récréation de l'intelligence, un luxe de l'éducation. C'est seulement par l'emploi de la méthode démonstrative qu'elle devient une véritable matière d'enseignement. En groupant les connaissances de même ordre, en enchaînant les causes et les conséquences, en essayant de s'élever des faits aux lois, elle remplit une de ses fonctions essentielles, elle exerce l'esprit à former des idées générales. La géographie physique le fera en marquant avec force les relations des phénomènes entre eux; la géographie économique, en rattachant à leurs causes naturelles la richesse agricole ou la production industrielle d'une région; la géographie politique en expliquant par les accidents du sol et par les ressources d'un pays le rôle et la situation actuelle d'un peuple.

Sans doute, il faudra se garder, en pareille matière, des théories ambitieuses. Un système du monde physique, économique et politique, qui imposerait ses conjectures comme des vérités scientifiques et prétendrait rendre raison de tout, aurait plutôt pour effet de fausser l'intelligence que de la former. Mais le danger de l'esprit de système n'est guère à redouter pour les enfants : à cet âge, on risque beaucoup plus de ne pas raisonner que de raisonner à faux. D'ailleurs, l'enseignement géographique est moins exposé que d'autres à bâtir dans le vide. La réalité présente, tangible, à laquelle il emprunte tous ses éléments, le préserve des exagérations. Sa logique, obligée d'établir sur des données précises et facilement vérifiables toutes ses conclusions, est placée sous le contrôle perpétuel du sens commun.

Elle est, d'ailleurs, cette logique, particulièrement propre à l'éducation de l'enfant, parce qu'elle s'exerce tout d'abord sur des objets connus de lui, sur des notions qui lui sont familières. Les explications que le maître donnera tout d'abord seront empruntées au ruisseau du village, à la montagne voisine, à l'usine qui fait vivre le pays. Former les premières idées générales avec les premières choses vues, c'est faciliter singulièrement le passage du concret à l'abstrait. Aussi a-t-on souvent remarqué que l'enseignement géographique est, pour les écoliers du premier âge, non seulement l'un des plus accessibles, mais l'un des plus suggestifs. Alors que l'histoire doit encore se contenter de leur offrir une simple succession de scènes, la géographie peut déjà répondre à quelques-uns de leurs éternels *pourquoi?*

Éducation morale. — Quant à l'éducation morale, la géographie y concourt d'une façon moins active ou plutôt moins directe que l'histoire. Cependant on ne saurait l'exclure de ce domaine. Toute étude qui a l'homme pour objet est une étude morale. On pourrait objecter que la conscience n'a rien à voir dans les connaissances relatives à la formation du globe, à la distribution des végétaux et des animaux sur la surface de la terre, que la statistique politique ou économique ne relève pas de son autorité. Mais nous parlons de l'enseignement, non de la science ou des sciences géographiques. Pour l'enseignement, l'homme est la raison de toutes ces recherches et doit occuper le centre du tableau.

A ceux qui pourraient craindre que cette action des forces de la nature sur les peuples et les individus, que cette explication des grandeurs et des décadences politiques par des causes purement physiques n'eût pour effet de décourager notre énergie et de faire des générations trop résignées, la réponse serait facile : la géographie enseigne aussi l'effort et glorifie aussi l'énergie. Quand nous aurons énuméré les nécessités qui pèsent sur l'homme, il nous suffira le plus souvent de tourner la page pour montrer celui-ci triomphant des forces ennemies, « faisant sortir de terre par son infatigable labeur le bien-être, le savoir, la moralité. Ainsi, au lieu de renfermer nos enfants dans la triste et dégradante histoire des luttes de l'homme contre l'homme, et de leur faire compter sans cesse les morts sur les champs de bataille, nous détournerons leurs regards sur le spectacle consolant de l'humanité luttant contre la nature, de l'esprit essayant de dompter la matière [1]... ». Par là, l'enseignement géographique sera le complément et, dans certains cas, le correctif des leçons de l'histoire : car celles-ci ne sont pas toujours consolantes.

Éducation civique. — Comment oublier d'ailleurs, dans cette énumération des services qu'il peut rendre à la jeunesse, la part considérable qui lui revient dans l'éducation civique ? Là encore, là surtout il est l'auxiliaire indispensable de l'enseignement historique. Celui-ci, nous l'avons dit ailleurs, préparant le citoyen à la vie pour une date précise et des conditions déterminées, ne doit jamais oublier qu'il s'adresse à des élèves d'un certain temps, d'un certain pays. Les nécessités de ce temps, les besoins de ce pays, c'est à la géographie surtout qu'il appartient de les faire connaître. Comme l'histoire le fait pour le passé, elle assigne à notre patrie sa place dans le monde actuel; elle pèse ses ressources de toute sorte, elle les compare; elle trace son champ d'action, montre dans quelle direc-

---

[1] MANEUVRIER. *L'Éducation de la bourgeoisie sous la République.*

tion on pourra l'étendre, sur quels points il faudra le défendre; elle signale les obstacles, les concurrences, et nous marque le rang que nous devrons garder ou prendre dans la grande mêlée des intérêts contemporains. Elle nous prémunit en outre contre une aveugle confiance dans notre supériorité; elle nous apprend qu'il n'y a pas de dons naturels qui ne doivent être fécondés par le travail; que nous n'exerçons pas, qu'aucun peuple ne saurait se flatter d'exercer sur le monde une sorte de royauté héréditaire. Elle nous rend aussi plus tolérants, par la comparaison des croyances et des mœurs, plus justes pour les mérites, les travaux, les conquêtes scientifiques des autres peuples; elle nous inspire de l'estime pour tous ceux qui contribuent à accroître la somme du bien-être et du bien dans le monde. Un enseignement qui fortifie le patriotisme en l'éclairant est sans contredit un des éléments essentiels de l'éducation morale.

Éducation de la mémoire: usage, abus. — Faut-il ajouter enfin que la géographie exerce et développe la mémoire? C'est un mérite que tout le monde lui reconnaît: mais on lui fait grand tort quand on ne lui reconnaît que celui-là. Les véritables études géographiques n'ont rien de commun avec cet exercice presque mécanique qui décourage les mémoires rebelles et écrase les mémoires dociles. Il y a donc tout intérêt à dissiper sur ce point des préjugés opiniâtres, à distinguer nettement, en pareille matière, l'usage de l'abus, à énoncer un principe, à tracer la règle.

C'est par la mémoire et non pour la mémoire qu'il faut travailler: voilà le principe. Ainsi il est bien entendu que la nomenclature géographique n'est pas la géographie : elle lui fournit des éléments. Apprendre par cœur tous les mots d'un dictionnaire, ce n'est pas apprendre une langue; de même, l'élève qui énumérerait, sans une erreur de position, tous les noms inscrits dans un atlas, n'aurait pas même franchi le seuil de la science géographique.

Le principe dicte la règle : ne retenir que les *noms essentiels* pour la connaissance des choses, c'est-à-dire ceux qui méritent une explication, qui supportent une description, qui concourent à une démonstration. Trois exemples, empruntés à la géographie la plus élémentaire, feront mieux comprendre cette formule : le Loiret, la Sorgues de Vaucluse, le Furens sont de très petits cours d'eau ; ils pourront cependant trouver place dans la plus simple des leçons sur les bassins de la Loire et du Rhône, le premier, parce qu'il est nécessaire d'expliquer la singularité de sa formation; le second, à cause du pittoresque de ses sources, de la riche végétation, de l'activité industrielle qu'il développe sur ses rives; le dernier pour montrer, en sens inverse, quelle vie intense la présence de la houille est capable de créer dans une vallée isolée et âpre. Ainsi entendue, la nomenclature restera ce qu'elle doit être, la matière de la géographie, comme les mots sont les matériaux de la langue; mis en valeur par le commentaire, fixés par des images, reliés par des idées, les noms seront un moyen, non une fin.

II

Méthode générale; pratique de l'enseignement géographique.

En essayant de définir ainsi, par sa fonction éducative, l'enseignement géographique, nous n'avons pas eu en vue la défense d'un ordre d'études dont personne ne songe à amoindrir le rôle. Nous avons voulu déterminer les règles générales de la méthode à laquelle la géographie scolaire doit s'astreindre rigoureusement sous peine de voir s'affaiblir son action. Car la géographie, aussi bien que l'histoire, traverse une période critique; et c'est, pour ceux qui les aiment, un sujet de sérieuses préoccupations. Ni l'une ni l'autre ne sont attaquées; toutes les deux sont menacées, mises en péril par leur progrès même. On sait dans quelle mesure les connaissances relatives aux hommes et aux choses du passé se sont accrues depuis cent ans. En un demi-siècle seulement, les conquêtes géographiques ont augmenté dans des proportions plus considérables encore la somme des notions physiques, économiques, politiques, qui sont utiles ou indispensables à l'homme instruit. La science marche, le monde s'élargit. Les savants, du moins, peuvent se cantonner sur un terrain de recherches spéciales. L'enseignement est obligé de parcourir le champ tout entier; sous peine d'épuiser ses forces, il est tenu de faire un choix. La maxime « enseigner c'est choisir », applicable à tous les enseignements, devient, pour l'enseignement géographique et historique, une loi chaque jour plus impérieuse et une condition d'existence.

Il faut donc enseigner toute la géographie, mais non pas tout dans la géographie. Ce choix, qui ne saurait être évidemment de pur caprice, sera déterminé par une méthode générale dont on peut énoncer en deux mots les traits essentiels: *ordonner* et *caractériser*. Ordonner, c'est-à-dire établir un lien logique entre les notions de nature différente, prendre comme point de départ l'état physique du globe pour aboutir graduellement à l'état économique et politique du monde; caractériser, c'est-à-dire marquer nettement la diversité des choses, donner autant que possible aux objets leur physionomie et leur individualité. C'est à ce double besoin d'unité et de variété que doivent répondre notre plan d'études et nos programmes géographiques.

Géographie physique. — La base de l'enseignement est une connaissance solide et rationnelle de la géographie physique.

Là, la première place sera donnée au relief du sol: c'est lui qui détermine les autres phénomènes. Cette étude du relief doit être entendue dans son sens le plus large et comprendre, avec la description des montagnes, celle des vallées et des plaines. C'est dire que, sans renoncer à l'indication des lignes d'arête principales, à la notion des *chaînes de montagnes* dont les traits sont faciles à dessiner et dont les formes restent fixées dans la mémoire, il faudra présenter aux élèves les *massifs* partout où cela sera nécessaire, soit pour donner une idée générale de la configuration d'une région, soit pour expliquer la distribution des eaux. La description de la vallée du Rhône, par exemple, serait non seulement incomplète mais inexacte, si l'on faisait des Alpes une simple barrière entre la France et l'Italie. Le fleuve et ses grands affluents dessinent eux-mêmes les contours des trois groupes qu'il faut prendre soin d'adosser à la chaîne principale: d'abord les systèmes orographiques qui s'épanouissent sur toute la Savoie et s'avancent entre le Rhône et l'Isère avec les monts de la Grande-Chartreuse, puis la masse énorme de l'Oisans, partageant les eaux de ses glaciers entre l'Isère et la Durance et se prolongeant par le promontoire du mont Ventoux dans la plaine du Comtat, enfin les hauteurs qui, confusément jetées entre la Durance et la mer, dessinent les côtes rocheuses de la Provence. Les choses seront ainsi montrées de haut, dans leur simplicité et leur réalité.

L'écueil à éviter dans cette partie de la géographie physique est l'énumération fastidieuse des divisions et des subdivisions, des points culminants et des cols. Il n'y a pas de nomenclature plus insupportable à la mémoire que la nomenclature orographique; il n'y en a pas non plus de moins bien établie. Il est rare de trouver sur ce point deux livres, deux atlas d'accord. Cette anarchie déroute l'élève. Le maître fera donc sagement de se borner aux blocs principaux du relief, sans poursuivre dans leurs derniers détails les ramifications et les sous-ramifications. Il fera aussi des économies sur l'énumération des cols. Les grandes routes et les voies ferrées, chaque jour plus nombreuses, qui relient, le plus souvent par des percées, les deux versants d'une chaîne de montagne, déterminent et limitent son choix à cet égard. Il se bornera de même, pour les points culminants, à la mention de ceux que leur notoriété impose ou que leur physionomie distingue. Le mont Viso, le mont Blanc, le mont Cervin, le mont Rose doivent figurer, à des titres divers et pour des raisons qu'il est facile de donner, dans une description des Grandes Alpes. Ces quatre noms, localisés soigneusement et bien vus par l'enfant, vaudront mieux, à eux seuls, qu'une longue liste.

Bien vus, il faut le répéter; et l'on ne saurait trop insister sur cette nécessité de donner aux objets géographiques une physionomie individuelle. La montagne devient une chose réelle et presque vivante, au lieu d'être une tache sur la carte ou un ensemble de caractères sur le livre, lorsqu'on fixe ses aspects, lorsqu'on revêt ses divers étages de leur végétation caractéristique, lorsqu'on dispose sur les Grandes Alpes les glaciers et les névés, lorsqu'on arrive par degrés, à travers les plissements du Jura français, jusqu'aux hauteurs qui tombent brusquement sur la Suisse, lorsqu'on fait surgir du Plateau central le soulèvement volcanique de l'Auvergne avec son originalité saisissante.

Que deviendra, dans l'application de cette méthode, le système des *ceintures de bassins?* Il faut distinguer: s'il s'agit de disposer autour d'une région hydrographique les chaînes, les massifs, les plateaux dont les eaux sont portées à la mer par un même fleuve, rien de mieux. Par ce procédé se trouveront marquées en même temps les grandes dépressions qui ouvrent de larges communications entre deux régions voisines. Mais nous sacrifierons résolument ces lignes artificielles où l'on fait figurer au besoin des montagnes imaginaires, ces listes de noms que l'élève débite du même ton et classe de la même façon dans sa mémoire, sans distinguer entre le Morvan et le trop célèbre plateau d'Orléans; nous ne lui permettrons pas de sacrifier les Causses et les monts du Rouergue aux collines bordelaises, sous prétexte que celles-ci *sont de la ceinture,* tandis que les autres *n'en sont pas.* C'est là une pratique que la science a depuis longtemps condamnée et que l'enseignement abandonnera certainement, lorsqu'on aura cessé d'en faire aux examens le criterium des études géographiques.

Entre l'orographie et l'hydrographie il y a un lien nécessaire : c'est l'étude du régime des pluies, ou, en termes moins scientifiques, l'explication des causes qui déterminent la distribution des eaux pluviales et la formation des eaux fluviales. Cela se fera simplement, par voix d'explications familières, sans tableaux compliqués, sans accumulation de chiffres. L'étude des terrains sera comme une dépendance de la précédente; on se préoccupera moins de leur constitution et de leur âge que de l'influence qu'ils exercent sur le ruissellement des eaux. On complétera ce chapitre par quelques indications sur les lacs ou groupes de lacs qui, dans certaines régions, ralentissent les crues, régularisent le débit, transforment les torrents en rivières.

C'est alors seulement que l'hydrographie sera introduite et elle tirera de ces premières notions tous ses éléments d'intérêt. Connaître la direction d'un fleuve, ce n'est pas connaître le fleuve. La rapidité de son cours, la régularité de son débit, la fréquence de ses débordements, l'encaissement de son lit, l'orientation et l'aspect de sa vallée, enfin et ce qu'on pourrait appeler les accidents de son voyage, les *pertes,* les *portes,* les rapides, et le régime de son embouchure, estuaire ou delta, tout cela doit tenir une place, la plus large place, dans l'hydrographie. On prendra utilement le temps nécessaire à ces explications et à ces descriptions, sur l'énumération des cours d'eau dont il n'y a rien à dire. On ne se croira nullement obligé de mentionner une rivière sans importance parce qu'elle arrose une ville sans notoriété.

Les fleuves sont, au reste, parmi les objets de la géographie physique, ceux auxquels il est le plus facile de donner la vie. Leur personnalité se laisse aisément saisir, et rien n'est plus varié que leurs caractères. Pour faire concevoir une idée de la puissante originalité des grands fleuves d'Amérique, de l'Amazone ou du Mississipi, le professeur n'a que l'embarras du choix à faire entre les descriptions. Le *merveilleux* du Nil frappe les plus petits enfants comme il a frappé les hommes des premiers âges. Quelques traits suffiront pour opposer la fougue presque sauvage du Rhône à la douceur et à l'humeur sociable de la Seine; d'un mot on établira un rapprochement entre deux *fleuves-types* comme le Pô et le Gange, coulant dans une direction continue, au milieu de larges plaines qu'ils enrichissent, au pied de hautes montagnes qui les alimentent; une simple remarque gravera dans la mémoire le rôle des petits fleuves anglais, si précieux pour l'industrie et le commerce, tandis que certains grands fleuves du plateau de Castille coulent inutiles dans leurs ravins profonds — quand ils coulent; car on dit d'eux, en Espagne, qu'ils ressemblent à l'ancienne Université de Salamanque: deux mois de cours, dix mois de vacances.

On appliquera enfin les mêmes règles à la description des côtes et des mers. Leur nature, leur relief, les modifications qu'elles ont pu subir, car elles ont leur histoire physique, feront l'intérêt de cette étude. Ici encore les détails doivent être choisis avec soin. Il est bien entendu qu'on renoncera, par exemple, aux longues listes de caps, pour se borner à ceux qui marquent une puissante saillie du rivage, le pied d'une grande chaîne de montagnes, ou qui supportent l'effort des courants et forment comme des pierres d'angle d'un continent.

Il est peut-être utile aussi de rappeler que le nom d'une mer ne doit pas être dans la mémoire une simple étiquette. Autant qu'un fleuve d'un autre fleuve, qu'une montagne d'une autre montagne, une mer se distingue d'une autre mer; elle a son aspect propre, ses richesses spéciales, ses produits et ses espèces; elle a son tempérament et son humeur; elle a enfin ce qu'on pourrait appeler ses états de service, son rôle historique. N'avons-nous pas le droit, comme les Romains, mais pour d'autres raisons, d'appeler *mare nostrum* cette Méditerranée autour de laquelle se sont formées presque toutes les civilisations dont notre civilisation procède?

Il manque à la géographie physique ainsi exposée un dernier chapitre; ce chapitre, qui servira de transition pour passer à la géographie économique et politique, sera consacré à l'étude des climats. Avec le relief du sol et la distribution des eaux, avec le régime des fleuves et la nature de leurs vallées, avec la mer, sa température, ses courants, on possède les principaux éléments de la climatologie. Réduisons ce mot, trop ambitieux pour notre enseignement, à ses modestes proportions. Il y aurait peu de profit à s'attarder dans la classification toujours un peu artificielle des *climats* locaux. Mais la distinction entre les climats humides ou secs, les climats tempérés ou excessifs, avec la raison de ces différences, exposée sans grand appareil scientifique, sera la conclusion nécessaire de tout ce qui précède : et, sans encombrer les cartes de lignes isothermes, isochimènes et isothères, un maître saura toujours expliquer, par l'altitude, l'orientation des vallées, le voisinage de la mer, pourquoi, sous le même degré de latitude, deux pays peuvent soumettre à des conditions très différentes la végétation et la vie humaine.

Géographie économique. — Si nous avons particulièrement insisté sur les caractères de la géographie physique, c'est en raison des difficultés qu'elle présente, des abus de nomenclature où elle peut se laisser entraîner. Nous serons plus brefs pour la géographie économique et la géographie politique : leur place assurément n'est pas moindre, ni moindre leur intérêt ; mais l'ordre et l'enchaînement des idées s'y établissent plus aisément ; l'homme s'y montre dans ses travaux et ses œuvres, et il y apporte avec lui la logique et la vie. Le choix des objets destinés à nous montrer son activité et des circonstances propres à expliquer sa manière de vivre, voilà ce qu'il importe surtout de régler.

La première chose à faire est de replacer le producteur dans son milieu naturel et de mettre bien en évidence le lien qui rattache les faits économiques aux phénomènes physiques. La connaissance du sol et des eaux, de la mer et des climats est l'élément primordial de toute étude relative à la production et à la circulation de la richesse ; il ne suffit pas que le maître le sache, il faut qu'il le répète et surtout qu'il le démontre sans cesse. Dans cet ordre d'études, pas une notion qui ne puisse, qui ne doive être introduite logiquement, subordonnée à sa raison d'être, accompagnée de son *pourquoi*.

Et cela même détermine le départ à faire entre ces notions : pour la production agricole, il conviendra de se borner aux végétaux qui caractérisent l'altitude, le climat, la nature du sol, ou à ceux qui constituent essentiellement la richesse d'un pays. La Beauce, par exemple, produit autre chose que du blé : pour l'enseignement, la Beauce est un pays de blé. Les rizières de Lombardie font songer à celles de la vallée du Gange et s'expliquent par les mêmes agents physiques. L'absence de tel ou tel produit, celle de la végétation arborescente dans certaines plaines, steppes ou pampas, est parfois aussi caractéristique : elle mérite alors une mention ou peut compléter une description.

Pour l'industrie, une classification raisonnée sera fort utile ; les matériaux que le sol, le règne végétal et le règne animal fournissent à l'homme, leur transformation en vue des différents besoins de l'existence en détermineront les lignes générales. Quant à l'énumération, même règle que plus haut : car la production industrielle est une végétation d'une autre sorte. On fait de tout presque partout : mais le maître retiendra seulement, pour chaque région, les industries qui sont comme les fruits du sol ; en les localisant, il n'oubliera pas de les expliquer ; et lorsqu'il les aura groupées sur certains points de la carte, il se croira tenu de justifier leur groupement. Parfois il se trouvera en présence d'une richesse manufacturière qui semble donner un démenti à ces lois générales ; il s'y attachera, car l'exception n'est ni moins intéressante ni moins explicable que la règle. Pour la Suisse, par exemple, qui a su devenir une puissance industrielle en dépit de la nature, il cherchera dans les conditions politiques et sociales de cette nation, dans le régime de ses échanges, la raison de ce qu'on a justement appelé « une merveille économique » [1].

---

[1] FONCIN. *Géographie générale.*

7

L'étude de la géographie commerciale est en somme celle des grands marchés, des produits qui s'y échangent, des voies de communication qui les desservent. L'importance de ces grands marchés, maritimes ou autres, est toujours déterminée par des conditions physiques que le professeur saura mettre en lumière. Quant aux voies et aux moyens de communication, routes, canaux, chemins de fer, lignes de navigation, télégraphes, on ne peut guère lui donner d'autres instructions que d'être très sobre, de renoncer à ces *réseaux* où l'élève cesse bien vite de distinguer entre le principal et l'accessoire, entre le *général* et le *local*. En Belgique, en Angleterre, les voies ferrées s'entrecroisent en tous sens : c'est un filet à mailles serrées dont l'enseignement ne peut tirer aucun profit. S'il s'agit de la France, à quoi bon imposer à la mémoire des élèves des pages entières du *Livret Chaix*? Autant vaudrait leur faire apprendre par cœur la liste et dresser la carte des routes nationales. Il suffira de dégager de ces réseaux les fortes nervures, les traits qui méritent un commentaire : pour la France, les voies qui relient un grand centre de production à un grand marché; pour l'Europe, les grandes lignes internationales. Ce sera chose excellente enfin de faire une place à part aux créations qui attestent, à notre époque, un redoublement de l'activité et de la hardiesse humaines, comme les percements de montagnes ou d'isthmes, comme le chemin de fer du Pacifique, le chemin de fer transcaspien, la grande ligne télégraphique d'Australie. Car l'actualité est le propre domaine de la géographie : un bon professeur n'aura garde de négliger les *faits divers* géographiques.

Les chiffres ont aussi leur place marquée dans cette étude. Mais l'abus de la statistique serait, on le comprend, aussi fâcheux que celui de la nomenclature. Les évaluations numériques seront donc rares; on les donnera surtout pour établir des relations. Elles ne vaudront que par la comparaison. Il n'est pas nécessaire de faire connaître la production houillère de tous les États européens; mais il y aura un grand intérêt à comparer la production houillère de l'Angleterre avec celle de toute l'Europe et avec celle de la France.

Géographie politique. — Cette règle touchant les chiffres trouve aussi son application dans la géographie politique. Les données numériques relatives à la population, à la race, à la langue, à la religion des divers États, peuvent être fournies avec la description de chaque État; pour quelques-uns, elles ont une importance capitale. On ne saurait rien politiquement de l'Autriche-Hongrie si l'on ignorait la proportion des races qui la constituent. Mais ces éléments devront toujours être rapprochés les uns des autres, dans un tableau général établi de préférence à la fin de chaque cours; on y joindra la comparaison des forces militaires et celle de la densité des populations; car on ne peut se soustraire ni à la dure nécessité du présent ni au souci de l'avenir. Bien commenté, ce tableau ne sera pas la moins suggestive des leçons.

Sur d'autres points, il devient presque impossible de formuler des règles. Par exemple, vingt raisons différentes et diversement excellentes peuvent déterminer le choix que le maître fera entre les villes pour peupler la carte physique, raisons économiques ou politiques, vieux souvenirs ou événements du jour, site pittoresque ou richesse artistique. L'important est qu'il ait une raison, qu'il la dise ou plutôt qu'il la montre; là surtout se révélera son talent d'enseignement. C'est encore à l'étendue de ses connaissances, à son savoir bien digéré qu'il faut s'en rapporter pour choisir et surtout pour exclure dans l'énumération des divisions politiques. Placer sur la carte d'Angleterre tous les comtés anglais, ce serait enseigner, au lieu de la géographie d'Angleterre, un jeu de patience. Mais un maître expérimenté sait pour quelles raisons il devra mentionner au moins les noms d'York, de Kent, de Cornouailles. Nous n'avons que faire de la liste complète des vingt-six États allemands, tandis que les provinces prussiennes, simples subdivisions pourtant, apparaissent comme autant de chapitres d'histoire; les noms des provinces italiennes ne nous disent rien: mais ceux des vieilles régions italiennes, qui ne sont plus qu'un souvenir, nous en apprennent trop pour qu'on les laisse oublier. De même, en Suisse, il faudra bien tirer de pair le Valais, qui est quelque chose, et le canton de Berne, qui est quelqu'un.

Géographie historique. — Ce qu'on aura fait pour les villes et les provinces, il va sans dire qu'on le fera pour les États. Toute la géographie politique n'est pas dans l'*Almanach de Gotha*. Plus que tout le reste, dans le tableau du monde, les nations sont des personnes : on ne saurait se dispenser de définir leur caractère et leur rôle. C'est de cette façon qu'il convient d'entendre la géographie historique; l'histoire ne sera plus alors juxtaposée à la géographie sous la forme de sèches notices ou de simples dates accolées aux noms de lieux; elle la pénétrera et l'animera; elle lui permettra surtout de faire, parmi les causes de division de l'heure présente, la part de ce qui n'est que préjugé, malentendu, grief d'un jour. Ces leçons, on ne saurait trop le redire, ne seraient pas données dans un esprit vraiment français, si elles n'étaient conçues dans un esprit largement humain.

Résumé de la méthode générale. — Des principes plutôt que des règles, voilà le dernier mot de ce chapitre de la méthode générale. L'ordre même des matières, l'ordre logique dont on vient de voir les avantages, n'est pas si inflexible qu'on n'y puisse déroger. On a fait observer avec raison que, dans les classes enfantines, là où il faut surtout décrire et frapper l'imagination, il vaut quelquefois mieux aller de la mer à la terre, de la vallée à la montagne, et convier les attentions à une espèce de voyage d'exploration qui les tiendra en éveil. Et cette méthode peut être encore utilement employée dans les vues d'ensemble, dans les éléments de géographie générale qui, précédant la description particulière des régions, sont comme la prise de possession d'un continent. Rien d'absolu non plus ne peut être dit au sujet de la proportion qu'il convient de donner à chacun des trois ordres, physique, économique, politique. Tout dépend du sujet qu'on traite, du degré de maturité de ceux pour qui on le traite. Tous les aliments ne sont pas également nutritifs, ni tous les appétits égaux. Ce qui reste bien établi, c'est qu'il faut nourrir d'images et d'idées les intelligences. Nous ne proscrivons que l'indigeste : *Omne supervacuum...*

Pour assurer l'entière application de ces principes, l'Université sait qu'elle peut compter sur le zèle et le savoir des maîtres. C'est à leur esprit d'initiative qu'elle fait surtout appel. Ils comprendront en effet que, loin d'enchaîner leur liberté, on les convie à en user largement dans la voie qui leur est montrée. Il suffit qu'ils voient clairement le but, c'est-à-dire l'éducation intellectuelle et morale par la connaissance du monde actuel. Fermes sur ce point, ils seront plus à l'aise à l'égard des examens et des concours, en face des habitudes encore tyranniques ou des exigences désormais injustifiables.

Méthode pratique. — C'est dire assez qu'il n'y a pas lieu d'entrer ici dans le détail des procédés de travail ; ils doivent varier d'une classe à une autre, d'un sujet à un autre sujet ; ils peuvent être bons ou mauvais suivant le tour d'esprit du maître qui les applique ; il convient donc de laisser à celui-ci la faculté de les éprouver, avec la responsabilité de l'emploi qu'il en fera. Il suffira de condamner une fois de plus certaines pratiques qui ont été déjà souvent proscrites et qui ne devront plus fausser l'enseignement géographique.

Le précis, l'atlas ou le texte-atlas, dont le choix a certes une grande importance, resteront les auxiliaires essentiels de l'enseignement ; mais ils ne sauraient le donner : c'est le maître seul qui peut montrer et démontrer. L'enseignement est dans la leçon parlée, comme pour l'histoire : il ne peut pas sortir d'un livre, moins encore d'un cahier rempli de longues et fastidieuses dictées. Des notes rapides et, au besoin, quelques séries dictées, mais toujours très courtes, de noms ou de chiffres pour lesquels on ne veut pas renvoyer au précis, voilà ce qui doit constituer le cahier de géographie où l'élève gardera la substance du cours.

Autres instruments de travail : la carte murale et le croquis au tableau noir, instruments de même genre et se prêtant un mutuel appui. L'un et l'autre, en effet, ont pour fonction de dégager de la foule des traits et des noms géographiques les traits et les noms essentiels à l'intelligence de l'exposé oral. C'est dire que la carte murale ne sera jamais une sorte de carte d'atlas développée ; que par la disposition des couleurs, des lignes, des caractères, elle simplifiera toute chose ; qu'elle aura un caractère démonstratif, nullement documentaire ; c'est dire encore que le croquis au tableau sera clair, lui aussi, et simple, étant destiné à fixer des formes sommaires, des contours caractéristiques, et à déterminer des positions par de grands accidents physiques. Il arrive quelquefois qu'en pareille matière le fini de l'exécution nuit à l'ensemble et compromet le résultat.

Le fini de l'exécution, ou du moins ce que l'écolier croit être tel, voilà encore une qualité qu'il faut décourager dans les cartes qu'on demande aux élèves. On a souvent blâmé, jamais trop, ces travaux patients où l'enfant perd un temps précieux, et qu'il juge d'autant meilleurs qu'ils ressemblent plus au modèle copié, c'est-à-dire qu'ils sont plus inutiles. Ici nous n'hésitons pas à tracer une règle, facile d'ailleurs à appliquer : le croquis-devoir renfermera ce que le maître aura dit, rien de moins, rien de plus; il sera le commentaire, ou mieux, l'illustration de la leçon. Il n'aura qu'un mérite, la fidélité, qu'une élégance, la clarté.

Enfin le professeur n'oubliera ni dans les interrogations ni dans les compositions les principes exposés plus haut. Ayant enseigné des idées au moyen des noms, il n'accordera ni l'éloge ni la primauté aux détestables tours de force de mémoire qui stérilisent l'intelligence.

III

Modifications apportées aux programmes.

Tel est l'esprit que le Conseil supérieur s'est efforcé de faire passer dans la lettre des programmes. A cet effet, il en a revu soigneusement le texte. Le plus souvent il lui a suffi de quelques retouches pour mieux marquer, dans chaque classe, la proportion des diverses parties du cours, pour rendre l'enseignement plus simple et plus logique.

Deux modifications plus profondes ont été opérées : l'une porte sur la répartition des matières entre les diverses classes, l'autre sur le programme du dernier cours, celui de rhétorique.

Sous le régime des programmes précédents, l'enseignement géographique était partagé en trois cercles et parcouru trois fois en entier, dans les classes préparatoires et élémentaires, dans les classes de grammaire, dans les classes supérieures. Le Conseil supérieur a conservé cette méthode concentrique, consacrée par un long usage; mais il l'a conservée sous deux réserves expresses : la première c'est que le caractère des trois cercles soit fortement marqué, de telle sorte que l'enseignement aille vraiment en *s'élargissant* et en s'élevant, et qu'à chaque période l'élève apprenne non seulement *plus*, mais *autrement;* la seconde, qu'on ne sacrifie pas tout à la symétrie de cette distribution et que, dans la confection des cadres, on se préoccupe avant tout de l'importance *actuelle* des sujets.

Classes préparatoires et élémentaires. — Classes de grammaire. — Il sera donc bien établi que dans le premier cercle, celui des classes préparatoires et élémentaires, l'enseignement s'adressera surtout aux yeux et à l'imagination, sera borné à de véritables leçons de choses géographiques, et ne prétendra nullement à s'ériger en un *petit cours.* Ce qui importera pour cet âge, ce n'est pas ce que l'enfant aura appris, mais ce qui l'aura intéressé. De là les changements, plus significatifs que nombreux, apportés aux programmes de la classe préparatoire, de la huitième et de la septième. — L'âge suivant est celui où on peut demander le plus à la mémoire ; elle est alors fraîche, docile, avide même ; on en profitera, sans en abuser ; on s'adressera non pas à elle seule, mais à elle plus qu'on ne l'aura fait encore, plus qu'on ne le fera ensuite. On fera voir aussi, et déjà on fera comprendre ; mais on fera recueillir dès ce moment une partie des matériaux qui seront utilisés dans la suite pour des études d'une autre portée. — Le développement du raisonnement, la formation des idées générales seront vraiment à leur place dans la dernière série, et c'est là que la géographie deviendra, au sens où nous l'avons entendu, pleinement éducative.

Classes supérieures. — Modifications. — Mais si l'on admet, sans les fausser par une interprétation absolue, ces trois phases de l'imagination, de la mémoire, du jugement, dans l'enseignement géographique, on n'est pas tenu de leur accorder des parts rigoureusement égales. Le dernier cycle surtout ne saurait, sans un préjudice réel pour les études, être parcouru à la hâte.

C'est dans cette série des classes supérieures que le Conseil supérieur a fait un remaniement dont l'expérience avait démontré la nécessité absolue.

Les programmes de 1885 renfermaient dans le seul cours de seconde (34 leçons d'une heure) les notions de géographie générale sur les mers, l'atmosphère, le sol, les eaux, etc., et l'étude de *la terre moins l'Europe.* Les professeurs étaient unanimes à déclarer qu'avec toute la sobriété et toute la simplicité possibles, ils ne pouvaient traiter un sujet aussi compréhensif et d'un intérêt aussi puissant sans l'appauvrir ou le mutiler. Que l'on songe, en effet, aux découvertes et aux beaux travaux dont les phénomènes physiques de la mer et des terres ont été l'objet en ce siècle ; qu'on imagine d'autre part ce qui a été conquis sur l'inconnu depuis cinquante ans ; qu'on se représente ce qu'était en 1839, ce que doit être aujourd'hui, une leçon sur l'Australie, ou sur le *Far West* américain, ou sur le Nil ; qu'on se rappelle enfin (cet argument est d'hier ; mais on ne peut méconnaître les droits de l'actualité dans l'enseignement géographique) ce que l'Amérique du Sud vient de nous montrer d'elle-même, et l'on conviendra que le moment est venu d'accorder à ces pays, à ces mondes, un peu plus que le temps de les nommer. L'horizon s'est singulièrement élargi de ce côté, et, s'il faut briser un cadre hors d'usage, c'est celui-là.

En conséquence, le Conseil supérieur s'est arrêté au projet suivant : on limitera à deux classes la seconde série des études géographiques ; en sixième, le monde, y compris l'Europe ; en cinquième, la France. On donnera à la dernière série quatre cours entre lesquels les matières seront réparties ainsi qu'il suit :

Classe de quatrième. — En quatrième, les notions de géographie générale et l'étude des deux Amériques. La géographie générale ne perdra rien à être transposée ainsi ; on la fera connaître plus à loisir, sous une forme moins scientifique, plus familière et probablement plus utile. Il y a là, avec les courants, les volcans, les îles madréporiques, etc., la matière d'une foule de tableaux intéressants. Les deux Amériques ont, d'autre part, des traits physiques simples ; elles présentent des paysages, des scènes, des spectacles qui laisseront mieux qu'un souvenir, une impression durable.

Classe de troisième. — En troisième, l'Asie, l'Afrique, l'Océanie. Ces continents présentent une structure un peu plus compliquée ; les civilisations qui y ont pris naissance, les formes diverses de la vie sauvage, que les explorations nous font mieux connaître chaque jour, sont à la portée des intelligences de cet âge et de nature à éveiller des idées nouvelles.

Classe de seconde. — En seconde, l'Europe ; on transportera à cette classe le programme de la troisième. Il y sera mieux placé. C'est une étude plus abstraite, d'un caractère, si l'on peut dire, plus politique. D'ailleurs, les nations européennes, dont l'élève apprendra à connaître les ressources et le rôle actuel, sont justement celles dont le cours d'histoire lui expose, au xve et au xvie siècle, la formation. Il y aura, ce qui est toujours avantageux, une parfaite harmonie entre les deux enseignements.

Classe de rhétorique. — Enfin la France continuera à être l'objet des études géographiques en rhétorique. On demande seulement au professeur de comprendre largement ce sujet qui en réalité les résume tous. A cet effet, le programme a été remanié. C'est par grandes régions physiques que notre sol sera d'abord étudié. On fera ensuite la part qui leur revient à nos vieilles provinces, à leur physionomie propre, à leurs traditions, aux éléments dont elles ont enrichi la vie nationale. *Notre pays,* voilà, en un mot, si l'on donne à ce mot sa plénitude de sens, tout le programme de rhétorique. De plus, pour mettre la jeunesse française en garde contre un défaut qui a pu être un défaut français, ne voir que soi dans le monde, on étendra ce cours jusqu'aux limites du monde, par des aperçus sur notre colonisation, notre protectorat, nos relations commerciales, politiques et même intellectuelles. On donnera ainsi à notre patrie sa place parmi les nations ; et ce sera le terme naturel de l'enseignement géographique, car c'est la *fin* de l'éducation morale et civique que nous nous faisons un devoir de ne jamais séparer de la culture intellectuelle.

Les professeurs tireront aisément de ce qui précède les conclusions suivantes :

Ce n'est pas seulement à l'*enseignement de la géographie* qu'ils devront donner tous leurs soins, c'est aussi à l'*éducation par la géogra-*

phie, et ils s'efforceront de mettre en jeu, par cette étude, toutes les facultés de l'enfant.

Ils y réussiront en se soumettant à une méthode rigoureuse qu'on peut résumer en trois mots : toujours *simplifier*, tout *coordonner*, *caractériser* les objets autant qu'il sera possible.

Quant au détail des procédés de travail, on le laisse à leur discernement. On n'a pas entendu leur tracer des règles étroites, les enfermer dans des cadres immuables. En leur montrant ce qu'on attend d'eux, on les invite au contraire à apporter dans leurs leçons ces trois choses inséparables : la liberté, la variété et la vie.

Le texte des programmes n'a été remanié que pour fixer l'attention sur les éléments essentiels de chaque sujet ; si la distribution des matières a été modifiée, c'est parce que la répartition de la richesse, de la puissance, de la civilisation dans le monde actuel s'est modifiée elle-même.

Ainsi comprise, allégée par des sacrifices nécessaires, vivifiée par l'esprit moderne, la géographie contribuera, comme l'histoire et dans une large mesure, à former l'homme instruit et le bon Français.

ENSEIGNEMENT DE LA PHILOSOPHIE.

i

La philosophie dans l'enseignement secondaire.

Bien peu de personnes contestent l'utilité et la nécessité de l'enseignement philosophique. Mais l'on se demande où cette étude doit être placée. Appartient-elle à l'enseignement secondaire ou à l'enseignement supérieur? Aux lycées ou aux Facultés? Quelques bons esprits, précisément à cause de la haute idée qu'ils se font de la philosophie, croient que cette science appartient spécialement à l'enseignement supérieur et est au-dessus de la portée des jeunes gens qui font leurs études secondaires. Ce ne serait donc pas diminuer la philosophie, mais lui rendre un juste hommage que de la replacer à son véritable rang, c'est-à-dire au nombre des études supérieures.

Cette question est très importante; et quoiqu'elle soit tranchée parmi nous depuis longtemps par l'usage et la tradition, elle mérite cependant d'être examinée; car elle va nous conduire à fixer le véritable sens de l'enseignement philosophique dans nos lycées.

Remarquons d'abord que, dans l'opinion que nous venons de résumer, il y a une certaine illusion dont les défenseurs de cette opinion ne se rendent pas compte. Que la philosophie en effet soit placée dans l'enseignement secondaire ou dans l'enseignement supérieur, dans les deux cas, il sera toujours impossible de faire commencer les élèves par les idées les plus abstraites et les plus difficiles. Nulle part, pas plus en Allemagne qu'ailleurs, on ne peut commencer par précipiter les esprits tête baissée dans les systèmes de Spinoza ou de Hegel; on ne commencera pas par leur faire lire le *Parménide* de Platon ou la *Critique de la raison pure;* et si, par impossible, on employait une telle méthode, ce serait au détriment d'une bonne éducation philosophique et de la liberté d'esprit des étudiants. Plongés tout d'abord dans des formules qu'ils ne comprendraient pas, ils les accepteraient toutes faites, en raison du goût bien connu de la jeunesse pour les formules abstraites. Tel serait le danger d'un enseignement philosophique où l'on commencerait par les choses les plus difficiles, au lieu de débuter par les plus simples. A la vérité, l'on prétend que c'est là un des défauts actuels de notre enseignement philosophique dans les lycées; nous aurons à revenir sur ce point; mais en tout cas, on ne guérirait pas ce mal, s'il existe, on ne ferait au contraire que l'aggraver, et lui fournir une apparente justification, en lui donnant le nom d'enseignement supérieur. Dans le fait, pas plus dans les Facultés que dans les lycées, on ne peut se passer d'un premier enseignement qui donne les notions les plus simples et les plus faciles, à l'aide desquelles on doit s'élever plus tard aux plus difficiles. Il y a donc, de toute nécessité, un enseignement élémentaire en philosophie comme du reste dans toutes les autres sciences. Or, je le demande, si cet enseignement élémentaire est déterminé par la nature même des choses, s'il doit être absolument le même dans les Facultés et dans les lycées, si de plus il doit être suivi par les mêmes élèves, au même âge, c'est-à-dire au sortir de la rhétorique, comme cela a lieu dans les universités étrangères, quel avantage y a-t-il à ce que cet enseignement soit donné dans les murs d'une Faculté plutôt que dans ceux d'un lycée? Cela étant, les avantages ou les inconvénients, s'il y en a, étant les mêmes de part et d'autre, rien de plus simple que de maintenir la solution existante, qui a pour elle parmi nous l'histoire et la tradition.

Cependant la raison que nous venons d'indiquer ne serait pas encore suffisante pour attribuer la philosophie à l'enseignement secondaire, si l'on ne prouvait pas en outre qu'elle entre nécessairement dans l'idée de cet enseignement. En effet, il y a des enseignements dans les Facultés qui sont aussi obligés de commencer par les éléments lorsque les élèves n'en savent encore absolument rien ; par exemple, l'archéologie ou l'étude du sanscrit. Si donc la philosophie par nature appartenait à l'enseignement supérieur, elle pourrait lui être restituée, à charge pour cet enseignement d'organiser comme il lui conviendrait l'étude des éléments. Or qui est-ce qui appartient à l'enseignement supérieur? Deux ordres d'études: d'une part, les connaissances générales, fond de toute éducation, déjà enseignées dans les lycées, mais poussées plus loin ; de l'autre, des études libérales et élevées, mais spéciales, qui, venant à l'appui des études classiques et les continuant, n'en font pas cependant partie : de ce dernier genre sont les études que nous venons de citer, l'archéologie et le sanscrit. La question se présente donc maintenant sous cette forme : la philosophie fait-elle partie des études générales ou des études spéciales?

Partons d'abord d'une considération importante : c'est que l'enseignement secondaire, quoiqu'il se distingue de l'enseignement supérieur par l'âge des élèves, ne s'en separe pas par son essence. Âge à part, on peut dire que l'enseignement secondaire de nos lycées est lui-même déjà un enseignement supérieur, car il est l'enseignement le plus élevé que l'on puisse donner à des enfants ou des jeunes gens de tel ou tel âge. Cet enseignement en effet prépare aux carrières les plus importantes de la société, et dans chacune de ces carrières il forme l'élite qui doit les recruter. En effet, on peut affirmer que tous ceux qui seront à la tête de la société dans tous les genres, dans quinze ou vingt ans d'ici, font, à l'heure qu'il est, leurs études classiques. Cet enseignement est donc l'appropriation de la civilisation tout entière à tous les âges depuis l'enfance jusqu'à la jeunesse. Aussi voit-on que toutes les grandes branches de l'activité intellectuelle de l'humanité sont représentées dans notre enseignement secondaire. On n'y apprend pas toutes les langues, mais on y apprend les langues; on n'y apprend pas toutes les histoires, mais on y apprend l'histoire; on n'y apprend pas toutes les sciences, mais on y apprend les sciences. De même, dirons-nous, on ne devra pas apprendre au lycée tous les systèmes de philosophie, ni toutes les questions philosophiques, mais on devra y apprendre la philosophie; autrement une des branches les plus importantes du savoir humain, de la pensée humaine, fera défaut à nos études.

II

Services rendus par l'enseignement philosophique.

Que représente donc la philosophie dans le plan de nos études? Elle y représente le principe d'unité.

L'enseignement secondaire comprend, en effet, deux branches parallèles : les lettres et les sciences, les lettres sans doute plus que les sciences, mais enfin les sciences pour une bonne partie; et même la grammaire et l'histoire, quoique faisant partie des lettres, se rattachent, à quelques égards, aux sciences. Il y a donc deux directions et deux courants. Ces deux courants doivent aboutir à un terme unique qui est la philosophie. Elle est le couronnement des études et elle est la synthèse des lettres et des sciences. Par la psychologie et la morale, elle donne l'unité aux lettres; par la logique et la métaphysique, elle donne l'unité aux sciences, le tout ramené à l'unité de l'esprit humain. Aux esprits littéraires elle donne quelque chose de l'esprit scientifique; aux esprits scientifiques elle donne quelque chose de l'esprit littéraire. Par l'analyse de l'imagination et de la sensibilité, par les études sur le beau et sur le langage, les élèves retrouveront, sous une forme plus générale et plus élevée, les études de goût et de langue auxquelles ils ont été formés dans toutes leurs classes de lettres. Par l'étude des définitions, du raisonnement et des méthodes, ils retrouveront l'explication généralisée de tous les procédés logiques dont ils se sont servis dans l'étude des sciences. Enfin, au-dessus de ce double courant d'études, ils rencontreront des préoccupations nouvelles, très appropriées à leur âge, les préoccupations des problèmes moraux et religieux. A quel moment leur parlera-t-on de ces problèmes si ce n'est au moment où ils entrent dans la vie et où ils ont besoin de toutes leurs forces pour en soutenir les épreuves ?

Non seulement la philosophie vient compléter et couronner les études littéraires et scientifiques, et par là entre nécessairement dans l'enseignement secondaire; mais elle y entre encore comme moyen de culture intellectuelle ayant sa vertu propre et son efficacité originale. Elle développe en effet des facultés qui ne trouvent pas une nourriture suffisante dans les exercices antérieurs : c'est l'esprit d'analyse, l'esprit d'examen, l'abstraction et la généralisation, le raisonnement, en un mot, toutes les facultés discursives, mais appliquées aux faits moraux qui ne tombent pas sous les sens et qui ne sont pas pesés dans des balances matérielles.

En effet, les lettres s'adressent surtout à l'imagination et à la sensibilité. Loin de moi la pensée de dire qu'elles ne développent pas aussi les facultés logiques. La grammaire est déjà par elle-même toute une logique; l'éloquence en est une autre. Dans les exercices les plus modestes, la version par exemple, tout le monde sait que la difficulté la plus grande est de saisir la suite des idées. Il y a donc incontestablement une logique littéraire, mais toujours mêlée à la forme littéraire, c'est-à-dire aux formes de l'imagination et de la sensibilité. Il faut quelque chose de plus: pour fortifier complètement l'esprit, il faut développer les facultés logiques en elles-mêmes et pour elles-mêmes. Il faut mettre les jeunes esprits en présence des idées abstraites, leur apprendre à les manier et à se diriger conformément aux lois de l'esprit. On montrera, en rhétorique, que l'esprit est la dupe du cœur en faisant parler un orateur qui réfuterait les raisonnements de son adversaire comme s'appuyant sur des sentiments et des passions contraires à la raison et à la justice. En philosophie, on démontrera la même vérité par la psychologie et la logique, en opposant la raison à la sensibilité, et en éclaircissant leurs différents rôles et leurs fonctions respectives. Le raisonnement, en rhétorique, sera enveloppé dans la forme oratoire et poétique; il reste à exercer la faculté elle-même dépouillée de ses ornements, et c'est l'office de la philosophie.

D'un autre côté, les facultés logiques et discursives trouvent sans doute déjà leur application précise et particulièrement utile dans l'étude des sciences. C'est précisément dans l'intérêt de ces facultés que nous mêlons les sciences avec les lettres. Mais d'abord, dans les sciences proprement dites, ces facultés ne s'exercent que sur des matières spéciales et techniques qui ne sont qu'une portion de la connaissance humaine en général et non pas celle qui occupe la plus grande place dans la vie. En outre, ces facultés sont soutenues dans les sciences par des méthodes d'un caractère tellement exact et tellement précis que l'erreur y est par là rendue très difficile et que, lorsqu'elle se produit, elle est presque immédiatement dévoilée, soit par les expériences, soit par les signes du calcul. C'est ce qu'exprimait le philosophe Hamilton sous cette forme paradoxale et exagérée, mais qui recouvre une pensée vraie : « L'art de raisonner juste ne peut être enseigné par une méthode dans laquelle il n'y a pas de raisonnement faux. On n'apprend pas à nager dans l'eau par un exercice préalable dans un réservoir de vif-argent. » Les questions que l'homme a à résoudre dans la vie ne sont pas de cet ordre et ne se résolvent pas par les mêmes méthodes. Elles reposent d'abord sur des notions communes à tous les hommes et elles ne sont susceptibles d'être traitées ni par l'expérimentation, ni par le calcul. Questions de droit ou d'équité, questions de conduite morale ou de conduite politique, question de l'éducation des enfants, du choix des amis, questions sociales, toutes ces questions qui sont le fond de la vie civilisée se rapprochent beaucoup plus, soit pour les notions, soit pour les méthodes,

des questions que l'on traite en philosophie que de celles des sciences exactes et positives. Toutes les grandes discussions qui ont eu lieu parmi les hommes, sauf les intérêts pratiques et techniques, celles qui séparent les peuples, qui divisent les classes, qui sont l'objet des débats dans les assemblées politiques, dans les assemblées communales, dans les conseils pédagogiques, couvrent toutes un fond de philosophie et ne peuvent se traiter que par l'analyse des idées, appuyée sans doute sur l'observation, mais sur une observation qui n'a pas la rigidité absolue des observations astronomiques ou chimiques, et aussi par le raisonnement, mais par un raisonnement qui ne peut devenir un calcul et qui même ne se rapproche de la rigueur du calcul qu'au détriment de la vérité.

La philosophie sert encore à un autre point de vue : elle nous apprend l'usage et l'abus des idées générales. Sans idées générales, point de pensée; car c'est là surtout ce qui distingue l'homme de l'animal. Mais l'abus des généralisations va justement au vide et peut conduire à prendre des formules creuses pour des choses réelles. Tels sont les deux excès. Or ce que l'on reproche surtout à la philosophie, c'est de pousser les esprits aux généralisations vides. Cette objection est du même genre que celle que l'on fait à la rhétorique, lorsque l'on dit qu'elle nous apprend à déclamer. Au contraire, c'est le fait de la vraie rhétorique de nous apprendre à ne point déclamer. De même la vraie philosophie a précisément pour office de nous apprendre à ne pas généraliser à faux. Ce sont souvent les esprits les plus habitués aux sciences positives qui se complaisent le plus dans des généralisations vides. Les mathématiciens ont toujours fait beaucoup d'utopistes. C'est l'usage de la philosophie qui nous apprend au contraire la mesure dans laquelle il faut ou il ne faut pas généraliser : « Les sages d'entre les hommes d'aujourd'hui, dit Platon, font *un* à l'aventure (c'est-à-dire généralisent au hasard), et *plusieurs* plus tôt ou plus tard qu'il ne faut. Après l'unité, ils passent tout de suite à l'*infini* (c'est-à-dire à la multitude des détails); et les nombres intermédiaires leur échappent; cependant ce sont ces nombres intermédiaires qui distinguent la discussion conforme aux lois de la dialectique de celle qui n'est que contentieuse. »

On peut donc dire qu'en général la philosophie, considérée surtout au point de vue de l'enseignement secondaire, n'est autre chose que « l'art de penser », et l'on peut appliquer à la philosophie tout entière cette définition que Port-Royal n'avait appliquée qu'à la *logique*. En même temps que l'art de penser, elle enseigne l'art de penser librement, car c'est une seule et même chose. Penser librement, c'est penser par soi-même, c'est voir clair dans ses propres idées, « n'admettre pour vrai que ce qui paraît évidemment être tel ». Pour former l'esprit à cette rare faculté, le professeur a plusieurs moyens. Le premier est l'exemple : il pense devant l'élève en lui montrant comment on s'y prend pour traiter une question et la résoudre ; c'est ce qu'on appelle la leçon. Il commence par indiquer, expliquer clairement et circonscrire la question posée ; il en montre les différentes parties ; il expose ce qu'il faut savoir déjà pour traiter cette question, les différentes notions qu'elle implique, l'ordre dans lequel ces notions doivent se suivre et se déduire les unes des autres, les diverses difficultés, les faits qui sont à expliquer ou ceux qui servent à expliquer, et il conclut par voie de déduction ou d'induction, suivant les cas. Bientôt on passe de l'exemple à la pratique, et on exerce l'élève à penser lui-même. Après qu'il a vu comment on traite une question, on lui en donne une à résoudre en se servant soit des idées qui lui ont été fournies par l'enseignement, soit des idées qu'il puisera dans les livres, soit des siennes propres. Muni de ces matériaux, il imitera d'abord avec plus ou moins d'indépendance la méthode des maîtres en la reproduisant de très près, puis, au fur et à mesure, avec plus de liberté, et enfin, après plusieurs mois, s'il est bien doué, il se sentira de force à aborder de lui-même une suite de pensées plus ou moins personnelles. Un troisième procédé est celui de l'interrogation et de la discussion. Ce procédé bien conduit est le plus difficile de tous et le plus laborieux pour le maître. Il est aussi le plus fécond. Il habitue l'élève à tirer le plus possible de son propre fonds. Mais il faut que le maître soit toujours présent pour l'aider, le soutenir, le remettre dans la voie, lui imprimer un nouvel élan. Par là l'esprit est exercé, assoupli, stimulé. Il sort de cette lutte, quand il est fort, tout prêt à marcher dans sa propre voie, et, même faible, il acquiert quelque chose de cette indépendance et de cette énergie. La liberté de penser ainsi définie doit se distinguer profondément de ce qu'on appelle quelquefois de ce nom, et qui consiste à nier certaines choses, à rejeter certains dogmes, certaines autorités. Mais la liberté de penser en elle-même ne consiste pas plus à nier qu'à affirmer. On peut nier très servilement lorsqu'on ne fait que répéter ce que l'on a entendu dire; on peut affirmer très librement lorsqu'on a réfléchi sur ce qu'on affirme, et que l'on s'est approprié les raisons que l'on invoque. Il ne faut donc pas dire que la philosophie contribue à faire des révoltés et des sceptiques. Elle sert au contraire à apprendre aux jeunes gens à distinguer la liberté de la révolte et l'examen du scepticisme. C'est l'absence de philosophie qui, au sortir du collège, au premier choc d'une contradiction absolue entre l'école et le monde, fera des révoltés et des sceptiques. C'est une bonne discipline de la raison qui fera des esprits éclairés qui sauront, suivant l'expression de Pascal, « croire où il faut, douter où il faut, affirmer où il faut. »

Ce n'est pas seulement comme méthode et comme forme logique que la philosophie contribue à la culture de l'esprit; c'est encore en introduisant dans l'esprit un certain nombre de notions qui sont une partie nécessaire et considérable de la raison civilisée. Les notions psychologiques sur les facultés de l'âme, logiques sur les opérations intellectuelles et sur les méthodes, morales sur les différents devoirs, et même métaphysiques sur les notions les plus générales de l'entendement et les principes supérieurs de la nature, ces notions, aussi bien que les notions littéraires et les notions scientifiques sont le fond de la raison humaine. Sans doute ces notions ne restent pas dans l'esprit à l'état de distinction technique et de forme abstraite qui a accompagné leur introduction; mais elles se fondent avec les autres notions et elles s'incorporent à la substance de l'esprit de manière à devenir le fond commun dont plus tard l'esprit se sert pour former ses pensées sur l'homme et sur la vie. Lorsque cette matière manque, faute d'éducation philosophique, il y a un vide dans l'esprit que l'expérience externe ne peut combler.

III

De la réduction matérielle d'un cours de philosophie : inutile et nuisible.

On a autrefois pensé à conserver sa place à la philosophie dans l'enseignement secondaire, mais en réduisant son domaine et en le réduisant à telle ou telle de ses parties, en apparence plus inoffensive que les autres. Ce n'était en réalité qu'une apparence; car on avait trouvé moyen par toutes sortes de combinaisons artificielles de faire rentrer sous le nom de logique la philosophie tout entière. C'était donner à l'esprit l'habitude du sophisme que de dissimuler ainsi les choses sous les noms. C'est ainsi que l'existence de Dieu, de l'âme, de la loi morale, de la liberté revenait dans le cours tout aussi bien qu'auparavant, mais seulement à titre « d'applications des règles de la méthode ». Ces grands principes réduits à n'être plus que des exemples de logique (et bientôt peut-être des exemples de grammaire ou d'orthographe) en étaient abaissés et déconsidérés dans l'esprit des élèves et contribuaient à encourager l'esprit de dispute en éloignant l'attention des choses elles-mêmes pour ne la faire porter que sur la forme du raisonnement.

La même réduction, à la vérité, pourrait se faire avec plus de sincérité, en restreignant strictement la philosophie à l'une de ses parties, sans y introduire subrepticement les autres. Ce serait, je suppose, la logique avec quelques notions de psychologie et de morale. Cette solution, en remédiant, si l'on veut, à quelques inconvénients, aurait le défaut de supprimer par là même les principaux avantages d'une culture philosophique. Ce qui caractérise la philosophie, c'est l'unité, l'esprit d'ensemble : c'est le sentiment de l'harmonie universelle. Platon disait : Ὁ φιλόσοφος συνοπτικός. Il disait encore dans le même sens : Ὁ σοφὸς μουσικός. Est-ce trop demander que de vouloir que le sentiment de l'unité de l'univers ressorte de l'enseignement philosophique? Nous ne le pensons pas. La philosophie, sans doute, doit être proportionnée à l'intelligence des élèves; mais, quoique appropriée au niveau intellectuel de la jeunesse, il faut qu'elle soit philosophie, ou elle n'est rien. L'enfant qui apprend le catéchisme reçoit une instruction appropriée à son âge; et cependant il y a déjà dans ce petit livre toute une vue sur l'ensemble des choses. L'âme, Dieu, toute la morale y sont contenus. C'est une philosophie

en raccourci; et ce petit enfant aurait donc par là-même une vue
plus étendue sur l'univers que celui que l'on aurait réduit à quelques
maigres chapitres de logique.

Ce serait d'ailleurs une illusion de croire que l'on peut réduire la
philosophie en en limitant le domaine. Ce qui caractérise la philosophie, c'est que tout est dans tout. Toutes les questions s'enveloppent
les unes dans les autres. Donnez une seule question à un philosophe: il en fera sortir toutes les autres; et à moins de lui mettre un
bâillon sur la bouche, vous ne l'empêcherez pas de philosopher.

Rien que la définition de la philosophie enveloppe la philosophie
tout entière. Vous réduisez-vous à la logique? Rien n'y fera. *La logique*
de Port-Royal, si modeste qu'elle soit, commence par un chapitre
sur l'origine des idées; et l'origine des idées, c'est toute la métaphysique.

IV.

Niveau de l'enseignement.

Ce n'est donc pas par des réductions matérielles que l'on réussira
à corriger ce qu'il peut y avoir d'excessif dans l'ambition philosophique de quelques professeurs. Cette ambition est louable en
elle-même, mais elle peut être déplacée. En imposant un frein extérieur, on irriterait sans persuader; en proscrivant tel ou tel ordre de
questions, on leur donnerait l'attrait du fruit défendu; on ne garan-
tirait pas la sobriété de l'enseignement. Non, ce n'est pas par ces procédés qu'il faut agir: c'est par la raison, par la raison seule; c'est en
s'adressant à l'esprit philosophique lui-même, c'est en partant de
l'idée d'une éducation par la philosophie que l'on persuadera aux professeurs de proportionner leur enseignement à l'esprit de la jeunesse.
C'est encore philosopher que philosopher par degrés et à dose modérée, en raison de l'inexpérience des esprits.

Nous avons vu que la philosophie entre comme élément nécessaire
dans toute éducation; mais elle n'y entre pas à titre de science pure,
de science spéciale; elle y entre surtout comme un haut moyen de
culture intellectuelle et morale, soit comme méthode, soit comme
ensemble de notions, mais toujours dans cette mesure, qu'elle est et
ne doit être qu'un instrument d'éducation. Il en est de même du
reste de toutes les autres parties de l'enseignement. On n'enseigne pas
le latin pour faire des latinistes, ni l'histoire pour faire des historiens,
ni les sciences pour faire des savants; de même on n'enseignera pas
la philosophie comme une science spéciale ayant elle-même pour but.
La philosophie, avons-nous dit, doit être ce qu'elle est, tout ce qu'elle
est, et nous n'en rabattons rien; mais il ne faut pas qu'elle se prenne
elle-même pour but. Nos professeurs ne doivent pas oublier une chose,
c'est qu'ils sont des professeurs, des éducateurs. Leur travail est bila-
téral; ils ne doivent pas penser tout seuls, mais penser avec les jeunes

gens et pour les jeunes gens. Leur enseignement doit être en rapport composé de la raison savante et de la raison ignorante. Ils doivent se rappeler cet admirable mot de saint Anselme : *Fides quærens intellectum;* c'est le mot du jeune homme entrant en philosophie, curieux, avide de connaître et de comprendre, et aspirant à transformer ses croyances naïves en convictions raisonnées. L'aider dans ce travail n'est au-dessous d'aucune intelligence, c'est en étant le serviteur des esprits qu'on en est le véritable maître.

Ce ne serait pas d'ailleurs par excès de philosophie, mais par défaut de philosophie que les professeurs croiraient au-dessous d'eux de se mettre au niveau de leurs élèves. Eh quoi ! n'est-ce pas un problème philosophique des plus importants que de chercher par la pratique comment les idées philosophiques s'introduisent dans les esprits qui en ont été jusque-là dépourvus ? On parle de psychologie expérimentale ; mais n'est-ce pas de la psychologie expérimentale au premier chef que l'étude des conditions intellectuelles d'un jeune homme exclusivement formé par les sciences et par les lettres ? On nous dit aujourd'hui que, pour connaître l'homme, il faut commencer par le sauvage, l'animal ou l'aliéné : cela n'est pas commode ; mais à défaut de ces types rudimentaires ou dégénérés, que l'on n'a pas toujours à sa disposition, ne pourrait-on pas au moins commencer par étudier les esprits, déjà civilisés sans doute, mais au moins privés de la plupart des abstractions philosophiques, et par là même apprendre jusqu'à quel point ces abstractions sont naturelles, immédiates ou éloignées ? On a dit souvent contre la psychologie qu'elle n'est jamais que la psychologie du philosophe. Eh bien ? Quand vous recevez vos élèves au sortir de rhétorique, vous avez l'occasion de faire de la psychologie sur des natures non philosophiques. Pourquoi n'en profitez-vous pas ? Au lieu de vous hâter d'ingurgiter dans ces esprits naïfs votre trop plein d'abstractions philosophiques, faites durer le plus longtemps possible cette innocence première ; continuez pendant quelque temps les méthodes littéraires et étudiez ce qui se passe dans ces esprits-là. Je me représente un jeune philosophe qui, sans avoir besoin de travailler en dehors de la classe (sinon pour rédiger des notes), préparerait les éléments d'une étude intitulée : *De l'esprit philosophique chez les jeunes gens qui entrent en philosophie.* On a l'habitude dans les classes d'interroger les élèves sur la leçon faite ; pourquoi ne pas les interroger sur la leçon que l'on va faire ? On verrait par là comment ils pensent avant de leur avoir appris à penser. Un ingénieux philosophe avait eu, il y a quelques années cette idée paradoxale en apparence : c'est que, de même que les sciences sont représentées dans toutes les classes, de même il devrait y avoir un enseignement philosophique dans toutes les classes depuis la huitième jusqu'à la philosophie. C'était là une idée théorique dont nous ne demandons pas l'application, mais comme idée théorique combien cette idée est juste et ingénieuse ! Combien il serait intéressant pour le psychologue de pouvoir suivre dans l'être vivant le progrès des idées abstraites depuis la plus tendre enfance jusqu'à l'adolescence, d'étudier l'imagination, les sentiments, les idées d'art, les idées morales à tous ces étages, et encore plus intéressant en bas qu'en haut. Oh! combien je voudrais voir nos jeunes philosophes, au lieu de dédaigner l'enseignement modeste que l'on désire d'eux, demander eux-mêmes au contraire à faire une classe de huitième, de s'essayer à des leçons de choses! Ils vérifieraient ainsi par leur propre expérience les assertions psychologiques de J.-J. Rousseau, et contribueraient pour leur part à cette science qui n'existe encore que par fragments, la psychologie de l'enfant, et à cette autre qui n'existe pas du tout, la psychologie du jeune homme.

Méthodes d'enseignement.

De ces considérations générales tirons quelques conseils pratiques, qui éclairciront notre pensée. Les professeurs de philosophie n'ont pas à aller chercher bien loin les principes de leur enseignement. Ils n'ont qu'à s'appliquer à eux-mêmes les règles qu'ils expliquent tous les jours à leurs élèves, à savoir les règles de Descartes dans son *Discours sur la méthode.*

La première règle consistera à ne donner aux élèves que des idées claires et distinctes, de manière à ne leur proposer pour vrai que ce qui leur paraîtra évidemment être tel. Pour cela, il ne suffit pas que ces notions paraissent claires au professeur; c'est de la clarté pour les élèves qu'il s'agit. Il faut s'assurer par l'interrogation qu'elles ont été bien comprises, que d'autres idées ne sont pas venues à la traverse de celles-là, que des difficultés, dont les jeunes gens eux-mêmes n'ont pas conscience, ne font pas obstacle aux notions reçues, et n'en altèrent pas la nature. Il faut que le professeur s'interroge lui-même et se dise : Si tu n'avais pas la longue préparation philosophique que tu as reçue, comprendrais-tu toi-même ces idées qui te paraissent si simples? Il faut tenir compte des idées moyennes, de ce qu'on appelle le sens commun, trop dédaigné par nos philosophes qui ne réfléchissent pas que le sens commun d'aujourd'hui est le résultat du travail philosophique des siècles. Il faut partir de ce qui est généralement accepté, et, comme dit Descartes, «communément reçu parmi les mieux sensés ». C'était la méthode de Socrate : διὰ τῶν μάλιστα ὁμολογουμένων διεπορεύετο. Aristote lui-même pratique souvent cette méthode. A la vérité, il ne faut pas rester dans ce milieu moyen, puisque la philosophie a précisément pour but de nous apprendre à considérer les idées en elles-mêmes. Mais ces idées moyennes sont des échelons, ἐπιβάσεις, comme dit Platon, pour monter plus haut.

La seconde règle de Descartes consiste « à diviser les difficultés ». Cette règle s'applique merveilleusement à l'enseignement de la philosophie. Il ne faut pas traiter toutes les questions à la fois; il faut les distinguer et les échelonner. C'est un abus et un danger que de donner trop d'idées à digérer en même temps. Chaque question doit être étudiée en elle-même et pour elle-même. C'est le fait de la faiblesse ou de l'inexpérience d'appliquer à tous les sujets les mêmes formules et de tout résoudre par un « Sésame, ouvre-toi » universel. Il y a, sans doute, une difficulté particulière en philosophie : c'est que dans cette science, comme nous l'avons dit, tout est dans tout ; toutes les questions rentrent les unes dans les autres. C'est là cependant un écueil qu'il faut éviter. Quelque liaison que des problèmes aient ensemble, ils ont cependant chacun leur difficulté propre : il faut les dégager l'un de l'autre et mettre en relief le point spécial de chacun d'eux. Après tout, la pensée est une et le langage est successif. Nous sommes obligés, en parlant, de séparer l'attribut du sujet, quoique nous les pensions ensemble : nous avons donc le pouvoir et nous subissons la nécessité de dire les choses les unes après les autres. On doit avertir des rapports ; mais ces rapports n'auront leur prix que lorsque chaque partie du tout aura été étudiée en elle-même. C'est ce que Descartes exprimait ainsi : « Il m'a semblé très raisonnable que les choses qui demandent une particulière attention, et qui doivent être considérées séparément d'avec les autres, fussent mises dans des méditations séparées. » (*Réponses aux 2ᵉˢ objections*.) C'est pourquoi dans la seconde méditation, il se contente d'établir que l'âme est une chose qui pense, et renvoie à la sixième méditation la réelle distinction de l'âme et du corps, quoique la preuve décisive de Descartes soit déjà dans la seconde méditation.

Platon, dans le *Philèbe*, a relevé avec une ironie charmante et une profonde connaissance de la jeunesse l'abus auquel celle-ci est le plus portée et auquel elle se laisse toujours le plus prendre, à savoir celui que nous signalions tout à l'heure et qui consiste à appliquer à tous les sujets et en toute circonstance une formule vague et vide qui, disant tout, ne dit rien en réalité : « Le jeune homme qui se sert pour la première fois de cette formule (*l'un et le plusieurs*), charmé comme s'il avait découvert un trésor de sagesse, est transporté de joie jusqu'à l'enthousiasme, et il n'est point de sujet qu'il ne se plaise à remuer tantôt le roulant et le confondant en un, tantôt le développant et le coupant par morceaux, s'embarrassant lui-même et quiconque l'approche, plus jeune ou plus vieux ou de même âge que lui ; il ne fait quartier ni à son père, ni à sa mère, ni à aucun de ceux qui l'écoutent ; il attaque non seulement tous les hommes, mais en quelque sorte tous les êtres, et je réponds qu'il n'épargnerait aucun barbare, s'il pouvait se procurer un truchement. »

La troisième règle, qui se déduit des deux autres, c'est qu'il faut procéder graduellement, aller du simple au composé, du plus facile au plus difficile. Il est certain que, tout en commençant par un petit nombre d'idées à la fois et en divisant et en graduant les difficultés et les problèmes, il faut néanmoins avancer ; à mesure que le nombre d'idées augmentera et qu'on aura résolu plus de problèmes, on pourra présenter aux esprits des idées plus complexes et des difficultés plus grandes. En un mot, il est dans la nature des choses que le cours de philosophie soit plus fort à la fin qu'au commencement. Mais il reste cependant une difficulté à résoudre : c'est de savoir quelle sera la limite où l'on s'arrêtera. Où finit l'enseignement secondaire ? Où commence l'enseignement supérieur ? Nous avons dit déjà que cette délimitation ne peut pas se faire par la réduction des matières ; car cela ne servirait à rien, puisqu'il peut y avoir une logique transcendante comme une métaphysique transcendante : on peut raffiner sur les sensations aussi bien que sur les idées. Nous croyons qu'il n'y a ici d'autre règle que le tact et l'expérience du professeur : cela dépend aussi beaucoup de la force de la classe et des élèves. Il en est du reste de même dans la rhétorique. Dans certaines classes très fortes on pourra aller assez loin en littérature ; dans d'autres, on côtoiera le modeste rivage du baccalauréat. Sans déprécier le baccalauréat, on ne peut nier qu'il ne soit surtout fait pour les masses ; les élèves d'élite méritent qu'on les porte plus haut. Il serait vraiment injuste que des esprits distingués fussent condamnés aux idées médiocres par égard pour l'intelligence médiocre de leurs camarades. Une tradition nouvelle, qui s'est introduite dans nos classes de philosophie, a contribué à en élever le niveau d'une manière un peu exagérée : c'est l'usage des vétérans. Autrefois il n'y avait de vétérans qu'en rhétorique ; aujourd'hui on fait deux et quelquefois trois années de philosophie. Quoi d'étonnant que ces élèves ne se contentent pas de la classe de l'année précédente et poussent malgré lui le professeur en avant. On voit combien peut être variable la force d'une classe en philosophie. Il n'y a pas ici d'autres conseils à donner que ceux que nous avons donnés plus haut et qui doivent servir de direction et d'orientation : considérer surtout la philosophie comme une partie et un moyen de l'éducation en général, et non comme une science spéciale ; aimer les esprits des élèves plus que le sien propre, préparer des hommes et non des professeurs de philosophie.

VI

Les doctrines en philosophie.

Ce rapport serait incomplet si nous éludions la difficulté qui porte sur l'un des points les plus importants et les plus délicats du sujet, à savoir la nature des doctrines qui seront enseignées en philosophie.

Il est un point d'abord sur lequel tout le monde est d'accord, c'est qu'il n'y a plus de philosophie officielle, de philosophie d'État, telle qu'on se représente avoir été celle de l'enseignement philosophique depuis 1830 jusqu'en 1852. Peut-être au point de vue historique on n'a pas apprécié cet enseignement du passé avec équité et avec une suffisante intelligence des conditions dans lesquelles il s'est produit. Mais c'est là une question d'histoire sur laquelle il n'y a pas à revenir en ce moment. La vérité acquise est celle-ci : il n'y a plus de philosophie d'État, pas plus que de religion d'État.

C'est aujourd'hui le régime sous lequel nous vivons depuis une vingtaine d'années. Les deux grands examens qui ouvrent l'entrée de l'enseignement philosophique, soit dans les lycées, soit dans les Facultés, l'agrégation et le doctorat ès lettres, reposent sur le principe de la liberté.

Maintenant, cependant, nos professeurs de philosophie sont trop éclairés, trop philosophes pour ne pas comprendre qu'il y a une différence, quant au degré de liberté, entre l'enseignement secondaire et l'enseignement supérieur; voici pourquoi :

D'abord les élèves de philosophie dans nos lycées sont de tout jeunes gens, dépourvus quand ils entrent dans cette classe de toute notion philosophique et, par conséquent, sans défense contre les opinions de leurs professeurs. Dans les Facultés, les auditeurs sont des hommes faits qui ont eux-mêmes la plupart du temps leurs propres doctrines philosophiques. Ils peuvent contrôler, contredire, juger les opinions du professeur, ce que les élèves de nos lycées ne peuvent pas faire. De là pour les professeurs une grande responsabilité qui leur impose une extrême réserve : réserve d'autant plus nécessaire que les jeunes gens sont toujours portés à pousser à l'extrême les idées qu'ils reçoivent du dehors, et à supprimer en tout les nuances, les degrés, les tempéraments.

Un second fait accroît encore cette responsabilité: c'est qu'ils enseignent dans un lieu fermé où nul ne pénètre que leurs élèves, si ce n'est, et rarement, un proviseur ou un inspecteur. Dans les cours des Facultés, il y a un contrôle public, un jugement de l'opinion, une tradition faite. On sait d'avance que l'on va entendre un néokantien, un positiviste, un psychophysicien. Ceux qui n'aiment pas ces idées peuvent ne pas venir ou ne pas y envoyer leurs enfants. Mais ici, dans cet enseignement à huis clos et dont les professeurs changent souvent, je ne puis savoir d'avance quel enseignement on va donner à mes enfants. Je n'ai aucun moyen de le juger. Même les rédactions sont un criterium insuffisant, puisqu'il y a, en outre, les interrogations, les conversations, les corrections de devoirs. De plus, le professeur n'est pas connu; souvent il est jeune : il vient de sortir des bancs de l'école. Que pense-t-il? Que ne pense-t-il point? On n'en sait rien. Croit-on que, dans ces conditions, les familles puissent donner leur confiance à l'Université, s'il n'y a pas un accord tacite qui les garantisse que la liberté individuelle du professeur ne passera pas certaines limites et qu'il ne s'éloignera pas trop du niveau d'idées moyennes sur lesquelles jusqu'ici ont reposé les sociétés?

Ces considérations se fortifient encore de ce fait que cet enseignement est, dans une certaine mesure, obligatoire. Il ne l'est pas, sans doute, comme au temps du monopole. On n'est pas forcé de venir dans nos lycées; mais ce qui est obligatoire, c'est l'examen de philosophie. Or l'expérience prouve que la meilleure manière de se préparer à cet examen est encore une classe de philosophie ; comme il n'y a que deux sortes d'établissements où il y ait des classes de ce genre, les établissements ecclésiastiques et les lycées, ceux qui ne veulent pas des premiers et qui veulent cependant une classe ont, en quelque sorte, la carte forcée : de là encore une raison nouvelle pour le professeur d'apporter une grande réserve dans l'expression de ses opinions individuelles. Il y a donc des limites fixées par la nature des choses.

Quelles sont ces limites ? Il nous semble que, quelque grande que soit la liberté laissée au professeur et la diversité des directions entre lesquelles il peut choisir sa voie, il y a cependant un fond de principes qui ne peuvent être mis en question. Ce sont ceux qui sont contenus dans l'idée même d'une éducation, et sans lesquels l'idée d'une éducation serait quelque chose de contradictoire. Qu'on nous permette un exemple : l'État enseigne les lettres depuis un temps immémorial et, sans doute, il ne doit pas imposer à ses professeurs ni s'imposer à lui-même une orthodoxie étroite en matière littéraire : défendre, par exemple, à un professeur d'admirer Shakespeare et Victor Hugo, ne lui permettre que l'admiration de Virgile et de Racine, serait complètement absurde ; mais, quelque large que puisse être l'éclectisme de l'État, il y a cependant un principe sous-entendu et sans lequel il n'y aurait plus du tout d'éducation littéraire : c'est qu'il y a des œuvres belles et d'autres qui ne le sont pas, des œuvres nobles et sublimes, et d'autres basses, plates et grossières ; et si l'État devait être absolument indifférent en matière littéraire, quelle raison aurait-il de se donner tant de mal, de dépenser tant d'argent, de s'imposer une administration aussi accablante ? Il aurait tout intérêt à laisser chacun s'instruire comme il le voudrait et à telle école qu'il lui plairait. Ainsi l'idée même d'une éducation littéraire, à moins de se détruire elle-même, repose sur la distinction du beau et du laid, c'est-à-dire de ce qui est noble, pur, délicat, et de ce qui est bas, grossier, vulgaire, insignifiant. Or cette distinction est le fond de la morale aussi bien que de la littérature. En même temps que l'État élève les esprits, il doit élever des âmes, et cela dans les deux sens du mot : donner l'éducation et diriger vers le haut les âmes que la nature entraîne vers le bas. Telle est la pensée fondamentale que l'État doit maintenir, ou il n'a plus qu'à abdiquer. Or cette pensée, c'est ce que l'on appelle la distinction de la chair et de l'esprit, de l'animal et de l'homme, du plaisir et de la vertu, des passions et de la raison ; et la loi qui nous prescrit de sacrifier et de subordonner ce qui est plat et vulgaire à ce qui est généreux, noble et délicat, est ce que l'on appelle la loi du *devoir*. Il ne peut donc y avoir pour un État d'autre morale que la morale du devoir, ni d'autre philosophie que celle qui rend possible une morale du devoir. Toutes les controverses abstraites et épineuses de la philosophie et de la morale doivent céder devant ces considérations impérieuses et imposantes, et, libres dans le domaine de la science pure, s'évanouir devant la nécessité pratique de former des hommes.

VII

Exercices pratiques.

De ces hautes considérations descendons à des conseils plus modestes. Il ne faut pas perdre de vue que l'enseignement philosophique se compose de quatre parties distinctes qui doivent être maintenues dans une certaine proportion. Ces quatre parties sont : le cours proprement dit, ou la leçon; l'interrogation des élèves, la correction des devoirs et l'explication des textes. Nous avons déjà parlé de ces divers exercices au point de vue de la philosophie en général : considérons-les maintenant en eux-mêmes.

On a quelquefois proposé de supprimer l'enseignement doctrinal suivi, c'est-à-dire la leçon, et de le remplacer, soit par l'interrogation, soit par l'explication des textes. Aucun professeur ayant l'expérience de l'enseignement ne souscrira à l'une ou l'autre de ces deux propositions. Sans doute l'interrogation doit avoir une très grande place; et nous avons nous-même recommandé l'interrogation avant la leçon, comme excellent exercice préparatoire. Mais il ne peut pas conduire très loin, à moins qu'on ne se substitue soi-même à l'élève, et qu'on ne fasse une véritable leçon sous forme d'interrogation apparente entrecoupée par des *oui* et des *non* absolument inutiles, comme cela a lieu dans les *Dialogues* de Platon; d'une manière, il faut l'avouer, assez monotone et très fatigante pour l'esprit. Sans doute, il faut que l'élève apprenne à penser par lui-même; mais pour cela il lui faut un certain fonds d'idées qu'il ne trouvera pas tout seul; et pour qu'il les comprenne et devienne capable de les discuter, il faut qu'elles lui soient présentées d'une manière suivie, logique et graduée. L'interrogation a trop de hasards; ou, si elle n'en a pas, c'est qu'elle est une fausse leçon. Il en est de même de l'explication des textes. L'élève aimera toujours mieux entendre une parole vivante que de suivre un texte mort et qui ne parle pas. Autant cet exercice est utile et fécond quand il est soutenu par un bon cours, autant il est froid et difficile quand on en veut faire le fond d'un enseignement. La plupart des grands livres de philosophie n'ont pas été faits pour les écoliers : chacun a sa méthode propre et ses vues systématiques. L'élève verra autant de philosophies différentes qu'il lira d'auteurs divers. De plus le commentaire que le maître devra donner est nécessairement coupé, irrégulier; ce sont des notes comme celles que l'on met au bas des pages et qui ne donnent rien de suivi. En un mot, il faut fournir à l'élève une certaine matière à l'aide de laquelle il puisse ensuite lire et comprendre les auteurs, les discuter et, à l'aide de son maître, les juger. Telle est la raison d'être de la leçon, sans laquelle on n'agira jamais sur un auditoire d'écoliers. — Quant à la manière de faire le cours, il n'y a pas lieu d'imposer une méthode uniforme. Mais si le système des rédactions est pratiqué, il faut vérifier les résultats qu'il donne pour la majorité des élèves. Les rédactions de la seconde moitié de la classe sont-elles de telle nature qu'il y ait pour les élèves péril plutôt que profit à s'en servir en vue de l'examen, on devra changer de système. Mettre un élève dans la nécessité de se pourvoir en dehors du cours, c'est en réalité le désintéresser du cours et lui donner le droit de n'être plus à la classe. Le mieux est de joindre à une leçon orale un sommaire dicté soit avant, soit après la leçon : et ce sommaire doit être assez étendu pour que les élèves puissent y retrouver toute la substance de la leçon et soient, par suite, dispensés de la rédiger. Quelques professeurs trouvent avantage à distribuer à leurs élèves des sommaires autographiés.

Il faut, d'autre part, que l'élève intervienne d'une manière active dans la classe ; le mettre en scène et le forcer de parler, tel est l'office de l'interrogation. C'est une des tâches les plus pénibles du professeur, on le sait ; car il faut qu'il soit toujours prêt à suivre les tâtonnements d'une pensée inexpérimentée qui s'essaie, qui n'a pas de mots à sa disposition, qui chancelle à chaque pas. Le talent de l'interrogateur consiste non pas à se substituer à l'élève en répondant pour lui et en répétant ce qu'il a dit dans le cours, mais au contraire à faire valoir autant que possible la réponse de l'élève, en la lui traduisant à lui-même, en lui fournissant les idées qu'il cherche et les mots qu'il n'a pas, jusqu'à ce qu'il apprenne à marcher seul et à diriger librement sa pensée et sa parole. Chez les plus forts, il faut éveiller leurs propres idées, leur signaler les difficultés, leur ouvrir certains problèmes. C'est surtout dans la liberté d'une conversation contradictoire que l'on peut, dans une certaine mesure, chez les sujets d'élite, dépasser le niveau moyen.

La correction des devoirs est encore un moyen très efficace de faire intervenir activement l'élève dans la classe : car c'est une occasion encore d'interrogation, de discussion, de conversation. L'élève a naturellement plus d'idées, la plume à la main, qu'il n'en a par la parole : car il est plus habitué à écrire qu'à parler. Il a aussi plus de facilité à parler sur sa propre pensée que sur celle du maître. Évidemment ce seront les copies des meilleurs élèves qui seront les plus suggestives et les plus intéressantes pour tous. Ce n'est pas une raison pour négliger les autres ; et il est souvent possible de transformer une copie faible en copie passable en montrant à l'élève comment, dans son propre plan et avec ses propres idées, si faibles qu'elles soient, il serait possible de faire quelque chose de meilleur. Rien n'encourage mieux un esprit médiocre et qui voudrait travailler que de lui persuader que son travail n'est pas nul, même lorsqu'il ne s'en faut pas de beaucoup.

Enfin le dernier exercice est celui de l'explication des textes. Inutile d'insister sur l'intérêt et l'importance de cet exercice qui est encore une occasion de faire parler l'élève de s'assurer qu'il comprend. Il ne faut pas oublier que parmi les auteurs précités il y en a de grecs et de latins qui doivent être expliqués dans le texte afin que, jusqu'au dernier moment de leurs classes, les élèves ne perdent pas complètement de vue les études classiques.

Tel est l'ensemble d'idées qui nous paraissent devoir diriger l'enseignement philosophique dans nos lycées. Cet enseignement doit être surtout *propédeutique*, comme dit Kant, c'est-à-dire préparatoire. C'est une introduction à la science philosophique. Ceux qui voudront la pousser plus loin et l'étudier comme science pure pourront le faire en suivant les cours de nos Facultés. Ils le feront surtout d'une manière utile, en se préparant à la licence en philosophie.

[illegible]
[illegible]
[illegible]
[illegible]
[illegible]
[illegible]

ENSEIGNEMENT SCIENTIFIQUE

DANS LES CLASSES DE LETTRES.

Les instructions sur l'enseignement scientifique des classes de lettres ont été incorporées aux programmes mêmes de cet enseignement. (Voir p. 157.)

[illegible]

[illegible]

[illegible]
[illegible]

PROGRAMMES.

LANGUE LATINE ET LANGUE GRECQUE.

DIVISION DE GRAMMAIRE.

CLASSE DE SIXIÈME.

LANGUE LATINE.
(10 heures.)

Grammaire latine.
Explication et récitation d'auteurs latins.
Une grande importance sera donnée, dans toutes les classes, à la préparation et à l'explication des textes.

Recueil de textes faciles.
Le professeur devra exercer les élèves à retenir les mots qui reviennent le plus souvent dans l'explication.

Epitome historiæ græcæ (édition simplifiée et graduée).
Thème latin, surtout oral.
Version latine.

PROGRAMME D'ENSEIGNEMENT DE LA LANGUE LATINE.

Lecture. — Voyelles brèves et longues. — Accent tonique. — Différents ordres de consonnes.
Le nom, l'adjectif, les pronoms. — Degrés de comparaison. — Noms de nombre. — Le verbe substantif. — Conjugaison régulière de l'actif et du passif. — Verbes déponents. — Principales particules indéclinables.
Indications sur la manière de traduire une phrase latine.

Les élèves seront exercés en classe à reconnaître la construction, à distinguer le verbe, le sujet, le complément.

Petits exercices instantanés de traduction en latin.
Le professeur lit lentement une phrase française dont tous les mots ont déjà été vus des élèves, et ceux-ci écrivent la phrase en latin.

CLASSE DE CINQUIEME.

LANGUE LATINE.

(10 heures dans le premier trimestre; 8 heures à partir du 1er janvier.)

Grammaire latine : revision des éléments; syntaxe complète.
Groupement des mots par familles. Mots primitifs et mots dérivés.
Éléments de prosodie latine.
Explication et récitation d'auteurs latins.
De Viris illustribus urbis Romæ.
Selectæ e profanis scriptoribus historiæ (édition simplifiée et graduée).
Phèdre : *Fables* choisies (second semestre).
Thème latin écrit et oral.
Version latine.
Biographie sommaire des auteurs, à l'occasion des textes expliqués et dictés.

PROGRAMME D'ENSEIGNEMENT DE LA LANGUE LATINE.

Revision. — Déclinaison irrégulière. — Comparatifs et superlatifs irréguliers. — Étude détaillée des pronoms. — Conjugaison régulière et irrégulière.

Premiers éléments de syntaxe générale. Syntaxe d'accord. Emplois principaux des cas. Complément direct et indirect des verbes. Propositions infinitives. Propositions secondaires.

Exercices instantanés de traduction du français en latin. — La construction latine comparée à la construction française. — Reproduction de mémoire des morceaux expliqués en classe.

Explication des auteurs, instantanée ou après préparation.
Vers hexamètres, pentamètres et iambiques à scander.

LANGUE GRECQUE.

(2 heures à partir du 1er janvier.)

Grammaire grecque.
Exercices sur la déclinaison et la conjugaison.
Chrestomathie élémentaire.

Le professeur devra exercer les élèves à retenir les mots qui reviennent le plus souvent dans l'explication.

PROGRAMME D'ENSEIGNEMENT DE LA LANGUE GRECQUE.

Lecture, en tenant compte de l'accent.
Écriture : esprits.
Déclinaison : article, noms, adjectifs, pronoms.
Adverbes et prépositions.
Conjugaison du verbe εἰμί et des verbes en ω pur non contractes, aux trois voix.

CLASSE DE QUATRIEME.

LANGUE LATINE.

(5 heures.)

Grammaire latine : revision.
Éléments de prosodie latine.
Explication et récitation d'auteurs latins.
Virgile : *Énéide* (livres I et II).
Ovide : *Métamorphoses* (morceaux choisis).
César : *De Bello gallico*.
Cornélius Nepos.
Quinte-Curce.
Thème latin écrit et oral.
Version latine.
Biographie sommaire des auteurs, à l'occasion des textes expliqués et dictés.

PROGRAMME D'ENSEIGNEMENT DE LA LANGUE LATINE.

Revision du cours de cinquième (page 4), en insistant sur la syntaxe particulière.

Gallicismes et latinismes. — La construction latine comparée à la construction française. Exemples tirés des textes expliqués.

Exercices oraux sur les procédés de dérivation et de composition des mots.

Exercices oraux sur le vocabulaire.

Explication des auteurs.

Les élèves seront encouragés à faire, en dehors de la classe, des lectures supplémentaires ; les auteurs de l'année précédente peuvent être recommandés pour cette lecture privée.

Exercices de prosodie. — Vers hexamètres et pentamètres à retourner.

LANGUE GRECQUE.

(6 heures.)

Grammaire grecque.
Chrestomathie.
Xénophon : Extraits de la *Cyropédie* (I, 3 ; VI, 4 ; VII, 3).
Lucien : Choix de *Dialogues des Morts*.
Babrius : *Fables*.
Exercices sur la déclinaison et la conjugaison.
Version grecque.

PROGRAMME D'ENSEIGNEMENT DE LA LANGUE GRECQUE.

Lecture et écriture, en tenant compte de l'accent. Notions élémentaires d'accentuation.

Revision et complément de la déclinaison (noms, adjectifs et pronoms). — Degrés de comparaison. — Noms de nombre.

Revision et complément de la conjugaison (verbes en ω, verbes contractes, verbes en μι, verbes irréguliers les plus usuels).

Conjonctions.

Éléments de la syntaxe.

Exercices sur les procédés de dérivation et de composition des mots. Mots simples. Groupement des mots dérivés ou composés.

Exercices oraux et écrits de traduction du français en grec.

Exercices oraux sur le vocabulaire.

DIVISION SUPÉRIEURE.

CLASSE DE TROISIÈME.

LANGUE LATINE.

(5 heures.)

Grammaire latine : revision.

Prosodie latine.

Explication et récitation d'auteurs latins.

Tite-Live : *Narrationes.*

Cicéron : *Pro Archia; de Senectute.*

Pline : *Choix de lettres.*

Salluste.

Térence : *Les Adelphes.*

Virgile : Épisodes des *Géorgiques; Énéide* (livres III-VII).

Version. — Thème.

Notions sommaires d'histoire littéraire à l'occasion des textes expliqués ou dictés.

Analyses écrites et orales de morceaux empruntés aux poètes et aux prosateurs latins.

LANGUE GRECQUE.

(5 heures.)

Revision et continuation de la grammaire grecque.

Explication et récitation d'auteurs grecs.

Homère : *Odyssée* (chants I et II); *Iliade* (chant I).

Hérodote : Morceaux choisis.

Xénophon : *Anabase.*

Version grecque.

Thème grec.

Notions sommaires d'histoire littéraire à l'occasion des textes expliqués ou dictés.

CLASSE DE SECONDE.

LANGUE LATINE.
(5 heures.)

Exercices de prosodie; étude des principaux mètres employés par Horace.

Explication et récitation d'auteurs latins.

Virgile : *Énéide* (livres VII-XII).

Horace : *Odes.*

Cicéron : *Catilinaires; de Amicitia.*

Tite-Live : livres XXIII, XXIV et XXV.

Tacite : *Vie d'Agricola.*

Version latine.

Thème et exercices latins.

Notions sommaires d'histoire de la littérature latine. (Dix leçons d'une heure au plus [1].)

PROGRAMME D'HISTOIRE DE LA LITTÉRATURE LATINE.

1. Premiers temps de la littérature latine : premiers essais de poésie sous l'influence de la Grèce.
2. Les poètes comiques.
3. Cicéron.
4. La poésie au temps de Cicéron.
5. Les grands historiens.
6. Les poètes au siècle d'Auguste.
7. Sénèque. — Les deux Plines. — Quintilien.
8. Les poètes épiques après Virgile.
9. Les poètes satiriques après Horace.
10. Derniers temps de la littérature latine. — La littérature chrétienne.

LANGUE GRECQUE.
(5 heures.)

Revision de la grammaire.

Explication et récitation d'auteurs grecs.

Homère : *Odyssée* (chants VI, XI, XXII et XXIII).

Euripide : *Iphigénie à Aulis; Alceste.*

Platon : *Apologie.*

Plutarque : *Vie de Périclès; Vie de César.*

Version grecque.

Thème grec.

Notions sommaires d'histoire de la littérature grecque. (Dix leçons d'une heure au plus [1].)

---

[1] L'histoire de la littérature (dans la classe de seconde) comprend trente-cinq leçons; il y aura une leçon d'une heure par semaine; on traitera successivement l'histoire de la littérature grecque, de la littérature latine et de la littérature française.

PROGRAMME D'HISTOIRE DE LA LITTÉRATURE GRECQUE.

1. Les premières traditions poétiques de la Grèce. Homère, Hésiode.
2. Les poètes lyriques.
3. Les poètes tragiques.
4. Les poètes comiques.
5. Les historiens au v° et au iv° siècle.
6. Les philosophes.
7. Les orateurs.
8. Les poètes alexandrins.
9. La littérature gréco-romaine.
10. L'éloquence chrétienne au iv° siècle.

CLASSE DE RHÉTORIQUE.

LANGUE LATINE.

(4 heures.)

Explication et récitation d'auteurs latins.
Lucrèce : Extraits.
Virgile.
Horace : *Satires* et *Épîtres.*
Cicéron : *Pro Milone*; *Pro Murena*; choix de lettres.
Tite-Live (livres XXVI à XXX.)
Tacite : *Annales*; *Histoires.*
Version latine.
Thème latin.
Composition latine.
Analyses littéraires d'auteurs latins.

HISTOIRE LITTÉRAIRE.

Le professeur, sans faire un cours suivi d'histoire littéraire, s'attachera, à propos de l'explication des auteurs et de la correction des devoirs, à mettre en lumière les caractères essentiels de la littérature des principales époques, à marquer la filiation des grandes œuvres et à indiquer la place occupée par les genres secondaires.

LANGUE GRECQUE.

(4 heures.)

Explication et récitation d'auteurs grecs.
Homère : *Iliade* (chants VI, XVIII, XXII et XXIV).
Sophocle : *Œdipe Roi*; *Œdipe à Colone*; *Antigone.*
Platon : *Criton*; *Phédon*;
Démosthène : Les sept *Philippiques*; *Discours sur la Couronne.*
Version grecque.
Analyses littéraires d'auteurs grecs. (*Voir* ci-contre la note de la littérature latine.)

LANGUE FRANÇAISE.

DIVISION ÉLÉMENTAIRE.

CLASSE PRÉPARATOIRE.

(5 heures et demie.)

Recueil élémentaire de morceaux choisis [1].

Lecture, récitation française ; explication du sens des mots et des phrases.

Les élèves seront exercés à composer des phrases françaises.

Grammaire française : étude élémentaire des différentes espèces de mots. Étude du substantif, de l'article, de l'adjectif. Exercices de conjugaison régulière. Exercices sur l'accord du genre et du nombre.

Exercices oraux et écrits de langue française et d'orthographe.

Écriture.

Livre de lecture, lu et commenté en classe.

PROGRAMME D'ENSEIGNEMENT DE LA LANGUE FRANÇAISE.

Il est entendu que les règles seront surtout enseignées par l'usage. Le professeur ne manquera aucune occasion de faire constater aux enfants qu'ils sont déjà en possession des différentes sortes de mots, et qu'ils appliquent instinctivement les règles de la grammaire. Il rattachera donc constamment son enseignement aux exemples fournis par le langage parlé ou écrit.

Lecture. — Écriture.

Chaque exercice sur la grammaire est pratiqué en classe durant quelque temps, oralement et par écrit, avant qu'un exercice du même genre soit exigé comme travail à faire aux heures d'étude.

CLASSE DE HUITIÈME.

(NEUF ANS.)

(9 heures.)

Recueil élémentaire de morceaux choisis.

Lecture, récitation française : explication du sens des mots et des phrases.

Écriture.

Grammaire française : étude et définition des différentes parties

---

[1] Les morceaux choisis sont obligatoires dans les classes élémentaires.

du discours; conjugaison; verbes irréguliers les plus usuels. Sujet et compléments.

Analyse grammaticale réduite à ses formes les plus simples.

Exercices de langue française et d'orthographe.

Remplacer dans de petites phrases l'actif par le passif, le présent par le futur, etc. [1].

Courtes reproductions d'une description ou d'un récit préparés en *classe* [2].

CLASSE DE SEPTIÈME.
(DIX ANS.)

(9 heures.)

Recueil élémentaire de morceaux choisis.

Lecture, récitation française : explication du sens précis des mots et des phrases.

Écriture.

Grammaire française : étude des règles les plus importantes de la syntaxe.

Analyse logique réduite à ses formes les plus simples.

Exercices de langue française et d'orthographe.

Petits exercices de composition, courtes reproductions d'une description ou d'un récit préparés en classe.

DIVISION DE GRAMMAIRE.

CLASSE DE SIXIÈME.
(ONZE ANS.)

(3 heures.)

Grammaire française.

Lecture, explication et récitation d'auteurs français.

---

[1] Voici quelques modèles d'exercices :
Distinguer les noms des adjectifs, les verbes, etc., employés dans des phrases dites par le professeur, écrites au tableau ou bien dans un texte. — Changer dans une narration le temps des verbes; en changer la personne. — Trouver un nombre déterminé de noms, d'adjectifs, de verbes se rapportant à un ordre d'idées donné. — Ajouter des conjonctions dans un texte où elles ont été omises. — Contraire d'adjectifs donnés; même exercice sur les noms abstraits qui leur correspondent.
Ces exercices, qu'il est aisé de multiplier, conviennent à la classe préparatoire et aux classes de huitième, septième et sixième.

[2] Les maîtres prépareront en classe les éléments de ces travaux, dont les données seront dictées dans une matière très brève et très claire.

Morceaux choisis de prose et de vers des classiques français [1]. — Lecture et explication de textes suivis et de morceaux choisis [2].

La Fontaine : *Fables* (les six premiers livres).

Exercices de langue française et d'orthographe.

Petits exercices de composition [3].

Les règles seront enseignées par l'usage, ce qui ne dispensera pas les élèves d'apprendre le texte de la grammaire. Le professeur ne manquera aucune occasion de faire constater aux élèves qu'ils appliquent instinctivement les règles. Il rattachera donc constamment son enseignement aux exemples fournis par le langage parlé ou écrit. L'étude de la grammaire aura pour objet de résumer dans des formules précises, apprises par cœur, les règles tirées de l'expérience.

PROGRAMME D'ENSEIGNEMENT DE LA LANGUE FRANÇAISE.

Revision et étude plus développée de la syntaxe [4].

CLASSE DE CINQUIÈME.

(DOUZE ANS.)

(3 heures.)

Grammaire française : étude plus approfondie des principales difficultés de la syntaxe. — Étude plus complète des formes.

Lecture, explication et récitation d'auteurs français.

Morceaux choisis de prose et de vers des classiques français [5]. — Lecture et explication de textes suivis et de morceaux choisis [6].

La Fontaine : *Fables* (les six derniers livres).

Racine : *Esther*.

Fénelon : *Télémaque*.

Exercices de langue française et d'orthographe.

Compositions très simples.

CLASSE DE QUATRIÈME.

(TREIZE ANS.)

(2 heures.)

Grammaire française. Revision complète de la grammaire.

Lois qui ont présidé à la formation des mots français. Notions élémentaires de versification.

---

[1] Le Conseil s'est demandé s'il était bon de restreindre aux classiques le choix des auteurs. Il a décidé que par le mot *classique* il ne fallait pas entendre seulement les auteurs du XVII° siècle, mais aussi les écrivains du XVIII° et du XIX° siècle.

Les morceaux choisis sont obligatoires dans les classes de grammaire et de lettres.

[2] Cet exercice devra tenir autant de place dans l'enseignement que les explications latines et grecques. Il en sera ainsi dans toutes les classes.

[3] Voir la note 2 de la page 132.

[4] Voir la note 1 de la page 132.

[5] Voir la note 1.

[6] Voir la note 2.

Lecture, explication et récitation d'auteurs français.

Morceaux choisis de prose et de vers des classiques français [1]. — Lecture et explication de textes suivis et de morceaux choisis [2].

Racine : *Athalie*.

Boileau : Épisodes du *Lutrin*.

Bossuet : *Histoire universelle* (troisième partie).

Fénelon : *Dialogues des Morts*.

Voltaire : *Charles XII*.

Exercices de langue française et d'orthographe.

Biographie sommaire des auteurs, à l'occasion des textes expliqués et dictés.

Compositions très simples.

Vers français à retourner et à compléter.

PROGRAMME D'ENSEIGNEMENT DE LA LANGUE FRANÇAISE.

Notions élémentaires sur la formation des mots de la langue française. — Mots d'origine populaire, savante, étrangère. — Persistance de l'accent tonique dans les mots d'origine populaire. — Mots tirés du latin par les savants, souvent en opposition avec les règles de l'accent tonique; doublets.

DIVISION SUPÉRIEURE.

CLASSE DE TROISIÈME.

(QUATORZE ANS.)

(2 heures.)

1° Revision des lois qui ont présidé à la formation des mots français; exemples et applications.

2° Étude grammaticale et littéraire de la langue française.

Lecture, explication et récitation d'auteurs français.

Morceaux choisis de prosateurs et de poètes français des XVIᵉ, XVIIᵉ, XVIIIᵉ et XIXᵉ siècles [3]. — Lecture et explication de textes suivis et de morceaux choisis [4].

Corneille : *Le Cid; Cinna*.

Racine : *Iphigénie; les Plaideurs*.

Boileau : *Satires et Épîtres*.

Montesquieu : *Considérations sur la grandeur et la décadence des Romains*.

---

[1] Voir la note 1 de la page 133.

[2] Voir la note 2 de la page 133.

[3] Voir la note 1 de la page 133.

[4] Voir la note 2 de la page 133. — En dehors des textes choisis pour l'explication en classe, une bibliothèque contenant tous les auteurs du programme sera mise, autant que possible, dans chaque classe, à la disposition des élèves internes et externes.

Lettres choisies du xviie siècle.
Compositions françaises.
Notions sommaires d'histoire littéraire à l'occasion des textes expliqués ou dictés.
Analyses écrites et orales de morceaux empruntés aux poètes et aux prosateurs français.
Vers français à retourner et à compléter.

CLASSE DE SECONDE.

(QUINZE ANS.)

(3 heures.)

Langue française. Continuation des études antérieures, à l'occasion des textes lus et expliqués.

Explication et récitation d'auteurs français.

Morceaux choisis de prosateurs et de poètes des xvie, xviie, xviiie et xixe siècles. — Lecture et explication de textes suivis et de morceaux choisis [1].

Chanson de Roland : Extraits.

Villehardouin, Joinville, Froissard, Commines : Extraits.

Montaigne : Extraits.

Corneille : *Horace*; *Nicomède*.

Bossuet : *Oraison funèbre d'Henriette d'Angleterre*.

Racine : *Andromaque*; *Britannicus*.

Molière : *L'Avare*; *les Femmes savantes*.

La Fontaine : *Fables* (les six premiers livres).

La Bruyère : *Caractères* (sauf le chapitre sur les Ouvrages de l'esprit).

Lettres choisies du xviiie siècle.

Morceaux choisis de Rousseau.

Compositions françaises.

Analyses écrites et orales de morceaux empruntés aux poètes et aux prosateurs français.

Histoire sommaire de la littérature française jusqu'à la mort de Henri IV. (Quinze leçons d'une heure au plus, y compris les interrogations [2].)

PROGRAMME D'HISTOIRE DE LA LITTÉRATURE FRANÇAISE.

1. Formation de la langue française : résumé rapide. — Langue d'oc et langue d'oïl. — Poésie lyrique du Midi : les Troubadours.

---

[1] Voir les notes 1 et 2 de la page 133.

[2] L'histoire de la littérature (dans la classe de seconde) comprend trente-cinq leçons; il y aura une leçon d'une heure par semaine; on traitera successivement l'histoire de la littérature grecque, de la littérature latine et de la littérature française.

2. Les Trouvères. — Chansons de geste. — Les trois Cycles.
3. Les fabliaux et le roman de *Renart*.
4. Le roman de *La Rose* et la poésie allégorique. — Poésie lyrique du Nord (du xiiie au xve siècle).
5. Poésie dramatique : *Les Mystères*.
6. Suite de la poésie dramatique : *Farces, Soties* et *Moralités*.
7. La prose : les quatre grands chroniqueurs : Villehardouin, Joinville, Froissart, Commines.
8. xve siècle : aperçu rapide. — xvie siècle : la Renaissance, la Réforme.
9 et 10. La poésie. Clément Marot et son école. Ronsard et la Pléiade.
11. Le théâtre : Commencements de la tragédie et de la comédie.
12. La prose : sa richesse en tous les genres : érudits, philosophes, théologiens, politiques, historiens, conteurs.
13. Rabelais. — Montaigne.
14. Les auteurs de *Mémoires*. — La Satire Ménippée.
15. D'Aubigné. — Régnier. — Malherbe.

CLASSE DE RHÉTORIQUE.

(SEIZE ANS.)

———

(4 heures.)

Explication et récitation d'auteurs.

Morceaux choisis de prosateurs et de poètes des xvie, xviie, xviiie et xixe siècles. — Lecture et explication de textes suivis et de morceaux choisis [1].

Corneille : Chefs-d'œuvre.
Racine : Théâtre.
Molière : *Le Misanthrope; Tartufe.*
Boileau : *Art poétique.*
La Fontaine : *Fables* (les six derniers livres).
Pascal : *Pensées; Provinciales* (I, IV et XIII).
Bossuet : *Oraisons funèbres.* Sermons choisis.
La Bruyère.
Fénelon : *Lettre sur les occupations de l'Académie française.*
Buffon : Extraits.
Voltaire : *Siècle de Louis XIV.* Extraits de prose.
Discours et compositions en français.
Analyses littéraires d'auteurs français.
Histoire sommaire de la littérature française depuis l'avènement de Louis XIII. (Quinze leçons d'une heure au plus, y compris les interrogations.)

———

[1]. Voir les notes 1 et 2 de la page 133.

PROGRAMME D'HISTOIRE DE LA LITTÉRATURE FRANÇAISE.

1. La littérature sous Louis XIII et Richelieu : l'hôtel de Rambouil-
   let; l'Académie française.
2. La tragédie au xviie siècle.
3. La comédie au xviie siècle.
4. La poésie didactique. — La satire. — La fable.
5. Les moralistes.
6. L'éloquence de la chaire.
7. Les lettres; les mémoires.
8. Montesquieu et Buffon.
9. Voltaire.
10. Jean-Jacques Rousseau.
11. Le théâtre et la poésie au xviiie siècle.
12. Caractère général du xviiie siècle : les philosophes et les savants.
13. La littérature pendant la Révolution et l'Empire.
14. La poésie dans la première moitié du xixe siècle. Classiques et ro-
    mantiques.
15. La prose dans la première moitié du xixe siècle.

LANGUES VIVANTES.

DIVISION ÉLÉMENTAIRE.

CLASSE PRÉPARATOIRE.

(4 heures.)

Prononciation et accentuation.

Exercices oraux de vocabulaire. Insister, en allemand, sur le genre.

Lecture à haute voix ; lecture rythmée ; chant.

Exercices accompagnés de gestes pour faire connaître les mots indiquant les directions.

Écriture allemande.

Exercice de langue usuelle à propos de lectures faites en classe et de tableaux figurés mis sous les yeux des élèves.

Petits exercices de calcul.

Petites poésies apprises par cœur.

Éléments de grammaire : les formes indispensables de la conjugaison et de la déclinaison ; mots invariables usuels.

Pendant le second semestre, petits devoirs écrits : phrases d'application très courtes.

Livre de lectures enfantines.

CLASSE DE HUITIÈME.

(4 heures.)

Continuation des exercices oraux de vocabulaire.

Exercices de conversation sur des objets usuels ou au moyen de tableaux figurés.

Explication et récitation de textes faciles.

Thèmes oraux.

Traduction orale et écrite de petites phrases françaises formées avec les mots appris.

Grammaire. — Le verbe régulier ; les verbes *sein, haben* et *werden.*

Morceaux choisis de prose et de poésie.

CLASSE DE SEPTIÈME.

(4 heures.)

Vocabulaire ; exercices sur les mots appris.

Explication et récitation de textes faciles.

Exercices de conversation sur les lectures faites en classe.
Thèmes faciles; les mêmes thèmes repris de vive voix.
Dictées faciles, faites et corrigées en classe.

Grammaire allemande. — Revision du verbe régulier. Déclinaison des substantifs. Déclinaison des adjectifs. Verbes *dürfen, mögen, können, müssen, sollen, wollen.* Verbes irréguliers les plus usuels. Indications sommaires sur les verbes à particules inséparables et séparables. Règles de construction.

Grammaire anglaise. — Revision du verbe régulier. Verbes irréguliers les plus usuels. Verbes *shall* et *will, may* et *ought.* Pluriel des substantifs. Construction interrogative et négative

Auteurs allemands (*).

Morceaux choisis.
Chr. von Schmid. — *Hundert kurze Erzählungen.*

Auteurs anglais.

Morceaux choisis.
Day. — *Sandford and Merton.*
Miss Edgeworth. — *Moral Tales, Popular Tales* (choix); *Old Poz.*

DIVISION DE GRAMMAIRE.

CLASSE DE SIXIÈME.

(Une classe de 1 heure et demie. — Une conférence de 1 heure.)

Vocabulaire.
Explication et récitation d'auteurs.
Exercices oraux sur les mots appris et sur les textes expliqués.
Thèmes oraux et écrits.
Versions; thèmes d'imitation.
Étude méthodique des formes grammaticales et de leur emploi.
Grammaire allemande. — Le verbe régulier et irrégulier. Emploi des temps et des modes. Étude des particules, de leur construction, des modifications qu'elles apportent au sens des verbes.

Grammaire anglaise. — Le verbe régulier et irrégulier. Les particules. Emploi des temps et des modes; le participe présent. Le verbe passif; son emploi. Le verbe réfléchi.

Auteurs allemands.

Morceaux choisis.
Choix de contes et de fables.
Bénédix. — *Der Prozess.*

(*) Le professeur choisira, sur cette liste, ainsi que sur les listes suivantes, les auteurs qui conviendront le mieux à la force de la classe.

Auteurs anglais.

Morceaux choisis.
Choix de contes.
Aikin et Barbauld. — *Evenings at Home.*
Miss Corner. — *A Short History of England.*

CLASSE DE CINQUIÈME.

(Une classe de 1 heure et demie. — Une conférence de 1 heure.)

Vocabulaire.
Explication et récitation d'auteurs.
Exercices oraux sur les mots appris et sur les textes expliqués.
Thèmes oraux et écrits.
Versions; thèmes d'imitation.
Étude méthodique des formes grammaticales et de leur emploi.

Grammaire allemande. — Le substantif, l'article et l'adjectif. Emploi de l'article défini et de l'article indéfini. Étude complète de la déclinaison du substantif et de l'adjectif. Les degrés de comparaison. Déclinaison des pronoms. Règles de construction.

Grammaire anglaise. — Le substantif, l'article et l'adjectif. Emploi de l'article défini et de l'article indéfini. La place de l'adjectif. Les degrés de comparaison. Emploi des pronoms. Règles de construction.

Auteurs allemands.

Morceaux choisis.
Campe. — *Der junge Robinson.*
Grimm. — *Kinder und Hausmärchen* (choix).
Bénédix. — Scènes choisies dans le *Haustheater.*

Auteurs anglais.

Morceaux choisis.
De Foë. — *Robinson Crusoe.*
Franklin. — *Autobiography.*
Miss Corner. — *History of Greece* (extraits).

CLASSE DE QUATRIÈME.

(Une classe de 1 heure et demie. — Une conférence de 1 heure.)

Vocabulaire.
Explication et récitation d'auteurs.
Exercices oraux sur les mots appris et sur les textes expliqués.
Idiotismes et proverbes.
Monnaies, poids et mesures.
Thèmes et versions, repris de vive voix.
Étude méthodique des formes grammaticales et de leur emploi. — Les mots invariables; les prépositions et les conjonctions. Formation et dérivation des mots.

Auteurs allemands.

Morceaux choisis.
Lessing. — *Minna von Barnhelm.*
Musæus. — *Volksmärchen der Deutschen* (choix).
Kotzebuë. — *Die deutschen Kleinstädter.*

Auteurs anglais.

Morceaux choisis.
Walter Scott. — *Tales of a Grandfather.*
W. Irving. — *The Life and Voyages of Christopher Columbus* (extraits); *The Sketch Book.*
Miss Corner. — *History of Rome* (extraits).

DIVISION SUPÉRIEURE.

CLASSE DE TROISIÈME.
(Une classe de 1 heure et demie. — Une conférence de 1 heure.)

Études de vocabulaire.
Explication et récitation d'auteurs.
Lecture courante de morceaux faciles.
Exercices de conversation sur les textes lus ou expliqués et sur les mots appris.
Thèmes grammaticaux.
Versions et thèmes d'imitation.

Auteurs allemands.

Morceaux choisis.
Gœthe. — *Campagne in Frankreich;* Extraits des mémoires (*Dichtung und Wahrheit*).
Schiller. — *Wilhelm Tell; Maria Stuart; Der Neffe als Onkel.*

Auteurs anglais.

Morceaux choisis.
Goldsmith. — *The Vicar of Wakefield.*
Lamb. — *Tales from Shakespeare.*
Macaulay. — *History of England* (extraits).

CLASSE DE SECONDE.
(Une classe de 1 heure et demie. — Une conférence de 1 heure.)

Suite des études de vocabulaire.
Explication et récitation d'auteurs.
Lecture courante.
Essais de conversation et de composition sur les textes lus ou expliqués.
Thèmes et versions.

Auteurs allemands.
Morceaux choisis.
Gœthe. — *Hermann und Dorothea.*
Schiller. — *Wallenstein* (les trois parties); Extraits des œuvres historiques.
Hauff. — *Lichtenstein.*
Extraits des historiens allemands.

Auteurs anglais.
Morceaux choisis.
Shakespeare. — *Julius Cæsar; Coriolanus.*
Goldsmith. — *The Deserted Village.*
Walter Scott. — Un roman.
Dickens. — *A Christmas Carol; David Copperfield.*
Extraits des historiens anglais.

CLASSE DE RHÉTORIQUE.

(Une classe de 1 heure et demie et une classe de 1 heure.)

Explication et récitation d'auteurs.
Exercices de lecture et de conversation.
Thème écrit et oral.
Rédaction libre.
Notions d'histoire littéraire à propos des textes expliqués.

Auteurs allemands.
Morceaux choisis.
Lessing. — *Hamburgische Dramaturgie* (extraits).
Gœthe. — *Iphigenie auf Tauris;* Extraits des œuvres en prose.
Poésies lyriques de Gœthe et de Schiller.
Schiller. — *Die Jungfrau von Orleans; Die Braut von Messina.*
Choix de ballades allemandes.

Auteurs anglais.
Morceaux choisis.
Shakespeare. — *Macbeth; King Richard III.*
Byron. — *Childe Harold.*
Tennyson. — *Enoch Arden.*
Dickens. — *Nicholas Nickleby.*
George Elliot. — *Silas Marner.*

CLASSE DE PHILOSOPHIE.

(Une conférence de 1 heure.)

Exercices de conversation sur les lectures faites.

Auteurs allemands.
Morceaux choisis.
Gœthe. — *Faust* (1re partie).

Auerbach. — *Die Frau Professorin.*

Freytag. — *Bilder aus der deutschen Vergangenheit* (extraits sur le XVIIIe et le XIXe siècle); *Soll und Haben.*

Poésies lyriques du XVIIIe et du XIXe siècle.

Auteurs anglais.

Morceaux choisis.

Shakespeare. — *Hamlet.*

Macaulay. — *Essays.*

George Elliot. — *Adam Bede; The Mill on the Floss.*

Choix de poésies du XIXe siècle.

HISTOIRE.

(Voir les programmes page 63.)

[illegible]

[illegible]

GÉOGRAPHIE.

CLASSE PRÉPARATOIRE.
(1 heure et demie.)

Faire comprendre par des descriptions et par des exemples, empruntés autant que possible au pays habité par l'enfant, le sens des principaux termes géographiques.

Indiquer sur le globe et sur la carte murale la position des océans, et des continents, spécialement celle de l'Europe et de la France.

Descriptions simples, petits récits de voyages.

HUITIÈME.
(1 heure et demie.)

GÉOGRAPHIE ÉLÉMENTAIRE DES CINQ PARTIES DU MONDE.

La mer et les continents. Les océans; les cinq parties du monde. — Les régions polaires.

Europe, Asie, Afrique, Océanie, Amérique.

Forme et limites : mers, grands golfes et détroits, caps, presqu'îles, îles.

Grandes chaînes de montagnes. Fleuves et lacs. — Pays chauds et pays froids. Déserts. Animaux et plantes remarquables.

Principaux États avec leurs capitales. Grands ports de commerce et grandes villes.

SEPTIÈME.
(1 heure et demie.)

GÉOGRAPHIE ÉLÉMENTAIRE DE LA FRANCE.

Configuration. Situation.

Les côtes : mers, golfes, détroits, caps, îles.

Frontières de terre; la frontière de l'Est avant et depuis 1871.

Les montagnes : Massif central et Cévennes, Alpes, Jura, Vosges, Pyrénées : principaux sommets. — Grandes plaines et grandes vallées.

Les grands fleuves : Rhône, Garonne, Loire, Seine, Meuse. Indication des fleuves secondaires.

Anciennes provinces et départements ; chefs-lieux.

Les grandes villes.

Algérie et Tunisie. Principales colonies de la France.

Éléments de dessin géographique à l'aide du tableau noir. Petits croquis.

SIXIÈME.

(1 heure.)

GÉOGRAPHIE GÉNÉRALE DU MONDE. — GÉOGRAPHIE DU BASSIN
DE LA MÉDITERRANÉE.

Le globe. L'horizon.

Simples notions sur les pôles, l'équateur, les méridiens, les parallèles. Points cardinaux. Latitude et longitude.

Europe, Asie, Afrique, Océanie, Amérique.

Dimensions comparées ; forme générale. — Mers, détroits, presqu'îles, caps, îles.

Chaînes de montagnes, plateaux et grandes plaines. Fleuves, lacs.

Énumération des principaux États ; indication de leurs productions caractéristiques. Capitales, villes importantes et grands ports de commerce. Possessions des Européens.

Étude plus particulière des pays riverains de la Méditerranée, spécialement de la Turquie d'Asie, de l'Égypte, de la péninsule turco-hellénique, de l'Italie.

CINQUIÈME.

(1 heure.)

GÉOGRAPHIE DE LA FRANCE.

Configuration et dimensions de la France. Superficie.

Mers et côtes ; golfes, presqu'îles, caps, îles ; dunes, falaises, plages, côtes rocheuses, marais salants, lagunes. Principaux ports.

Frontières de terre ; pertes territoriales de la France en 1871.

Relief du sol : chaînes de montagnes, massifs, plateaux ; plaines et grandes vallées (altitude, neiges perpétuelles, glaciers).

Eaux : versants et bassins, fleuves et principaux affluents, lacs. Régions de marais.

Climat et principales productions.

Anciennes provinces, départements et chefs-lieux. Villes importantes.

Principaux canaux. Chemins de fer de grande communication.

Description de l'Algérie et de la Tunisie.

Possessions coloniales.

QUATRIÈME.
(1 heure.)

GÉOGRAPHIE GÉNÉRALE. — ÉTUDE DU CONTINENT AMÉRICAIN.

La mer, marées, courants. Le fond des mers. — Les régions polaires.

L'atmosphère : vents alizés, moussons, cyclones.

La pluie et la circulation des eaux. — Climats. Végétaux.

Les continents : montagnes, plateaux et plaines, fleuves; comparaison de leurs principaux traits dans les cinq parties du monde.

Notions élémentaires sur la répartition des races humaines. La vie civilisée et la vie sauvage.

Amérique.

Situation et forme générale du continent. Océans Pacifique, Atlantique, Glacial. — Grandes divisions. Populations. L'Amérique latine et l'Amérique anglo-saxonne.

Amérique du Nord, Amérique centrale, Amérique du Sud. — Grands traits du relief du sol; fleuves, lacs. Climats, régions naturelles. Faune.

Principaux États et possessions européennes : productions les plus importantes de l'agriculture, des mines, de l'industrie (insister sur le Canada, les États-Unis, le Brésil, le Chili, la République Argentine). Immigration.

Communications principales des grands États entre eux et avec l'Europe, l'Asie et l'Océanie.

TROISIÈME.
(1 heure.)

AFRIQUE, ASIE, OCÉANIE.

Configuration, superficie; mers et côtes; archipels et grandes îles.

Grands traits du relief du sol; fleuves, lacs; climats; régions naturelles. Faune.

Principaux États et possessions européennes.

Productions les plus importantes de l'agriculture, des mines, de l'industrie.

Populations : races indigènes et immigrations.

Langues et religions. Grands souvenirs historiques. Grands voyages de découvertes.

Commerce extérieur. Principaux ports. Grandes voies de communication par terre et par mer.

Résumé. — Les plus grands États des cinq parties du monde comparés entre eux. Relations entre les cinq parties du monde. Répartition des races. Grandes lignes de navigation et de télégraphie.

SECONDE.
(1 heure.)

L'EUROPE (MOINS LA FRANCE).

1° *Étude générale.*

Bornes et superficie de l'Europe. Configuration générale. Place de l'Europe dans l'ancien continent.

Description des mers principales et des côtes. Courants.

Relief du sol : principaux massifs de montagnes, plateaux, plaines et grandes vallées.

Hydrographie : principaux centres de distribution et direction générale des eaux. Principaux groupes de lacs. Les grands fleuves.

Climat moyen de l'Europe et climat moyen des principales régions. Extrêmes de froid et de chaud. Rapports de la végétation et du climat, de la végétation et de l'altitude. Exemples pris parmi les végétaux les plus caractéristiques.

Les races européennes et les familles de peuples. Les religions; les langues.

2° *Description des États.*

Énumération des États avec leur population, leurs capitales, leurs grandes villes.

Étudier pour chacun des principaux États les traits caractéristiques de la géographie physique et de la géographie économique; les éléments de la géographie politique et administrative, les régions historiques, les grandes villes.

Résumé. — Superficie et population comparée des principaux États; comparaison de la puissance économique et des forces militaires. Grandes voies de communications internationales.

Rapports entre l'Europe et les autres parties du monde. Tableau des colonies européennes.

RHÉTORIQUE.
(1 heure.)

GÉOGRAPHIE DE LA FRANCE.

Observations sur la configuration, la constitution géologique, le relief du sol, le régime des eaux, le climat.

Étude de la France par grandes régions naturelles et par provinces : traits caractéristiques de l'orographie, de l'hydrographie, de la géographie économique. Mœurs, traditions, grands souvenirs historiques.

La nationalité française.

La population : densité.

Le régime administratif étudié particulièrement dans le département et dans la commune.

L'organisation militaire. La frontière. Défenses naturelles et places fortes de la France et des pays limitrophes.

L'Algérie et le protectorat de Tunisie. Forces productrices; développement de la colonisation.

Les colonies françaises. Colonies d'Amérique; possessions et établissements de l'Afrique occidendale, de l'Afrique orientale; Inde, Indo-Chine, Océanie française.

Rapports de la France avec les grands pays du globe. L'émigration et l'immigration; échanges. Voies internationales de communication. Comparaison de la puissance économique et militaire de la France avec celle d'autres Etats.

PHILOSOPHIE.

(4 classes de 1 heure et demie pendant le premier semestre;
5 classes de 1 heure et demie pendant le second semestre.)

1° PHILOSOPHIE.

Cours de philosophie.
Explication d'auteurs philosophiques.
Devoir : Dissertation française.

Programme de philosophie.

Introduction.

La science; les sciences; la philosophie. — Objet et division de la philosophie.

Psychologie.

Objet de la psychologie; caractères propres des faits qu'elle étudie : les faits psychologiques et les faits physiologiques.

Méthode de la psychologie : méthode subjective: la réflexion; méthode objective: les langues, l'histoire, etc. De l'expérimentation en psychologie.

Classification des faits psychologiques : sensibilité, intelligence, volonté.

Sensibilité. — Le plaisir et la douleur; sensations, sentiments.

Les inclinations. — Les passions.

Intelligence. — Acquisition, conservation, élaboration de la connaissance. Les données de l'expérience et l'activité de l'esprit.

Les sens et la conscience.

La mémoire. L'association. L'imagination.

L'abstraction et la généralisation. — Le jugement et le raisonnement.

Principes directeurs de la connaissance. Peut-on les expliquer par l'expérience, l'association ou l'hérédité ?

La volonté. — Instinct; liberté; habitude.

L'expression des faits psychologiques : les signes et le langage.

Le beau et l'art.

Les rapports du physique et du moral.

Notions très sommaires de psychologie comparée ; l'homme et l'animal.

Logique.

Logique formelle. — Des termes. — Des propositions. — Des différentes formes du raisonnement.

Logique appliquée. — Méthode des sciences exactes : axiomes ; définitions ; démonstration.

Méthode des sciences physiques et naturelles : observation, expérimentation ; hypothèse, induction ; classification, analogie, définitions empiriques.

De la méthode dans les sciences morales. Le témoignage des hommes ; la méthode historique.

Des erreurs et des sophismes.

Morale.

Principes de la morale. — La conscience, le bien, le devoir.

Examen des doctrines utilitaires.
La responsabilité et la sanction.

Les devoirs. — Devoirs envers soi-même : sagesse, courage, tempérance.

Devoirs envers nos semblables : le droit et la justice ; la charité.

Devoirs particuliers envers la famille. — L'éducation.

De voirs envers la patrie : obéissance aux lois. L'éducation des enfants. L'impôt. Le vote. Le service militaire. Dévouement à la patrie.

Des rapports de la morale et de l'éco omie politique. — Le travail. Le capital. La propriété.

Éléments de métaphysique.

De la valeur objective de la connaissance : dogmatisme, scepticisme, idéalisme.

De l'existence du monde extérieur.

De la nature en général : diverses conceptions sur la matière et sur la vie.

De l'âme : matérialisme et spiritualisme.

Dieu ; la Providence. Le problème du mal.

L'immortalité de l'âme. — La religion naturelle.

Notions sommaires sur les principales doctrines philosophiques.

Socrate, Platon; Aristote; Épicuréisme et Stoïcisme. — Bacon; Descartes; Locke; Spinoza, Leibnitz; Kant.

Note. — L'ordre adopté dans le programme n'enchaîne pas la liberté du professeur; il suffit que les questions indiquées soient toutes traitées.

Pour ce qui concerne l'histoire de la philosophie, le professeur sera libre soit d'enseigner les matières séparément, soit de les introduire dans le cours théorique ou dans l'analyse des textes, pourvu qu'il fasse connaître aux élèves la succession des écoles et l'enchaînement des idées.

2° AUTEURS PHILOSOPHIQUES.

Auteurs français.

Descartes : *Discours sur la méthode; Les principes de la Philosophie*, livre Ier.

Malebranche : *De la recherche de la Vérité*, livre II (*De l'Imagination*), première partie, chapitres I et V; deuxième et troisième parties en entier.

Pascal : *De l'autorité en matière de Philosophie; — De l'Esprit géométrique; — Entretien avec M. de Sacy.*

Leibnitz : *Nouveaux Essais sur l'Entendement humain*, avant-propos et livre Ier; — *Monadologie*.

Condillac : *Traité des Sensations*, livre Ier.

V. Cousin : *Le Vrai, le Beau et le Bien*, 3e partie (*le Bien*).

Auteurs latins et grecs.

Auteurs grecs.

Xénophon : *Mémorables*, livre Ier.

Platon : le VIe livre de la *République*.

Aristote : *Éthique à Nicomaque*, livre X.

Épictète : *Manuel*.

Auteurs latins.

Lucrèce : *de Natura rerum*, livre V.

Cicéron : *de Natura Deorum*, livre II; *de Officiis*, livre Ier.

Sénèque : *Lettres à Lucilius* (les seize premières).

Le professeur devra faire expliquer chaque année deux textes français, un texte grec et un texte latin, choisis par lui dans la liste précédente.

[illegible]

SCIENCES.

INSTRUCTION GÉNÉRALE.

On recommande tout particulièrement aux professeurs de s'attacher à bien faire comprendre les démonstrations et la liaison des faits, *et de ne point dicter leur cours.* Ils pourront, s'ils le jugent convenable, mettre entre les mains des élèves un texte autographié ou un livre qui les dispense de développer personnellemeut toutes les parties du programme [1].

DIVISION ÉLÉMENTAIRE.

CLASSE PREPARATOIRE.
(2 heures et demie.)

1° CALCUL.
(1 heure et demie par semaine pendant toute l'année.)

Calcul des nombres entiers. — Exercices de calcul mental. — Petits problèmes.

CONSEILS GÉNÉRAUX. — Faire faire *régulièrement* des exercices de calcul mental. Exercer les enfants aux quatre règles des opérations sur les nombres entiers, *sans aucune théorie,* et en choisissant toujours des exemples portant sur de petits nombres.

2° LEÇONS DE CHOSES.
(1 heure par semaine pendant toute l'année.)

Les leçons de choses ayant pour objet de développer l'esprit d'observation de l'enfant et de l'exercer à exprimer le résultat de ses observations, le professeur fera, pour trouver la matière de ses leçons, un choix judicieux et restreint parmi les choses usuelles, les animaux et les plantes les plus familières à ses élèves. Il se préoccupera surtout d'exercer les enfants à apporter de la précision et de l'ordre dans l'examen des sujets proposés à leur étude.

---

[1] Voir à la fin du programme de l'enseignement scientifique les citations extraites des rapports de la Commission des réformes et de l'instruction de 1854 sur le plan d'études des lycées.

Le professeur mettra, toutes les fois que cela sera possible, les objet
sous les yeux des élèves.

Ces leçons ne doivent donner lieu à aucun devoir écrit.

En ce qui concerne la pratique de la leçon, on croit utile de faire remarquer que le professeur devra amener les enfants à prendre une part active
à la leçon, les guider et leur faire trouver eux-mêmes les réponses.

Exemples de sujets.

Charbon et principaux combustibles.

Métaux usuels. — Monnaies.

L'EAU. — L'évaporation, les nuages, la pluie, la neige, la glace,
les sources, les rivières, les lacs, les puits, les canaux.

L'eau de la mer et le sel marin.

L'AIR. — Le vent, les orages, les aérostats.

ANIMAUX. — Animaux les plus connus des élèves ; leur aspect extérieur, leur caractère, leurs mœurs.

VÉGÉTAUX. — Plantes les plus utiles : leur culture, leurs usages.

CLASSE DE HUITIÈME.
(3 heures.)

1° CALCUL.
(2 heures par semaine pendant toute l'année.)

Calcul des nombres entiers.

Exercices de calcul mental. — Petits problèmes.

2° LEÇONS DE CHOSES.
(1 heure par semaine pendant toute l'année.)

Le programme est commun à la classe préparatoire et à la classe
de huitième. (Voir en haut de la page.)

CLASSE DE SEPTIEME.
(3 heures.)

1° CALCUL.
(2 heures par semaine pendant toute l'année.)

Calcul des nombres entiers et décimaux. — Petits problèmes.

Système métrique.

CONSEILS GÉNÉRAUX. — L'enseignement devra être donné dans le même
esprit que dans les classes précédentes et toujours sans théorie. On rappelle
aussi qu'il y aura lieu de continuer à faire faire aux élèves des exercices de
calcul mental.

2° PREMIÈRES NOTIONS SUR LES PIERRES ET LES TERRAINS.

(1 heure par semaine pendant toute l'année.)

Le professeur n'oubliera pas qu'il s'agit ici d'un enseignement oral, purement descriptif, très élémentaire et portant sur des objets placés sous les yeux des élèves.

L'enseignement sera complété, quand cela sera possible, par des excursions dirigées par le professeur lui-même.

Pierres qui font effervescence avec les acides. — Calcaires : pierre à bâtir, marbre, craie. — Action de la chaleur sur le calcaire : fours à chaux ; chaux, mortiers.

Pierres qui ne font pas effervescence avec les acides. Pierre à plâtre. — Action de la chaleur sur la pierre à plâtre, propriétés du plâtre.

Argile : plasticité de l'argile ; effets de la cuisson ; briques, poteries, faïence, porcelaine.

Pierres siliceuses : cristal de roche, agate, silex, pierre à fusil, pierres meulières, grès.

Granit : structure complexe du granit.

Sables et cailloux roulés.

Terre végétale : terres sablonneuses et argileuses.

Dépôts formés par les eaux. — Fossiles. — Carrières.

Volcans.

CONSEILS GÉNÉRAUX. — Les professeurs sont invités tout spécialement à s'inspirer des recommandations faites en tête du programme. Ils devront prendre la matière de leur enseignement dans ce programme, mais ils ne seront pas obligés de le développer dans toutes ses parties.

DIVISION DE GRAMMAIRE.

CLASSE DE SIXIEME.

(Une classe de 1 heure et demie par semaine pendant toute l'année, dont 1 heure pour la zoologie et 1 demi-heure pour l'arithmétique.)

1° ZOOLOGIE.

Ce cours doit être très élémentaire.

Le professeur devra se borner à un très petit nombre d'exemples ; les démonstrations devront être données soit sur des échantillons des animaux eux-mêmes, soit à l'aide de planches, ou mieux de dessins tracés sur le tableau, propres à mettre nettement en évidence les caractères essentiels.

Étude très sommaire de l'organisation de l'homme prise comme terme de comparaison.

Grandes divisions du règne animal.

Vertébrés. — Mammifères : caractères essentiels. — Exemples choisis dans quelques-uns des principaux ordres.

Oiseaux : caractères essentiels. — Exemples choisis dans les principaux ordres.

Reptiles : caractères essentiels. — Crocodiles, tortues, lézards, serpents.

Batraciens : caractères essentiels. — Métamorphoses.

Poissons : caractères essentiels. — Exemples de poissons osseux et de poissons cartilagineux.

Articulés. — Insectes : caractères essentiels. — Métamorphoses. — Exemples choisis dans quelques-uns des principaux ordres.

Arachnides, crustacés : quelques exemples.

Vers. — Caractères essentiels.

Mollusques. — Seiche, escargot, moule.

Quelques mots sur les *Rayonnés* et les *Protozoaires.*

2° CALCUL.

Revision des opérations sur les nombres entiers. — Continuation des exercices de calcul mental et des problèmes.

Fractions ordinaires. — Réduction de plusieurs fractions au même dénominateur. — Opérations sur les fractions.

Nombres décimaux — Opérations.

CONSEILS GÉNÉRAUX. — Le professeur doit continuer à s'abstenir de toute théorie.

CLASSE DE CINQUIÈME.

(Une classe de 1 heure et demie par semaine pendant toute l'année,
dont 1 heure pour la géologie et la botanique et 1 demi-heure pour l'arithmétique.)

———

1° GÉOLOGIE ET BOTANIQUE.

PROGRAMME DE GÉOLOGIE.

Le professeur devra toujours faire porter ses explications sur des échantillons de roches ou de fossiles mis sous les yeux des élèves; il se servira également de planches ou mieux de dessins tracés au tableau. L'enseignement sera complété, autant que possible, par des excursions dirigées par le professeur.

Notions sommaires sur les principales roches : granit, porphyre, argile, schiste, calcaire, marne, grès.

I. — MODIFICATIONS CONTINUES DU SOL. — Dégradations des roches par l'action de l'eau et de l'air. — Creusement des vallées. — Alluvions, deltas, dépôts marins.

Glaciers : moraines; blocs erratiques.

Sources thermales, dépôts, filons métallifères.

Volcans. — Filons de roches.

Soulèvements et affaissements lents. — Tremblements de terre. — Failles.

II. — Roches stratifiées et non stratifiées.

Fossiles ; leur utilité pour caractériser les terrains.

Aperçu général sur la formation du sol de la France. Indication sommaire des terrains qu'on y rencontre, de leur ordre de formation, des fossiles principaux qui les caractérisent et des principales substances minérales utiles qu'ils renferment.

Idée de l'apparition successive des divers groupes d'animaux et de végétaux.

PROGRAMME DE BOTANIQUE.

Ce cours doit être très élémentaire.

Le professeur devra faire porter ses explications soit sur des échantillons de planches mis entre les mains des élèves, soit sur des planches ou mieux des dessins tracés au tableau, indiquant les caractères essentiels.

L'enseignement sera complété, autant que possible, par des excursions dirigées par le professeur.

Étude sommaire des différents organes d'une plante à fleurs : racine, tige, feuille, fleur, fruit, graine. — Exemples importants des variations de forme de ces organes.

Grandes divisions du règne végétal. — Exemples empruntés à quelques-unes des familles suivantes :

Phanérogames. — Dicotylédones : renonculacées, crucifères, papavéracées, légumineuses, rosacées, ombellifères, composées, rubiacées, primulacées, solanées, personnées, labiées, amentacées.

Monocotylédones : liliacées, iridées, orchidées, palmiers, graminées.

Gymnospermes : conifères.

Cryptogames. — Notions sommaires sur les cryptogames. — Cryptogames à racines : fougères, prêles, lycopodes. — Cryptogames sans racines : mousses, algues, champignons, lichens.

2ᵉ ARITHMÉTIQUE.

Règle de trois par la méthode de réduction à l'unité. — Intérêt simple. — Escompte commercial. — Rente.

Problèmes simples relatifs aux mélanges et aux alliages — Revision du système métrique : exercices relatifs à la mesure des aires et des volumes.

CONSEILS GÉNÉRAUX. — Le professeur insistera surtout sur la règle de trois simple, et, en ce qui concerne les règles de trois composées, il ne les fera pas porter sur trop de grandeurs à la fois.

CLASSE DE QUATRIEME.

(Une classe de 1 heure et demie par semaine pendant toute l'année.)

GÉOMÉTRIE.

Ligne droite et plan. — Angles.
Triangles. — Cas d'égalité.
Perpendiculaires et obliques.
Théorie des parallèles. — Parallélogramme.
Cercle. — Dépendance mutuelle des cordes et des arcs.
Sécante, tangente.
Positions relatives de deux cercles.
Mesure des angles.
Problèmes élémentaires sur la droite et le cercle.

DIVISION SUPÉRIEURE.

CLASSE DE TROISIEME.

(3 heures par semaine pendant toute l'année : 1 heure et demie pour les mathématiques, 1 heure et demie pour la physique.)

1° ARITHMÉTIQUE ET GÉOMÉTRIE.

(Une classe de 1 heure et demie par semaine pendant toute l'année.)

PROGRAMME D'ARITHMÉTIQUE THÉORIQUE.

Numération.
Addition, soustraction et multiplication des nombres entiers.
Théorèmes simples relatifs à la multiplication.
Division des nombres entiers. — Caractères de divisibilité par chacun des nombres 2, 5, 4, 9 et 3.
Plus grand commun diviseur de deux nombres. — Propriétés élémentaires des nombres premiers. — Plus grand commun diviseur et plus petit commun multiple de plusieurs nombres.
Opérations sur les fractions.
Fractions décimales. — Opérations sur les nombres décimaux ; quotient de deux nombres entiers ou décimaux à moins d'une unité décimale d'un ordre donné.
Carré et racine carrée.
Rapports et proportions.

Conseils généraux. — Dans cette classe, au lieu de se borner comme dans les classes précédentes à familiariser les élèves avec la pratique du calcul, il faut démontrer les règles, tout en se limitant strictement au programme.

Les règles concernant les opérations sur les nombres décimaux seront déduites des règles établies pour les opérations sur les fractions ordinaires.

En ce qui concerne la racine carrée, on se bornera à l'extraction de la racine carrée d'un nombre entier ou décimal à moins d'une unité décimale d'un ordre donné.

PROGRAMME DE GÉOMÉTRIE.

Lignes proportionnelles.

Similitude.

Relations entre les côtés d'un triangle rectangle.

Propriétés, en ce qui concerne le cercle, des sécantes issues d'un même point.

Constructions géométriques. — Quatrième proportionnelle et moyenne proportionnelle.

Polygones réguliers. — Carré, hexagone, triangle équilatéral.

2° PHYSIQUE.

(Une classe de 1 heure et demie par semaine pendant toute l'année.)

Pesanteur. — Équilibre des liquides et des gaz.

Divers états de la matière.

Direction de la pesanteur. — Centre de gravité, poids. — Balance.

Surface libre des liquides en équilibre. — Égalité de pression en tous sens. — Pressions sur les parois; vases communiquants.

Principe d'Archimède. — Application à la mesure des poids spécifiques; aréomètres à poids constant.

Pression atmosphérique; baromètre.

Loi de Mariotte; expériences de Mariotte.

Machine pneumatique. — Pompes. — Presse hydraulique. — Siphon.

Aérostats.

Chaleur.

Dilatation des corps par la chaleur.

Thermomètre. — Définition du degré de température.

Maximum de densité de l'eau.

Définition des chaleurs spécifiques. — Principe de la méthode des mélanges.

Fusion. — Solidification. — Dissolution. — Cristallisation. — Chaleur de fusion (simple définition).

Vaporisation; vapeurs saturantes et non saturantes. — Maximum de tension.

Définition de l'état hygrométrique. — Pluie, neige, rosée.

Évaporation, ébullition, distillation. — Chaleur de vaporisation (simple définition). — Froid produit par l'évaporation.

Conductibilité.

Acoustique.

Production du son. — Propagation. — Vitesse dans l'air et dans l'eau.

Réflexion du son. — Écho.

Intensité; hauteur. — Cordes vibrantes; loi des longueurs. Principaux intervalles musicaux. — Harmoniques. — Timbre.

Électricité.

Production de l'électricité par le frottement.

Électrisation par influence; électroscope à feuilles d'or; électrophore; machine électrique.

Condensateur; bouteille de Leyde; batteries. — Foudre. — Paratonnerre.

Pile de Volta. — Piles de Daniel, de Bunsen. — Courant électrique. — Effets physiologiques, calorifiques et lumineux. — Décomposition de l'eau.

CLASSE DE SECONDE.

(1 heure et demie par semaine pendant toute l'année.)

ALGÈBRE ET GÉOMÉTRIE.

PROGRAMME D'ALGÈBRE.

Emploi des lettres pour représenter les inconnues. — Problèmes simples conduisant à des équations du premier degré.

Emploi des lettres pour représenter les données. — Formules algébriques.

Emploi des nombres positifs ou négatifs pour la représentation des grandeurs susceptibles d'être portées dans un sens ou dans le sens opposé : longueurs comptées à partir d'un point, temps, vitesses, degrés thermométriques.

Opérations sur les nombres positifs et négatifs.

Équation du mouvement uniforme.

PROGRAMME DE GÉOMÉTRIE.

Mesure des aires : rectangle, parallélogramme, triangle, trapèze. — Rapport des aires de deux polygones semblables.

Rapport de la circonférence au diamètre. — Aire du cercle.

Géométrie dans l'espace. — Perpendiculaire et obliques à un plan. Parallélisme des droites et des plans.

Angles dièdres. — Plans perpendiculaires.

Notions sur les angles trièdres et des angles polyèdres.

CONSEILS GÉNÉRAUX. — On ne parlera pas des trièdres supplémentaires.

CLASSE DE RHÉTORIQUE.

(1 heure et demie par semaine pendant toute l'année.)

—

ANATOMIE ET PHYSIOLOGIE ANIMALES ET VÉGÉTALES.

En ce qui concerne l'anatomie et la physiologie animales et végétales, et en particulier pour toutes les questions relatives à la structure des organes, on ne donnera de développements histologiques que dans la mesure où pourront servir à élucider la physiologie.

Caractères généraux des êtres vivants. — Animaux et végétaux.

ANATOMIE ET PHYSIOLOGIE ANIMALES.

Caractère généraux des animaux. — Principaux tissus.

I. *Fonctions de nutrition.* (Étude spéciale de l'homme.)

Digestion : appareil digestif; aliments; phénomènes mécaniques et chimiques de la digestion.

Circulation : sang, appareil circulatoire sanguin, mécanisme de la circulation; lymphe et canal thoracique.

Absorption.

Respiration : appareil respiratoire, phénomènes mécaniques, physiques et chimiques.

Chaleur animale.

Appareils d'élimination : reins, glandes de la peau.

Foie : ses fonctions.

Notions sommaires sur les appareils de la circulation et de la respiration dans la série animale.

II. *Fonctions de relation.* (Étude spéciale de l'homme.)

Organes des sens.

L'œil, la vision, l'accommodation. — Quelques mots sur les anomalies de la vision.

L'oreille, l'audition.

L'odorat, le goût et le toucher.

Le larynx, la voix.

Appareil du mouvement : os, squelette, articulations. — Muscles : structure, fonctions.

Centres nerveux : fonctions. — Nerfs moteurs, nerfs sensitifs.

Principales modifications du système nerveux dans la série animale.

ANATOMIE ET PHYSIOLOGIE VÉGÉTALES.

Caractères généraux des végétaux.

Principaux tissus.

I. *Nutrition.* (Étude spéciale d'une plante phanérogame.)

Racine. — Radicelles. — Croissance et fonctions de la racine.

Tige : croissance et fonctions de la tige.

Feuille : structure; croissance et fonctions.

Nutrition en général : plantes à chlorophylle, plantes sans chlorophylle. — Aliments. — Réserves nutritives. — Respiration.

II. *Reproduction.* (Étude spéciale d'une plante phanérogame.)

Fleur : enveloppes florales; étamine, anthère, pollen, carpelles, ovule. Fécondation et développement.

Fruit et graine. — Germination : phénomènes qui l'accompagnent. Cryptogames : reproduction et formes alternantes. — Parasitisme.

HYGIÈNE.

(Douze conférences de 1 heure chacune [1].)

L'eau. — Les diverses eaux potables : eau de source, eau de rivière, eau de puits. — L'eau de source seule est pure; toutes les autres peuvent être contaminées; modes de contamination.

Les moyens de purifier l'eau potable : filtration, ébullition.

L'air. — De la quantité d'air nécessaire dans les habitations, etc. — Dangers de l'air confiné. — Renouvellement de l'air. — Ventilation. — Altération de l'air par les poussières, les gaz.

Voisinage des marais.

Les aliments. — Falsifications principales des aliments usuels, solides et liquides.

Viandes dangereuses : parasitisme et germes infectieux (trichinose, ladrerie, charbon, tuberculose); viandes putréfiées (intoxication par la viande du porc, les saucisses).

Des boissons alcooliques. — L'alcoolisme.

Les maladies contagieuses. — Qu'est-ce qu'une maladie contagieuse ou transmissible? Exemple : une maladie type dont la transmission est expérimentalement facile. Le charbon, expériences de M. Pasteur.

Indication rapide des principales maladies contagieuses de l'homme; voies de transmission : l'air, l'eau, l'appareil respiratoire, l'appareil digestif.

Teigne, gale, fièvres éruptives, variole, rougeole, scarlatine, tuberculose.

Vaccination. Revaccination. — Mortalité par variole.

Mesures de préservation. — Prophylaxie. — Désinfection. — Propreté corporelle.

Conditions de salubrité d'une maison. — La maison salubre; la maison insalubre.

Les maladies transmises par les déjections humaines : fièvre typhoïde, choléra.

Notions de police sanitaire des animaux. — Maladies transmissibles à l'homme. La rage, la morve, le charbon, la tuberculose.

Abatage, enfouissement. (Loi du 21 juillet 1881 sur la police sanitaire des animaux.)

---

[1] Ces conférences seront faites par le professeur chargé des cours d'anatomie et de physiologie.

CLASSE DE PHILOSOPHIE.

(Quatre classes de 1 heure et demie pendant toute l'année.)

—

1° ALGÈBRE, GÉOMÉTRIE ET COSMOGRAPHIE.

(Deux classes de 1 heure et demie pendant toute l'année.)

PROGRAMME D'ALGÈBRE.

Revision des premières notions de calcul algébrique données dans la classe de seconde.

Monômes et polynômes. — Addition, soustraction et multiplication des polynômes.

Résolution des équations du premier degré à une et à plusieurs inconnues (Explication des diverses méthodes sur des systèmes d'équations numériques). Application à la résolution de quelques problèmes simples.

Équation du second degré.

PROGRAMME DE GÉOMÉTRIE.

Revision des cours précédents.

Polyèdres. — Mesure des volumes : parallélépipède, prisme, pyramide, tronc de pyramide.

Cylindre, cône, tronc de cône : surface et volume.

Sphère. — Section plane. — Grands cercles. — Petits cercles. — Pôles d'un cercle. — Plan tangent. — Surface et volume de la sphère.

Conseils généraux. — Dans l'enseignement de la géométrie, le professeur s'attachera à bien mettre en évidence l'enchaînement des propositions. Dans la résolution des problèmes, il emploiera la méthode analytique de préférence à la méthode synthétique.

PROGRAMME DE COSMOGRAPHIE.

(Dix leçons au maximum.)

Sphère céleste. — Principales constellations. — Mouvement diurne. — Ascension droite et déclinaison.

Forme sphérique de la terre. — Détermination de la longitude et de la latitude. — Rayon de la terre.

Soleil. — Mouvement apparent sur la sphère céleste. — Écliptique; constellations zodiacales. — Saisons.

Lune. — Ses phases.

Éclipses de lune et de soleil.

Description générale du système solaire. — Planètes et leurs satellites.

Système de Copernic.

Détails succincts sur les diverses planètes.

Comètes. — Étoiles filantes.

Amas d'étoiles. — Nébuleuses.

2° PHYSIQUE ET CHIMIE.

PROGRAMME DE PHYSIQUE.

(Une classe de 1 heure et demie par semaine pendant toute l'année.)

Magnétisme.

Aimants naturels et artificiels.

Définition de la déclinaison et de l'inclinaison.

Expériences d'OErstedt. — Galvanomètre.

Action des courants sur les courants.

Action de la terre sur un courant fermé, mobile autour d'un axe vertical ; conducteurs astatiques.

Solénoïde : comparaison du solénoïde et de l'aimant.

Aimantation par les courants ; électro-aimants. — Principe du télégraphe électrique.

Induction par les courants et les aimants. — Bobine de Ruhmkorff. — Téléphone. — Principe des machines magnéto-électriques.

Optique.

Propagation rectiligne de la lumière. — Vitesse.

Lois de la réflexion. — Miroirs plans.

Miroirs sphériques concaves et convexes.

Réfraction. — Prisme. — Lentilles (étude expérimentale).

Loupe. — Principe de la lunette astronomique, du microscope et du télescope.

Décomposition et recomposition de la lumière.

Spectre solaire. — Spectres des diverses sources lumineuses.

Chaleur rayonnante.

Photographie.

Révision des cours précédents et compléments.

Principe de l'inertie. — Forces. — Énoncé, sans démonstration, de la règle du parallélogramme des forces et de celle de la composition de deux forces parallèles.

Lois de la chute des corps. — Machine d'Atwood.

Pendule. — Applications.

Travail. — Force vive. — Énergie.

Définition de l'équivalent mécanique de la chaleur.

Principe de la machine à vapeur : condenseur, détente.

Galvanoplastie ; dorure ; argenture.

PROGRAMME DE CHIMIE.

(Une classe de 1 heure et demie par semaine pendant toute l'année.)

Corps simples et corps composés.

Eau : analyse et synthèse. — Hydrogène. — Oxygène.

Air : analyse. — Azote.

Combustion. — Notions générales sur la combinaison chimique. — Chaleur dégagée. — Changement de propriétés.

Principes de la nomenclature et de la notation chimiques.

Acides. — Bases.

Oxydes de l'azote. — Acide azotique. — Ammoniaque.

Lois des combinaisons en poids et en volumes.

Chlore. — Acide chlorhydrique. — Eau régale. — Iode.

Soufre. — Acide sulfureux. — Acide sulfurique. — Acide sulfhydrique.

Phosphore. — Acide phosphorique. — Hydrogène phosphoré.

Carbone. — Acide carbonique. — Oxyde de carbone. — Sulfure de carbone. — Cyanogène et acide cyanhydrique.

Carbures d'hydrogène. — Acétylène. — Gaz oléfiant. — Gaz des marais. — Benzine. — Gaz de la houille. — Flamme.

Silice.

Généralités sur les métaux, les oxydes et les sels [1].

Généralités sur les principales matières organiques, au double point de vue de leur extraction des êtres vivants et de leur formation artificielle [2] [3].

---

[1] Une leçon.

[2] Une leçon.

[3] Extraits des rapports et procès-verbaux de la Commission des réformes sur l'enseignement scientifique :

MATHÉMATIQUES. — « Si l'enseignement des mathématiques rencontre dans beaucoup de classes de lettres tant d'esprits indifférents et réfractaires, il est difficile de croire que la cause n'en soit pas, pour une certaine part, dans la manière dont il y est quelquefois donné. C'est ici surtout qu'il faut assurer les principes et se hâter lentement. Pour répandre dans les leçons plus d'attrait et de lumière, on recommandera notamment au professeur de bien marquer la liaison et l'importance relative des théorèmes. Souvent la géométrie reste confuse aux regards des élèves, parce que tout y est mis sur un même plan. »

PHYSIQUE. — « Dans l'enseignement des sciences physiques, le défaut le plus ordinaire, que signalait déjà, avec autant de force que d'autorité, l'Instruction de 1854, c'est que le caractère de la leçon, qui est celui d'un exposé dogmatique, y dénature le caractère de la science, qui est expérimental. Il faudrait que l'expérience, principe et nerf de la science, n'intervînt pas dans le cours seulement à titre d'illustration et pour l'agrément. En physique, un bon exposé des vérités acquises est déjà sans doute une chose fort utile. Il serait plus utile encore de donner aux élèves un commencement d'initiation à cette méthode, la plus féconde et la plus générale de toutes, dans laquelle des faits bien analysés fournissent au raisonnement son point de départ, ou sa rectification, ou sa preuve. On demandera donc au professeur de faire servir son enseignement à la culture de l'esprit, en d'autres termes, de le rendre éducatif. La méthode analytique est ici la seule applicable. De faits bien constatés, d'expériences simples, répétées devant les élèves au cours même de la leçon, il s'élèvera à l'étude des phénomènes plus complexes pour aboutir finalement à l'énoncé de la loi qui les régit. On l'invitera, pour quelques questions qui s'y prêtent facilement, à exposer sommairement la marche qu'a suivie l'esprit humain et les tâtonnements successifs par lesquels il est passé pour arriver à la découverte de la vérité scientifique. C'est la démonstration la plus frappante que l'on puisse donner de l'influence qu'a exercée l'emploi judicieux de la méthode expérimentale sur le développement et les progrès des sciences physiques. »

(Voir ci-contre les extraits de l'instruction de 1854.)

EXTRAITS

DE L'INSTRUCTION DE 1854 SUR LE PLAN D'ÉTUDES DES LYCÉES.

Dans l'Instruction de 1854 sur le plan d'études des lycées, un maître de la science, qui était aussi un maître dans l'enseignement, J.-B. Dumas, donne, avec une grande hauteur de vues, des conseils analogues aux professeurs chargés d'enseigner les sciences physiques. Il ne sera pas sans intérêt ni sans utilité de les reproduire ici en partie :

« Les professeurs de quelques lycées s'attachent un peu trop encore à dicter leurs leçons, et à exiger des élèves de longues rédactions, procédé qui est surtout propre à exercer la mémoire et point assez à montrer comment on observe un fait et comment d'un fait qu'on observe bien, on tire soi-même des conséquences précises.

« Aussi, quoique les expériences soient généralement disposées avec soin dans les cours de nos lycées et qu'elles y réussissent bien, elles ne font pas toujours sur les élèves l'impression qu'on en devrait attendre. Le plus souvent, le professeur les emploie pour démontrer ce qu'il vient d'affirmer. Comme il sent bien qu'il est cru sur parole et que, de leur côté, les élèves, convaincus d'avance, ne croient plus avoir le moindre effort d'esprit à faire, les expériences sont rejetées sur le second plan. D'ailleurs, le professeur, sans le vouloir, passe trop rapidement sur les expériences pour se réserver le temps de dicter sa leçon et de la faire écrire sous sa dictée.

« Or rien de plus facile avec la souplesse et la sûreté de mémoire qu'on rencontre chez nos jeunes élèves, que de leur faire apprendre par cœur un cours de chimie. Ils retiendront tout, principes généraux, formules, chiffres, développements, et pourront se faire illusion sur leur savoir réel, mais à peine sortis du lycée, ils s'apercevront qu'ils s'étaient bien trompés, car il ne leur restera rien de ce qu'ils avaient si aisément appris.

« Au contraire, si le professeur leur fait réellement comprendre la science, ses élèves seront moins brillants peut-être, mais il leur aura donné des notions plus solides et plus durables.

« Pour y parvenir, il doit les accoutumer, par de fréquents exemples, à trouver eux-mêmes des raisonnements, à tirer des conséquences, à préciser des conclusions, à développer des applications. S'adressant d'abord aux sens, il doit partir de l'expérience fondamentale, toutes les fois que le sujet le permet, en fixer les conditions, en mettre en relief toutes les circonstances, obliger les élèves à s'en rendre compte par eux-mêmes, puis fonder tout l'édifice de sa discussion sur cette base solide. Lorsqu'il s'agit de ces expériences qui ont donné naissance à une grande théorie, comme l'analyse de l'air par Lavoisier; qui ont servi à découvrir une grande application, comme l'action décolorante du charbon; qui se lient à des phénomènes d'un intérêt universel, comme la combustion du charbon ou celle de l'hydrogène, loin de glisser sur les détails, le professeur doit suivre ces expériences dans tout leur cours, les peindre à mesure qu'elles s'effectuent, attirer sur elles l'œil de l'auditoire, en prévoir les diverses phases, les annoncer, en expliquer les accidents, en un mot, concentrer sur elles toute la puissance d'attention des élèves.

« Si le temps dont le professeur dispose le permettait, l'emploi général de ce procédé lui serait recommandé; car, lorsqu'il affirme d'abord et qu'il prouve ensuite, il lui faut un grand art pour intéresser; un problème étant, au contraire, donné par la nature, si professeur et élèves luttent de concert pour le résoudre, l'auditoire s'anime spontanément.

« Envisager la chimie comme une conception pure de l'esprit et les faits comme un complément d'information, dont à la rigueur on pourrait se passer, c'est enseigner non la chimie, mais une science fausse qui formerait de jeunes présomptueux.

« On ne saurait trop le répéter aux professeurs : Bornez votre enseignement; loin de vous engager par delà du programme, restez en deçà plutôt. Mais quand vous faites une expérience fondamentale, analysez-en les conditions essentielles avec soin, faites-en bien ressortir les conséquences immédiates. Quand vous exposez un sujet d'un intérêt général, résumez-en l'histoire : rendez ainsi familière la logique des inventeurs; apprenez à vos élèves à connaître et à vénérer les noms des hommes illustres qui ont créé la science. Défiez-vous des exposés abstraits. La vanité du professeur peut s'y complaire, il peut se dire : Voilà comment je m'y serais pris pour inventer la science, si elle n'eût pas été déjà inventée. Mais, qu'il y prenne garde, cette satisfaction a pour résultat certain d'inspirer aux élèves une confiance mal fondée dans la puissance du raisonnement. Si le besoin d'abréger amène quelquefois la nécessité de préférer une telle méthode d'exposition, qu'un coup d'œil rapide sur l'histoire de la question vienne toujours, du moins, en donner le correctif.

« Ce sont les faits qui ont servi de point de départ à toutes les découvertes de la chimie; ce sont les faits qui la guideront encore dans l'avenir. Sa logique est là, non pas ailleurs. Dans l'exposition des grandes théories, on ne saurait donc trop recommander aux professeurs de marcher du connu à l'inconnu. Ils donneront pour base à leurs leçons, en pareil cas, une idée ou un fait familier aux élèves, vulgaire s'il se peut, et ils en feront sortir devant eux, par voie de déductions, en justifiant celles-ci par des expériences appropriées, toutes les conséquences que la science en a tirées.

« Tout ce qui tend à confondre l'étude des sciences physiques avec les observations et les notions de la vie commune doit être saisi avec empressement. L'élève s'accoutume par là à raisonner ses impressions, à classer ses remarques, à les préciser. Il acquiert pour toute la vie l'habitude de raisonner en chimiste, au lieu de se borner à savoir par cœur, pour quelques mois, le texte de son cours.

« La tâche du professeur ne sera pas remplie si tous ses élèves n'emportent pas de son enseignement des notions justes sur les faits qui sont d'observation générale et vulgaire; s'ils n'ont pas pris l'habitude d'en parler avec simplicité et clarté; s'ils ne savent pas les discuter et s'en rendre compte.

. . . .

« Aussi, pour la parfaite exécution du nouveau plan d'études, les professeurs trouveront-ils bien plus de profit à préparer leur leçon dans le laboratoire même, au milieu des appareils, en prenant part à la disposition matérielle des expériences, qu'à l'étudier dans leur cabinet, abstraction faite des objets qu'ils vont avoir à manier et à faire passer sous les yeux des élèves. Car, c'est dans la nature, bien plus que dans les livres, qu'il faut chercher des inspirations pour un enseignement qui doit demeurer élémentaire, pratique et toujours approprié aux intelligences moyennes. Car la science que le lycée enseigne est celle qui, par la généralité de ses notions, convient à tout le monde, et non la science plus élevée ou plus détaillée réservée aux Facultés.

. . . .

« Le professeur veut-il se rendre compte des résultats qu'il a obtenus; qu'il fasse lire tout haut par un de ses élèves un passage d'un traité de chimie et qu'il en exige l'explication et le commentaire, soit de la part de cet élève même, soit de la part de ses camarades. Lorsque l'interrogation en classe sur des questions de chimie n'obtient pas tout le succès désirable, cette forme d'examen sur un texte précis réussit toujours. L'examen porte alors sur un sujet bien déterminé. Dans le passage choisi, les mots sont employés avec justesse et les idées énoncées avec précision. Si l'élève montre, par ses réponses aux questions nombreuses que chaque terme de chimie peut provoquer, qu'il en a le sentiment exact; s'il donne aux idées leur valeur précise, il sait déjà beaucoup. Si, au contraire, il hésite ou se trompe, rien n'est mieux fait pour lui prouver qu'il a besoin de nouveaux efforts; car tout élève sensé comprendra que, si le lycée n'est pas destiné à faire des chimistes, on doit en sortir en état, du moins, de lire avec profit un livre de chimie élémentaire pris au hasard.

« A mesure que l'enseignement se fortifie, on peut donner aux exercices un caractère plus profitable; poser aux élèves des problèmes numériques et en faire contrôler la solution de temps en temps. Après avoir demandé à un élève combien un gramme de craie fournira de centimètres cubes d'acide carbonique, rien de plus facile, par exemple, que de faire immédiatement vérifier son résultat par l'élève lui-même sur la cuve à mercure et devant tous ses camarades. Par quelques exercices de ce genre, les jeunes gens apprennent bientôt à calculer, à peser, à mesurer, et on leur inspire le goût de l'expérience avec la confiance de ses enseignements.

« Si la chimie doit se garantir des abstractions, cette règle n'est pas moins applicable à la physique.

« L'homme n'a pas inventé la physique; il a saisi des observations données par le hasard; il en a varié les conditions, et il en a déduit les conséquences.

« Persuader aux jeunes gens que l'esprit humain pouvait se passer du fait qui sert de base à chaque découverte importante, qu'il pouvait créer la science par le raisonnement seul, c'est préparer au pays une jeunesse orgueilleuse et stérile.

« Quand il s'agit de marquer le premier jet de la pensée humaine, son origne, il n'y a rien de plus beau, de plus fécond et de plus moral que la vérité.

« Que, dans l'étude des mathématiques, on fasse table rase du passé, qu'on les enseigne dégagées de tout document historique, cela n'est pas sans inconvénient; mais qu'un pareil procédé soit étendu aux sciences physiques, ce sera en dénaturer complètement le sens.

« On ne saurait donc trop recommander aux professeurs de physique de commencer l'exposition de toutes les grandes théories par un précis historique très fidèle, et, au besoin, par l'exacte reproduction de l'expérience d'où l'inventeur est parti. Ils n'oublieront pas que la physique est une science expérimentale qui tire parti des mathématiques pour coordonner et pour exposer ses découvertes, et non point une science mathématique qui se soumettrait au contrôle de l'expérience.

« Les professeurs de physique ne sauraient trop se défier d'ailleurs d'une particularité de leur enseignement qui se rattache plus qu'il ne semble à la considération précédente. On veut parler de ces appareils de luxe que l'usage a introduits dans leurs cabinets.

« Le plus souvent, la pensée première de l'inventeur, dénaturée dans ces appareils pour revêtir une forme qui en fait disparaître toute la naïveté, s'éloigne trop des dispositions premières qu'il avait adoptées.

«Presque toujours, ces appareils offrent des dispositions accessoires compliquées, sur lesquelles l'attention des élèves s'égare et qui les distraient de l'objet essentiel de la démonstration.

«Leur prix élevé éloigne de l'esprit des élèves toute pensée de s'occuper un jour de physique; cette science leur semble réservée aux personnes qui disposent d'un grand cabinet ou d'une grande fortune.

«Nous ne saurions donc trop rappeler aux élèves de l'École normale l'utilité des travaux d'atelier qu'ils ont à accomplir; aux proviseurs, le parti qu'ils peuvent tirer, au profit de l'enseignement, d'un atelier placé près du cabinet de physique comme sa dépendance nécessaire; nous ne saurions trop encourager les professeurs de physique à simplifier leurs appareils; à les construire eux-mêmes toutes les fois qu'ils le peuvent; à n'y employer que des matériaux communs; à se rapprocher dans leur construction des appareils primitifs des inventeurs; à éviter ces machines à double et triple fin dont la description devient presque toujours inintelligible pour les élèves.

«Quoi de plus simple que les moyens à l'aide desquels Volta, Dalton, Gay-Lussac, Biot, Arago, Malus, Fresnel ont fondé la physique moderne?

«Il y a quarante ou cinquante ans, lorsque cette génération de physiciens illustres reconstituait sur de nouvelles bases tout l'édifice de la science, elle y parvenait avec des outils si communs, d'un prix si modique et d'une démonstration si facile, qu'on a le droit de se demander si l'enseignement de la physique ne s'est pas trop soumis à l'empire des constructeurs d'instruments.

«Insensiblement, on est venu parfois à subordonner la pensée qu'il s'agit de faire entrer dans l'esprit des élèves à l'appareil qui devrait en être seulement la traduction matérielle ou la vérification. Les professeurs de physique craignent d'aborder l'étude d'une classe de phénomènes quand la machine imaginée par les constructeurs de Paris manque à leur cabinet, comme si cette exposition perdait quelque chose à être faite à l'aide des procédés matériels très simples imaginés par les inventeurs mêmes, et toujours de nature à être réalisés à peu de frais partout.

«Cependant, lorsque la recherche d'une précision inutile conduit à aborder des détails où l'intelligence des élèves ne peut plus pénétrer, ils ne retiennent ni l'expression trop raffinée de la loi qu'on voulait mettre dans leur mémoire, ni son expression plus simple qui, présentée seule, aurait été comprise et conservée.

«Prétendre, par exemple, qu'on ne peut parler de la dilatation des gaz par la chaleur sans faire connaître les appareils délicats qui en ont donné la dernière mesure, c'est une erreur. Que la chaleur dilate l'air, c'est une notion utile à tout le monde; que cette dilatation se montre sensiblement la même pour tous les gaz, c'est ce que tous les jeunes gens instruits doivent savoir; car c'est une des belles lois de la nature. Mais que cette loi ne soit vraie qu'à titre de loi limite, et qu'elle soit seulement approximative dans les circonstances ordinaires; que chaque gaz ait un coefficient de dilatation spécial et variant de l'un à l'autre à la troisième ou à la quatrième décimale, c'est l'affaire des savants de profession.

« Gay-Lussac s'était assuré que tous les gaz se dilatent de la même manière, au moyen de tubes gradués contenant des quantités égales de divers gaz et disposés dans une étuve qu'on échauffait de 10 à 100 degrés. La mesure directe du volume occupé par chaque gaz au commencement et à la fin de l'expérience lui avait suffi pour donner la loi du phénomène.

« Exposée de la sorte, la question ne trouvera jamais d'intelligence rebelle dans le jeune auditoire des lycées. A quoi servirait pour lui d'y rien ajouter?

« Ainsi 1° caractériser exactement le procédé des inventeurs toutes les fois qu'il s'agit d'une grande classe de phénomènes; 2° s'astreindre, autant que possible, à l'emploi des appareils et des procédés les plus familiers; 3° laisser à l'enseignement des Facultés les détails plus compliqués, réservés aux savants; 4°, se borner à l'exposition des idées simples, dont tout le monde a besoin de faire usage : telles doivent être les règles à suivre dans l'enseignement de la physique.

« La description et la discussion des procédés ou des appareils qui se rattachent aux applications communes de la physique doit trouver place dans cet enseignement. Ne dédaignons pas d'apprendre à nos élèves sur quels principes sont fondés les appareils d'éclairage domestique et comment on en doit gouverner l'emploi. Qu'ils apprennent à quels signes on reconnaît un bon appareil de chauffage et comment on en tire le meilleur parti. Qu'ils sachent ventiler leurs demeures. Qu'ils sachent constater si elles sont humides et qu'ils soient en état de les assainir.

« Que le professeur mette en un mot le plus grand soin à se rapprocher de la vie réelle; qu'il se propose d'en améliorer les conditions et qu'il y puise toutes les inspirations qu'elle pourra lui fournir.

« Bien entendu que si toutes ces observations sont applicables à l'enseignement de la physique pour la section des sciences, à plus forte raison conviennent-elles lorsqu'il s'agit de la section des lettres.

« Il dépend du professeur de physique de faire que, pour ses élèves, la nature ait un langage, que son spectacle soit plein d'instruction, que leur curiosité, toujours en éveil, y trouve un aliment toujours nouveau. Mais comment y parviendrait-il, s'il ne commençait pas à éprouver pour son propre compte les impressions qu'il est chargé de transmettre?

« L'enseignement des mathématiques avait été pris au point de vue abstrait; celui de la physique avait fini par subir les mêmes influences; celui de la chimie tendait à tomber dans les mêmes erreurs. Eh bien! il faut avoir le courage de le dire, la jeunesse en avait perdu ce sentiment qui est la source de toutes les découvertes, le sentiment de la curiosité. A quoi bon s'occuper du monde extérieur, en effet, si c'est en soi-même que chacun doit tout trouver? et lorsqu'on sent son impuissance à rien produire spontanément, comment se garantir du découragement?

« Bien enseignée, la physique élargit et élève la pensée. Elle embrasse, en effet, les phénomènes les plus merveilleux; elle maîtrise les forces les plus mystérieuses; elle explique les manifestations les plus redoutables des puissances de la nature. Qu'elle se garde donc d'abaisser son point de vue, et qu'elle n'oublie pas d'apprendre à admirer les phénomènes et les lois du monde, pour concentrer toute l'attention des élèves sur les appareils qui en donnent la mesure précise ou qui servent à les constater. »

. . . .

« Dans le cours de physique, l'exposition des phénomènes et des théories sera précédée fort utilement par un aperçu de la marche de la science. Les jeunes gens verront dans ces indications par quel genre de raisonnement ont été faites ou perfectionnées la plupart des découvertes. Des inductions plus ou moins heureuses conduisent à rapprocher certains phénomènes; en expérimentant pour étudier plus attentivement leurs ressemblances et leurs différences, on trouve des faits nouveaux; puis on cherche à tout expliquer par des principes ou des hypothèses dont il est possible de déduire de nouvelles conséquences. Si elles se vérifient dans un grand nombre de circonstances, l'observateur prend confiance et se donne carrière; dans le cas contraire, quand l'expérience a prononcé sans appel, il ne peut sans s'égarer continuer à suivre sa première voie; il est forcé de reconnaître que ses raisonnements, si rigoureux en apparence, pêchent pas leur base. Sans doute, il ne connaît pas toutes les causes qui interviennent dans la production des phénomènes examinés, ou bien encore les principes sur lesquels il se fondait sont moins sûrs ou moins étendus qu'il ne l'avait pensé. Il revient sur ses pas, et ses efforts se dirigent vers de nouveaux problèmes.

« Les élèves verront ainsi qu'en physique, comme dans presque toutes les sciences, la géométrie exceptée, il faut se garder de pousser trop loin les conséquences d'un principe même certain lorsqu'on n'a pu les vérifier, les contrôler par l'expérience. De toutes les leçons qu'ils recevront, celle-ci n'est pas la moins importante.

« Il doit être bien entendu que, pour les élèves de la section littéraire, plus encore que pour ceux de la section scientifique, il serait inutile d'insister longuement sur les précautions minutieuses que nécessitent les recherches en physique. Il serait également superflu de consacrer un temps précieux à décrire les instruments dans tous leurs détails. Les parties essentielles des appareils et leur usage, les traits principaux de la méthode énoncés en langage ordinaire, suffiront dans la plupart des cas, pourvu que les expériences fondamentales soient bien faites en présence des élèves. »

III

DISCIPLINE.

DISCIPLINE

III

DISCIPLINE.

Afin que les administrateurs, les professeurs et les maîtres chargés
d'appliquer la réforme disciplinaire fussent informés d'une manière
plus complète et en quelque sorte plus intime des motifs qui l'ont
inspirée, il a paru bon de leur adresser, au lieu d'une instruction, le rapport même présenté par la sous-commission de discipline
à la Commission instituée en 1888 pour étudier les améliorations à
introduire dans le régime des établissements d'enseignement secondaire. La Commission d'abord, le Conseil supérieur ensuite ont
adopté l'esprit et les propositions fondamentales de ce rapport. On
verra, en le lisant, de quelles études préparatoires, de quelles
longues discussions cette réforme de la discipline a été l'objet. Ce
document résume, pour ainsi dire, l'enquête persévérante que l'Université poursuit sur elle-même depuis plusieurs années. Le libé-
ralisme dont il est animé est l'esprit même, la tradition, la raison
d'être de l'Université : elle n'aura pas de peine à s'y associer.

PREMIÈRE PARTIE.

CONSIDÉRATIONS GÉNÉRALES.
(LE BUT; LES GRANDS DESIDERATA.)

Objet des études de la sous-commission [1] : l'éducation morale.

MESSIEURS,

Votre sous-commission de la discipline a pris le mot « discipline »
au sens le plus élevé : elle a examiné tout ce qui a trait à la direction
morale des élèves dans nos établissements d'enseignement secondaire, en tant du moins que cette direction morale est distincte de
l'hygiène générale et de la culture intellectuelle. En d'autres termes,

---

[1] Président de la sous-commission : M. GRÉARD, vice-recteur de l'Académie de
Paris.
Membres de la sous-commission :
MM. BOUTAN, inspecteur général de l'instruction publique;
BROUARDEL, doyen de la Faculté de médecine de Paris;

elle s'est regardée comme saisie de toute la grande question de l'éducation au lycée, en évitant seulement d'empiéter sur le terrain des autres sous-commissions.

Ce n'était pas toujours facile, car tout se tient en ces matières.

Nous avons eu mainte occasion de le constater et nous tenons à le proclamer une fois pour toutes : la base naturelle, la première garantie d'une bonne éducation morale, c'est, à nos yeux, une saine et virile éducation physique. Comme ce grand sujet était, à côté de nous, l'objet d'une étude approfondie, il ne nous a pas arrêtés ; mais nous n'avons cessé de l'avoir présent à l'esprit, de sentir au vif la portée de toutes les questions qui s'y rattachent. Si nous n'avions eu lieu de croire que ces questions allaient être résolues dans le sens d'une régénération physique de la jeunesse, notre premier soin aurait été d'appeler votre attention sur cette condition *sine qua non* de la régénération morale, objet propre de notre étude. La bonne discipline et les bonnes mœurs sont, pour nous, dans une étroite relation avec la bonne humeur, l'hygiène et les mâles exercices.

D'un autre côté, l'enseignement, si distinct soit-il de l'éducation proprement dite, contribue nécessairement, surtout par ses méthodes, à former les caractères en même temps que les intelligences. Les bonnes habitudes d'esprit, la fermeté et la finesse du jugement, la netteté des idées, le savoir, le goût, influent dans une large mesure sur la conduite. On ne sait pas assez peut-être à quel point la bonne éducation de l'esprit importe à celle de la volonté ; du moins est-ce là un point de vue auquel on ne se place pas assez, d'ordinaire, dans la discussion des méthodes, qui en serait éclaircie en même temps que relevée. Le problème de l'enseignement secondaire ne serait plus inextricable au point où il le paraît, le jour où l'on serait

---

Buisson, directeur de l'enseignement primaire ;
Burdeau, député, ancien élève de l'École normale ;
Compayré, député, ancien élève de l'École normale ;
Croiset (A.), professeur à la Faculté des lettres de Paris :
Dupuy (Ch.) député, vice-recteur honoraire ;
Edon, professeur au lycée Henri IV, membre du Conseil supérieur ;
Foncin, inspecteur général de l'instruction publique ;
Girard (Julien), proviseur du lycée Condorcet ;
Godard, directeur de l'école Monge, membre du Conseil supérieur ;
Jalliffier, professeur au lycée Condorcet, membre du Conseil supérieur ;
Lange, professeur au lycée Louis-le-Grand, membre du Conseil supérieur ;
Lavisse, professeur à la Faculté des lettres de Paris ;
Lemonnier, professeur à l'École nationale des beaux-arts et à l'École normale de Sèvres ;
Liard, directeur de l'enseignement supérieur ;
Marion, professeur à la Faculté des lettres de Paris ;
Morel, inspecteur général de l'instruction publique ;
Pécaut, inspecteur général de l'instruction publique ;
Proust, membre de l'Académie de médecine ;
Rabier, directeur de l'enseignement secondaire ;
Rieder, directeur de l'École alsacienne, membre du Conseil supérieur.
Rapporteur : M. Marion.
Secrétaire des séances : M. de Galembert.

unanime à assigner aux études pour fin essentielle de faire avant
tout de bons esprits, prêts à se montrer tels dans la vie, munis des
qualités que réclame la *pratique* au sens philosophique de ce mot.
Heureusement nous pouvions compter aussi que ce problème, repris
par vous avec tout le soin qu'il mérite, allait recevoir une solution
de plus en plus conforme aux besoins moraux du pays.

A la prendre toute seule et en elle-même, c'est une question d'une
singulière importance que celle de la discipline dans nos lycées[1]; si
on la sépare des questions d'enseignement, elle l'emporte infiniment
sur elles en intérêt. En effet, il s'agit de savoir à quel régime moral
seront soumis dans les établissements de l'État les jeunes Français.
Or, au moral comme au physique, le régime fait le tempérament;
soit qu'il affermisse ou modifie, aggrave ou corrige les dispositions
premières, il y ajoute ou y substitue la force invincible de l'habitude : il fait petit à petit du naturel de l'enfant le caractère de
l'adulte. Mais que l'on considère la valeur et le sort de l'individu
isolé, ou, ce que l'enseignement public ne doit pas moins avoir à
cœur, la dignité et la destinée de la nation, le caractère pèse d'un bien
autre poids que l'esprit. Qu'importe ce que sait un homme, en comparaison de ce qu'il veut, et qu'importe ce qu'il pense au prix de ce
qu'il fait?

L'Université consciente de sa responsabilité à cet égard; progrès déjà réalisés.

L'Université, qui a toujours eu conscience de sa responsabilité
à cet égard, en est aujourd'hui particulièrement soucieuse. Il est vrai
que des publications récentes ne se sont pas fait faute de la lui rappeler; mais les écrivains qui l'ont fait avec le plus de passion et le
plus de talent sont de ses propres élèves, formés par elle-même à la
critique; et ils n'ont trouvé nulle part ni plus d'écho ni meilleur
accueil qu'auprès d'elle.

La meilleure preuve du sentiment qu'elle a de son devoir d'éducatrice, c'est l'institution même de cette commission, la circulaire mi-
nistérielle du 28 mars 1888 qui l'annonçait aux recteurs, les rapports
si remarquables des recteurs en réponse à cette circulaire, enfin les
termes dans lesquels, le 3 novembre suivant, M. le directeur de l'enseignement secondaire, G. Morel, présentait au Ministre les *Extraits*
de ces rapports qui ont servi de base à nos travaux.

Tout en signalant, en effet, les réclamations pressantes de l'opinion et en déclarant le moment venu d'y donner satisfaction d'une
manière plus décisive, M. le Ministre Faye reconnaissait que ces
réclamations étaient en grande partie celles de l'opinion universitaire elle-même et que l'initiative libérale des recteurs les avait en

---

[1] Lycées et collèges, bien entendu. Est-il besoin de dire qu'il s'agit dans tout ce
rapport de tous les établissements publics d'enseignement secondaire, et que, si l'on
dit le plus souvent *lycées* au lieu de *lycées et collèges*, *proviseurs* au lieu de *proviseurs
et principaux*, c'est uniquement pour abréger?

maint endroit devancées. A défaut des grandes réformes d'ensemble qu'il ne leur appartient pas d'accomplir, l'attention des recteurs, depuis quelque temps déjà, « s'était portée, disait-il, sur ces réformes d'apparence modeste qui peuvent cependant, en remédiant aux inconvénients inévitables de l'internat, faciliter et assurer les bonnes études, favoriser le développement physique et moral de nos élèves, entretenir chez eux, avec la santé, la belle humeur ». Ils avaient « tenté, chacun à sa mode, de remanier la discipline scolaire, d'assouplir sa rigidité formaliste, de lui donner une allure plus aisée, plus libérale, en la fondant sur l'autorité plutôt que sur la contrainte ». Le Ministre leur demandait, pour en faire juge notre commission, d'indiquer soit les mesures qu'ils avaient déjà mises en pratique dans les lycées et collèges de leur académie, soit les perfectionnements qu'ils se proposaient d'introduire dans le régime intérieur et la vie domestique de ces établissements.

Les documents ainsi mis sous nos yeux ne témoignent pas seulement d'efforts très intéressants et d'un esprit d'initiative que l'opinion refuse d'ordinaire à l'administration universitaire; ils révèlent des progrès dès maintenant acquis, que les mieux informés d'entre nous ne connaissaient pas tous, et dont vous avez été très heureux de prendre acte.

Disons-le une fois pour toutes, les critiques qui se sont produites dans la sous-commission et dont on trouvera ici l'expression franche, vive au besoin, appellent presque toutes des réserves et comportent des tempéraments que nous n'avons jamais manqué d'y mettre. Si nous n'avons pas cru devoir nous arrêter à chaque pas pour rendre hommage aux efforts des uns, aux résultats obtenus par les autres, au zèle de tous, c'est pour ne pas ralentir inutilement notre exposé et pour ne pas donner, par un tableau trop effacé de nos *desiderata* un sentiment trop faible de la nécessité d'une réforme. Nous savons tous, et l'administration supérieure nous a rappelé en toute occasion ce qu'il y a de bon vouloir et de dévouement dans l'Université. Mais précisément parce que cela est notoire, il nous a paru superflu de le redire à chaque ligne, trop universitaires nous-mêmes pour être suspects d'injustice et peut-être aussi pour insister là-dessus avec convenance. L'Université n'a que faire de se congratuler. Son honneur, au contraire, est d'être difficile pour elle-même. Tout ce qui lui importe, c'est de répondre de mieux en mieux à la confiance du pays. Or une condition pour cela, c'est de procéder bravement à un examen de conscience qu'elle ne craint pas, qu'elle a été la première à vouloir complet et public.

N'hésitons pas à le dire, ce qui a été fait est peu de chose encore auprès de ce qui reste à faire. Il faudrait, pour s'en contenter, un optimisme que vous interdisent et votre connaissance des difficultés pratiques auxquelles on se heurte et votre sentiment profond des besoins, en partie nouveaux, en partie aussi contradictoires, auxquels il s'agit de faire droit.

Le but et la difficulté; l'internat.

Le régime intérieur de nos établissements d'enseignement secondaire, c'est presque essentiellement l'internat. Certains lycées, sans doute, et non des moins prospères, sont de purs externats; mais ils sont en si petit nombre et constituent chez nous une telle exception, qu'on pourrait presque les mettre hors de cause. Sans doute encore, dans tous les lycées et collèges, la proportion des externes est considérable; mais ce n'est pas sur eux, on le sait, que pèse surtout la discipline, ce n'est pas leur sort qui a le plus lieu de préoccuper l'opinion. L'éducation des externes est en somme l'affaire des familles autant et plus que de l'Université. En nous les donnant à instruire, leurs parents se réservent implicitement, et quelquefois expressément, de les élever. Le milieu domestique et social, soit qu'il agisse dans le même sens que la classe, soit qu'il en contrarie et parfois en détruise l'effet, exerce une telle action sur leurs manières, leurs mœurs, leur caractère, que notre responsabilité, en ce qui les concerne, est réduite. C'est vis-à-vis des internes surtout qu'elle est lourde ou, plus exactement, vis-à-vis du pays à propos d'eux. Au reste, la plupart des mesures qui vont être proposées sont communes aux externes et aux internes.

De ces milliers d'enfants qui lui sont absolument confiés, l'Université doit faire, autant qu'il se peut, les hommes dont le pays a besoin. Qui préparera à la nation, si ce n'est l'éducation nationale, les caractères que nos institutions réclament, les mœurs publiques sans lesquelles la liberté n'est pas viable? L'éducation morale et civique, qui est une nécessité pressante à tous les degrés, que l'école primaire s'efforce aujourd'hui de donner à tous, est deux fois nécessaire à ceux qui n'auront pas seulement à se conduire eux-mêmes, mais qui, par la parole, la presse, le livre, l'influence sociale feront l'esprit public et mèneront l'opinion.

Nous avons trop cru jusqu'ici que cette éducation se fait suffisamment d'une manière indirecte, impliquée qu'elle est dans la culture générale. Ce que donne bien la culture, quand elle est ce qu'elle doit être, ce sont les connaissances historiques, les habitudes philosophiques, le bon sens et le bon goût, qui, servant à tout, servent aussi à voir clair dans les choses publiques et à s'y comporter honnêtement: il n'est que juste sans doute de faire honneur pour une bonne part à l'éducation universitaire du solide fonds de sagesse, de modération et de clairvoyance qui survit, Dieu merci, à toutes nos crises. Mais dût-il y survivre indéfiniment (ce qui n'est pas sûr, après tout, s'il était soumis à de trop rudes épreuves), ce n'est point assez des qualités de cet ordre, si le caractère ne s'y joint pour les rendre actives. L'esprit, on l'a bien dit, sert à tout, mais ne suffit à rien. Il ne suffit pas, à coup sûr, pour jouer un rôle utile dans une démocratie; car il n'assure pas même les plus modestes, les plus négatives des vertus que suppose la pratique de la liberté: la patience, le sang-froid, la résistance aux entraînements. Il faut que l'éducation tout entière, et non pas seulement l'instruction, prépare nos jeunes gens à la vie libre.

Mais ici éclate la difficulté de la tâche et ce qu'il y a de contradictoire en quelque sorte dans nos *desiderata*. On ne se prépare à la liberté qu'en s'y exerçant; or l'internat par nature ne peut faire qu'une part très restreinte à la liberté. C'est presque nécessairement un régime d'autorité. Le mécanisme est l'essence de sa discipline. Comment modifier le type militaire sur lequel le lycée a été d'abord conçu, au point d'en faire une école d'autonomie pour les volontés?

Sans doute, c'est aussi une préparation à la vie libre que de s'habituer à obéir; mais cette préparation est vraiment trop indirecte. Il y a, d'ailleurs, divers genres d'obéissance. Obéir, faute de pouvoir faire autrement, non sans saisir de loin en loin les occasions de révolte, n'est-ce pas, en somme, tout le contraire de savoir se gouverner? Plier la jeunesse à cette sorte d'obéissance ne saurait donc être, tout le monde le sent, le meilleur moyen de faire des hommes libres.

Et pourtant l'internat apparaît comme une nécessité dans notre état social, car sans lui la moitié peut-être des jeunes gens qui chez nous font des études secondaires n'en feraient pas. Tout ce qu'on peut demander raisonnablement, si pénétré qu'on soit de ses dangers, c'est que l'État fasse tout ce qui dépend de lui pour en enrayer le développement et en corriger les effets. La suppression pure et simple en peut être souhaitée : encore y aurait-il beaucoup à dire là-dessus, et cette disparition pourrait-elle laisser des regrets même au point de vue de la théorie pure. Ce qui est sûr, c'est que pratiquement il n'y a rien à attendre, quant à présent, de propositions de ce genre. Peut-être même, tout excellentes qu'elles sont dans leur partie critique, ont-elles eu l'inconvénient, en donnant comme possible une mesure radicale qui ne l'était pas, d'empêcher l'attention de se porter, autant qu'il l'eût fallu, sur les améliorations qui étaient et qui sont réalisables.

Certes, nous verrions avec joie, et nous sommes d'avis de favoriser par tous les moyens toute tentative sérieuse pour inaugurer à la place de l'internat, qui a pris vraiment en France un développement excessif, un régime qui rendît les mêmes services sans offrir les mêmes inconvénients. Mais ces tentatives ne peuvent guère venir que de l'initiative privée. Elles supposent tout au moins un effort spontané des individus et un bon vouloir confiant de la part des familles, qui, jusqu'ici, ne se sont pas rencontrés. Les essais honorables mais isolés qui se sont produits n'ont pas eu un succès qui permette de compter à brève échéance sur la transformation que nous appelons de nos vœux. Ni le système *tutorial* des Anglais, qui n'est pas d'ailleurs sans prêter à la critique, ni l'*hospitalité familiale* trop coûteuse chez nous, mais surtout trop contraire à notre conception tout intime de la famille, ne semblent près de s'acclimater dans notre pays. L'Administration nous a assurés qu'il n'avait pas tenu à elle que l'essai n'en fût fait sous son patronage même, notamment lors de l'ouverture du lycée Lakanal ; elle promet de s'y prêter en toute occasion, comme de résister toujours à l'extension de l'internat là où il ne sera pas d'une nécessité rigoureuse. On ne peut évidemment lui demander davantage. Sans nous attarder plus à des discussions d'un intérêt vif assurément, mais d'un caractère trop peu pratique, il ne nous restait donc qu'à chercher après MM. les Recteurs les moyens d'amender, au point de vue moral, notre éducation publique dans les conditions générales que lui imposent, probablement pour longtemps encore, l'état économique du pays et la coutume.

Premier correctif nécessaire au régime de l'internat : point d'établissements démesurés. Vœu à ce sujet.

Mais s'il faut accepter l'internat (et quelques-uns, on le sait, l'acceptent sans nulle peine, le jugeant presque nécessaire à un certain âge pour l'éducation des caractères), il y a à cela une condition expresse que votre sous-commission a constatée à chaque pas et sur laquelle je dois insister d'abord de la façon la plus pressante : c'est que la population de chaque établissement soit contenue dans des limites raisonnables et ne prenne jamais, sous aucun prétexte, le développement exagéré qu'elle atteint dans certaines maisons à l'heure actuelle.

Un principe en effet domine, selon nous, toute la question de la discipline : comme l'unité est le trait essentiel d'un caractère, l'unité aussi est la première nécessité d'une éducation. Ce n'est pas proprement une maison d'éducation, celle où chaque enfant ne peut pas être intimement connu par le chef de la maison, suivi d'un bout à l'autre par un même regard dans son développement individuel.

L'enfant, sans doute, ne saurait être dès le collège un caractère au sens fort de ce mot. Si, comme le dit un philosophe, « le fondement d'un caractère consiste non dans un ensemble de qualités, mais dans l'unité absolue du principe interne de conduite », on peut croire avec ce philosophe que de rares adultes (bien rares en effet, et jamais sans doute avant leur pleine maturité) opèrent en eux cette soudaine révolution, prennent vis-à-vis d'eux-mêmes ce solennel et irrévocable engagement de se conduire désormais suivant un seul principe et de se soustraire une fois pour toutes à la fluctuation des tendances. Mais quelque vérité qu'il y ait dans cette conception, l'on accordera qu'il y a une base naturelle, par conséquent une certaine préparation possible à ces crises décisives de la vie morale. Il appartient à l'éducation et de faire connaître en temps utile ces principes dignes de dominer toute une vie, et de faire contracter tout d'abord des habitudes qui en donnent le goût et en fassent sentir le besoin. Comment le décousu dans la discipline, le conflit des influences contraires tirant en tous sens un enfant non seulement d'une année à l'autre, mais du jour au lendemain, mais d'une heure à l'autre dans la même journée, formeraient-ils cet esprit de suite dans la conduite, cette tenue de la volonté qui font un homme soucieux et capable d'ordonner sa vie selon des principes ?

Une certaine diversité d'influences est sans doute bonne pour favoriser la diversité des caractères, qui, lorsqu'elle reste dans de justes limites, est un bien et une force pour une société. Cette diversité est pour chacun une garantie de son libre développement; et quand le moule serait excellent, il ne faudrait pas que l'éducation publique jetât toute la jeunesse dans le même moule. Mais, d'une part, la variété est largement assurée par les différences de dispositions natives et d'éducation première, et de l'autre, c'est un des devoirs précisément, c'est une des principales raisons d'être de cette direction suivie que nous réclamons, de connaître chaque élève dans son individualité, de l'observer dans son évolution, de favoriser le développement de ses qualités propres et d'enrayer celui de ses défauts, en le soutenant dans ses moindres efforts. Il n'est point de nature dont un chef de maison, homme d'esprit et de cœur, ne tirât bon parti par le soin affectueux et vigilant qu'il mettrait à demander à chacun ce qu'il peut donner, de façon que le moins bien doué eût au moins, comme on dit, les qualités de ses défauts.

Mais pour que cette action s'exerce, ferme et souple à la fois, une et diverse, il faut que chaque élève, à travers tous les changements de maîtres que comporte sa vie scolaire si compliquée, se sente toujours non pas tenu en lisière, mais personnellement connu, aimé, veillé, par quelqu'un à qui rien d'essentiel n'échappe, qui lui tienne compte de ses efforts, même malheureux, et le soutienne ou le secoue dans ses défaillances. Ce guide qui doit remplacer le père absent, c'est naturellement l'homme qui, aux yeux de l'enfant, incarne l'autorité publique et représente plus que tout maître particulier la discipline vivante, c'est le chef même de la maison. Cette tâche d'éducateur est proprement la sienne : le mettre à même de l'accomplir, tel est, Messieurs, le premier objet des mesures que nous allons vous proposer.

Pour que le proviseur puisse réellement faire œuvre d'éducateur, pour qu'il ait de tous les élèves qui lui sont confiés une connaissance réelle et exerce sur tous une action pénétrante, il faut d'abord qu'il ne soit pas accablé par les soins administratifs. Or, comment ne le serait-il pas, s'il a sur les bras une maison de 1,000, 1,200, 1,500 élèves et même plus, avec tout ce que cela suppose de préoccupations diverses et de responsabilités ? Les hommes éminents qui portent une pareille charge font certes des prodiges de dévouement et d'habileté; leur action est puissante et féconde quand même, et quelques-uns ont laissé un grand souvenir. Mais il est évident que cette action serait autrement bienfaisante dans des conditions normales permettant à l'homme de paraître plus sous l'administrateur et d'observer de plus près sous l'écolier l'homme en formation.

C'est pourquoi, Messieurs, votre sous-commission vous propose d'émettre avant tout le vœu formel que le nombre des élèves à admettre dans nos établissements d'enseignement secondaire, soit rigoureusement

ment limité; limité à 5oo pour les externats et à 4oo pour les établissements mixtes; limité surtout à 3oo internes au maximum; la direction étant dédoublée sans retard dans tout lycée où ces chiffres seraient dépassés de moitié [1].

A cette condition, croyons-nous, mais à cette condition seulement, on peut inaugurer dans les lycées une discipline qui n'ait pas pour objet unique d'obtenir la régularité dans les mouvements, l'ordre extérieur, mais qui vise résolument à préparer des volontés raisonnables pour la vie libre.

La discipline préventive. Comment elle est compatible avec la plus grande fermeté.

Dans la discipline ainsi conçue, la punition n'est que le dernier des moyens. Votre sous-commission, tout en sachant qu'on ne peut s'en passer tout à fait et qu'une partie de sa tâche serait de revoir, pour l'adapter aux fins que je viens de dire, le système des châtiments scolaires, a évité à dessein de s'engager d'abord dans ces détails. Elle a bien moins cherché le système idéal de punitions (car le meilleur ne vaut rien, s'il est toute l'éducation à lui seul) que les moyens de faire qu'on ait le moins possible le besoin d'y recourir, l'occasion d'en user et la tentation d'en abuser.

Sans doute, quelques-uns aiment à le redire, et nous le savons, la punition aussi est éducative à sa manière; mais elle ne l'est que dans la mesure restreinte où elle anime à faire mieux et remet dans l'ordre la volonté elle-même. Le profit social peut n'être pas à dédaigner, mais le profit moral est faible, quand l'ordre n'est rétabli qu'à la surface et dans les actes.

La bonne discipline est donc préventive. Visant à améliorer, non à mâter, elle fait peu de fond sur les pénalités, qui n'amendent guère. Elle les veut rares, car elles amendent d'autant moins qu'elles sont plus multipliées; elle les veut discrètes pour qu'elles portent et fassent un *maximum* d'effet avec un *minimum* de violence. C'est une vérité banale et dont nous retrouvons l'expression dans presque tous les rapports des recteurs, que les meilleurs maîtres punissent le moins, soit qu'ils n'en éprouvent pas le besoin et que l'occasion leur en soit à peine offerte, soit qu'ils évitent sagement de se montrer prompts à la saisir, ayant par ailleurs sur quoi asseoir leur autorité et sentant bien qu'en éducation ce qu'on obtient par la force ne vaut pas toujours ce qu'il coûte.

Les maîtres qui, en multipliant les prescriptions et les défenses

---

[1] A cette occasion la question du meilleur mode de dédoublement a été examinée au passage. La sous-commission est unanime à demander que tout lycée soit un lycée complet. Elle ne méconnaît pas tout ce qu'on peut dire en faveur des «petits lycées». Mais l'avantage qu'il peut y avoir pour les plus jeunes élèves à être dans une maison où il n'y a que des enfants et où tout peut être réglé en conséquence lui paraît payé trop cher par l'inconvénient de changer de direction au milieu des études. Elle voudrait qu'il n'y eût que des lycées petits par le nombre, mais dans chacun desquels l'éducation s'achevât avec le plus de suite et d'unité possible.

comminatoires, multiplient du même coup les occasions de sévir et n'en laissent échapper aucune, devraient bien méditer cette parole d'Arnauld, si vraie et toujours oubliée : « Les châtiments jettent tout dans la tristesse, et le dégout achève de tout perdre. » Voilà pourquoi si ferme et si mâle qu'on veuille la discipline, si résolu qu'on soit à ne pas l'énerver, chercher à l'amender c'est presque nécessairement l'adoucir. Le progrès sensible qu'elle a fait déjà dans nos internats s'est accompli dans ce sens : c'est dans cette voie qu'il faut avancer résolument.

Adoucir encore la discipline ! Naïveté dangereuse aux yeux de quelques-uns, qui la trouvent déjà trop relâchée. Nous n'avons pas à convaincre ceux qu'un idéal social et pédagogique tout autoritaire rend aveugles aux besoins nouveaux de notre pays, défiants de la raison, et sceptiques sur les bienfaits de la liberté. Mais aux autres je puis donner l'assurance que votre sous-commission s'est préoccupée autant qu'ils pouvaient le souhaiter de sauvegarder les droits de l'autorité. Elle admet d'avance, elle recommande expressément toutes les précautions nécessaires pour ménager la transition vers un régime plus libéral dans les milieux qui y seraient trop peu préparés ; et cette discipline libérale, elle la veut d'autant plus ferme qu'elle sera plus douce, inflexible dans les limites qu'elle se sera tracées.

S'il est, par exemple, des élèves que leur naturel ou leur mauvaise éducation antérieure rende notoirement rebelles à l'action éducative, des élèves dont la présence fasse obstacle à toute amélioration, en donnant un air chimérique à ce qui sans eux serait possible et bon, la première règle doit être d'éliminer sans hésiter ces élèves-là, dans les petites classes du moins, où l'on est sûr de n'être en rien responsable de leur fâcheuse disposition. Certes, il faut faire crédit aux enfants, attribuer beaucoup de leurs fautes à leur légèreté et avec un scrupule infini se défendre à leur endroit des rigueurs irréparables ; mais la première condition pour que cette longanimité soit sans danger pour les bons et profitable à ceux qui en sont dignes, c'est d'en refuser net le bénéfice à ceux envers lesquels elle serait pure duperie. On ne saurait trop le rappeler, « le lycée n'est pas une maison de correction ». Comme nul n'est tenu d'y venir ni d'y rester, le lycée n'est pas tenu non plus de garder les élèves qui ne sont point d'un tempérament à permettre l'emploi d'une discipline raisonnable et délicate.

La qualité, non le nombre des élèves, fait la valeur d'une maison. Il appartient à l'État de donner l'exemple à cet égard, en se plaçant toujours uniquement à ce point de vue dans le jugement de ses écoles et de ses maîtres. A ceux qui ont l'honneur de le représenter auprès des familles et de la jeunesse, nous voudrions qu'il donnât pour unique mot d'ordre cette parole célèbre d'un éducateur anglais : « Il n'est pas nécessaire que cette maison ait trois cents élèves plutôt que deux cents, mais il est nécessaire qu'elle n'ait que des *gentlemen* », disons en français : « des jeunes gens honorables, sensibles aux bons moyens d'éducation et susceptibles de faire des hommes bien élevés ». Il faut

que ... l'acheteur c'est un honneur d'avoir ses enfants dans
nelle de leurs ... d'écoliers, qui donc comprend, pas seulement
apprendre? Oui et quand les enfantent ou instruisent
collectivement surtout, de ces choses?

... de s'adresser plus à la raison des élèves. Le proviseur éducateur
leur répondent, ils seront ... grandes idées, quelques-uns même
... Une grande considération nous a frappés : c'est qu'il y a trop de
... dans le régime moral de nos lycées. Quand des choses
vont ... assez bien même (car ce n'est pas rare), c'est par l'heureux ... des bonnes volontés isolées, si nombreuses que même sans
... qu'elles s'importent, et c'est aussi un peu par la force d'un
... presque ... bon qu'un mécanisme peut l'être, assoupli
... par le temps, adouci par l'habitude, le bon esprit et le bon
sens de tous. Tout le monde, en effet, sent confusément où l'on doit
tendre, mais cela demeure, je le répète, trop implicite, et tant de
... ne sont pas quelquefois, sans de gros malentendus,
... Nous sentons tous plus ou moins et parfois très vivement ce que
nous avons à faire, mais nous le sentons chacun à notre manière,
sans être même tenus d'y réfléchir, sans avoir l'occasion ni éprouver
le besoin de nous ... pénétrer les uns les autres. Il semble que nul
... qu'un autre n'ait qualité pour grouper les bonnes volontés, pour
... en l'esprit de la maison et le relever s'il y a lieu, pour le communiquer aux arrivants, le rappeler à qui l'oublie, l'interpréter aux
élèves, faire circuler enfin dans tout le corps l'âme de l'Université.
Nul n'est censé ignorer la loi, mais en fait qui connaît bien le règlement des lycées? Professeurs et maîtres débutent sans en avoir
entendu parler. J'ai enseigné vingt ans sans savoir autrement que d'in-
... ce qu'on demandait de moi, et je ne sais pas encore à l'heure
qu'il est où l'on pourrait trouver un exemplaire. Quant aux élèves, ils
l'apprennent au fur et à mesure qu'ils l'enfreignent. ...
La lettre tue, je le sais, et c'est un mal dont on se console aisément
que cette absence d'un règlement littéral, qui en prévoyant toutes les
fautes donne, dit-on, l'idée de les commettre et en soulignant des in-
terdictions les fait paraître plus importunes. Mais au moins faut-il
que l'esprit supplée à la lettre. L'action vivifiante, voilà ce qu'à tout
prix nous devons tâcher d'introduire dans notre discipline. Il faut
substituer à l'ordre de fait, subi plutôt qu'aimé, l'ordre conscient
et voulu, le concert des volontés... — Eh bien, non !
On ne voit guère pour cela d'autre moyen que la parole. Nous
parlons vraiment trop peu éducation au lycée, voire dans l'Université tout entière. Élèves et maîtres, tout le monde est censé savoir
a priori ce qu'on se doit des uns aux autres, ce qu'on doit au pays
... n'est pas assez que tout soit dans l'ordre, il faut que soi-même
... Ne parlons d'abord que des élèves. N'est-il pas clair pourtant qu'on
ne peut les présumer tous exactement instruits, le jour où ils entrent
au lycée, de ce qu'ils y viennent faire? Ce ne seraient pas des enfants
s'ils n'ignoraient rien de ce qu'on espère et attend d'eux, de l'ordre
d'une grande maison, du rôle de chacun dans cette communauté, de
la place de cette petite société dans la grande. Eh bien, tout ce qu'ils

ignorent ainsi et doivent pourtant savoir pour prendre une conscience nette de leurs devoirs d'écoliers, qui donc commence par le leur apprendre? Où et quand les entretient-on, individuellement même, collectivement surtout, de ces choses?

Individuellement, ils seront gourmandés, quelquefois même longuement, quand ils auront fait une faute; collectivement, ils recevront à l'occasion (et les occasions ne manqueront pas) de vertes semonces. Mais les esprits alors sont dans une médiocre disposition: les reproches refroidissent et ferment les cœurs, qui ne s'ouvrent guère à qui se fâche. On goûte peu la beauté de la règle au moment où elle sévit, et si elle choisit ce moment pour s'expliquer soit sèchement, *ab irato*, soit verbeusement, chacun sait qu'elle prend mal son temps. Surtout on parle toujours trop en punissant: l'enfant qu'on châtie et qu'on sermonne à la fois est nécessairement dans l'état d'esprit de ce soldat indien à qui son capitaine anglais tenait un discours biblique tout en le faisant fouetter, et qui, exaspéré, s'écriait: « Capitaine, si vous prêchez, prêchez, si vous fouettez, fouettez, mais prêcher et fouetter à la fois, c'est trop. »

C'est avant tout conflit, et dans les meilleurs moments, c'est au commencement de l'année surtout, quand tout le monde arrive plein de bon vouloir et qu'il n'y a encore point d'orage dans l'air, qu'il conviendrait, semble-t-il, que quelqu'un entretînt les élèves, très simplement, mais avec accent, du bon ordre de la maison, le premier intérêt et l'honneur commun de tous. Tout le monde est censé le faire, mais c'est pour cela précisément que si souvent personne ne le fait.

Quelquefois les professeurs consacrent à une causerie de ce genre une partie de la première classe de l'année: on n'en conçoit guère un meilleur emploi. Mais le professeur se borne à ce qui est son affaire propre, les traditions, les exercices, la discipline particulière de sa classe. Qui donnera la note générale, qui parlera à tous de ce qui est l'affaire de tous? Au proviseur, évidemment, il appartient de donner cette impulsion d'ensemble, et de coordonner les efforts. Centre conscient et dirigeant de tout l'organisme, l'unité dont nous parlons sera son œuvre, ou elle ne sera pas.

Mais, dira-t-on, cette unité, ne peut-il la faire régner en fait, par une action vigilante et forte quoique silencieuse? Il suffit qu'il la veuille et la réalise. — Eh bien! non! cela ne suffit point. L'administration doit viser plus haut, dès qu'elle a charge d'âmes; et si c'est de l'éducation qu'on entend faire, si c'est l'éducation de la liberté, il faut à coup sûr autre chose. Ce n'est pas assez que les élèves ne fassent point de sottises, il faut qu'ils n'en veuillent point faire. Ce n'est pas assez que tout soit dans l'ordre, il faut que tous se sentent dans l'ordre, et s'y tiennent avec joie, même pouvant en sortir; que ce soit, comme dit Montaigne, « assez de leurs propres yeux à les tenir en office ». Des êtres intelligents ont besoin de savoir au juste ce qu'on veut d'eux, et pourquoi on le veut, à quelle œuvre on les fait coopérer. Il faut d'autant plus le leur dire que cette œuvre, en effet, est plus élevée. N'étant autre que leur préparation à la vie virile et au service du pays, elle suppose par définition leur collaboration consciente et cordiale, et ne peut être achevée que par eux.

Il y a tant de bonnes choses à leur dire là-dessus et il est si nécessaire qu'elles leur soient dites en temps utile, que plusieurs d'entre nous se demandaient s'il ne conviendrait pas de prescrire à tout chef d'établissement d'avoir à ce sujet, de temps en temps et surtout au commencement de chaque année, avec les élèves réunis, au moins par groupes homogènes, des conférences familières où il mettrait le meilleur de lui-même. La majorité, tout en jugeant ces entretiens on ne peut plus désirables, a pensé qu'il suffirait d'en signaler l'extrême intérêt, sans en faire l'objet d'une prescription réglementaire.

Il s'agit ici avant tout de vaincre une certaine timidité toute française qui retient l'expression des vérités morales sur les lèvres des mieux intentionnés, des meilleurs parmi les éducateurs. Tout le monde sent qu'en cette matière chacun doit être laissé libre de faire selon ses aptitudes, son tempérament et le milieu où il vit; et surtout qu'il faut éviter jusqu'à l'apparence d'un apostolat commandé.

Il doit être bien entendu, cependant, qu'en reconnaissant la délicatesse de ce qu'il y a à faire et la nécessité de s'en remettre au zèle intelligent des personnes, nous ne saurions nous résigner pour cela au *statu quo*. Il est impossible vraiment de tenir pour suffisante de tout point cette éducation morale, exquise assurément, mais indirecte, lente et parfois problématique que les bons professeurs savent faire sortir des textes classiques et greffer sur tous les enseignements. Cette action elle-même pourrait être plus vive et plus forte si on se la proposait plus expressément. Mais il n'est pas admissible que nos jeunes gens, selon les fortes expressions d'un de nos collègues, ne reçoivent jamais d'exhortation morale que par « la voix morte des vieux auteurs » ou de temps à autre, en passant, par la voix vivante d'un professeur qui est un homme, et qui met en jeu, dans sa classe, d'autres sentiments que l'amour-propre. Il n'est pas admissible qu'en dehors de la classe le lycée soit un corps sans âme, dont toute la vie tienne à un régime plus ou moins bien réglé de peines et de récompenses. Or l'âme, quand il y en a une, a besoin de s'exprimer pour se mieux sentir elle-même, de s'affirmer pour se faire sentir. C'est en vain que l'Université serait cette grande « corporation » dont parle Guizot, « corporation laïque comme la société elle-même, profondément pénétrée de l'esprit national », si cet excellent esprit qui l'anime, elle ne saisissait pas toute occasion et tout moyen de l'inspirer à la jeunesse.

Nous ne perdons de vue aucun des facteurs de l'éducation; nous n'avons garde, en particulier, de méconnaître l'influence du sentiment religieux. Aux ministres des diverses religions revient de plein droit leur grande part dans l'éducation morale. Mais leur action, si utile qu'elle soit, n'en rend superflue aucune autre. Si bien qu'ils fassent leur devoir, cela ne peut dispenser personne de faire le sien. Le proviseur, en particulier, ne peut, sans descendre de son rang, laisser à personne l'honneur de donner le ton moral dans sa maison.

C'est pourquoi, Messieurs, sans demander une règle expresse et uniforme qui ne ferait que compliquer le mécanisme et ne pourrait que gêner, choquer même, les meilleures inspirations, vous attacherez sans doute comme nous le plus grand prix à ce que le but au moins soit hautement rappelé à tous, chacun restant juge des moyens. Entre ces moyens, la conférence familière faite à propos, discrète, sentie, grave ou enjouée selon les cas, étant le plus naturel, est sans doute aussi des plus à recommander ; mais toute question de forme et de mesure doit être laissée au tact individuel ; rien ne doit être condamné, que l'abstention sceptique et le silence dédaigneux.

Réponse aux objections.

On dira qu'il faut prendre garde à l'esprit de moquerie de l'écolier français et compter avec les sourires qui accueilleraient le sermon laïque. Mais demandons-nous d'abord si ce sourire n'est pas pour une part l'effet de l'étonnement que cause la pratique inusitée de l'exhortation morale. Elle ne surprendra plus quand elle sera dans le ton de la maison. Puis, sous la moquerie même, le bon esprit et le bon cœur français cachent un fonds sain et généreux. En aucun pays certaines paroles dites d'une certaine façon ne sont plus vite comprises et ne provoquent une émotion plus contagieuse. Et, si par hasard le scepticisme qu'on redoute était vraiment en train de pénétrer dans nos collèges, ce serait une raison de plus pour attaquer de front ce mal moral. On peut d'un coup d'épingle donné à point crever ces vessies de vanité, ou d'un souffle un peu franc les emporter comme des bulles.

Voici d'ailleurs une règle que nous proposerons de suivre pour l'application de la plupart des réformes que nous jugeons nécessaires. Un proverbe défend de mettre le vin nouveau dans les vieilles outres. Répandons partout l'esprit nouveau, mais ne heurtons nulle part violemment les habitudes prises. Procédons résolument et en toute liberté dans les lycées nouveaux, où il doit être relativement facile, en s'y prenant bien et surtout à temps, d'établir les choses sur le pied que l'on désire. Dans les autres, comptons principalement sur les élèves les plus jeunes. C'est aux *petits* qu'il faut surtout s'adresser ; c'est d'eux qu'il faut s'emparer quand ils arrivent tout neufs au lycée, non pour leur demander une sagesse qui n'est pas de leur âge, mais pour leur apprendre l'abîme qu'on entend mettre entre les légèretés d'enfants, pour lesquelles on n'a jamais assez d'indulgence, et les vices naissants, pour lesquels on en a toujours trop. Les avertir, les exhorter, les soutenir ne suffira sans doute pas toujours, surtout du premier coup ; au moins cela est-il de toute nécessité. Et la fermeté de main qu'il faudra toujours joindre à la parole, peut-être conviendrait-il de l'appliquer, dans l'origine, moins à tenir tout le monde constamment en bride qu'à écarter résolument en temps utile ceux qui apportent du dehors des dispositions ou habitudes ayant par trop besoin de la cravache et du mors.

Nécessité du concours des familles.

Mais, pour que l'action du proviseur sur les élèves soit tout ce qu'elle doit être, il faut qu'ils le sentent en communion étroite avec les familles et avec tous ses collaborateurs.

Il est dans la logique de l'internat de se passer volontiers du concours des familles, lorsque, étant d'un type militaire ou religieux, il se regarde moins comme chargé de continuer l'œuvre des parents que de la refaire. Mᵐᵉ de Maintenon elle-même, qui ne voulait pourtant faire que « de bonnes séculières », n'admettait la visite des parents à Saint-Cyr que quatre fois l'an, et demandait que l'entretien, chaque fois, ne durât pas plus d'une demi-heure. Tout autre est l'idéal dans notre conception toute civile et nullement claustrale. L'État n'entend pas soustraire les enfants à la famille, ni faire leur bien en dépit d'elle. Sans se flatter que toutes les familles donnent aux enfants jusqu'au jour où elles les lui confient la meilleure éducation possible, ni que toutes également soient à même de le seconder dans la suite, il ne lui appartient pas de se défier *a priori* de qui lui témoigne confiance. Encore moins peut-il assumer à lui seul toutes les responsabilités, s'ériger en une sorte de providence capable de tout réparer, ou disposée à tout souffrir.

Il convient à tous égards que les parents soient avertis d'abord, d'une manière générale, du régime de la maison et sachent ce qu'on attend de leurs fils et d'eux-mêmes; il faut ensuite qu'ils soient régulièrement informés du point où en est chaque enfant, de ses efforts et de ses chutes, des crises petites ou grandes qu'il peut traverser, afin de joindre leur action à celle de la discipline intérieure, pour les aider à en bien sortir. Comme tel est leur devoir élémentaire, il est digne de l'Université de supposer qu'ils veulent l'accomplir et de le leur rappeler au besoin. Elle n'est pas une entreprise qui se charge à forfait de les en dispenser.

Son intérêt en cela est d'ailleurs clair : il ne faut pas qu'il y ait de surprise ni qu'on puisse lui faire de reproches, le jour où elle aurait à exercer de ces rigueurs extrêmes, nécessaires quelquefois, toujours si douloureuses aux familles. Dûment tenues au courant de l'évolution de chaque enfant et invitées à y veiller pour leur part, celles-ci ne pourront du moins rejeter toute la faute sur le lycée.

Quand on le voudrait, d'ailleurs, quand ce ne serait pas contraire à notre notion actuelle de l'éducation publique, des mœurs ne permettent plus de compter sans l'intervention de la famille. L'élève interne lui-même n'échappe-t-il pas périodiquement pour des jours entiers, pour des semaines, pour des mois à la surveillance du lycée? Quelle duperie n'y aurait-il pas dès lors à accepter tacitement, faute de dire assez haut le contraire, la responsabilité de tout ce qui peut, durant ce temps-là, compromettre l'œuvre à peine commencée, la détruire au fur et à mesure, et rendre stériles ensuite tous les efforts!

Pour toutes ces raisons un des points qui nous ont le plus occupés

13.

a été la recherche des moyens d'associer plus étroitement la famille à l'action éducative du lycée. Sans avoir des mesures entièrement neuves à vous proposer sur ce point, nous indiquerons du moins des améliorations nécessaires et la voie dans laquelle l'initiative locale devra être invitée à en chercher d'autres selon les cas et les milieux. Mais auparavant il nous faut parler d'une condition encore plus indispensable à la bonne marche du lycée.

Nécessité du concert de tous les maîtres.

Cette condition, c'est l'entente parfaite de tous les collaborateurs du proviseur avec lui et entre eux sur tout ce qui regarde le gouvernement des élèves, c'est le concert de tous ceux qui ont une part quelconque d'autorité. L'accord existe de fait en tant qu'il est affaire de bon vouloir général, de respect des règlements et de l'ordre hiérarchique; mais ce n'est pas ainsi que nous l'entendons. Il ne suffit pas que chaque maître veuille du bien aux élèves à sa manière et fasse son devoir comme il l'entend. Il est d'un intérêt capital que tous l'entendent bien et obéissent aux mêmes principes concertés entre eux. Si tous avaient reçu d'avance une même et excellente préparation pédagogique, le besoin d'une entente expresse serait encore impérieux, et cette nécessité est une des premières choses qu'ils auraient apprise: que sera-ce dans l'état actuel, où tous, à si peu de chose près, débutent sans aucune préparation théorique, sans autre guide que leur inspiration et le souvenir de ce qu'ils ont vu faire comme élèves? N'est-il pas à craindre, dans ces conditions, que les mauvais errements ne se perpétuent si l'on n'y prend garde, et que les bonnes volontés, égales, mais discordantes, n'aboutissent à faire d'assez pauvre besogne? Et si elles en font de passable, serons-nous satisfaits? N'aurons-nous pas une ambition plus haute pour nos grandes maisons d'éducation?

Avouons-le de bonne grâce, le résultat, même où il est le meilleur, n'est pas tout ce que l'on doit souhaiter, et quelquefois vraiment il n'est guère bon. Un de nos écoliers (la remarque est de M. le Recteur de Toulouse) peut avoir affaire dans la journée à cinq maîtres différents et souvent plus. Que la moitié seulement de ces maîtres soient de médiocres éducateurs (et ce serait miracle qu'il en fût autrement quand les choses de l'éducation, si délicates, sont les seules qu'on ne leur demande pas de savoir), notre élève, pour peu qu'il soit léger, rieur, pétulant, pourra dans sa journée « récolter » plus de punitions qu'il n'en saurait faire. Cela, sans avoir l'ombre de malice et peut-être en ayant de rares qualités, par le seul fait qu'il est de son âge et que ses maîtres ne se concertent pas entre eux à son sujet. Pendant que les uns l'apprécient pour certains dons et lui passeraient tout, tant ils lui savent gré d'être vivant, les autres le molestent sans mesure, parce qu'il les agace et que leur idéal pédagogique est d'obtenir qu'on les laisse en paix. Lui, naturellement, les oppose les uns aux autres; il se fait de l'estime de ceux-ci un appui contre ceux-là et n'est pas loin de croire, notamment, qu'un bon rang dans la classe donne le droit d'être indiscipliné à l'étude, sans parler des cas où la mauvaise humeur l'envahit tout, et où, d'un étourdi, sans s'en apercevoir « on fait un insurgé ».

L'assemblée des professeurs, même si elle était mieux passée dans les mœurs, même si elle s'occupait des cas individuels et de l'éducation proprement dite au lieu d'aborder tout au plus les questions générales d'enseignement, répondrait encore imparfaitement au besoin d'entente que nous signalons ici, parce qu'elle laisse trop en dehors les maîtres d'études, dont, au point de vue qui nous occupe, le rôle est d'une extrême importance. Le professeur, s'il a le don et le sens pédagogique, est dans des conditions infiniment plus favorables pour exercer une action bienfaisante, aussi peut-être y manque-t-il moins souvent; mais ce n'est pas à dire que la participation du maître d'études dans les entretiens touchant les élèves soit moins nécessaire que celle des divers professeurs: au contraire, elle l'est d'autant plus, et son apport est d'un prix au moins égal, car il vit plus avec les élèves: témoin de leur travail et de leurs jeux, il peut, s'il s'y applique, les connaître plus vite et peut-être mieux.

Il exerce sur eux une influence plus constante, sinon plus vive: il est d'une extrême importance qu'il soit informé, guidé, remis au point s'il se trompe. En revanche, il peut apprendre même aux meilleurs professeurs et sur l'élève le plus en vue quantité de choses, qu'ils ignorent parce qu'elles ne se voient pas en classe, et qu'ils ont besoin de savoir cependant pour connaître entièrement leur terrain, pour porter juste où il faut leur effort. Le maître d'études sait, en général, assez bien, la manière dont les choses vont en classe et ne manque guère d'en tenir compte. Le professeur, au contraire, assez mal informé par le cahier de correspondance de ce qui se passe à l'étude, s'en soucie peu à l'ordinaire; s'il s'y intéresse parfois, c'est dans la mesure où il y trouve la confirmation de ses propres impressions; il ne songe guère à voir là un moyen de les contrôler utilement et de les corriger au besoin. De là, une fois de plus, ce défaut d'unité, ce décousu dans la direction morale, qui est la grande faiblesse de notre discipline, même où elle est la plus douce et la plus sage.

Pénétrés des inconvénients de cet état de choses, voyons par quels moyens pratiques on y pourrait porter remède. Comment coordonner, réunir en un faisceau toutes les forces entre lesquelles est comme dispersée actuellement l'action éducative? Comment faire concourir d'une manière expresse et efficace non seulement tous les maîtres de chaque maison à sa bonne police, mais tous les divers maîtres de chaque enfant et les familles, à la fois au développement des caractères individuels et à la formation d'un esprit public qui les soutienne et les élève tous?

DEUXIÈME PARTIE.

LES MOYENS. — RÉFORMES PROPOSÉES.

A. — DISCIPLINE PRÉVENTIVE.

De tout ce qui précède découlent naturellement les règles qui doivent dominer notre discipline rajeunie. Voulant donner avant tout à nos jeunes gens le sentiment de leur responsabilité et l'habitude de se conduire, il faut réduire au strict nécessaire dans nos lycées tout ce qui est contrainte et punition, établir partout résolument ce qu'ont inauguré déjà avec succès plusieurs établissements, un régime libéral, au plus haut sens du mot, c'est-à-dire proprement moral.

Il s'agit non pas de faire craindre la règle, mais de la faire respecter et aimer. Au vieux système de punitions et de récompenses, déjà fort amendé, qui ne s'adressait qu'aux instincts égoïstes, doit succéder, en dépit des sceptiques, car on ne fera rien si on les écoute, la mise en œuvre patiente, obstinée, systématique de la raison et des sentiments moraux.

Les élèves tout d'abord doivent être bien avertis qu'on ne veut plus les mener aux lisières, mais aussi, pour qu'il n'y ait point de malentendu, que le relèvement de la discipline n'en sera pas le relâchement. C'est notre conviction profonde qu'on les rendra dignes de confiance en leur en témoignant, qu'on obtiendra sans peine, par un régime résolument libéral, un ordre égal à tous égards et très supérieur en qualité à celui qu'ont jamais fait régner les procédés scolaires traditionnels. Aussi bien l'expérience est-elle faite, puisqu'il ne s'agit guère que de généraliser prudemment ce qui se fait déjà depuis quelque temps dans nos lycées les meilleurs à l'insu du public, mais à la satisfaction générale.

Plus de *pénalités* n'ayant pour but que d'exercer des représailles, d'infliger une souffrance en retour d'une infraction au règlement. Il ne doit pas y avoir au lycée de sanctions qui n'aient un caractère moral : là est la différence radicale entre une maison d'éducation et un établissement pénitencier. Si un point semble acquis en ces matières, c'est qu'en maltraitant on abaisse et que plus on châtie moins on améliore.

Mais élever les sanctions ce n'est pas les supprimer. Punitions et récompenses seront toujours nécessaires pour fortifier la règle et pour la faire prendre au sérieux. A quoi se réduirait-elle si celui qu'elle gêne pouvait la vicler à plaisir? Et comment la conscience indécise de l'enfant saurait-elle qu'elle est dans l'ordre si elle ne trouvait pas plus de joie à y être qu'à en sortir? Les enfants ont besoin d'être heureux pour être bons, comme aussi d'être avertis vivement dans leurs écarts et arrêtés net sur certaines pentes. Le tout est de savoir au juste ce qu'il faut punir et comment.

L'appréciation des fautes scolaires peut donner lieu à des erreurs bien dangereuses. Il n'en est pas de plus redoutable que de multiplier, par des défenses ou des exigences inutiles, les occasions de sévir, que de se croire obligé de reprendre et de menacer sans cesse, de frapper souvent, de frapper fort, au mépris des lois de l'habitude, qui font que les impressions s'émoussent en se répétant. Conserver à tous les élèves une sensibilité délicate doit être le premier de nos soins.

Abandon des exigences inutiles ; la règle du silence.

S'il en est ainsi, le commencement de la sagesse sera de supprimer résolument toute prescription étroite dont la nécessité n'apparaît point, et qui, pour des avantages problématiques, a l'inconvénient certain d'être une source de punitions. De ce genre est, au premier chef, la règle monastique du silence. Autant le silence est nécessaire au travail, dans la classe ou dans l'étude, autant il est inutile dans les mouvements et durant les repas. Au réfectoire comme dans la famille, on ne peut voir qu'avantages à ce que le repas soit égayé par la conversation. S'il en dure quelques minutes de plus, où sera le mal, et les hygiénistes s'en plaindront-ils? Plus on y réfléchit, plus le silence imposé là semble contraire à la nature des choses. On ne peut le justifier que par la crainte du bruit ; mais les élèves, avertis que le bruit ne sera point toléré, apprécieront trop la liberté qu'on leur donnera pour risquer de la compromettre. Ils garderont la mesure naturellement : l'expérience en a été faite et elle a toujours réussi. Il n'y a pas plus d'abus à craindre en ce qui concerne la causerie permise dans les rangs au sortir de la classe et de l'étude. Pourquoi refuser aux enfants cette minute de détente et de communication, dont nous-mêmes aurions besoin à leur place?

Substitution désirable de l'état de paix à l'état de lutte : conséquences morales.

D'une manière générale, nous pensons que la discipline sera facilitée dans une mesure qu'on ne saurait dire par tout ce qu'on pourra faire pour que les élèves soient heureux, confiants, de bonne humeur, et ne songent plus à s'arroger vis-à-vis de leurs maîtres les droits de belligérants. Il y aurait au contraire un sérieux danger pour le caractère national à laisser se perpétuer, ou revivre, car il est presque mort, ce vieil et sot état de lutte traditionnel, qui justifie aux yeux des enfants non seulement tous les enfantillages, mais les ruses de guerre, la dissimulation, les complots.

Depuis qu'il y a des écoliers, c'est pour eux un péché véniel que de tromper leurs maîtres et de nier effrontément leurs fautes. Ce ne sont pourtant pas là de bonnes habitudes à prendre; et l'on peut toujours craindre qu'il n'en reste quelque chose. Nul doute que cette tendance ne décroisse à mesure que l'élève risquera moins à se montrer ingénument tel qu'il est. C'est à quoi il faut l'inviter, l'encourager par tous les moyens [1]. Au lieu de suspecter *a priori* sa bonne foi, supposons-la de parti pris, croyons-le sur parole, faisons-lui crédit largement et que les présomptions en cas de doute soient toujours en sa faveur. Prodiguons-lui l'estime pour qu'il veuille la mériter. Comme nous tenons infiniment moins à ce qu'il fasse ceci ou cela et plus ou moins bien tel exercice qu'à ce qu'il soit honnête et droit, montrons-lui que nous mettons la loyauté avant toutes les vertus scolaires et que nous lui passerons tout plutôt que le manque de vérité. Non contents de le lui dire dans les entretiens dont il a été question plus haut, prouvons-le-lui au jour le jour en inaugurant un état de paix qui laisse sans excuse à ses propres yeux toute faute de mauvais aloi. « On aurait honte de mentir à Arnold, disaient les élèves de Rugby : il vous croit toujours. »

Le droit de punir réservé en principe au chef de la maison.

Dans une maison qu'on a su mettre à ce ton, avec quelle autorité l'on punit quand surviennent les incidents qui ne permettent pas de fermer les yeux ! Mais les punitions, même justifiées, même judicieuses, manquent leur effet en s'accumulant; il faut donc aller plus loin, et de peur qu'on n'en abuse encore, déterminer exactement à qui il appartiendra de les prononcer. En principe, le rôle de juge, par conséquent le devoir et le droit de punir est la prérogative essentielle du chef de la maison. C'est au proviseur d'infliger, après examen et par un véritable jugement, les peines positives; le professeur et le maître d'étude devraient se borner, sauf certains cas extrêmes, à avertir et à noter.

Malheureusement, la charge des proviseurs est déjà bien lourde, et l'on doit prendre garde d'accroître outre mesure leur responsabilité. D'autre part, il ne faut pas que les autres maîtres, habitués à user librement des punitions, puissent se croire tout à coup désarmés. Pour ces deux raisons, il suffira sans doute de rappeler fermement à tous que le proviseur a le contrôle de toutes les punitions, parce qu'en dernière analyse la responsabilité d'ensemble lui appartient.

« Désarmés » est d'ailleurs un terme de guerre qui, pour nous toucher beaucoup, rappelle un peu trop la mauvaise pédagogie avec laquelle justement nous voulons rompre. Les bons maîtres n'éprouvent pas ce besoin de se sentir dans leur chaire comme dans une forteresse, et volontiers on désarmerait un peu ceux qui ont à ce point peur de l'être. Mais « désarmé », personne ne le sera. Donner en les pesant bien des notes qui portent est une plus grande force et plus réelle que de distribuer, quelquefois *ab irato*, des punitions qui

---

[1] « Qu'on ne se serve jamais de leur propre aveu pour les punir. » Mme DE MAINTENON.

glissent si souvent, à moins qu'elles ne dépassent le but et, en exaspérant, ne tuent le respect. L'essentiel est de faire que toute note porte. Il le faut de toute nécessité pour que la note soit une vraie sanction. Mais si elle en est une, comme nous croyons qu'elle peut l'être, plus fine, plus pénétrante, plus nuancée que les grosses punitions, si nous trouvons le moyen de la rendre plus vraiment sensible à la conscience plus délicate des élèves, qui donc osera se dire désarmé sans s'avouer par là même un pauvre éducateur?

Comment la note peut être une vraie sanction.

Eh bien voici, selon nous, des conditions qui peuvent faire de la note un moyen de discipline très efficace.

Tout d'abord, il faut qu'elle soit discrète, afin de garder sa valeur; aucune sanction ne peut se passer de cette qualité. On n'en trouvera pas qui, par elle-même, ait assez de vertu pour pouvoir être impunément appliquée à tort et à travers. Il faut donc renoncer à tout noter. Non! avec les enfants il ne faut pas tout noter, parce que tout n'est pas grave. Le premier avantage de la note, c'est que, devant être motivée dès qu'elle sortira de l'ordinaire, elle ne pourra signaler que ce qui aura de l'importance. Puis, elle n'est ni immuable ni irrévocable. Elle s'assouplit aux incidents de la journée. On peut sans bruit l'effacer, l'abaisser, la relever, admettre au bout de la journée, de la semaine, d'intelligentes compensations.

Mais toute note arrêtée dans ces conditions de réflexion et de sang-froid constitue un témoignage sérieux qui ne doit jamais passer inaperçu. Il faut qu'elles fassent toujours l'objet d'un examen attentif, les notes quotidiennes de la part du censeur, qui y relèvera ce qui tranche en bien ou en mal, les notes hebdomadaires de la part du proviseur lui-même.

La lecture des notes chaque semaine dans les classes et les études par le censeur et le proviseur réunis n'a pas toujours peut-être dans la pratique autant d'intérêt et d'action qu'il le faudrait, parce que cette lecture a pris trop souvent un caractère de pure formalité. Pour que ce ne soit pas seulement un rapide passage à jour dit dans tous les quartiers où toutes les classes, un défilé de noms et de chiffres, dont un trop petit nombre donnent lieu à des observations plus ou moins banales, n'allant au cœur de personne et n'ajoutant rien au prestige de l'autorité, il est désirable que le proviseur et le censeur aient à l'avance étudié d'un peu près les dossiers, en faisant au besoin auprès des maîtres une enquête un peu approfondie sur ce qui vaut vraiment la peine d'être relevé. Ils feront surtout œuvre utile en mandant devant eux individuellement, pour leur tenir au juste le langage qu'il convient, les élèves à qui il y aura quelque chose de plus particulier à dire. Ceux dont la conscience n'est pas nette seraient plus punis, croyons-nous, et le seraient surtout d'une meilleure manière par l'attente de cet entretien, qu'ils ne le sont actuellement par les punitions.

Ainsi, la simple note isolée, qui est déjà une sanction par elle-même, en trouve une à son tour dans l'attention qu'elle obtient, dans l'éloge ou le blâme qu'elle attire a celui qui l'a méritée. Mais ce n'est là que le train quotidien de la vie scolaire. L'élève peut encore, à part lui, opposer ses maîtres les uns aux autres.

Les notes mensuelles et trimestrielles. — Les bulletins.

Un progrès plus décisif sera de faire délibérer en commun de temps en temps par tous les maîtres qui ont affaire aux mêmes élèves des notes qui, coordonnées et condensées, lues devant le proviseur ou par lui dans des conditions toutes nouvelles, objet de sa part d'un commentaire public, enfin, communiquées aux familles, seront le grand ressort de la discipline. Il n'échappera à personne que ce que nous proposons ici diffère profondément de ce qui existe actuellement sous le nom de notes et de bulletins trimestriels.

Ce qui aujourd'hui est communiqué aux familles, ce sont avec les places (objet principal de leur attention) les notes éparses des professeurs, éparses, c'est-à-dire données séparément, sans souci de les mettre d'accord. L'appréciation du proviseur doit, il est vrai, faire la synthèse du tout. Mais il peut arriver qu'en tâchant de résumer en une phrase les impressions les plus différentes, elle prête à tel élève une physionomie que reconnaissent mal ceux qui le connaissent le mieux. Ne conviendrait-il pas, au lieu de cela, que le jugement de chaque maître fût donné intégralement, mais éclairé, avant d'être émis, par la mise en commun des impressions, tempéré ensuite et mis dans sa valeur vraie par son rapprochement avec les autres ?

Cela n'empêcherait pas le proviseur de donner une note générale. Il est même naturel que cette note d'ensemble, ainsi donnée en toute connaissance de cause, absorbe les autres plus ou moins ; et quelques-uns de nous iraient jusqu'à admettre que, rédigée avec soin, disant bien tout ce qu'il y a à dire, elle pût au besoin les remplacer toutes dans le bulletin envoyé aux familles. La majorité cependant, afin d'être plus sûre que rien ne sera omis de ce qui peut intéresser des parents vigilants, aimerait mieux que les notes explicites au moins des principaux professeurs figurassent sur le bulletin, soit transcrites exactement, soit écrites directement de leur main, le dernier mot, toutefois, le droit d'interprétation et de mise au point appartenant toujours au proviseur.

Maintenant, cette communication des notes aux familles, si vous nous en croyez, ne devrait pas avoir lieu pour tous tous les trois mois seulement. En restant trimestrielle pour les plus grands élèves, elle devrait pour tous les autres avoir lieu deux fois par trimestre. Des parents soucieux de leur devoir ont le droit d'être un peu souvent renseignés sur la santé, la tenue, le travail, le développement moral de leurs enfants. Beaucoup voudront de plus avoir de temps en temps des communications orales avec le chef de la maison ; il s'y

prêtera toujours, bien entendu, et tous les maîtres comme lui, avec
l'empressement et les égards convenables; et surtout aucun incident
notable ne se produira dans l'intervalle des bulletins périodiques sans
que la famille en soit immédiatement avisée.

Cela posé, et les externes étant mis à part, pour qui subsistera,
naturellement, le carnet de correspondance presque partout en usage,
il nous a semblé que le bulletin bi-trimestriel suffisait même pour les
plus jeunes écoliers. Plus fréquent, il ne donnerait pas seulement
à tous les maîtres un surcroît de travail qui ne peut être que fâcheux
s'il n'est point nécessaire; il perdrait, croyons-nous, de son autorité
et auprès des familles et auprès des enfants. Ceux-ci le redouteront
plus, un peu rare. Il faut, en effet, qu'il y ait là une véritable et vivante sanction. Il faut que tout le monde attache au bulletin une
importance proportionnée au soin avec lequel il sera établi. L'élève
qui aura fait une grosse faute ou trop de petites, à moins qu'il n'ait
pas de parents ou qu'il soit avec eux dans des rapports bien exceptionnels, que nous ne devons pas présumer, pensera avec appréhension au jour où les siens recevront ces notes, et le bon élève au
contraire trouvera là sa meilleure récompense. Il en sera de la sorte,
si réellement le bulletin n'est ni trop fréquent ni trop rare.

Informés trop souvent, les parents le seraient de trop de choses.
Leur indulgence, presque toujours disposée à en rabattre un peu des
sévérités du collège, prendrait vite l'habitude de passer indistinctement condamnation sur tout ce qu'on leur signalerait comme sur
autant de peccadilles. Et le mal ne serait guère moindre, en sens inverse, si quelques autres, comme il en est, allaient prendre tout au
tragique. L'enfant a besoin de crédit. Rarement ses progrès sont con-
tinus; il a des hauts et des bas, des élans et des reculs; il avance *per
itus et reditus*, comme Leibnitz le dit du progrès en général. Il ne faut
pas tous les jours compter avec lui ou du moins publier son bilan;
son développement en souffrirait certainement, et il est bien à croire
que la nature reprendrait ses droits tôt ou tard, si, par impossible, on
réussissait à contenir en lui la grande somme d'enfantillage qui doit
se dépenser pour faire un homme.

La lecture des notes.

Mais ce règlement de comptes ne doit pas demeurer secret ni con-
sister seulement en écritures. Une innovation capitale entre celles
que nous vous proposons, c'est de communiquer aux élèves tout les
premiers, aux élèves réunis par classe devant tous les maîtres dont
ils relèvent, ces notes arrêtées en commun, les mêmes dont leurs
familles auront le lendemain connaissance. Il ne s'agit pas ici d'une
lecture hâtive, ressemblant même de loin à celle des notes hebdomadaires que nous rappelions tout à l'heure. Pour bien marquer la
différence, nous exprimons d'abord le vœu que la séance dont il
s'agit ait lieu non dans la classe ou dans l'étude, mais dans la salle
des actes.

Dans cette séance, tout naturellement, soit à propos des cas particuliers, soit avant ou après les admonestations individuelles, trouveront place ces exhortations générales dont la nécessité était signalée et l'absence déplorée plus haut, ces rappels du but où l'on doit tendre ensemble, ces examens de conscience collectifs, cet encouragement des efforts méritoires, ce blâme senti des vrais écarts. Chaque élève à son tour doit obtenir sa minute d'attention, même les médiocres, qui parfois peut-être, vu leur point de départ, ont déjà gagné à le devenir, mais qui souvent, au contraire, doivent rougir d'être tombés à ce niveau ou d'y rester.

Pour faire de ce compte rendu une sanction plus haute encore et plus sûre, nous nous sommes demandé s'il n'y aurait pas lieu d'y inviter, d'y admettre au moins les familles. Ce serait là sans doute un de ces moyens que nous cherchions de les associer à la vie scolaire. Mais nous avons craint de fausser le caractère de cette solennité, qui, pour rendre les services qu'on en attend, ne doit pas être trop publique. Si les parents sont là, il faudra les ménager, compter avec leurs susceptibilités légitimes, craindre de dépasser le but en disant tout ce qu'on sent, dans des conditions faites pour décupler la portée des moindres paroles. Ce serait aller contre la fin qu'on se propose. Des parents peuvent lire avec profit et sans avoir le droit de s'en fâcher telle note confidentielle, dont ils n'entendraient pas aisément ni avec pleine convenance la lecture et le commentaire en public. Il faut chercher, croyons-nous, d'autres et meilleures occasions d'ouvrir aux familles les portes du lycée ; nous reviendrons à cette question tout à l'heure ; mais il nous a semblé qu'ici le risque était trop grand de gâter une institution sur laquelle nous comptons beaucoup, en ôtant à la parole du proviseur, avec la familiarité, quelque chose de la franchise, de la saveur, de la verdeur au besoin qu'elle doit avoir.

Le conseil de discipline.

Enfin, comme couronnement de cette organisation disciplinaire indépendante des sanctions positives et destinée à les rendre presque inutiles, nous sommes d'avis d'établir dans chaque lycée et collège un conseil de discipline. L'expression est un peu forte ; nous aurions préféré à certains égards « conseil de famille », qui évoque des idées moins sévères. Mais ce nom, à son tour, a quelque chose de trop sentimental : il ne faut ni faire sourire ni alarmer les partisans d'une autorité ferme qui jugeraient, non sans raison, un peu molle pour de grands internats une discipline exclusivement familiale. Fortifier l'autorité est au contraire notre vœu unanime, car plus elle sera forte, plus elle pourra être libérale. Le moyen, c'est d'assurer et de faire paraître aux yeux la solidarité étroite, le concours de toutes les forces de la maison dans l'exercice de l'action disciplinaire.

Sous la présidence du proviseur, ce conseil de discipline serait composé du censeur, membre de droit, de cinq professeurs, d'un surveillant général et de deux maîtres répétiteurs, respectivement élus par leurs collègues. Afin de garder tout son prestige, comme aussi de laisser à chacun sa responsabilité et ses coudées franches, il n'interviendrait qu'à d'assez grands intervalles et non, pour l'ordinaire, dans les questions de détail. Ce serait assez qu'il se réunît tous les trois mois, pour prendre connaissance de l'état moral de la maison; sauf à être convoqué, s'il y avait lieu, dans l'intervalle de ces réunions régulières, pour infliger un avertissement aux élèves qui lui seraient déférés et donner son avis sur telles mesures proposées par le proviseur. L'avertissement ainsi prévu devrait toujours précéder l'exclusion, sauf dans les cas d'une gravité exceptionnelle, où l'exclusion prononcée d'urgence serait seulement soumise à la ratification du conseil. Les très bons élèves, d'autre part, pourraient, à l'occasion, être appelés devant lui pour recevoir en son nom des félicitations, qui seraient une très haute récompense.

De la sorte, et déjà par son existence même, ce conseil serait comme un régulateur de la discipline. Le fait seul que les gros incidents devraient lui être soumis et être par lui examinés contradictoirement les rendrait probablement plus rares. Même les entretiens familiers, auxquels on peut espérer que se borneraient souvent les séances, contribueraient grandement à prévenir à la fois l'excès de rigueur et l'excès de mollesse, avec les désordres petits et grands qui s'ensuivent, en permettant à tous d'échanger leurs impressions sur la marche de la maison et de s'avertir mutuellement quand il y a de l'orage dans les esprits.

Le conseil de discipline serait élu dès le commencement de l'année scolaire; la durée de ses pouvoirs serait de trois ans, mais il serait pourvu sans retard aux vacances qui se produiraient au cours de l'année.

Les professeurs ne briguent pas volontiers les mandats. Ils sont, de plus, enclins à se désintéresser de ce qui touche à l'administration du lycée et, par suite, à sa discipline, puisque aujourd'hui c'est quasi tout un. Cependant la grande majorité a reconnu depuis longtemps et déplore ce qu'il y a d'affaiblissant pour tous dans cette tendance de chacun à séparer sa cause. Il ne faut pas douter que ceux qui seront honorés des suffrages de leurs collègues ne soient heureux de mettre leur expérience au service du lycée. On peut tout espérer de leur sentiment du devoir professionnel; ce n'est pas leur habitude de se dérober, ni de ménager leur peine quand elle peut servir à quelque chose. Il y a lieu vraiment de s'étonner qu'on n'ait point encore trouvé le moyen de faire concourir à la discipline intérieure une telle influence morale.

Ne quittons point ce chapitre de la discipline préventive sans rappeler la règle indiquée plus haut pour l'application de ces réformes. Il nous paraît nécessaire de les introduire sans retard dans les lycées nouveaux, et progressivement dans les anciens lycées en commençant par les petites classes. Nous pouvons faire mieux encore. Tous nos efforts tendent à faire que le corps entier des maîtres dans chaqué maison ait une opinion et exerce une action sur la discipline ; partout donc où cette opinion est faite aujourd'hui, si l'on se sent prêt à exercer cette action et si l'adhésion sincère des volontés est acquise, la réforme peut s'appliquer dès maintenant, sinon tout entière, au moins avec des tempéraments sur lesquels l'accord se fera sans peine entre les lycées et les recteurs.

B. — DISCIPLINE RÉPRESSIVE

Les punitions.

Maintenant, toutes les forces morales, unies et coordonnées, suffiront-elles à faire régner de tout point l'ordre désirable ? C'est le but où il faut tendre, mais il ne faut pas se flatter d'y atteindre du premier coup. Or avertir, reprendre, noter, blâmer, graduer comme il convient les avis et les blâmes, puis, en cas d'insuccès, aboutir d'emblée à l'exclusion, cela constituerait un régime très doux en apparence, terrible en réalité, vu la légèreté des enfants et des jeunes gens eux-mêmes, et l'état présent des habitudes scolaires. Il est donc nécessaire que les notes et les avis soient comme ponctués de certaines peines destinées à les rendre plus sensibles.

Punitions à proscrire.

Ce n'en est pas une acceptable à nos yeux que l'inscription des élèves mal notés sur un tableau spécial affiché dans les classes ou au parloir et faisant pendant au tableau d'honneur. Cette punition, indiquée dans le rapport d'un recteur comme ayant réussi quelque part, a un caractère infamant qui pourrait à bon droit paraître excessif aux familles. D'ailleurs, elle est encore d'ordre purement moral : trop forte où elle serait prise très au sérieux, elle pourrait ne pas l'être partout également. Elle suppose formé l'esprit des élèves, plutôt qu'elle ne paraît de nature à le former ; elle est inutile si cet esprit est bon, et serait fort dangereuse s'il était mauvais.

A aucun prix cependant il ne faut retomber dans le *pensum*, qui doit être et demeurer définitivement supprimé, ni à plus forte raison dans les vieilles pénalités physiques, plus mortelles encore à la bonne volonté : arrêts, séquestre, privations d'air et de mouvement, travaux forcés où l'esprit n'a point de part, legs d'une pitoyable pédagogie. Legs éternel, dit-on : raison de plus pour le répudier avec la dernière énergie.

Punitions de bon aloi.

Les punitions suivantes, au contraire, semblent de nature à renforcer notre discipline morale sans la fausser. Si ce ne sont pas les seules admissibles rigoureusement, au moins n'en faut-il permettre que d'analogues.

Au premier rang est *la privation de sortie*, peine de très bon aloi, et toujours sensible. En graduant mieux cette peine, on pourrait, semble-t-il, en tirer plus de parti qu'on ne le fait. La privation partielle devrait suffire dans la plupart des cas ; la seule notification aux parents en fait une punition très sérieuse. La privation totale prendrait alors une gravité exceptionnelle.

Mais beaucoup d'élèves ne sortent pas d'ordinaire, et ne peuvent être atteints de la sorte. Reste *la retenue du jeudi* et, à la rigueur, du dimanche. Dans les conditions que nous allons dire, c'est la punition tout indiquée pour le travail insuffisant et la paresse.

Quand une leçon n'est pas sue, il n'est pas toujours absolument nécessaire qu'elle soit réparée : si le bon vouloir y était, si l'on était sûr de l'effort, il serait souvent sage de s'en contenter. L'important est d'obtenir que la leçon du lendemain soit mieux sue, et non d'exercer une vindicte. Il en sera de même quelquefois pour tel devoir manqué. Aussi croyons-nous que les punitions pourront toujours sans inconvénient être rares dans toute classe bien faite. Quoi qu'on ait pu nous dire de la nécessité où croient être certains professeurs de beaucoup sévir pour faire beaucoup travailler, nous ne pouvons nous empêcher de voir là surtout une fâcheuse habitude. C'est une loi générale, vérifiée par les piquantes statistiques de M. le recteur de Toulouse, que le nombre des punitions dans une classe est en raison inverse de la qualité des méthodes ; elles sont moins nécessaires, en effet, à mesure qu'on fait de meilleure besogne. L'élève travaille assez, sauf de bien rares exceptions, quand l'enseignement est vivant et l'autorité grande ; quand les leçons et les devoirs sont bien donnés, bien corrigés, et que toutes les exigences sont raisonnables. Nos meilleurs souvenirs à tous sont pour les professeurs qui entendaient ainsi leur tâche.

Nous reconnaissons, toutefois, que ceux-là même ont besoin de pouvoir, s'il le faut, exiger certaines réparations. Telle leçon non sue doit l'être à tout prix, tel exercice négligé doit être fait et bien fait sous peine de laisser des lacunes dont souffrirait toute la suite des études. Le mauvais vouloir, en tout cas, ne doit jamais être impuni. Le jeudi donc, non pas à l'heure ni au détriment de la promenade, mais le matin, pendant que les camarades s'appartiennent et trouvent dans un travail plus libre une détente méritée, il est juste que les paresseux soient tenus de réparer leur négligence. Point de dictée, point de tâche mécanique. Celui-ci apprend la leçon qu'il n'a pas sue, celui-là fait le devoir qu'il n'a pas fait, ou même refait simplement la partie du devoir qu'il a manquée.

Même chose le dimanche matin, si besoin est. Et rien n'empêche que les externes ne soient appelés à ces retenues. Mais ni externes ni internes n'y seront nécessairement condamnés, s'ils peuvent fournir autrement les réparations dues, sans que rien dans leur travail en souffre. Sauf les cas de paresse obstinée et de mauvaise volonté notoire, l'important, encore une fois, n'est pas de châtier, c'est d'obtenir l'effort utile. La tâche la plus courte sera la meilleure ; pourvu que ce soit un travail intelligent, toujours l'objet d'un sérieux contrôle, un travail qui remette l'ordre dans la volonté et qui mette dans l'esprit les connaissances qui doivent y être.

La promenade aura toujours lieu. La suppression n'en pourrait être admise que dans des conditions vraiment exceptionnelles. On a imaginé dans quelques lycées un moyen de la conserver comme exercice hygiénique en lui ôtant le caractère de libre récréation, pour les élèves qui, à l'heure où elle a lieu, ne sont pas en règle avec la discipline. Le *peloton de punition*, au lieu d'une promenade proprement dite, avec causerie et halte pour les jeux, ne ferait qu'une marche vive en silence. Il n'y a rien là d'inacceptable, si ce n'est peut-être que ce silence dans les rangs ne sera pas facile à obtenir au dehors quand on ne l'exigera plus à l'intérieur, et qu'il ne faudrait pas que cette punition fût pour les élèves une occasion d'en attraper d'autres. Si, d'autre part, le peloton de punition devait être reconnu de tout le monde au passage, attirer par exemple l'attention par un espacement insolite des rangs, il y aurait là une peine très dure et même d'une convenance douteuse.

La peine est douce au contraire, mais comme telle précisément, ne serait pas pour nous déplaire, si l'exécution en est confiée à un maître ayant le tact avec l'autorité et n'y mettant point de mauvaise humeur. Tout ce qu'on en peut dire, c'est donc qu'elle n'est pas inadmissible *a priori*, mais elle est d'une application délicate et l'épreuve n'en est pas assez faite.

Conclusions touchant les punitions

La sous-commission estime que l'amélioration du régime disciplinaire dans le sens qu'on vient d'indiquer doit être immédiatement entreprise. Bien qu'il y faille du temps et qu'il convienne de suivre ici encore une marche progressive, deux mesures générales nous paraissent devoir être prises sans retard : l'emploi des punitions reconnues pitoyables, des *pensums* surtout et de la retenue quotidienne, doit être rigoureusement prohibé ; et il faut interdire absolument la punition infligée *ab irato* aussitôt après la faute [1]. La faute sera notée aussitôt que commise ; mais le châtiment ne sera notifié que plus tard. Il faut que le maître ait le temps de réfléchir, l'écolier le temps de se racheter.

Ne nous lassons pas de le rappeler, les meilleures punitions ne sont guère bonnes et l'idéal doit être de s'en passer. Nous n'aurions pas perdu notre peine si nous avions bien fait sentir dans quel esprit, avec quelle mesure doivent être infligées celles mêmes qui sont de bon aloi, et qu'il n'y en a pas qui n'aillent contre le but quand l'inspiration morale y manque.

---

[1] « Une âme menée par la crainte en est toujours plus faible..... Quand tout a été employé sans fruit, on peut bien en venir au châtiment, mais non le rendre ordinaire et journalier ; car c'est pour lors que le remède est pire que le mal..... La première règle est de ne point punir un enfant dans l'instant même de sa faute. » Rollin, *Traité des études*, liv. VIII, 1re partie : Des châtiments.

C. — Moyens auxiliaires de la discipline. — Questions d'organisation intérieure.

Avant de passer aux récompenses, je dois encore insister sur certains moyens auxiliaires de la discipline dont la sous-commission s'est occupée avec un vif intérêt. Tout ce qui peut contribuer à faire des jeunes gens bien élevés, non seulement au sens profond du mot, mais aussi dans son acception moins grave et toute sociale ; tout ce qui peut, inversement, faire péricliter le caractère, les mœurs ou simplement les bonnes manières, est digne d'une extrême attention.

Il n'y a rien de petit en fait de tenue, de propreté, de décence. Une mère très intelligente, très amie de l'Université, ne reprochait qu'une chose au lycée (un bon lycée du Midi) où son fils avait fait comme externe toutes ses études : c'est que l'enfant n'avait jamais été dans une classe où il y eût un portemanteau. Il avait toujours dû tenir son manteau et sa casquette sur ses genoux, à moins qu'il ne les glissât sous le banc, c'est-à-dire à peu près sous ses pieds, ou qu'il ne prît, pour varier, le parti de s'asseoir dessus. Reproche souriant, qui a sa gravité. Espérons qu'à l'heure qu'il est il ne serait plus possible dans aucun lycée ni collège.

Le dortoir.

Le coucher, la tenue au dortoir sont d'une importance particulière.

La sous-commission de l'éducation physique s'est prononcée, au point de vue de l'hygiène, en faveur du dortoir divisé en cellules ; nous ne pouvons qu'appuyer cet avis au point de vue des convenances morales. On nous a rappelé, il est vrai, que le système des cellules avait été jadis condamné à ces deux mêmes points de vue de la moralité et de l'hygiène ; c'est ce qui explique qu'adopté dans les écoles normales, il ne l'ait pas été dans les lycées nouveaux, où l'installation d'ailleurs a réalisé tant de progrès. Les notions d'hygiène ont gagné en précision, et, du moment que certaines dispositions permettent d'assurer parfaitement le nettoyage et l'aération des cellules, on semble d'accord aujourd'hui à y voir une sauvegarde pour la santé. Nous y verrions de même une condition de décence, d'ordre personnel et d'intime propreté.

Les divertissements.

Ce qui importe aussi singulièrement à la bonne discipline, c'est que le travail soit accompagné de divertissements. Or il faut avouer qu'en l'état actuel ils manquent dans nos lycées. Les meilleurs de tous, ce sont les jeux d'adresse et de force ; et vous pensez sans nul doute avec votre sous-commission de l'éducation physique qu'il faut par tous les moyens possibles en favoriser la renaissance et le développement. Notre tâche, à nous, était d'examiner s'il n'y aurait pas quelque manière de faire revivre aussi ou d'acclimater certains délassements d'un caractère plus intellectuel, qui ont été en usage chez nous-mêmes ou qui le sont ailleurs.

La difficulté d'en trouver qui n'aient pas autant d'inconvénients que d'avantages, qui ne fassent pas perdre notamment un temps que réclame la vie physique, dès que l'étude ne l'exige point, nous a fait discuter d'abord une proposition connexe, bien que différente, qui se trouvait posée dans le rapport de M. le recteur de Douai. Le délassement incomparable, n'est-ce pas, chaque fois qu'il est possible, le retour dans la famille? Ne serait-ce pas faire beaucoup pour rompre les traditions de gaminerie ou les mauvaises habitudes résultant de l'accumulation entre les murs du collège, que d'en ouvrir largement les portes à ceux que leur famille réclamerait plus souvent et pourrait recevoir dans des conditions satisfaisantes? Un père, par exemple, dans un département du Nord, demande qu'on veuille bien lui donner son fils chaque semaine du samedi soir au lundi matin; l'élève est bon, la famille excellente. Faut-il opposer un refus absolu en dépit de la proximité qui rend la demande raisonnable, du sentiment irréprochable qui l'inspire, de toutes les convenances morales qui sont en sa faveur? N'est-ce pas le cas, au contraire, d'élargir et d'assouplir le règlement, en souhaitant qu'une exception si heureuse ne reste point isolée?

Le cas est fort intéressant. Votre sous-commission est d'avis que c'est un de ceux où il est bon que la plus grande latitude soit laissée aux recteurs pour l'interprétation de la règle. La vouloir ferme et égale pour tous, ce n'est pas demander qu'elle soit d'une rigide uniformité, incapable de s'adapter aux circonstances, fût-ce pour se plier aux intérêts moraux les plus avérés.

Mais précisément parce que les cas de ce genre doivent être affaire d'appréciation, il ne semble pas qu'il y ait là matière à une mesure générale sur laquelle nous puissions compter beaucoup pour l'éducation de nos internes. Pour la grande majorité d'entre eux, les sorties réglementaires suffisent et au delà. Beaucoup n'en peuvent pas profiter, et c'est ce qui arrive souvent aux meilleurs; d'autres sortent chez des correspondants qui ne demandent point à les avoir davantage, et dans des conditions de milieu, de surveillance relâchée, qui n'ont rien de particulièrement éducatif. S'il y avait à innover à cet égard, ce ne serait pas dans le sens d'une multiplication de ces sorties banales, dont le bienfait n'est pas toujours évident. Tout ce qu'on peut faire, c'est de maintenir les règles déjà larges qui les régissent, en émettant le vœu qu'une interprétation intelligente et libérale puisse toujours en être faite, par le recteur pour les mesures d'un caractère plus ou moins général et permanent, par le proviseur pour les cas isolés. Seulement, afin d'éviter tout soupçon d'arbitraire, les exceptions doivent toujours pouvoir être expressément motivées, expliquées tout haut, de manière à faire bien voir que ce qui est accordé à l'un, tous l'obtiendraient dans les mêmes conditions.

Il n'y a rien là, on le voit, qui réponde même indirectement à cette question : comment égayer la vie intérieure du lycée, en particulier pour les bons élèves qui ont peu de distractions au dehors ? Nous avons examiné avec soin tous les moyens qui ont été proposés ; il n'en est presque point qui ne puissent être autorisés et même vus d'un œil favorable, où l'initiative locale voudra en faire l'essai dans de bonnes conditions ; malheureusement, il n'en est guère, en revanche, qu'il faille recommander sans réserve.

Jouer des pièces de théâtre, par exemple, est un exercice agréable et intelligent. Les élèves des jésuites et des oratoriens y prenaient jadis un plaisir extrême. Mais ils avaient plus de temps que nos élèves. Les programmes d'études sont autres aujourd'hui et la vie a d'autres exigences. On conçoit bien encore un acte de Molière ou de Corneille joué de verve devant leurs camarades, un jour de pluie, par les élèves qui l'ont appris en classe ; tout le monde verrait sans doute une perte de temps, au moins hasardeuse, dans le travail d'apprendre, de répéter, de monter sérieusement une pièce d'un caractère moins littéraire, surtout due à la plume même des élèves.

Les grands collèges anglais ont des académies qui se recrutent par cooptation, selon le mérite scientifique ou littéraire, des sociétés de discussion (*debating societies*), où les jeunes gens s'exercent à la parole publique. M. le directeur de l'école Monge va tenter, nous a-t-il dit, d'acclimater chez lui ces usages. Ils sont là-bas très vivaces, et quelques-uns de nous étaient frappés des avantages qu'ils offriraient en France où, pendant que des gens qui n'ont rien de bon à dire osent tout, on voit si souvent des gens instruits, honnêtes, délicats, réduits à la protestation tout intérieure et stérile du bon sens par je ne sais quelle timidité qui les glace. Mais à cette infirmité trop réelle, le vrai remède, croyons-nous, c'est de faire parler les élèves en classe. Les bons professeurs le font partout aujourd'hui, surtout en rhétorique et en philosophie. On le fera de plus en plus à mesure que prévaudront les bonnes méthodes. S'exercer à la parole sur ce qu'on a étudié expressément, discuter sous le contrôle d'un maître, est une meilleure préparation à la vie publique que d'imiter prématurément les débats juridiques ou parlementaires, en visant à l'effet plus qu'à la qualité des arguments, et en parlant hardiment de ce qu'on ne peut pas bien savoir.

La bonne audace de se mettre en avant en temps utile, le talent de dire à propos ce qu'il faut dire, sont en grande partie affaire de caractère et valent surtout à ce titre. L'habitude de parler est toujours une force assurément, mais ce n'est pas une grande vertu civique quand c'est surtout une habitude. L'éloquence fait plus d'effet lorsqu'on y sent moins l'exercice. Cultivons comme il faut les dons de nos élèves par nos méthodes, leur caractère par notre discipline : quand ils penseront assez vivement et assez juste, quand ils sentiront et voudront avec assez de force, ils parleront toujours assez.

Une sorte de dilemme semble d'ailleurs pratiquement laisser bien peu de place, dans nos lycées, aux institutions dont il s'agit. Il ne peut en être question pour les élèves qui sont encore des enfants, et presque tous ceux qui ont une maturité relative ont trop peu de loisir, des intérêts trop pressants, des examens trop sérieux en perspective pour se donner vraiment à ce passe-temps. Or, si l'on ne s'y donne un peu, comment y fera-t-on rien qui vaille ? Ajoutons que, pour tous, c'est peut-être entrer un peu tôt dans la voie des candidatures académiques ou dans le jeu des rivalités publiques.

Il y a dans les collèges anglais quelque chose que nous verrions plus volontiers s'établir dans les nôtres, ce sont, par exemple, les sociétés musicales, où l'on s'organise spontanément pour chanter des chœurs et exécuter des morceaux d'ensemble. Quand elles sont assez fortes pour donner des concerts où l'on peut inviter les parents, rien n'est plus susceptible d'intéresser tout le monde et de produire les effets moraux que nous souhaitons. Telles sont encore les sociétés d'histoire naturelle, de géographie, de langues vivantes, où l'on se groupe selon ses goûts, entre naturalistes, physiciens, touristes, amateurs de voyages et de langues, pour s'entretenir de ce qu'on aime, mettre en commun son expérience, son travail, son acquis, ses ressources de tout genre. Ce libre groupement est particulièrement indiqué pour les exercices physiques et les grands jeux de vigueur et d'adresse que nous désirons tant voir réussir dans nos collèges. Il faut l'encourager sous toutes les formes acceptables qu'il pourra prendre. Surtout, avec la surveillance nécessaire pour empêcher les abus, il faut laisser les élèves, dans ces petites associations, s'administrer, faire leurs affaires et leur police eux-mêmes. Qu'on ne puisse plus nous accuser de garder en tutelle dix ans ces futurs hommes libres sans leur laisser une seule occasion de s'exercer à la liberté.

Les fêtes

Supposez un lycée où prospèrent quelques sociétés de ce genre : on n'y sera guère embarrassé pour organiser de ces fêtes dont nous regrettions l'absence tout à l'heure, fêtes où les parents et les maîtres prendront d'autant plus d'intérêt qu'elles seront données par les élèves eux-mêmes, et données dans des conditions nouvelles, où le succès ne sera pas nécessairement pour les lauréats habituels des distributions de prix, où des vertus et des dons trop longtemps négligés auront leur tour. Tantôt ce serait un assaut d'armes, tantôt des exercices de gymnase ou de manège. Pourquoi pas dans certains cas des joutes nautiques, des courses à l'aviron ou à la nage, toujours, bien entendu, avec l'assentiment exprès des familles et toutes les précautions commandées par la prudence ?

Rien n'empêcherait de mêler à ces divertissements, quand on aurait les éléments pour le faire, quelques exercices littéraires, la lecture d'un travail vraiment distingué. La fête ne serait que plus complète le jour où un professeur aimé consentirait à donner une causerie familière. Les anciens élèves de la maison, les *old boys*, se plaisent chez nos voisins non seulement à assister à ces fêtes comme invités, mais à y jouer un rôle actif quand les jeunes veulent bien le leur per-

mettre. Pourquoi n'en serait-il pas de même quelquefois chez nous ?
Excellent moyen de former l'esprit, de perpétuer la tradition d'une
maison et de faire entendre aux jeunes gens, de la bouche de leurs
aînés, des choses qu'il peut être bon qu'ils entendent !

D. — Des récompenses.

Usage et abus des récompenses.

Reste à parler des récompenses. Les meilleures, les vraies sont
toutes impliquées dans ce qui précède. Si la récompense, philosophi-
quement, est la satisfaction attachée à un acte comme bon, les satis-
factions de ce genre ne sauraient manquer à l'élève sous le régime
que nous venons d'esquisser : estime, approbation, éloges discrets,
mais sentis, vie joyeuse et douce à la seule condition d'être correcte,
liberté plus grande à mesure qu'on en est plus digne, bonheur pro-
portionné au mérite. Que faut-il de plus pour que la bonne volonté
se sente toujours soutenue ? Récompenses purement morales, et qui
n'en valent que mieux. Tout éducateur digne de ce nom, tout psychologue sait qu'au fond ce sont les seules qui vaillent.

Ceux qui posent en principe qu'il en faut d'autres à l'enfant n'ont
pas tort quand il s'agit du petit enfant à l'école maternelle ou à
l'école primaire. Peut-être à celui-là, en effet, faut-il des signes concrets, ostensibles du contentement de ses maîtres. Encore est-il à
croire que l'on confond un peu, même à ce degré, de médiocres habitudes, complaisamment entretenues, avec de vraies nécessités de
nature. Dans les meilleures écoles, on a, si je ne me trompe, sans inconvénients d'aucune sorte, fait de notables économies de matériel
et de temps sur les bons points et la comptabilité compliquée, puérile,
à laquelle ils donnent lieu ailleurs. A plus forte raison ne pouvons-
nous laisser poser en axiome qu'on ne saurait mener à bien les
élèves de nos lycées, que par l'intérêt, par l'appât de quelque gain
palpable ou de quelque grosse satisfaction d'amour-propre ! A ceux
qui nous disent : « Tel est l'homme » ou plus durement encore : « Tel
est le Français » nous avons envie de répondre avec Rousseau : « Oui,
tel que vous l'avez fait ! »

C'est affaire aux étrangers, qui ne s'en font pas faute, de relever
comme un trait de notre caractère national ce qui n'est peut-être
qu'un trait de notre éducation. Mais nous appartient-il de le perpétuer et de l'aggraver à plaisir ? Nous vous proposons, au contraire
de réagir, persuadés qu'en mettant en jeu un peu moins l'égoïsme et
l'esprit de rivalité, un peu plus les motifs désintéressés, on obtiendra
sans peine de nos jeunes gens autant ou plus qu'on n'obtient ailleurs

Mme de Maintenon, à cet égard, avait un mot qui lui fait bien
honneur ; elle ne voulait pas même qu'on abusât de l'éloge : « Je suis
ravie de ce que vous me mandez sur le travail des demoiselles, mais
je n'approuve pas les empressements que vous avez toutes pour les
louer et pour que je les loue ; c'est par cette conduite qu'on les a
gâtées et qu'elles croient qu'on leur en doit de reste. Quand elles

font leur devoir, dites-leur donc simplement que l'ouvrage va bien et rien de plus ». L'Université, aujourd'hui, ne saurait rendre au pays un plus grand service qu'en s'efforçant de former des hommes dont tout le soin, dans leur fonction privée ou publique, soit de faire que l'ouvrage aille bien, sans souci du salaire qui doit leur en revenir.

Au reste, nous ne proposons nullement de supprimer les manifestations visibles et tangibles de la satisfaction des maîtres; tout ce qu'il faut, c'est de bien placer les récompenses, de leur donner le caractère moral qu'elles doivent avoir et qu'elles n'ont pas toujours, en les attachant à l'effort méritoire, fût-il d'ailleurs malheureux, plutôt qu'au succès, même brillant, où la bonne volonté n'a point de part.

Le satisfecit.

Les récompenses usitées aujourd'hui sont le *satisfecit*, l'inscription au tableau d'honneur, les bonnes places dans les compositions, les prix. Toutes sont légitimes, mais peut-être ne forment-elles pas un système parfaitement coordonné et serait-il bon d'apporter quelques correctifs dans leur emploi.

Le succès est à lui-même sa récompense. Quand un élève a bien fait un devoir, une composition, sa récompense est de savoir qu'il a réussi; c'est assez l'encourager que de le lui dire devant tous, et si le travail en question est bon absolument, de le proposer en modèle. Ne craignons pas que l'élève soit insuffisamment sensible à cet honneur.

Passe encore d'insister, cependant, pour faire mieux remarquer aux autres ce qu'on leur propose à imiter, et aussi parce que ce succès absolu va rarement sans l'effort moral. C'est justice alors et c'est plaisir de le souligner. Si le *satifecit*, dans ce cas, fait un peu double emploi avec l'éloge, au moins n'a-t-il pas d'inconvénients. Mais quand le succès, comme il arrive parfois, n'est que relatif; quand il est dû aux seuls dons naturels, à une heureuse mémoire, à une facilité qui n'empêche pas la dissipation, voire l'indiscipline, et qui cache mal la paresse, le « témoignage de satisfaction » n'a-t-il pas quelque chose de dérisoire ?

Il est alors d'autant plus mal placé, que, selon le nom d'*exemption* qu'il portait naguère et que les élèves aiment à lui conserver, il sert naturellement à racheter certaines fautes. Or quelle logique y a-t-il à ce qu'une place de premier ou de second en quoi que ce soit puisse compenser et effacer un manquement à la discipline? Sans doute, le rachat n'est jamais de droit; mais, quand il est refusé, ce refus paraît toujours à l'élève un surcroît de rigueur, presque une injustice. Tout ce qu'on fera pour supprimer ces malentendus sera un gain certain pour l'éducation. Substituons autant que possible, en fait de récompenses comme en fait de punitions, l'appréciation équitable, l'action morale nuancée au mécanisme.

Il conviendrait donc de réserver le *satisfecit* à ce qui est seul satisfaisant en éducation : l'effort. Le premier et le second en tel ou tel exercice n'y auraient plus droit *ipso facto;* le dernier pourrait y prétendre.

Nous aimons par-dessus tout, en France, l'intelligence; nous faisons au collège primer sur toutes choses le talent : rien de mieux pour porter au maximum l'émulation des esprits, mais c'est une médiocre condition pour la formation des caractères. On a sagement réduit le rôle naguère démesuré des concours, parce que le concours risque de fausser l'éducation en donnant aux promesses de talent (promesses, on le sait, quelquefois trompeuses) une importance sans proportion avec la valeur réelle des choses, sans rapport exact avec l'intérêt vrai des enfants eux-mêmes et du pays.

Le talent, est-il besoin de le dire, personne n'entend le sacrifier : nous l'aimerons toujours; nous n'avons à craindre ni d'en perdre ni d'en ôter le goût. Le danger, c'est de l'exalter outre mesure quand il n'est qu'en germe; c'est de lui apprendre prématurément nous-mêmes, ce qui est trop vrai, qu'on lui passe presque tout dans le monde. Le plus grand service qu'on puisse lui rendre, c'est de l'habituer à compter avec les qualités d'un autre ordre, dont il ne se passe jamais impunément et qui lui ménagent quelquefois des surprises, car elles ont leur revanche de temps en temps sur les talents de collège qui s'en sont fait accroire.

Le tableau d'honneur.

Même si les maîtres prenaient tous sur eux de le vouloir, ce ne sera pas une petite affaire, dans l'état d'esprit des élèves, que de rendre à la valeur morale auprès d'eux une partie du prestige que la « force » et l'esprit ont usurpé. On sait le cas qu'ils font en général des récompenses notoirement destinées à honorer la conduite et le travail. Il n'est pas rare que les élèves les plus intelligents se fassent un point d'honneur de les dédaigner.

Dans la campagne à entreprendre contre ce mauvais préjugé, le premier point est d'avoir pour soi la véritable élite des bons élèves, qui d'ordinaire sont bons en tout. Il faut que le premier de la classe tienne à être inscrit au *tableau d'honneur.* Il y tiendra, croyons-nous, si tout le monde attache un haut prix à le voir y figurer, si c'est la marque d'une appréciation d'ensemble qui prime tout succès. Pour cela, l'inscription au tableau d'honneur ne doit pas plus tenir à la conduite seule qu'à la seule force en classe; on ne doit pas pouvoir l'obtenir par cette vertu négative trop chère à certains maîtres, la tranquillité inerte, ni même par l'effort trop peu intelligent, sauf peut-être le cas rarissime où il aurait quelque chose de touchant et d'héroïque. L'inscription au tableau d'honneur doit résulter d'un examen exprès et complet des dossiers. Nous proposons qu'elle se fasse après avis de l'assemblée des professeurs, dans les conditions mêmes prévues pour les notes trimestrielles, dont, jusqu'aux notes suivantes, elle resterait la durable expression.

De l'émulation en général.

Que dirons-nous maintenant des places et des prix? Ce sont des récompenses naturelles et fort bonnes, mais la manière dont elles sont réglées présentement appelle quelques observations.

Les élèves sont au lycée pour étudier : il est très bon qu'ils se rendent compte exactement du point où ils en sont. Se sentir en progrès est la vraie récompense de leurs efforts; se voir stationnaires ou en retard est le juste châtiment de leur paresse, en tout cas, un utile avertissement. Mais pour les renseigner de la sorte sur la qualité de leur travail, il n'est pas nécessaire peut-être de les soumettre à une perpétuelle comparaison entre eux. Et si ce n'est pas nécessaire, est-ce sage? Cette comparaison va-t-elle au but? Est-elle surtout la meilleure manière d'y aller?

Le nombre des compositions a été diminué, on ne peut que s'en applaudir. Peut-être sont-elles encore un peu trop fréquentes dans certaines classes. Mais la vérité est qu'elles le seront trop partout, tant que la composition, par un malentendu qui ne soutient pas l'examen, sera un exercice où le but proposé à l'enfant n'est pas de se surpasser lui-même, mais seulement de surpasser les autres.

Nous savons bien que dans cette lutte, on cherche à donner sa mesure. Mais il s'agit de savoir si le même effort ne pourrait pas être obtenu, et plus sain, plus vraiment fécond pour l'esprit lui-même, meilleur en tout cas moralement, sans cette excitation de la lutte. — Les grands théoriciens de l'éducation libérale sont unanimes à le penser.

Tout ce qu'on peut dire en faveur de l'émulation, nous nous le sommes rappelé à nous-mêmes et nous ne songeons pas à le contester. Mais quand on en abuse, elle a de sérieux dangers, et moralement et au point de vue même du seul développement intellectuel. Car elle excite plus qu'elle ne fortifie, elle échauffe, mais non de la meilleure manière; elle développe la docilité plus que la personnalité, le savoir-faire plus que l'esprit d'initiative et l'amour désintéressé de l'étude. La seule qui soit bonne sans réserve, c'est l'émulation avec soi-même, le désir ardent de faire bien, et, en attendant, de faire mieux qu'hier. Mais, qui ne sait que tout élève qui vise au premier rang n'a d'autre but que d'y atteindre? Sa composition lui paraît toujours assez bonne s'il y atteint; il serait désolé qu'elle fût meilleure si une meilleure encore le rejetait au second rang.

Mettre ainsi les élèves aux prises (quelques élèves, pourrait-on dire, car on sait combien la deuxième moitié de la classe se désintéresse souvent de ces tournois), c'est donner à ceux mêmes qu'on excite ainsi une ardeur fiévreuse, qu'il ne faut pas confondre avec la chaleur bienfaisante de l'étude aimée pour elle-même. Que sera-ce si, pour rendre à quelques-uns ce service douteux on fait perdre le temps des autres? Car autre chose est faire preuve de son acquis, autre chose l'accroître. Or si ceux mêmes que les compositions passionnent y acquièrent peu, il est clair que ceux qu'elles laissent indifférents y acquièrent moins encore.

Aussi a-t-on pu dire, — et quelle critique, si elle est fondée! — que rien ne contribue plus que les compositions, telles qu'on les entend chez nous, à produire ce fléau de nos lycées, les traînards et les cancres, la séparation de chaque classe en une tête objet de tous les soins et une queue plus ou moins dédaignée.

Les prix, auxquels les compositions aboutissent, sont naturellement sujets aux mêmes critiques.

Les prix, « manière de récompenser les enfants qui ne donne de l'espérance et du courage qu'à deux ou trois dans un cent », dit avec une éloquente exagération un commentateur du *Règlement des études* d'Antoine Arnauld, s'inspirant de l'esprit de Port-Royal. Or le premier devoir d'un professeur est de soutenir et d'encourager tout le monde, de ne désespérer ni sacrifier personne.

C'est une chose très digne de remarque que notre pays soit le seul, ou peu s'en faut, où les compositions ont pris dans l'éducation publique la part que nous leur accordons, le seul où l'institution des prix existe avec cette importance démesurée. Nos usages à cet égard font sourire les étrangers et leur causent plus de surprise que d'envie. Ce n'est pas une raison pour rompre avec une tradition séculaire, qui, pour nous être venue des Jésuites, n'en répond pas moins à un trait de notre caractère, et, passée comme elle l'est dans les mœurs, a du moins les avantages de ses inconvénients. Mais il faut faire en sorte d'en corriger un peu les inconvénients tout en en gardant les avantages ?

Réforme désirable dans le régime des compositions.

La composition a sa raison d'être de loin en loin comme exercice à faire dans un temps donné et dans des conditions identiques pour tous, le but étant pour chacun non de faire moins mal qu'un rival, mais de faire le mieux possible, d'éprouver ses ressources, son acquis, sa présence d'esprit, d'apprendre à se connaître et à donner sa mesure à heure dite. Mais de ce point de vue, le classement rigoureux des élèves selon une série linéaire (1, 2, 3, 4....) apparaît comme une puérilité d'abord et souvent comme une injustice, car il répond très mal à la réalité des choses.

De toutes les manières dont un professeur consciencieux peut perdre son temps et sa peine, la plus évidente n'est-elle pas de passer des heures à relire des copies d'enfants en s'ingéniant à trouver des degrés où il n'y en a point, à mettre en balance, comme s'il s'agissait d'une affaire d'état (c'en est une en effet pour les rivaux et quelquefois pour leurs familles), des mérites qui souvent sont d'ordre différent, et par suite sans commune mesure ? Combien ce temps serait mieux employé en lectures et en travaux personnels par lesquels le professeur renouvellerait sa provision d'idées; combien même il serait plus utilement donné au repos, source de bonne humeur et de fraîcheur d'esprit !

Quant aux élèves, le classement linéaire leur donne-t-il une idée bien exacte de la vie? Sans exagérer ce qu'il peut donner aux premiers d'illusion sur leur valeur réelle, de prétention à toujours primer dans la suite; et ce qu'il peut donner aux derniers, soit d'aigreur, si leur orgueil proteste, soit d'excessive humilité s'ils se résignent; ne convient-il pas mieux de leur apprendre, comme plus vrai à la fois et plus encourageant moralement, qu'on peut se valoir avec des mérites différents, que les qualités diverses ont leur prix sans nous faire nécessairement inférieurs ou supérieurs les uns aux autres?

Nous demandons, en conséquence, qu'au lieu d'être toujours, nécessairement classés un par un du premier au dernier, les élèves soient, dans les compositions, plutôt groupés selon les notes que leur copie mérite absolument. Ils se compareront toujours assez. Quand un seul élève aura la note *très bien* ou *bien*, il sera premier par le fait, et le sentira de reste. En revanche, s'ils sont plusieurs qui aient mérité la même note, il n'y aura ni premier ni dernier entre eux; ils formeront un même groupe, dans lequel d'ailleurs rien n'empêchera de marquer des nuances individuelles, afin que chacun sache au juste ses qualités et ses défauts, le fort et le faible de son travail. Au lieu d'une liste de places offrant toujours le même aspect, quelles que soient la force de la classe, la qualité de la composition et la valeur relative des élèves, on aura diverses catégories de notes qu'on fera aussi nombreuses qu'il le faudra, et qui pourront varier d'un jour à l'autre.

Dans telle classe ou dans telle faculté, il n'y aura jamais de note *très bien;* dans telle autre il y en aura toujours plusieurs. Ici les noms se grouperont en nombre sous deux ou trois notes; là il en faudra huit ou dix pour exprimer les différences de force. On verra de la sorte au premier coup d'œil si la classe marche en peloton serré, comme c'est l'idéal; s'il y a une avant-garde et à quelle distance elle est du reste; s'il y a des traînards et en quel nombre et de combien ils sont en arrière. Autant la lecture des places dans les classes par le proviseur est souvent aujourd'hui une froide formalité, et qui donne lieu de sa part à peu d'observations utiles, autant le compte rendu des compositions comme nous le concevons pourra être l'occasion de remarques intéressantes et de félicitations ou de remontrances précises distribuées à bon escient.

La Commission, d'ailleurs, n'entend pas pour cela proscrire le classement linéaire. Dans la mesure où il est juste et bon, il se combine tout naturellement avec le système du groupement par notes. L'essentiel est d'apporter plus de souplesse et, avec moins de rigueur apparente, une justice plus délicate dans l'appréciation des efforts et des résultats. Il suffirait presque, sans rien changer en apparence, au mode de classement traditionnel, que le professeur pût faire autant d'*ex æquo* qu'il le jugera bon. Si deux copies ou même plusieurs témoignent que leurs auteurs ont à un égal degré des qualités différentes, mais également estimables, il pourra y avoir deux ou trois

premiers *ex æquo*, seconds *ex æquo*, etc. La possibilité de donner le
même rang à deux copies équivalentes constitue à la fois un soulagement pour la conscience du professeur et une garantie pour les efforts
des élèves laborieux. N'étant plus soumis à la pénible nécessité de
choisir le meilleur entre deux très bons, le maître sera plus à l'aise
pour accueillir et faire valoir des qualités très diverses, dont les
plus précieuses peut-être et les plus originales risquent, dans le système actuel, d'être découragées par l'application d'une règle inflexible.

Le but à ne pas perdre de vue, c'est de corriger l'abus des comparaisons individuelles et les dangers de l'émulation surexcitée à
l'excès. A cette fin, on ne saurait trop réduire, surtout pour les enfants des petites classes, l'importance du classement proprement dit.
A cet âge surtout, il convient de mettre la *note* bien plus en évidence
que la *place*. Mais pour les écoliers de tout âge, la note doit prendre
une importance qu'elle n'a pas. Cela dépendra beaucoup de l'action
personnelle du professeur sur sa classe et de l'autorité du proviseur
auprès des familles. Combien la note n'en dit-elle pas plus que la
place à l'élève vraiment soucieux de bien faire, aux parents désireux
d'être exactement renseignés ! Il y a tant de façons d'être premier, et
tant de façons aussi de ne pas l'être !

Réforme dans le régime des prix.

Cette réforme entraîne celle des prix. Le prix en lui-même est une
récompense excellente. Donner comme encouragement à l'élève qui
aime l'étude un bon livre, c'est-à-dire un instrument de travail et
de progrès ultérieur, qu'y a-t-il de plus judicieux ? Ce qui l'est moins,
c'est de donner toujours un prix au premier, fût-il paresseux et même
faible, et de n'en jamais donner au troisième, fût-il un excellent
élève.

La distribution des prix doit être pour tous une sanction exacte.
Il ne faut pas qu'elle puisse tourner au chagrin et à l'humiliation d'un
seul bon sujet, à la gloire exclusive des plus habiles et des plus
heureux, chose particulièrement choquante et anti-pédagogique
quand ceux-ci, par hasard, ne sont pas les plus consciencieux.

La distribution des prix est jusqu'ici la seule fête de l'année qui
réunisse maîtres, parents et élèves et qui donne à l'Université l'occasion de se faire connaître aux familles. Il est excellent que les résultats du travail de l'année soient proclamés ainsi publiquement
pour chaque classe et pour chaque ordre d'exercices. Mais c'est à
condition que cette sorte de compte rendu soit d'une justice délicate,
d'une parfaite vérité et porte la lumière où il faut.

Tous les élèves qui ont atteint, en somme, dans chaque matière
d'enseignement le niveau que leur classe comporte devraient être
nommés, non pas nécessairement à la file, mais, s'il y a lieu, par
catégories de notes. Si personne ne s'est élevé au-dessus du médiocre,
on le constate, et il n'y a pas de prix. Il peut y avoir, au contraire,
plus de deux prix, si plusieurs élèves en ont réellement mérité.

Selon les établissements et selon les classes, selon les ressources dont on dispose, on pourrait ne donner de livres qu'aux élèves ayant obtenu la note *très-bien,* ou se contenter de la note *bien.* Ce serait affaire de règlements locaux et d'appréciation particulière, à condition qu'on évite partout d'avilir les prix en les prodiguant. L'essentiel est que les élèves d'une même classe qui auront obtenu la même note d'ensemble dans une même matière d'enseignement en reçoivent tous témoignage. Le prix n'est rien qu'un surcroît et un symbole ; la vraie récompense, c'est la proclamation des résultats du travail.

Récompense et punition à la fois : car le silence se trouverait être un châtiment, et même fort dur, le jour où, au lieu d'être le partage de l'immense majorité des élèves, il serait le lot de ceux-là seuls qui seront demeurés insuffisants, passables tout au plus. Proclamer pour chaque exercice les très bons élèves, s'il y en a, puis les bons et même les assez bons, ce ne sera pas seulement donner à tous ceux-là juste la part d'honneur à laquelle ils ont droit, ce sera dire clairement : « Le reste ne vaut pas l'honneur d'être nommé ». Les parents sauront à quoi s'en tenir, préparés et éclairés qu'ils seront d'ailleurs par les notes mensuelles ou trimestrielles.

Maintenant, ce n'est pas tout de récompenser solennellement le progrès intellectuel, le savoir et les promesses de talent. Une large part d'honneur doit être réservée aux qualités d'un autre ordre. Si nous voulons que nos lycées ne soient pas seulement des établissements d'instruction, mais de grandes maisons d'éducation, au sens plein et fort de ce mot, il faut qu'on sache que nous y prisons quelque chose au-dessus de l'intelligence elle-même et du savoir, et que, si nous applaudissons au talent, nous honorons surtout le caractère.

Dans une maison où l'on connaît tout le monde, où l'on voit à l'œuvre, d'un bout de l'année à l'autre, et durant des années, non pas seulement les esprits, mais les volontés et les cœurs, où l'on a la prétention de former des hommes, n'y a-t-il pas quelque chose de faux, parfois de dérisoire, à attacher la belle qualification de *prix d'excellence* aux résultats du seul travail de tête, à des exercices de classe, où l'habileté peut tout faire avec la chance ?

Le prix *d'excellence* ne doit pas se gagner comme les autres par des compositions seulement et ne dépendre que d'un calcul de points.

Nous proposons donc de réserver ce nom à un prix d'ensemble, distinct et indépendant de tous les autres, décerné dans chaque classe et chaque division, *aux élèves qui auront le mieux satisfait à tous leurs devoirs et mérité au plus haut point l'estime générale.* Ce sera vraiment ainsi la plus élevée de toutes les récompenses. Tant pis pour les jeunes gens intelligents qui feraient les dédaigneux à son égard.

Une question d'un vif intérêt nous a arrêtés un moment au sujet de ce prix : ne serait-il pas possible et bon d'appeler les élèves à désigner eux-mêmes, par un vote, non pas seuls mais conjointement avec tous les maîtres, ceux de leurs camarades qui le mériteront ? La sous-commission tout entière aurait avec plaisir saisi une si bonne occasion, et si rare, de faire faire aux jeunes gens un acte de liberté.

Mais pendant que la chose paraissait à certains membres si désirable qu'ils auraient, pour la tenter, bravé toutes les difficultés pratiques, la majorité a jugé ces difficultés trop grandes dans l'état actuel de la discipline.

On ne peut, en effet, sans contradiction d'abord, sans risques ensuite quant au résultat, faire à tous les élèves indistinctement l'honneur de les appeler à voter. Or à quel critère, à la fois simple et sûr, recourir pour dresser la liste électorale ? Comment l'arrêter sans prêter au reproche d'arbitraire ? Tout en croyant qu'on en trouvera le moyen, tout en souhaitant qu'on le cherche dès maintenant, partout où l'état des esprits et des mœurs scolaires inspirera assez de confiance, nous avons jugé plus sage de réserver cette question de la participation des élèves. L'important, pour nous, est d'indiquer les progrès désirables. Le soin de l'exécution, ici comme plus haut, doit être laissé à MM. les Recteurs, qui ont la responsabilité, qui connaissent leur terrain et à l'initiative desquels on peut s'en remettre.

CONCLUSION.

LA QUESTION DU RECRUTEMENT ET DE LA PRÉPARATION DES MAÎTRES.

Telles sont, Messieurs, les propositions que votre sous-commission de la discipline vous apporte. Si vous les adoptez et si M. le Ministre les fait siennes, nous avons confiance qu'elles amélioreront profondément le régime des lycées et collèges. Elles avanceront beaucoup la transformation de la discipline traditionnelle dans le sens d'une véritable éducation morale, d'une éducation libérale.

Si ce n'est pas encore tout ce qu'on peut souhaiter pour mettre notre éducation publique en harmonie avec nos institutions, c'est sans doute tout ce que comporte l'organisation actuelle de nos établissements d'enseignement secondaire, et il paraît difficile de faire plus dans de grands internats. Le succès de ces réformes ne tardera pas, on peut le croire, à en rendre d'autres possibles. En fait de raison et de liberté, en effet, le capital acquis, ce qui est une bonne fois entré dans les mœurs, donne une sécurité qui permet d'oser plus avec moins de risques. La transition seule est hasardeuse; mais qui ne tente rien ne fait rien.

Les obstacles au succès ne manqueront pas : cent fois chemin faisant nous les avons rencontrés. La ferme volonté de l'autorité supérieure en triomphera avec le temps et la patience, à une condition toutefois, à une condition *sine qua non :* c'est qu'on prenne des mesures pour les empêcher de renaître de génération en génération.

La discipline que nous voulons inaugurer suppose chez tous ceux qui l'exerceront pour une part petite ou grande des dispositions naturelles ou acquises, des manières de voir et de sentir qu'on n'obtiendra que par un soin exprès apporté au recrutement et à la préparation de tous les maîtres. L'État ne fera œuvre d'éducation que s'il commence par former des éducateurs.

Mais on naît éducateur, on ne le devient pas ! c'est un axiome pour quelques-uns. S'il en est ainsi, dirons-nous, que l'État cherche donc au plus vite le moyen de discerner ceux qui sont nés éducateurs, car cette préoccupation doit alors primer toutes les autres. Or quelle place occupe-t-elle dans notre recrutement ?

Mais non, le recrutement des maîtres n'est pas seulement affaire de choix initial. Il ne s'agit pas de trouver des éducateurs comme on trouve les sources avec la baguette divinatoire, il s'agit d'en former avec les éléments dont on dispose.

Quand les beaux-arts eux-mêmes, malgré ce qu'ils supposent de dons innés, comportent une préparation technique et demandent un apprentissage, que peut valoir ce prétendu axiome suivant lequel l'œuvre la plus importante de l'homme serait précisément la seule vouée au hasard et soustraite à toute espèce de règles ? Comme si dès qu'une chose peut être bien faite ou mal faite, il n'y avait pas des conditions déterminées pour la bien faire et des fautes certaines à éviter ; comme si un point essentiel en tout n'était pas de réfléchir aux fins qu'on doit se proposer, puis de connaître les moyens entre lesquels on a le choix, puis de comparer entre eux ces moyens.

Il y aurait certes une rare naïveté à attendre des miracles d'un enseignement dogmatique de la pédagogie : cette illusion n'est pas la nôtre. En revanche, c'est un scepticisme gratuit et stérile à plaisir que de nier que la morale, la psychologie et l'histoire jettent une vive lumière sur les choses de l'éducation, et qu'il y ait là matière à une étude indiquée entre toutes pour les jeunes gens qui se vouent à l'éducation publique.

A ne considérer même que l'enseignement, ce n'est pas assez pour être un bon professeur d'avoir appris tout ce qu'on doit enseigner et même mille fois plus. Moins de science et une meilleure méthode pour en transmettre ce qu'il faut ferait souvent mieux notre affaire. A plus forte raison n'est-ce pas former des éducateurs au sens plein du mot, des maîtres prêts à appliquer notre nouvelle discipline, que de faire des érudits très subtils, des écrivains ou des parleurs très habiles, voire des savants dont l'esprit critique se sera appliqué, intéressé à tout, excepté à leur future fonction.

Encore pour les professeurs, peut-on se flatter qu'une culture très haute et très raffinée les prépare indirectement à leur tâche d'éducateurs. Cela est vrai en partie, bien qu'on ait grand tort d'y trop compter. Mais c'est sur les maîtres répétiteurs que repose pour la plus grande part dans nos maisons la discipline, c'est-à-dire l'éducation même. Il est urgent de leur assurer une préparation qui les mette tous à la hauteur d'une tâche si difficile.

Le président de la sous-commission, M. le vice-recteur Gréard, nous a exposé à ce sujet une solution jadis conçue par M. de Salvandy, qui lui paraît encore la plus pratique et qui serait assurément digne d'étude : il s'agit d'un projet d'école normale spéciale pour les maîtres répétiteurs. A côté d'une instruction générale les préparant à des grades, les élèves-maîtres recevraient une éducation pédagogique appropriée et seraient exercés à la pratique dans une école annexe.

On peut craindre, malheureusement, que cette école normale, même à la supposer fondée, ne suffise pas à faire de la surveillance dans nos lycées une carrière comparable à celle de l'enseignement et susceptible d'attirer au même titre. Au moins faudrait-il pour cela assurer aux jeunes gens qui se destineraient à cette école un avancement régulier, en leur réservant les places de censeurs et de proviseurs. Mais ce serait couper au corps enseignant l'accès des fonctions administratives, résultat tout opposé à la fusion intime que nous regardons au contraire comme désirable; et l'on rendrait du même coup plus ingrate que jamais la condition des maîtres, toujours très nombreux nécessairement, qui ne seraient pas sortis de cette école. Si bien qu'on peut se demander si ce qu'on aurait gagné sur quelques-uns on ne le reperdrait pas sur l'ensemble.

D'autre part, les tentatives intéressantes faites de différents côtés, pour faire exercer la surveillance intérieure par les professeurs eux-mêmes ne semblent pas de nature à réussir bientôt dans l'Université. Il faudrait non seulement augmenter mais transformer singulièrement le personnel enseignant, pour pouvoir employer les mêmes hommes alternativement à faire la classe et à surveiller la récréation ou l'étude sans qu'une partie du service fît tort à l'autre. Le professeur a besoin de se maintenir en fraîcheur d'esprit par beaucoup de repos, de lecture, de travail libre. Si vivement qu'il faille souhaiter de pouvoir l'associer d'une manière plus étroite à la vie intime du lycée, ce ne serait pas une solution, que celle qui prendrait sur ses loisirs pour lui imposer comme une corvée ce qui ne peut être bien fait qu'avec bonne grâce.

Toutes ces questions, Messieurs, sont d'une extrême complexité. Votre commission ne pouvait s'y attarder sans ajourner indéfiniment les solutions relativement simples et dès maintenant pratiques qu'elle avait hâte de vous soumettre. Mais rencontrant à chaque pas ces questions et sentant combien elles sont liées à toutes celles dont nous étions saisis, nous avons voulu au moins et vous voudrez avec nous les signaler à l'attention de M. le Ministre. De la solution qu'elles recevront dépendra, en dernière analyse, la valeur de notre éducation publique et le succès de toutes les améliorations qu'on pourra tenter d'y apporter.

Dès aujourd'hui, on peut tirer, nous le croyons, un parti beaucoup meilleur qu'on ne le fait des éléments dont on dispose : il suffirait pour cela d'avancer résolument dans la voie où l'on est entré il y a quelques années, en attribuant expressément aux facultés, ce qui est, par nature, une partie essentielle de leurs fonctions, la préparation, non seulement générale et scientifique, mais professionnelle et proprement pédagogique de tous les maîtres de l'enseignement secondaire.

Il faudrait que dans quelques années personne, je ne dis pas n'enseignât dans les lycées, mais n'y exerçât une part quelconque de l'action éducative, sans avoir reçu dans les facultés, outre une culture élevée, certifiée par des grades, ce qui a son importance, une initiation suffisante à la théorie, à l'histoire et à la pratique de l'éducation.

Cela n'empêchera pas sans doute bien des fautes de se faire encore; mais peut-être s'en fera-t-il moins. Elles seraient, en tous cas, relativement faciles à corriger du jour où elles ne seraient plus inconscientes. Un personnel ainsi préparé comprendrait à demi mot et essayerait avec joie toute réforme jugée nécessaire.

C'est alors surtout qu'on pourrait avoir bon espoir dans les fruits que doit porter avec le temps celle que nous vous proposons aujourd'hui.

Elle n'est qu'un *minimum* à nos yeux. Il ne faut pas oser moins si l'on veut faire quelque chose. Il ne faut pas non plus différer sous prétexte que le personnel n'est pas au point. Il contient, tel qu'il est, d'admirables éléments, dont on peut tout espérer et qu'on s'étonnera d'avoir si imparfaitement utilisés jusqu'ici.

Quant au reste, il faut compter sur le temps mais non attendre tout de lui seul. Le temps ne fait germer que ce qu'on sème. L'effort vigoureux qu'on va faire aujourd'hui, qui est nécessaire à tous égards et qui peut être aussi utile qu'honorable, n'aura d'effet durable, ne nous lassons pas de le redire, que si l'on prend des mesures pour qu'il ne soit pas toujours à recommencer. Faute de ces mesures, tout serait vain. Notre tentative finirait en déception, donnant raison une fois de plus aux pessimistes et aux sceptiques, car aucun prodige de bon vouloir n'a jamais triomphé d'un coup, pour toujours, du poids d'un long passé et de la force de la coutume. Avec ces mesures de prévoyance au contraire, et si l'on sait employer le bon vouloir d'aujourd'hui à préparer le lendemain, les difficultés tomberont d'elles-mêmes peu à peu; la disparition des résistances respectables qu'on n'aura pu vaincre tout d'abord sera l'affaire de quelques années.

PROPOSITIONS

RELATIVES À LA DISCIPLINE

ADOPTÉES PAR LE CONSEIL SUPÉRIEUR,

DANS SES SÉANCES DES 27 ET 28 DÉCEMBRE 1889,

ET RENDUES EXÉCUTOIRES PAR ARRÊTÉ DU 5 JUILLET 1890.

---

1. Les élèves sont autorisés à causer entre eux pendant les repas, dans les mouvements et pendant les exercices gymnastiques. Le bruit ne sera pas toléré.

2. Les punitions auront toujours un caractère moral et réparateur. Le piquet, les pensums, les privations de récréation, sauf l'exception des retenues du jeudi et du dimanche prévues à l'article suivant, la retenue de promenade sont formellement interdits. La mise à l'ordre du jour, comme peine disciplinaire, est supprimée.

3. Les seules punitions autorisées sont les suivantes :
a. La mauvaise note ;
b. La leçon à rapprendre en totalité ou en partie;
c. Le devoir à refaire en totalité ou en partie;
d. Le devoir extraordinaire;
e. La retenue du jeudi et du dimanche;
f. La privation de sortie;
g. L'exclusion de la classe ou de l'étude;
h. L'exclusion temporaire ou définitive de l'établissement.

4. Les maîtres répétiteurs punissent par le moyen de notes, soumises au surveillant général, au censeur ou au proviseur.

5. Plusieurs mauvaises notes peuvent entraîner une punition plus grave.

6. Le devoir extraordinaire sera de même nature que les devoirs ordinaires, mais de moindre étendue, afin de ne pas nuire à la bonne exécution de ces devoirs.

7. Les réparations et les devoirs extraordinaires ne seront exigibles que le lendemain des jours de congé.

8. Dans les cas d'une certaine gravité, les professeurs pourront ordonner que les leçons non sues soient apprises, que les devoirs négligés soient refaits, que les devoirs extraordinaires soient faits dans une étude avec tâche obligatoire du jeudi. Le travail imposé dans cette étude n'aura jamais un caractère purement pénal et devra faire l'objet d'un contrôle sérieux. — Les externes pourront être appelés à cette étude.

Dans le cas où cette retenue ne pourrait avoir lieu le jeudi, elle sera reportée au dimanche ; si elle peut avoir lieu le jeudi et le dimanche, la retenue du dimanche sera prononcée seulement par le proviseur.

9. Les diverses peines encourues pendant la classe ne seront déterminées qu'à la fin de la classe.

10. L'exclusion momentanée de la classe ou de l'étude ne peut être prononcée par un professeur ou un maître répétiteur qu'à titre tout à fait exceptionnel, en cas de manquement grave, avec rapport immédiat au proviseur.

11. Le proviseur a le contrôle de toutes les punitions.

Toutes les punitions données en classe, de quelque nature qu'elles soient, seront consignées par le professeur sur un registre spécial, visé chaque semaine par le proviseur.

12. Lorsque plusieurs tâches extraordinaires ont été infligées à un élève dans la même journée ou plusieurs retenues du jeudi dans la même semaine, le proviseur détermine, suivant la gravité des circonstances, si ces peines doivent être confondues, exécutées successivement, ou transformées en une peine plus grave.

13. Le proviseur peut, dans tous les cas, en raison de la bonne volonté dont l'élève aura fait preuve ultérieurement, lever ou réduire une punition encourue après en avoir conféré avec le professeur.

14. La privation de sortie ne sera prononcée que par le proviseur ; elle pourra être plus ou moins prolongée, mais ne sera totale que dans les cas de réelle gravité.

15. Les bulletins resteront trimestriels pour les élèves de la division supérieure. Ils seront envoyés deux fois par trimestre pour les autres.

16. Les notes des bulletins trimestriels ne seront arrêtées qu'après

une réunion dans laquelle tous les maîtres à qui ont affaire les mêmes élèves auront échangé sur chacun d'eux leurs impressions. Ces notes exprimeront l'opinion propre de chaque maître, de façon à renseigner exactement les familles. Elles seront accompagnées d'une note générale rédigée par le proviseur.

17. Les notes arrêtées à la fin de chaque trimestre, dans les conditions prévues à l'article 16 pour être communiquées aux familles, seront lues et commentées par le proviseur aux élèves réunis par classes dans la salle des actes. Ce compte rendu trimestriel devra être pour chaque élève la punition de ses défaillances ou la récompense de ses efforts. Il offrira au chef de la maison la meilleure occasion d'adresser à tous et à chacun les exhortations et les avis nécessaires.

18. Il est institué, dans chaque lycée ou collège, un conseil de discipline composé du proviseur ou du principal, président; du censeur, membre de droit; de cinq professeurs; d'un surveillant général et de deux maîtres répétiteurs élus respectivement par leurs collègues. Il a pour objet d'assurer et d'affirmer la solidarité étroite et le concours de toutes les forces de la maison dans l'exercice de l'action disciplinaire. Il est élu pour trois ans dès le commencement de l'année scolaire. Si des vacances se produisent au cours de l'année, il y est pourvu sans retard.
Dans les collèges qui ne sont pas de plein exercice, le cadre du conseil sera arrêté par le recteur.
Le conseil de discipline se réunit tous les trois mois pour prendre connaissance de l'état moral de l'établissement.
Dans l'intervalle de ces réunions régulières, il peut être convoqué pour donner son avis sur telles mesures proposées par le proviseur, ou pour infliger un avertissement aux élèves qui lui seraient déférés.
— L'avertissement ainsi prévu devra précéder l'exclusion, sauf dans les cas d'une gravité exceptionnelle où l'exclusion doit être prononcée d'urgence.
Les élèves qui se seraient particulièrement distingués pourront aussi être appelés devant le conseil de discipline pour recevoir ses félicitations.

19. Le *satisfecit* est donné à la conduite et au succès mérité par le travail. Il pourra être refusé, sur la proposition du professeur, aux élèves qui auront obtenu les premières places dans les compositions.

20. L'inscription au *tableau d'honneur* est arrêtée par les maîtres réunis, en même temps et dans les mêmes conditions que les notes trimestrielles.

21. Dans les compositions, chaque copie aura sa note chiffrée de o à 20.

L'attention des élèves sera appelée sur la note plus que sur la place.

Le classement linéaire comportera autant d'*ex æquo* que le professeur le jugera nécessaire.

22. Les prix et accessits seront décernés d'après le total des notes obtenues par tous les élèves dans les compositions, les compositions finales ayant un coefficient double.

Selon le travail des élèves et la valeur des compositions, il pourra n'être attribué aucun prix, ou, au contraire, en être attribué plus de deux dans une faculté donnée.

Tous les élèves ayant bien travaillé et convenablement réussi pourront être nommés, à la distribution des prix, à condition d'avoir atteint une moyenne déterminée.

23. Le nom de *prix d'excellence* est réservé à des prix d'ensemble décernés aux élèves qui, dans chaque classe et chaque division, auront le mieux satisfait à tous leurs devoirs.

Le prix d'excellence sera décerné par un vote de l'ensemble des maîtres de chaque classe et de chaque division.

Les notes obtenues dans les exercices physiques entrent en ligne de compte pour le prix d'excellence.

Il pourra y avoir un prix distinct pour les externes.

Les recteurs pourront autoriser les chefs d'établissement, qui en feront la demande, à faire intervenir les élèves pour une part déterminée dans l'attribution des prix d'excellence.

Le Ministre de l'Instruction publique
et des Beaux-Arts,

Léon **BOURGEOIS.**

TABLE DES MATIÈRES.

9 782019 990988